필론과
돼 지

이 문 열
중단편전집
————— 1

일러두기

1. 『이문열 중단편전집』에는 작가가 발표한 중단편 소설 51편을 모두 수록하였습니다.

2. 전집의 권별 번호 및 수록 작품의 게재 방식은 발표된 순서를 기준으로 하되 전체 구성을 고려해 예외를 두었습니다. 각 작품 말미에 발표 연도를 밝혀 놓았습니다.

3. 전집의 본문은 작가가 새롭게 교정, 보완한 내용을 충실히 반영하여 확정하였습니다.

4. 전집의 각 권에는 평론가의 해설을 실었습니다.

5. 전집 1권의 표제작이기도 한 '필론과 돼지'는 작가의 의도에 의해 수정된 것으로, 발표 당시 제목은 '필론의 돼지'입니다.

이 문 열
중단편전집
———— 1

필론과 돼지

알에이치코리아

중단편전집을 내며

12년 만에 다시 중단편 전집을 낸다. 내가 직접 추고와 교정 교열에 참가하는 판본으로는 이게 마지막이 될 공산이 크다.

가만히 헤아려보면 1권부터 5권까지는 1979년부터 1993년까지 대략 3년 만에 한 권씩 발표한 셈이 되고, 마지막 6권은 2004년 초에 나왔으니 10년을 넘겨 겨우 단편집 한 권을 묶은 셈이 된다. 그리고 6권 출간으로부터 지금까지 10년은 단 한 편의 단편도 쓰지 않아, 그쪽으로 나는 이미 폐업한 걸로 봐야 되는 게 아닌지도 모르겠다.

요즘에도 조금은 그 자취가 남아 있는 듯하지만, 한때 우리 소설 문단은 등단뿐만 아니라 문학적 성장과 그 성취까지도 단편 소설 위주로 측정된 적이 있었다. 내가 등단한 70년대 말까지도 장편으로 등단하는 작가는 아주 드물었고, 어쩌다 문예지나 신문의 현상공모에서 장편으로 등단하게 되는 경우에도 되도록 빨리 단편으로 자신의 기량을 추인 받아야만 문인으로서의 정상적인 성장 과정에 접어들 수가 있었다. 동배의 작가로는 김성동이나 박영한 같은 경우가 좋은 예가 될 것이다. 대신 단편집(중편 포함)은 잘

만 짜이면 그 자체로 엄청난 대중적 성공을 기대할 수 있는 문학 상품이 될 수 있었다. 『난쟁이가 쏘아올린 작은 공』이나 『장마』 같은 단편집이 1970년대 말의 예가 된다.

내 젊은 날의 뼈저린 인식 속에는 내게 단편을 잘 쓸 수 있는 재능이 없는 것 같다는 강한 추정이 있다. 습작 시절 체홉이나 모파상은 누구보다 자주 나를 절망하게 만들었고, 고골이나 토마스 만의 섬뜩한 혹은 중후한 단편들도 내 가망 없는 사숙(私淑)의 대상이 되었다. 그렇지, 카뮈나 카프카의 숨 막히는 명편들, 그리고 여기서 일일이 다 늘어놓을 수 없을 만큼 긴 명인과 거장들의 행렬이 있었다. 거기다가 등단에 가까워질수록 눈부셔 보이던 이청준 김승옥 황석영의 1970년대 명품들…… 그런 단편들이 주는 절망감에 가까운 압도와 외경이 69년에 구체적으로 소설 쓰기를 지망하고도 10년이나 되어서야 겨우 중앙문단에 처녀작을 내게 된 내 난산의 원인이 되었다.

나의 문단 이력에서 눈에 띄게 고르지 못한 단편 생산도 그와 같은 습작 시절의 고심이나 고련과 무관하지 않을 것이다. 재능이 모자라다 보니 죽어나는 게 시간이라 그만큼 긴 습작 기간에 재고도 늘어났다. 등단할 무렵에 들고 나온 재고 목록에서 나중에 활자화된 것만도 세 편의 중편과 아홉 편의 단편이 있다. 그 넉넉한 재고들이 나를 자주 문단의 다산왕(多産王)으로 만들었지만, 동시에 현저하게 균형이 맞지 않은 내 단편 창작 연보의 원인이 되기도 했다. 그리하여 오래 준비된 풍성함으로 독자의 저변 확대와 작가로서의 나를 문단에 각인시키는 작업을 어느 정도 마무리 짓자, 나는 곧 힘들기만 하고 생산성은 낮은 단편 창작을 경원하고 마침내는 기피하게까지 된 것은 아닌지.

나는 단편을 쓸 때 기본 구성은 물론 제목과 소재의 배분까지 치밀하게 계산된 설계도를 가지는데, 거기 따라 탈고한 원고지 매수는 80매 내외의 단편 기준으로 설계도의 그것과 200자 원고지로 3매 이상 차이가 나지 않는다. 그 이상 늘어나거나 줄어들면 무언가 쓸데없는 것을 집어넣어 늘였거나 꼭 넣어야 할 것을 빠뜨린 것 같아 원고를 넘기기가 불안해진다. 나는 지금도 단편 창작이라고 하면 정교하게 제작되는 수제 공산품을 떠올리고 긴장부터 하게 된다.

이제 돌아오지 않는 강가에서의 한나절 분주히 혹은 쓸쓸하게 몰두했던 내 투망질은 끝나간다. 날이 저물면 집으로 돌아가야 할 아이가 기우는 햇살을 보고 그러할 것처럼 나도 어느새 낡고 헝클어진 그물을 거둘 때가 가까워진 느낌에 가슴이 서늘하다. 때로는 홀린 듯 더러는 신들린 듯, 함부로 내던진 내 언어의 그물은 어떤 시간들을 건져 올린 것인가. 여섯 권 50여 편 중단편이 펼쳐 보이는 다채로움과 풍성함이 주는 자족의 느낌에 못지않게 반복이나 변주를 통해 들키는 치부와도 같은 내 상처와 열등감을 추체험하는 민망함도 크다.

그러나 모두가 내 정신의 자식들이고, 더구나 다시는 이들을 없었던 것으로 돌릴 수도 없다. 내 투망에 걸려 세상 밖으로 내던져지는 순간부터 이들의 탯줄은 끊어지고 자궁으로 되돌아갈 길은 막혔다. 못마땅한 것은 빼고 선집(選集)의 형태로 펴내는 방도를 궁리해 보지 않은 것은 아니었으나, 길고 짧은 손가락을 모두 살려 손을 그리듯 모자란 것, 이지러짐과 설익음을 가리지 않고 내가 쓴 중단편을 모두 거두어 여섯 권의 전집으로 엮는다.

돌아보는 쓸쓸함으로 읽어봐 주는 것까지는 참을 수 있으나 물색없는 동정이나 연민은 사양하겠다. 이 자발없고 모진 시대와의 불화는 1992년 이래의 내 강고한 선택이었다.

2016년 3월 負岳 기슭에서

李文烈

초판 서문

중단편선집을 묶는 일은 최근 몇 년간 나의 은근한 골칫거리였다. 다 합쳐야 네댓 권 분량밖에 되지 않는 작품들이 이런저런 명목의 선집으로 일고여덟 종이나 나와 있는 까닭이다. 그렇게 되면 내용의 중복은 피할 길이 없다. 심한 경우 어떤 선집과 어떤 선집은 절반 가까운 작품이 중복된다. 그러나 제목과 표지를 달리하고 있는 까닭에 내 이름만 믿고 책을 산 독자들은 불만에 찬 항의를 해오기 일쑤이다.

이 자리를 빌려 밝히거니와 일이 그렇게 된 데는 나 자신보다는 우리 출판의 그릇된 관행 쪽에 책임이 있다. 웬만한 출판사면 중단편선집의 시리즈물을 갖고 있는데 묘하게도 그때에는 출판권이 무시된다. 다시 말해 중단편에 관한 한 아무리 서로 간 전재를 해도 따지지 않는데 그게 오늘날 같은 중복 출판의 원인이 되었다. 그러나 출판사 나름대로 계획을 해두고 허락을 간청해 오면 작가로서는 뻔히 중복이 될 줄 알면서도 거절하기가 어렵다. 최근에는 기를 쓰고 거절해 왔지만 그때에는 또 우리 특유의 인정(人情)주의에 큰 부담이 남는다. 출판사 '솔'과 '청아'의 기획에 동의해 주지

9

못한 게 아직도 마음에 걸린다.

그런저런 고심 끝에 기획된 것이 이 중단편전집이다. 이 중단편전집에는 이제까지 내가 쓴 모든 중단편이 한 편도 빠짐없이 다 실려 있다. 다만 발표할 때는 중단편이었더라도 나중에 한 제목 아래 단행본으로 묶은 것은 차별을 두었다. 곧 『젊은 날의 초상』에 묶었더라도 「그해 겨울」처럼 독립성이 강한 것은 그대로 중단편 취급을 해서 이 전집에 싣기로 했다. 『그대 다시는 고향에 가지 못하리』에 실려 있는 단편 몇 편, 그리고 『우리가 행복해지기까지』에 실린 중편 「장군과 박사」도 그러하다. 하지만 나머지는 비록 중단편의 형태를 띠고 있고 또 그렇게 발표되었더라도 이 전집에서는 빼기로 했다. 중복이 주는 불리한 인상을 최대한 줄이기 위해서이다.

처음 기획할 때는 다소 망설였지만 이제 이렇게 다 모아 놓고 나니 흐뭇한 점도 있다. 무엇보다도 지난 17년에 걸친 중단편 작업을 한눈에 살펴볼 수 있게 되었다는 점과 이제부터라도 어지러운 중복의 폐해를 피할 수 있게 된 점이 그러하다. 앞으로 발표될 중단편전집은 언제나 신작(新作)으로만 채워지게 될 것이다. 독자들의 볼멘 항의 전화를 받지 않을 수 있게 된 것만도 얼마나 다행인가. 오래 게을리해 왔던 중단편 작업에 다시 주의를 기울이게 된 것도 이 중단편전집 발간이 한 계기가 되어주었다. 머지않아 새로운 작품집으로 독자와 만나게 될 것 같은 예감이다.

언제나 깨어 있기를 빌어온 내 기도는 아직도 유효하다. 작가는 독자가 기르는 나무이다. 어떻게 자라고 무엇이 달리는지는 나무만의 일이 아니다. 좋은 독자가 없는 곳에 좋은 작가가 자랄 수는 없다. 변함없는 격려와 충고를 기대한다.

1994년 10월

李文烈

나자레를 아십니까

김 선생이 그 사내에게 불쑥 그걸 물은 것은 어떤 밤 열차에서 벌어진 술자리에서였다. 그 무렵 같은 학교에 근무하던 김 선생과 나는 방학을 이용해서 몇 군데 버려진 유적들을 답사 중이었고 그 사내는 여행 중의 어느 밤차에서 우연히 우리와 동석하게 된 여행자였다.

　"모르겠소. 나자렌지 낫자룬지 그게 뭔데요?"

　그런 사내의 반응은 어딘가 들뜬 것 같은 김 선생의 물음에 비해 너무도 심드렁한 것이었다.

　"아니, 알고 계실 겁니다. 이 술자리가 시작된 지 얼마 되지 않아 내가 그걸 물었을 때에도 당신께선 그렇게 말씀하셨습니다. 그러나 그때 제가 순순히 물러난 것은 왠지 곧 외면하시는 당신의 모습이 성난 듯하고 또 우리들은 만난 지 얼마 되지 않았기 때문이었습니다. 그렇지만 정말 모르십니까? 나자레를, 그리고 그 겨울을요?"

나는 김 선생이 그 사내를 당신이라고 호칭했을 때 취중이지만 흠칫했다. 그 호칭은 분명 예사 높임의 하나였지만 이상하게 호전적으로 들렸고, 적어도 사내는 우리보다 10년 넘게 연상으로 보였다. 성깔 있어 보이는 짙은 눈썹이며 우뚝한 콧날도 그런 내 우려를 한층 온당한 것으로 만들었다. 그러나 사내는 다행히도 호칭과 관련된 그런 자질구레한 예의에 무관심한 듯 여전히 그 심드렁한 목소리로 반문할 뿐이었다.

"그 겨울은 어떤 겨울인데요?"

그러자 김 선생은 원인 모를 흥분에 젖어 오랫동안 그의 심중에 자리하고 있었음에 분명한 어느 음울한 겨울을 얘기하기 시작했다.

그 겨울이 유난히 추웠다는 아무런 근거는 없으나 어쨌든 우리에게는 지독한 추위였습니다. 농장에도 별일이 없고 성냥 공장도 그만둔 뒤였으므로 그 겨우내 우리 나자레의 백여 명 형제들은 모두 방구석에만 처박혀 긴긴 하루를 보냈습니다.

마침 방학 중이어서 공부한다는 명목은 있었지만 실은 바로 그 추위 때문이었습니다. 열기라고는 며칠에 한 번밖에 비치지 않는 방이라도, 담요나 몇 장 겹쳐 두르고 등을 맞댄 채 서로의 체온에 기대앉았으면 그런대로 그 겨울의 낮은 견딜 만했던 것입니다.

그런 사정은 내가 있던 '베드로실(室)'도 예외는 아니었습니다. 우리 여덟 명의 작은 동거인들은 길다란 책상에 둘씩 붙어 앉아서 맞은편 깨끗한 회벽에 걸려 있는 십자가 수난상이나 '기도하는 사무엘'을 올려다보며 아아 주님의 보혈(寶血)이 얼겠구나, '사무엘', 네 무릎이 몹시도 시리겠다 하는 따위의 멍청한 생각에 잠겨 길기만 한 그 겨울 낮을 보냈던 것입니다. 혹시 할 말이 있어도 우리는 극히 필요한 것만을 그것도 짧고 조심스레 건넸습니다. 입을 벌리는 그 순간 방 안의 냉기가 우리를 한꺼번에 꿰뚫을 것 같아서, 혹은 우리의 목소리가 일으키는 미미한 진동마저도 방 안의 냉기를 더할까 봐. 그러다가 식사 시간을 알리는 종소리가 요란스레 방 안의 정적을 찢어오면 우리는 무슨 전기 자극이라도 받은 것처럼 화다닥 일어나 저린 다리를 절룩거리며 식당으로 달려갔습니다.

식당은 — 대개 꺼져 있는 조개탄 난로를 가운데로 하고 역시 썰렁하기 짝이 없는 곳이었지만, 그래도 주방 쪽에 허옇게 서린 김은 언제나 훈훈한 분위기를 풍겼습니다. 게다가 갓 퍼낸 강냉이죽의 따스한 열기와 구수한 내음은 충분히 우리를 즐겁게 하였고 때로 '메뉴'가 바뀌어 밀가루 수제비거나 생된장을 얹은 꽁보리밥이 나올지라도 그로 인해 우리 식탁의 기쁨이 덜어지는 일은 결코 없었습니다.

그래서 우리는 그 무서운 작은아버지의 고함소리가 창틀을 흔들어 그곳에 엷은 먼지가 아련히 피어오를 때까지, 그리고 그의 악명 높은 자전거살이 날카로운 소리로 공기를 가르고 몇몇의 언 볼에 붉은 줄을 그어 놓을 때까지 요란스레 그 즐거움을 표시했습니다. 그리고 식사 끝.

우리는 '아버지 감사합니다.'를 크게 외치고 뛰듯이 식당을 나오는 것인데, 그러나 아무도 그 아버지가 하느님 아버지인지 원장 아버지인지에 대해서는 관심이 없었습니다. 다만 그때쯤은 다소 활기를 되찾아 이번에는 추위 다음으로 그 겨울의 낮을 괴롭혔던 무료와 권태에 대해 얼마간의 저항을 저 나름대로 시도해 보는 것이었습니다.

가령 나 같으면 결국은 몇 장 읽지 못하리라는 걸 잘 알면서도 원내 도서실에서 『즉흥 시인』이나 『소공녀(小公女)』 따위를 펴 들었고 어떤 아이들은 언 땅바닥에 금을 긋고 한두 시간 놀이를 계속하는 것이었습니다. 좀 나이가 든 패들은 양지 쪽에 모여 서서 닥쳐올 봄의 가출(家出)에 대해 조심스레 음모했습니다. 나자레의 괴질(怪疾) ─. 해마다 봄이 오면 하룻밤에도 몇씩이나 낯익은 얼굴들이 사라져갔는데 그 모의는 대개 그런 겨울 오후에 이루어졌던 것입니다.

그러다가 다시 모두 추위에 쫓겨 오전의 위치로 돌아가고 정적. 이윽고 창 앞 서양추리나무에 발갛게 노을이 비낄 때까지 그런 상태는 계속되는 것입니다.

말이 난 김에 하는 얘기지만 우리가 서양추리란 이름을 붙인 그 나무는 좀 특출 난 데가 있었습니다. 서양은 재래종이 아닌 왜래개량종임을 드러내고 추리는 자두의 사투리로서 표준어로 바꾸면 외래개량종 자두나무쯤이 될 것입니다. 원사(院舍) 앞에 꼭한 그루가 서 있었는데, 여름날의 그 당당한 줄기와 무성한 잎, 그리고 거의 주먹만큼이나 한 그 열매는 이 땅에 적응력이 부족한 그 곁의 여러 무화과(無花果)나무에 비해 찬란하다고 할 만큼 돋보였습니다.

그러나 무엇보다도 오래오래 그 나무가 우리 기억에 남게 된 것은 그것이 지녔던 엄격한 금기(禁忌) 때문이었습니다. 그 나무에 대한 작은아버지의 원인 모를 애착은 우리들의 무심한 접근조차도 가혹한 체벌(體罰)로 다스릴 만큼 광적인 것이었습니다. 때문에 그 후 상당한 세월이 지나간 후에 어쩌다 선악과(善惡果)에 대한 얘기라도 듣게 되면 우리는 항상 그 탐스러운 서양추리를 연상하곤 했습니다. 그리고 채 그 봄이 오기도 전에 그 밋밋한 줄기에는 그 겨울의 끔찍한 종장(終章)이 달리게 되는 것입니다.

나자레의 밤은 여러 점에서 낮보다는 훨씬 활동적이었습니다. 저녁 식사 후 첫 번째 순서는 저녁 예배인데 그것은 무엇보다도 2층의 넓은 예배실을 데우고도 남는 두 개의 장작 난로로 하여 인상 깊었습니다.

우리는 회개하러 모인 주의 어린 양이기보다는 오히려 그만한 수의 배화교도(拜火敎徒)였습니다. 매일 무슨 분류처럼 흘러나오는 원장 아버지의 설교를 아련한 자장가처럼 들으며 우리는 불의 열기가 가져오는 몽환(夢幻)에 젖어 식후의 노곤함을 즐겼던 것입니다.

그러나 영원히 끝나지 말기를 바라던 그 예배도 끝나고 난로가 꺼지면 우리 남자애들은 이내 썰렁해지는 그 자리에서 하루의 암담한 결산을 맞아야 했습니다. 바로 그 형제 교육 시간으로 원래는 우리들의 화목과 우애를 위한 것이었으나 그 무렵은 대개 형들의 단체 기합 시간으로 충당되던 순서였습니다. 청소가 불결하다, 형들에게 예의가 없다, 예배 시간에 졸았다 등등 그 이유는 그때그때 잘도 마련되었는데 특히 그 교육은 정기 구호일 전야에 길고 가혹했습니다.

정기 구호일(定期救護日)은 한 달에 두어 번씩 외국의 어리석은 양부모(養父母)나 자선단체가 겨우 강냉이죽이나 밀가루 수제비로 연명하는 우리들에게 턱없이 비싼 모피 외투나 에나멜 구두 혹은 태엽만 감아주면 저절로 춤을 추는 자동인형 따위를 보내는 날이었습니다. 그러나 그 사람들은 꼭 자기들의 어리석음만큼 의심으로 언제나 그 전달을 확인하고자 했고 때문에 그놈의 저주받을 사진 촬영이 있게 되는데 그게 항상 말썽이었습니다. 전달자의 사진기 앞에서 어쩔 수 없이 본인에게 분배된 그 물품들은 그들이 떠난 후 다시 회수해 보면 대개 현저히 상품 가치가 떨어져 있었던 것입니다.

모피 외투에 불똥이 떨어지고 에나멜 구두의 콧등이 까지거나 자동인형의 모가지가 비틀어져 있었는데 그것은 그렇게 해서라도 자기의 소유를 확보하고 싶어 하는 아이들의 철없는 물욕 탓이었습니다. 적어도 한번 회수된 것들이 다시 임자에게 돌아오지 않는다는 것쯤은 누구나 알고 있었던 것입니다. 따라서 구호일 전야의 그 길고 가혹한 교육은 말하자면 그 모든 사태에 대한 예방 조치인 셈이었습니다. 적어도 10년은 후에 군대에 가서나 경험하게 될 그런 방식의. 그리고 비록 큰형들이 주도하고 있었지만, 그것은 분명 작은아버지의 사주에 의한 것이었습니다.

형제 교육이 끝나면 그다음은 온전한 우리들의 겨울밤이었습니다. 소등(消燈)은 원래가 열한 시였지만, 며칠에 한 번씩 불을 땔 때는 날을 제외하고는 우리는 일찍부터 침구를 깔고 줄줄이 누웠습니다.

헛수고가 될 줄 번연히 알면서도 우리는 추위와 결핍에서 구해 줄 잠을 서둘러 청하는 것이었습니다. 그러나 삼면에 넓게 터진 유리창과 장판을 하지 않은 시멘트 바닥에서 스며드는 겨울밤의 냉기는 늦도록 우리의 잠을 방해했습니다. 몇 번이나 일어나 이미 닫힌 창문을 다시 확인하고 멀쩡한 모포를 뚫어진 것이 아닌가 뒤적이다 보면 적어도 자정은 가까워서야 잠이 들게 되는 것이었습니다.

여기서 김 선생은 잠시 말을 멈추었다. 그리고 무언가를 탐색하는 눈초리로 사내를 살폈다. 거친 세파가 남긴 여러 흔적과 유별나게 깊고 공허하게 가라앉은 눈으로 음산하게까지 보이는 그 얼굴을, 그러나 그 사내는 여전히 덤덤한 표정으로 플라스틱 술잔을 기울인 후 지나가듯 한마디 던졌을 뿐이었다.

"당신도 꽤나 고생스럽게 자랐구려."

"그럼 정말로 그 겨울을 모르십니까?"

마침 기차가 굴을 지나는 바람에 김 선생은 악을 쓰듯 되물었다.

"기억에 없소. 그따위 겨울은."

"그럴 리 없습니다. 당신은 분명 알고 계십니다. 오직 기억하고 싶지 않을 뿐입니다. 하지만 ― 아무리 해도 그녀만은 결코 잊을 수 없을 겁니다. 그 가련한 이브의 딸은요."

"이브의 딸? 외국 여자요?"

"정말 교묘한 부인(否認)이십니다. 그러나 잔을 든 당신의 손은 분명히 떨리고 있습니다."

"여보쇼, 젊은 친구. 당신은 무얼 오인하고 있어. 나는 당신들 먹물 든 사람들이 흔히 경멸해 마지않는 단순 육체노동자일 뿐이오. 지금도 나는 여기 이 처자를 먹여 살리기 위해 일자리를 찾아 떠도는 길이오."

곁에 잠들어 있는 여자와 어린아이 둘을 가리키며 사내가 말했다.

"만약 당신이 한 불쌍한 여자를 알고 있고 또 그녀의 얘기를 꼭 내게 들려주고 싶다면 그렇게 빙빙 돌려가며 말할 필요가 없소."

그것은 무언가 참아주고 있다는 그런 불쾌한 어투였다. 그러나 김 선생은 여전히 개의치 않고 자신의 얘기에 열중했다.

그 겨울 우리는 자정이 넘어서야 잠들 수 있었다고 얘기했습니다. 다만 사실 거기서도 내가 있던 베드로실은 제외되었습니다. 그것은 바로 옆방 바돌로메실(室)의 '우는 누나' 때문이었습니다.

그녀는 무언가 몹쓸 병으로 하반신이 마비된 스물두엇가량의 처녀였는데 대개 자정 무렵부터 시작되는 그녀의 울음소리에는 정말 참고 잠들기 어려운 데가 있었습니다. 그리 높지는 않으나 스산한 겨울바람에 섞여 멀어졌다 가까워졌다 하는 그 애절한 음향은 마치 수천수만의 검은 창날처럼 불행과 슬픔에 익숙한 우리의 어린 영혼을 찔러왔던 것입니다.

처음 얼마간 나는 그 소리를 못 견뎌 하는 것이 유독 나뿐인 줄 알았습니다. 그러나 아니었습니다.

어느 저녁인가 언제나 나와 한 담요를 덮은 재섭이라는 아이가 자기 전에 솜으로 귀를 막는 걸 보고 내가 그 이유를 물었더니 그애는 말없이 그러나 약간은 짜증 난 표정으로 옆방 그 누나 쪽을 가리켰던 것입니다.

물론 나도 따라 해보았지만 뺨에 고막이라도 생긴 듯 아무 소용이 없었습니다. 그러나 그 무엇보다 생생한 기억을 남긴 것은 평소에 사람 좋기로 정평 있는 우리 베드로실의 실장 춘수 형이 보인 반응이었습니다. 그날도 우리들은 예의 그 울음소리 때문에 늦도록 잠들지 못하고 있었는데 갑자기 자는 것 같던 그가 몸을 벌떡 일으키더니 '바돌로메실'을 향해 고래고래 악을 썼던 것입니다. 누나, 그만 죽을 수 없수? 그렇게도 살아야 하우? 그렇게두 말유. ― 대개 이런 내용이었습니다.

그때 고등학교 상급반이었던 그로서는 어떤 이유가 있었겠지만 어린 우리에겐 도무지 이해할 수 없는 일이었습니다. 터무니없이 맹렬한 그 분노도 그랬지만 무언가 더럽다는 투의 말은 오히려 속상하기까지 했던 것입니다. 그래서 이튿날 그가 작은아버지에게 엉덩이가 찢어지도록 맞았다는 소문을 듣고도 우리는 조금도 동정하지 않았습니다.

그 밖에 그 누나의 울음과 관계된 것으로 우리가 이해할 수 없는 것은 또 하나 있었습니다. 그해 겨울에는 때 아닌 여자애들의 집단 가출이 있었는데, 나이 든 형들의 수군거림은 그것도 바로 그 '우는 누나' 때문이라는 사실이었습니다. 그때 함께 나간 나보다 대개 서너 살 위인 그녀들 셋 중 하나를 나는 여러 해 후 어느 도회의 뒷골목 술집에서 만나게 됐는데 그때 통음(痛飮)에 젖은 그녀는 이렇게 술회했던 것입니다.

"그 울음소리 ― 기억나지. 사실 그때 우리는 그 울음소리로부터 도망쳐 나온 거야. 우리도 그렇게 속절없는 울음을 울게 될까봐 두려웠던 거야. 우리는 다 알고 있었거든…… 다―."

그러나 그 울음소리의 주인은 처음부터 그런 가련한 처지였던 것은 아니었습니다.

역시 나자레 출신이기는 하였지만 오히려 한때는 그곳 마흔 명

남짓의 여자애들에게 동경의 대상이었던 적도 있었던 것입니다. 중학을 마치자 당시의 관례대로 먼 데 도시로 나가 어느 직물 공장의 여공으로 출발한 그녀는 함께 나간 다른 자매들이 낮은 임금과 과로에 지쳐 혹은 여러 세상의 유혹과 타락에 몸을 망치고 성급하게 불행한 결혼이나 그 이상 더 깊은 인생의 그늘 속으로 사라져갈 때도 성실하고 착하게 자기의 길을 가 — 한때는 어느 대우 좋은 은행에 근무하며 야간이나마 대학에까지 진학한 적이 있었던 것입니다. 그러다가 — 아아, 왜 선악을 불문하고 우리에게 재난은 닥쳐오는 것입니까. — 갑자기 지금까지도 이름을 알 수 없는 그 몹쓸 병은 그녀를 침범하였고 달리 의지할 데 없는 그녀는 다시 잔뼈가 굵은 그곳으로 몸을 의탁해 온 것입니다.

그러나 그 병도 처음부터 그렇게 지독한 것은 아니었습니다. 그녀가 그곳으로 돌아올 때만 해도 왼쪽 무릎 아래만 마비되어 그저 좀 심하게 저는 듯할 뿐이었습니다. 그래서 얼마간은 어린 원아들의 좋은 보모 노릇도 했으나 이윽고 왼쪽 다리 전체가 마비되고 다음은 오른쪽 — 이렇게 해서 그 무렵은 완전히 반신불수가 된 채 우리 옆방에 기거하게 된 것입니다.

어린 나를 형언할 수 없는 아픔에 젖어 창틀이 희뿌옇게 밝아올 때까지 깨어 있게 하고, 성장한 지금도 원인 모를 슬픔으로 그녀의 추억에 잔을 바치게 하는 그 애절한 울음소리와 함께…….

그리고 김 선생은 정말로 거칠고 성급하게 자기의 잔을 비웠다.

그가 들큰한 오징어포를 씹는 동안 잠시 우리들의 좌석은 침묵

이 흘렀다. 들리는 것은 단조로운 열차의 바퀴 소리뿐이었다. 그러나 그 사이에도 김 선생의 눈은 집요하게 사내를 탐색하고 있었다. 그러나 그는 여전히 몽롱한 눈길이었고 무감동한 표정이었다. 이윽고 김 선생이 다시 채근하듯 물었다.

"그런데 — 그녀를 모르십니까?"

"가엾은 여자군, 조금은. 그러나 땅 위에 흔히 있는 일이오."

"땅 위에—."

김 선생이 유독 그 말을 반복하여 내 주의를 끌었다. 그러나 자기가 뿜어낸 담배 연기로 흐릿해진 그 사내의 얼굴은 여전히 아무런 변동이 없었다.

옆에 잠들어 있는 그의 아내는 저질의 화장품 탓으로 보이는 납중독 증상과 뒷골목의 여인들에게서 공통적으로 볼 수 있는 어떤 주름으로 무언가 어두운 과거를 연상시키는 얼굴이었고 그 양곁에 갈라 앉아 잠든 두 아이는 선천적인 성병에 의한 것 같은 부스럼투성이였다.

"좋습니다. 역시 부인하시는군요. 그러나 당신께서 방금 사용하신 '땅 위에'라는 말은 방금 나에게 또 한 인물을 상기시켰습니다. 당신은 고집스레 그녀까지도 부인하셨지만 적어도 이 사람은 부인할 수 없을 겁니다."

그때 그 사내의 지긋한 눈길에 문득 비친 우려의 빛은 나만의 착각이었을까. 김 선생의 일순 빛나던 득의의 기색은 그런 그의 우려를 읽은 탓이었을까. 김 선생은 한층 음흉해진 듯한 목소리로 다시 얘기를 계속했다.

　'나자레'에도 행복한 시절의 전설은 있었습니다. 그리고 그 시절을 이끈 영웅의 신화도. 그것은 역시 그곳 출신으로 명석한 두뇌와 성실한 성품을 인정받아 읍내의 교회 기금으로 신학 대학에 진학한 형과 그가 읍내 교회의 지우(知遇)를 입기 전 우수한 성적으로 지방 고등학교를 졸업하고도 일없이 그곳에 머물렀던 2년이었습니다.

　내가 '나자레'에 수용된 것은 이미 그가 떠난 후여서 한 번도 대면은 못 했지만 그는 대단한 정열과 사랑의 영웅이었습니다. 작은 아버지도 왠지 그만은 두려워해서 그에게 일임한 형제 교육 시간은 그대로 화기애애한 오락 시간이었고, 여름의 그늘과 겨울의 난롯가는 그가 들려주는 여러 재미있는 얘기로 항시 즐거웠다는 것이었습니다. 또, 겨울은 매일 아침저녁으로 군불을 땠으며 일주일에 한 번은 고깃국이 나왔습니다.

　후일 우리들의 태업(怠業)과 소비자의 외면으로 그만두게 된 성냥 공장이 그 재원(財源)인데 그때 그는 작업 감독은 물론 판로 확장을 위해 호별 방문도 서슴지 않았다고 들었습니다.

　뿐만 아니라 그때는 누구도 고아라고 해서 우리 나자레의 형제들을 무시하지 못했습니다. 반드시 그의 노력 때문이었는지는 알 수 없지만 그때는 학교의 선생님조차도 우리들의 눈치를 보았고 일요일마다 단체로 가는 주일학교의 반사(班師)들은 겨울이면 난로 주위 자리를 숫제 우리가 갈 때까지 비워둘 정도였다고 합니다.

그러나 그렇다고 해서 그가 그대로 자비와 용서의 형이었던 것은 아니었습니다. 때로는 엄격한 징벌의 형이기도 하여서 형제들 중 누가 사소한 것이라도 거짓을 행하거나 불의에 가담하는 자가 있으면 그는 후일 작은아버지의 그 어떤 처벌보다 더 엄중한 처벌을 했습니다. 천한 이기(利己), 나태 같은 것들도 용서하지 않는 바였고 그래서 공동 작업이 있었거나 성적표가 나오는 날 밤의 예배실은 이유 없이 작업에 빠졌거나 성적이 떨어진 형제들의 신음 소리와 땀 냄새로 가득했다는 것입니다.

그런데도 이상한 것은 내가 그곳에 머문 3년간 나는 한 사람도 그에게 원한을 품고 있는 형제를 만나지 못한 것입니다. 그는 오직 세월과 더불어 광휘를 더하는 전설의 영웅이었으며 우리 모두가 지향해야 할 완성의 한 전형일 따름이었습니다.

만약 그 가련한 여인 — 우는 누나 — 만 아니었던들 그는 지금까지도 그러했을 것입니다.

그 형과 그녀의 사랑은 나자레의 공공연한 비밀이었습니다. 그들이 결혼하리라는 소문은 결혼이 무엇인지도 잘 모르는 조무래기들에게까지도 널리 퍼져 있었고 실제로 그들 간의 편지 심부름을 해준 사람도 우리들 중에는 여럿 있었습니다. 그녀가 병실을 차리고 눕기 전 나도 몇 번인가 양지바른 화단가 같은 데에 의자를 내놓고 앉아 두텁게 철 된 그 형의 편지를 읽고 있는 그녀를 본적이 있었습니다. 지금에 와서 생각해 보니 그것은 분명 행복으로 빛나는 얼굴이었습니다.

그런데 그 겨울 그녀가 완전히 반신불수가 되어 바돌로메실에 병실을 차리고 누울 무렵부터 갑자기 그 형의 편지는 끊어지고 예의 그 울음소리가 들리기 시작한 것입니다.

나이 든 형들은 은연중에 동숙자도 없는 그런 후미진 방에 병실을 지정한 작은아버지를 비난하는 눈치였지만 우리는 한결같이 그 형을 의심했습니다. 그녀의 눈물을 버림받은 여인의 눈물로 단정한 것입니다.

그러나 그때 예기치 않은 사내의 목소리가 끼어들어 김 선생의 말을 중단시켰다. 성급하고 다소 떨리는 듯한 목소리였다.

"그건 어린 탓이었겠지."

그러자 김 선생의 눈빛은 다시 한번 득의로 빛나더니 이번에는 거의 노골적인 심문의 목소리로 반문했다.

"어째서 그렇습니까?"

사내는 순간 당혹에 빠진 것 같았다. 그러나 이내 처음의 심드렁한 목소리로 돌아가 띄엄띄엄 말했다.

"이를테면 ― 자신의 회복을 체념한 그녀가…… 그 사람을 위해서, 먼저 그를 버렸을지도……."

"역시 아시는군요."

"무얼?"

"그 사람 말입니다. 그녀도, 나자레도."

그러자 사내는 피식 웃었다. 그의 그런 과장된 침착은 왠지 이번에는 나를 안절부절못하게 했다.

"내가 그를 변호해 주었다고? 그러나 그따위 신파적인 해석은 흔해 빠진 국산 영화 두어 편만 보아도 얼마든지 끌어낼 수 있소."

"그렇다면 전혀 그를 모른단 말씀입니까? 정말 모두 부인하시렵니까?"

"당신의 얘기는 퍽 재미있지만, 그리고 무엇 때문에 당신이 그렇게 열심히 그 구성진 얘기를 계속하는지는 모르지만 나는 진실로 그중의 누구와도 인연이 없소."

거기서 사내의 급속한 회복과 반비례해서 격해 가던 김 선생의 목소리도 다시 정상으로 돌아갔다.

"할 수 없군요. 그럼 나는 또 다른 한 사람의 추억을 끄집어낼 수밖에 없습니다. 역시 당신께선 결코 잊을 수 없는 사람이지요."

그런 김 선생의 어투는 곁에서 듣기에도 민망스러울 만큼 도전적이고 날카로웠다. 아무리 술을 사고 있는 것은 우리 쪽이라고 하지만 그런 김 선생에 대한 사내의 참을성은 거의 놀라운 것이었다.

그것은 이미 여러 번 말한 적이 있는 작은아버지입니다. 오, 그 사람……. 나자레의 추억 도처에서 뻣뻣이 굳은 왼팔과 화상으로 일그러진 눈매로 무슨 악령처럼 음산하게 나타나는 그 사람. 우리 백여 명의 허약한 육신만이 아니라 파리한 영혼에까지도 간단

없는 감시의 눈을 번득이며 그 무서운 질타와 강철 회초리를 거침없이 구사하던 그 사람. 예배 시간마다 전 인류의 죄악을 홀로 참회하듯 길고 과장된 기도를 올려도 자신은 아내에게마저 버림받은 그 삐뚤어진 독신자.

그러나 이제 내가 추억하려는 것은 그런 두렵고 불쾌한 그가 아니라 우연히 접하게 된 그의 다른 일면입니다. 그리고 그걸 위해 나는 나 자신의 조그만 삽화를 끼워 넣지 않을 수 없습니다.

그러니까, 그 방학 중의 어느 소집일, 아마도 춘수 형이 소란을 피운 그 이튿날이었습니다. 무심코 바돌로메실을 지나던 나는 돌연히 '우는 누나'의 부름을 받았습니다. 굳이 나를 지명해서 부른 것은 아니었는데도 그날의 대면은 퍽 인상 깊은 것이었습니다. 늘 그랬듯이 어색하게 머뭇거리며 그녀의 머리맡으로 다가가던 나는 그날따라 돌연 이상한 전율에 빠져들게 되었습니다.

공포라 할까, 하여튼 다가오는 나를 찬찬히 응시하는 그녀의 얼굴에는 무언가 섬뜩한 것이 있었습니다. 상당한 세월이 지난 후에야 알게 된 것이지만 그것은 바로 그녀의 아름다움이었습니다. 그것이 병자 특유의 창백한 안색과 여윈 탓에 날카로워 보이는 콧날 그리고 번득이는 젖은 눈매 같은 것으로 내 어린 영혼을 섬뜩하게 했던 것입니다.

나를 부른 용건은 대단찮은 것이었습니다. 자기의 고통을 짧게 호소한 뒤 잠자는 약을 좀 사 달라는 것이었습니다. 나는 아무에게도 말하지 말라는 그녀의 다짐이 좀 꺼림칙했지만, 순순히 그녀의 청을 들어주었습니다. 그리고 그날을 시작으로 해서 나는 매일 그 심부름을 계속했는데, 그것은 무엇보다도 그 약을 건넬 때마다 내 손목을 꼬옥 쥐어주는 그녀의 따뜻한 손과 앞으로는 절대로 울지 않겠다는 그녀의 약속 때문이었습니다.

그녀의 울음소리는 정말 그 저녁부터 들리지 않았습니다. 쩌엉쩌엉 먼 데 남천강의 얼음 갈라지는 소리가 들려오고, 복도를 지나는 고양이 발자국 소리가 머릿속에서 콩콩 울릴 만큼 조용한 밤에도.

그러던 어느 날이었습니다. 내가 별생각 없이 계속한 그 심부름은 뜻밖의 결과로 그날을 내 '나자레'의 날들 가운데서 특별한 날로 만들었습니다. 그날도 약을 사러 몰래 읍내까지 빠져나갔다 늦게 돌아온 나는 이상하게 음울하고 풀 죽은 '나자레'의 분위기를 발견했습니다. 낮 사이 작은아버지가 그 누나의 방에서 한 줌이나 되는 수면제를 찾아냈다는 것과 따라서, 누군가 그런 것을 사다 나른 자를 잡아내기 위해 그날 저녁의 형제 교육은 작은아버지 자신이 직접 하리라는 풍설이 그 원인이었습니다. 그것은 다시 말하자면, 나이 든 형들은 엉덩이가 찢어져 적어도 일주일은 엎드려 자야 하고, 어린 우리들조차도 종아리가 시퍼렇게 피멍이 지리라는 뜻이었습니다.

나는 가슴이 철렁했습니다. 나는 수면제가 인간을 영원히 잠들게 할 수도 있다는 것을 미처 깨닫지 못했던 것입니다.

그 후의 몇 시간을 나는 정말로 영원히 잊을 수 없을 겁니다.

그때 내가 경험한 것은 이미 사소한 아이 시절의 불안이 아니라 문자 그대로의 고뇌였습니다. 내가 그 누나의 죽음을 예비해 오고 있었다는 사실은 아직 고의(故意)의 참뜻을 이해 못 했던 나에게는 단순한 무분별에 대한 후회 이상의 쓰라린 가책이 되어 내 가슴을 찔러왔고, 그 고통스러운 형제 교육 시간과 그 후 원인 된 내게 돌아올 형들의 무서운 보복에 대한 상상은 거의 나를 미치게 만들었습니다.

어떻게 할 것인가, 어떻게 할 것인가. 그러다가 오, 주여. — 나는 갑자기 위층에 있는 조그만 기도실을 생각해 내고 본능적으로 그곳에 달려가 엎드렸습니다.

진실로 내가 일생에 단 한 번이라도 신을 믿은 적이 있다면 오직 그때뿐이었을 것입니다. 나는 진심으로 간절히 기구했습니다. 어린 내 영혼을 긍휼히 여기시고 주여, 나를 닥쳐올 환란에서 보호해 주옵소서……. 그리고 그 반복으로만 이루어진 긴 기도가 끝났을 때 나는 영감과도 흡사한 결단을 얻었습니다. 나 스스로 먼저 작은아버지를 찾아간다는 것이었습니다. 아내가 그를 버리고 떠난 후 사철 두터운 커튼으로 가리어져 있는 그 음침한 독신자의 방으로 그것은 어쩌면 절망한 다람쥐가 스스로 방울뱀의 입속으로 뛰어드는 것과 같은 심리인지도 모를 일이었습니다.

마침 그 방에는 원장 아버지가 와 계셨습니다. 노크를 하려고 문께로 다가가던 나는 나지막하나 심각한 그들 형제의 목소리가 새어 나오는 것을 듣고 걸음을 멈추었습니다.

한쪽은 무엇인가를 만류하고 있었고 상대는 그걸 거부하고 있는 것 같았습니다. 그러다가 — 하지만 그 애는 육신조차 팽개치고 달아나려고 하지 않았니, 하는 원장 아버지의 격한 목소리를 끝으로 방 안은 갑자기 침묵에 빠져들었고 문득 불안해진 나는 그곳을 떠났습니다. 그리고 적막한 해 질 녘의 원사(院舍)를 한참이나 배회하다 다시 돌아갔습니다.

이번에는 작은아버지 혼자 있었습니다. 놀랍게도 술을 마시면서. 그러다가 불시에 침입한 나를 무섭게 노려보았습니다. 그 무서운 눈길에 질린 나는 미처 그가 묻기도 전에 무슨 대사라도 외우듯 그간의 경위를 얘기했습니다. 그런데 정말 기적이 일어났습니다. 당연히 무서운 질타와 함께 강철 자전거 바퀴 살 회초리가 따갑게 뺨에 떨어질 줄 알았는데 의외로 그는 조용했습니다. 다만 들고 있던 술잔을 가만히 기울이더니 노을이 짙게 비낀 채광창을 묵묵히 응시하는 것이었습니다. 그리고 그 순간 그 흉측한 얼굴의 화상(火傷)도 뻣뻣하게 굳어 탁자 위에 얹혀 있는 왼팔도 모두 이상하게 애조 띤 실루엣을 보여주는 것이었습니다. 그 후 나는 여러 고독한 사람을 만났지만 진실로 그보다 더 절실한 고독의 영상을 보여준 사람은 아무도 없었습니다.

여기서 김 선생은 다시 말을 멈추었다. 그리고 이상하게 굳어 있는 사내의 표정을 기분 나쁘리만치 면밀하게 읽더니 속삭이듯 물었다.

"아직도 그를 용서하지 못했습니까?"

사내는 아마도 다른 깊은 생각에 잠겨 있었던 모양이었다. 김 선생의 질문을 받고서야 퍼뜩 정신을 차린 듯 망연한 목소리로 반문했다.

"용서라니, 무얼 말이오?"

"작은아버지 말입니다."

그러나 사내는 다시 완강한 거부의 자세로 돌아갔다.

"내가 알지도 못하는 사람을 어떻게 용서하오? 그리고 ― 제 발 그 심문자의 눈초리는 거두시오. 그놈의 청승맞은 얘기도 그 만하고."

그러고는 마지막 남은 술을 훌쩍 마시더니 의자 등받이에 머리 를 기대며 눈을 감았다.

"웬만큼 지루한 데다 잠도 좀 자 둬야겠소. 내일이라도 일거리 가 생기면 아침부터 뼈 빠지게 일해야 할 테니까."

김 선생은 무언가 잠시 망설이는 것 같았다. 그러나 이내 생각 을 결정한 모양으로 흔들 듯 사내에게로 다가앉으며 다시 한번 물 었다.

"정말 모르십니까?"

"글쎄, 당신의 얘기는 나와 상관이 없다니까."

"그럼 5분만 기다려주십시오. 어쩔 수 없이 그 겨울의 종장을 들려 드려야겠습니다. 이걸 들으시면 아마 당신께서도 더 이상 그 들을 부인할 수 없을 겁니다."

사내가 다시 눈을 떴다. 그걸 보고 안도한 듯 김 선생도 자신의 막잔을 비웠다. 나도 따라 비웠다. 시간은 이미 자정을 훨씬 지나 우리를 제외한 승객들은 대부분 잠들어 있었다. 들리는 것은 객차의 덜컹거림과 단조로운 열차 바퀴 소리 정도였다. 밤이 깊을수록 더 치열하게 타오르는 것은 김 선생의 추억뿐이었다. 그리고 그런 그에게는 지친 투우의 심장에다 마지막 일격을 겨냥하는 투우사에게서와 같은 어떤 잔인함마저 번득였다.

그로부터 오래잖아 나자레의 겨울은 종장이 왔습니다. 긴 방학도 끝나고, 드디어 그 학년의 종업식이 있게 되는 날 새벽, 우리는 변소를 다녀오던 한 여자애의 날카로운 비명 소리에 놀라 잠에서 깨어났습니다. 우리가 달려갔을 때 그 애는 어찌나 놀랐던지 새하얗게 질린 얼굴로 벙어리처럼 대중없는 손가락질만 하고 있었습니다. 바로 그 서양추리나무 쪽이었습니다.

처음 우리는 거기에 빨래라도 널려 있는 줄 알았습니다. 그러나 아니었습니다.

그것이 바로 그 가련한 누나의 최후였던 것입니다……. 겨우 우리 팔뚝만 한 가지에 그것도 두 다리는 접힌 채 땅에 닿아 있는데도 목을 맨 그녀의 사지는 이미 축 늘어져 있었습니다. 오래잖아 원장 아버지가 달려오고 이어 큰형들에 의해 시신이 힘들게 내려졌습니다. 가슴과 배의 옷자락이 형편없이 해지고 손톱에서는 피가 흐르는 그녀의 시신에는 아직도 약간의 온기가 남아 있었습니다. '바돌로메실'에서 그 나무까지 하반신이 마비된 몸으로 기어가는 데 너무도 많은 시간이 걸려 정작 목을 맨 지는 얼마 되지 않은 듯했습니다. 그러나 눈물에 젖은 그녀의 영혼은 서둘러 저주받고 오욕된 육신을 떠난 듯 인공호흡도 급히 달려온 의사도 아무 소용이 없었습니다. 다만 몇 번인가 그녀의 시신을 이리저리 살피던 그 중년의 의사는 경황없이 서 있는 원장 아버지에게 "임신이었던 것 같소. 차라리 필요한 건 경찰이오."라고 퉁명스럽게 말하고는 돌아가 버렸습니다.

그리고 그다음의 자세한 경과는 알 길이 없습니다.

재촉 속에 식사를 마친 우리들은 엄한 함구령을 받고 학교로 떠났고, 돌아왔을 때는 이미 모든 것이 끝나 있었던 것입니다. 정돈된 '바돌로메실'에는 깨끗한 수의에 싸인 누나의 시신이 안치되어 있었고, 그 앞 조촐한 제상 위에는 촛불 두 개가 불길한 빛을 던지고 있을 뿐이었습니다. 다만 우리가 무엇을 짐작할 수 있었다면 그것은 거친 도끼질에 무참히 쓰러진 서양추리나무와 남아 있던 조무래기들의 종잡을 수 없는 전언 ― 작은아버지가 짐승처럼 묶여 어디론가 실려 갔다는 것 정도였습니다.

그 새벽의 소동 중에서 왠지 모습이 비치지 않던 그는 결국 미쳐 버렸던 것입니다. 서양추리나무를 찍어 넘긴 것도 그였습니다.

그렇지만 정말로 인상 깊은 날은 그리고 오직 나만이 알고 있는 일은 그밤 늦게서야 있었습니다.

그 하루의 여러 자극적인 사건으로 늦도록 잠을 설치던 나는 자정이 넘어 이제는 더 이상 울음소리가 들리지 않게 된 그 '바돌로메실'을 지나게 되었습니다.

갓 열두 살이 된 나에게도 시체나 유령에 대한 공포는 있었지만 언제부턴가 그 방의 확실한 인기척을 느꼈기 때문에 용기를 내어 소변을 보러 가는 길이었습니다. 그런데 갑자기 그 창틀이 예사 아닌 불빛으로 훤하게 빛났고 나는 놀라움과 의혹으로 방 안을 엿보게 되었습니다. 의외로 거기에는 사람이 둘이나 있었습니다. 원장 아버지와 어떤 청년이었습니다. 짙은 눈썹과 우뚝한 콧날은 낯설었지만 분명히 나자레의 오랜 우상이었던 그 형이었습니다.

그는 방금 무슨 책인가를 찢어 한 장 한 장 '시멘트' 방바닥 위에서 태우고 있었습니다. 옆면의 붉은 색깔이나 책장을 찢을 때마다 움찔거리는 원장 아버지의 어깨로 보아 성경인 것 같았습니다. 갑자기 원장 아버지의 침울한 목소리가 침묵을 깨뜨렸습니다.

"용서해라. 그도 이미 벌을 받고 있다."

그러나 그 형은 마치 귀머거리처럼 기계적인 동작만을 되풀이했습니다. 안절부절못하던 원장 아버지가 갑자기 그런 그의 손목을 잡고 간곡하게 말했습니다.

"용서해라. 그리고 인간의 일로 신께 절망하지 마라."

그러자 그는 삭막하게 대답했습니다.

"그 애가 병들었을 때 나는 이미 신약의 하느님을 잃었습니다. 신뢰를 두었던 것은 이 징벌과 보상의 기록이었습니다만 — 이제 알았습니다. 카인이 받은 저주는 아벨의 부활이 아니고, 욥을 위한 축복의 보상도 이미 잃은 것에 대해서는 무력한 것임을."

물론 그때의 나로서는 전혀 이해할 수 없었지만, 그 분위기의 강렬한 인상은 지금까지도 생생히 그 말을 기억나게 합니다.

그러나 원장 아버지는 여전히 그의 손을 잡은 채 눈물이 흥건한 눈으로 그를 쳐다보며 반복했습니다.

"나를 보아서도…… 이 아버지를 보아서도 용서해라. 그 녀석을."

그러자 갑자기 그 형의 두 눈에서는 은은하던 적개심이 광채가 되어 타올랐습니다.

"사실 용서받고 싶은 것은 아버지 자신이시지요. 그런 식으로 그 불쌍한 아이의 영혼까지 능욕하려 하셨지요? 결혼까지 강요했지요?"

원장 아버지는 흠칫하더니, 고개를 떨구며 잡았던 손을 힘없이 놓았습니다.

"용서해라. 그 녀석은 ― 그 녀석은…… 남한 땅에 떨어진 내 유일한 혈육이었다……."

그런 그의 말끝은 거의 흐느낌으로 떨리고 있었습니다. 그러나 그 형은 여전히 귀먹은 사람처럼 성경만 한 장 한 장 찢어 태우기를 계속했습니다.

그리하여 이윽고 그 두터운 표지마저 푸른 불길 속에서 온전히 재로 화하자 그는 조용히 일어나 그 새벽의 으스름 속으로 사라져

버렸습니다. 나자레와 신으로부터 영원히. 그런데 ─

하지만 그 사내가 먼저였다. 그를 쳐다보며 무언가를 말하려는 김 선생의 말허리를 자르며 그는 이상하리만치 취기가 가신 냉랭한 얼굴로 말했다.

"그런데 그 사람이 바로 나를 닮았다는 것이겠지. 그러나 잘못 봤소. 그런 사람이라면 분명 어디선가 죽었을 거요. 예를 들어 군대 같은 데서 특수부대를 지원해 해안 침투 중 적에게 사살되었거나 월남의 정글에서 '부비트랩' 같은 데 걸려……. 자, 이제 정말 눈 좀 붙여야겠소. 술 잘 마셨소."

그러고는 다시 의자 등받이에 등을 기대며 눈을 감았다. 하지만 잠시였다. 사내는 갑작스러운 요의(尿意)라도 느낀 듯 벌떡 일어서더니 출구 쪽으로 나갔다. 김 선생은 아직도 미심쩍은 얼굴로 그런 사내를 유심히 살피고 있었다. 무언가 더 할 얘기가 남은 모양이었다. 그러나 사내는 삼십 분이 지나도 돌아오지 않았다. 나는 왠지 불길한 예감으로 줄곧 어두운 창밖을 내다보며 생각에 잠긴 김 선생에게 물었다.

"그런데 그는 어디로 갔을까?"

겉보기와는 달리 김 선생은 혀 꼬부라진 목소리로 아무렇게나 대답했다.

"잃어버린 시간을 찾아서."

그러나 누구도 그런 것을 찾아 떠날 수는 없는 일이었다. 얼마나 지났을까. 갑작스러운 취기로 아슴푸레 잠이 들었던 나는 이런 차내 방송에 눈을 떴다.

"사람을 찾습니다. 윤수원 씨, 나이는 39세, 윤수원 씨 가족 되시는 분이나 동행하신 분은 급히 승무원실로 와주시기 바랍니다. 윤수원 씨에게 큰 사고가 났습니다."

잠든 것 같던 사내의 아내가 놀라 일어섰다. 그 바람에 두 아이도 칭얼거리며 눈을 떴다. 방송은 계속되고 있었다.

"남천(南川)철교에서 떨어져 지금 가까운 명계 시립병원에서 가료 중인데 중태라는 연락입니다. 가급적이면 다음 역에서 하차할 준비를 해오시기 바랍니다……."

(1977년)

새하곡

塞下曲

그날 아침 이상범(李相範) 중위는 '전쟁이란 이렇게 터지는 것이로구나.' 하는 각오가 되었으면서도 얼떨떨한 비장감과 묘한 열기 속에 눈을 떴다. 내무반은 그야말로 엉망이었다.

　이미 오래전부터 사태는 충분히 예견되었고, 만일에 대비해 여러 가지 작전과 상세한 행동 계획이 수립돼 있었지만, 몇몇 고참병을 제외하고는 모두 형편없는 혼란에 빠져 갈팡질팡하고 있었다. 완전 군장을 꾸미느라 장비와 병기가 부딪는 소리, 철모가 통로의 시멘트 바닥에 요란스럽게 떨어지고, 반합이 떨그럭거리며 침상을 굴렀다. 거기다가 쉴 새 없는 전화 벨소리, 포대장과 인사계의 고함소리, 욕설……. 전쟁이란 아무리 정확하게 예측된 것이라도 한 번 터지고 나면 병사들에게는 항상 돌발적일 뿐이었다.

그러나 이 중위에게도 그런 것을 더 이상 한가롭게 지켜볼 틈이 없었다. 그는 이 야전 포병대의 통신장교였고, 그래서 이제부터 그 어느 때보다 능률적이고 효과적으로 운영돼야 할 백여 종의 통신 장비와 마흔여 명의 과원이 그의 지휘를 기다리고 있었기 때문이다. 우선은 출동해야 할 통신 차량과 무선 장비의 점검이 급했다. 그는 그제야 어슬렁거리며 일어나는 선임하사관 임 상사에게 막사의 유선병을 맡기고 통신 차량이 엄폐돼 있는 대피호로 달려갔다. 산허리를 파 대공 위장망을 씌워 놓은 노천호였는데, 거기서도 혼란은 마찬가지였다. 이미 어젯밤부터 대기해 온 무전병들마저도 한꺼번에 터져 나오는 각종 전문(電文)에 어쩔 줄 모르고 있었다.

이 중위는 먼저 갓 통신학교를 나온 신병이 배치돼 있는 17호 차량으로 들어갔다. 인접 포대망을 맡고 있는 녀석은 웅웅거리는 V-17 앞에서 무엇인가 방금 수신한 음어를 해역(解譯)하느라고 정신이 없었다.

"뭐야?"

"018대대 전개가 시작됐습니다. 우리보다 상황이 좀 빨랐던 것 같습니다."

"빨리 전해."

그때 갑자기 플래시가 번쩍이며 지원 연대망을 맡고 있는 유 상병이 이 중위를 찾았다.

"과장님, V-25 수신부 침묵입니다."

"퓨즈 점검했나?"

"네, 이미 점검해 봤지만 이상 없었습니다."

"언제부턴가?"

"약 십 분 전부텁니다. 지금 보조 수신기를 사용하고 있지만 감이 아주 나쁩니다."

"배터리는?"

"어제저녁 최종 점검 때 충분히 충전된 것으로 갈았습니다."

"그럼 수신부, 빨리 예비와 바꿔. 그리고 결과 보고해."

무선반의 사고는 그 밖에도 두 건 더 있었다. 멀쩡하던 사단 AM망이 갑자기 송신 불능에 빠진 것과 V-17 한 대가 차량 배터리의 합선으로 가동할 수 없게 된 게 그랬다. 둘 다 예비로 대치하면서 이 중위는 새삼 예비를 확보해 둔 것이 옳았음을 깨달았다. 그는 며칠 전 인근 부대에 통신장교로 근무하는 동기들로부터 거의 사 분의 삼 톤 트럭 한 대분의 장비를 빌려 두었는데, 그것은 기재계(器材係) 강 병장의 제안 때문이었다. 강 병장의 주장에 따르면 야전에서 통신 장비 특히 무선 장비 성능을 백 프로 믿는 것은 통신장교의 정강이뼈를 그대로 대대장의 워커에 맡기는 것과 같다고 한다. 아직 진공관을 쓰는 구형 장비가 태반인 탓이었다.

대략 무선병 점검이 끝나자 이 중위는 선임하사가 맡은 유선병 쪽으로 가보았다. 역시 장비 적재로 부산하기는 하였지만 당장 쓰이는 것들이 아니어서 성능 때문에 오는 혼란은 없었다. 선임하사가 그의 독특한 충남 사투리로 유선반장 양 하사에게 무엇인가 욕설을 퍼붓고 있는 것을 뒤로하고 이 중위는 다시 교환대로 향했다. 날은 아직도 어두웠다.

교환대 못 미처 설상(雪上) 파카와 설상 위장포를 들고 오는 서무계 권 일병을 만나고서야 이 중위는 비로소 눈이 오는 것을 알았다.

"제기랄, 전쟁이 터지는 날은 언제나 인상적이로구나."

그런 기분은 비가 왔더라도 안개가 끼었더라도 마찬가지였을 것이다. 설령 청명했더라도.

그런데 교환대 문을 연 이 중위는 의외의 광경에 분통이 터지고 말았다. 이런 법석 중에도 교환병 김 일병이 야전 교환기의 신호음을 꺼 놓고 리시버를 귀에 꽂은 채 엎드려 자고 있는 것이 아닌가.

"야, 이 개새끼야."

이 중위는 자신도 모르게 욕설과 함께 김 일병을 걷어찼다. 그러나 놀라 그를 올려다보는 김 일병의 얼굴을 보고 그는 '아차' 했다. 녀석의 안경알 밑으로 번질거리며 흐르고 있는 것은 분명 두 줄기의 눈물이었다. 함께 근무하던 배 상병의 변호가 아니더라도 녀석이 자고 있지 않았던 것은 명백했다. 하지만 화가 나는 실수였다.

"근무 똑똑히 해. 임마, 곧 출동이야."

마침 기재계 강 병장이 야전선 적재 문제로 이 중위를 찾아왔으므로 그는 자칫 난처할 뻔한 자리를 여전히 화난 목소리로 때우고 교환대를 나섰다.

"뒷산 야전선을 좀 써야겠는데요."

위장망에 단독 군장 차림으로 출동 준비를 완전히 갖춘 강 병장이 은밀한 의논 투로 말했다.

"뒷산 야전선?"

이 중위는 그게 무얼 뜻하는지 얼른 떠오르지 않아 그렇게 반복했으나 이내 강 병장의 말뜻을 알아차렸다.

지난여름 전방의 야전선을 재래식 화기의 화력이 미치지 못하는 지하로 매설할 때, 이 중위와 강 병장은 약 8마일의 야전선을 빼돌렸다. 사단에 보고할 선로도(線路圖)는 매설 곤란을 이유로 곡선으로 그리고 실제 매설이 일치하는 지점을 몇 군데 표시해 두었다가 적당히 구워삶은 검열관으로 하여금 형식적으로 확인하게 하는 수법이었다.

그러나 그들이 그렇게 힘들여 또 시가로도 몇 십만 원이 되는 야전선을 빼돌린 데에 딴 뜻이 있는 것이 아니었다. 포병 유선 장비용 야전선은 한 번의 훈련이 끝나면 보통 상당한 감량이 생기는데 사단 보급소는 그 감량 인정에 인색했다. 거기다가 때로 지상 가설에서 절취당하는 수도 있어 자칫하면 통신장교가 몇 마일씩 변상해야 하는 경우도 있었다. 따라서 그런 때를 위해 부대 뒷산의 쓰지 않는 방공호에 은밀히 감추어 둔 것인데, 이제 강 병장이 그걸 쓰자는 것이었다.

"사단서 수령한 훈련용 야전선은 폐선이 많이 섞여 재생을 해도 대개 저항 300이 훨씬 넘습니다. 감도가 나빠 선로가 길어지면 어렵죠. A급을 자르기는 안됐지만, 미더운 게 필요해서요."

"그래, 그럼 강 병장이 알아서 몇 마일 신도록."

이 중위는 언제나 하는 것처럼 모든 것을 강 병장의 판단에 일임했다.

이상하게도 그는 강 병장만 대하면 모든 것이 미덥고 든든하면서도 원인 모를 위축감에 빠지곤 했다. 강 병장이 자기보다 두 살 위이고 또 유능한 기재병이어서 그가 맡은 정부 재산을 잘 관리해 준다는 것 이상으로 강 병장에게는 무언가 그를 압도하는 것이 있었다. 그만의 어떤 특이한 힘이었다.

실제로 지난여름 강 병장은 대대장도 손을 든다는 작전과장 장 대위와 정면으로 충돌하여 그를 굴복시킨 적이 있었다. 강 병장에게는 갓 전입 온 신병에게까지도 깍듯이 경어를 쓰는 버릇이 있었는데, 그것이 육사 출신의 전형적인 군인인 장 대위에게는 군기(軍紀)의 문제로 비친 것 같았다. 몇 번이나 타일러도 강 병장이 듣지 않자 화가 난 그는 어느 날 정식 명령으로 그것을 금지시켰다. 그러나 강 병장은 그 명령마저도 "쌍놈은 나이가 벼슬이라더니 군번 빠른 것도 벼슬인가." 하며 일소에 붙여 버렸고, 그걸 안 장 대위는 명령 불복종으로 인사과에 입창 의뢰를 해 버렸다. 그런데 그 입창 의뢰가 정식으로 기안돼 대대장의 결재에 올라갈 때쯤해서 일은 엉뚱하게 전개됐다. 평상시와 같이 근무하던 강 병장이 갑자기 의무대에 입실해 버렸다. 알고 보니 단식 일주일째였다.

장 대위가 펄펄 뛰었으나 속수무책 ― 이미 일주일이나 굶어 늘어진 사람을 어쩔 수는 없었다.

결국 강 병장의 일은 단식 열흘 만에 대대장에게 보고되었고 놀라 달려온 대대장에게 눈만 번쩍이는 강 병장이 내놓은 것은 그 열흘 동안 수십 번을 검토한 것임에 틀림이 없는『군인 복무 규율』한 권이었다.

"죄송합니다, 대대장님. 그러나 책 어느 조문을 보아도 군번 늦은 후임병에게 경어를 써서는 안 된다는 귀절은 없었습니다……."

그런 강 병장의 힘은 이 중위도 한 번 직접 목격한 적이 있다.

지난여름의 일이었다. 그날 무심코 기재 창고를 지나던 이 중위는 돌연한 고함소리에 걸음을 멈추었다.

"……알았어? 너희 대장 하 대위가 와도 내게는 그리 못해. 그런데 이 새끼, 너 그 태도가 뭐야?"

이 중위로서는 처음 듣는 강 병장의 고함이고 욕설이었다. 더욱 놀라운 건 그 상대였다.

"강 병장님, 뭘 그리 화내십니까?"

기가 꺾인 목소리로 용서를 구하고 있는 것은 분명 보안대 장 병장이었다. 평소 사병은 물론 장교까지도 개똥같이 여기는 전방 보안대 사병의 표본 같은 녀석이었다.

"조심해 임마. 병아리도 못 되는 주제에 장닭처럼 벼슬을 흔들어 대면 모가지가 부러지는 법이야."

그러자 장 병장은 들여다보고 있는 이 중위를 의식했는지, 아니면 당하다 보니 화가 났던지 갑자기 지금까지의 부동자세를 풀고 퉁명스럽게 말했다.

"야, 이거 강 병장 뭘 자꾸 그러슈? 까짓 배터리 몇 개 안 주면 그만이지⋯⋯."

그러나 그의 말은 강 병장이 무섭게 따귀를 내리치는 바람에 중단되고 말았다.

"차렷! 이 새끼, 이 새까만 일병 놈의 새끼가. 아직 말 끝나지 않았어. 야전 건전지가 너 같은 놈 물고기나 잡으라고 나온 줄 알아? 야 임마! 그 한 박스면 포대 하나가 한 달간 쓸 수 있어, 이 썩은 새끼야."

이 중위는 비로소 강 병장이 무엇 때문에 화가 났는가를 알았다. 야전 건전지는 폐품 반납 과정에서 잘 조작하면 여분을 남길 수 있었다. 폐품 80프로만 반납하면 전량 새 건전지로 지급받을 수가 있기 때문이었다. 그 때문에 강 병장도 기재장부 밖의 여분을 적지 아니 가지고 있었는데 장 병장이 그걸 알고 얻으러 온 듯했다. 무전기나 특수 장비용 배터리는 직렬로 연결하면 물이 얕은 개울에서의 고기잡이에는 넉넉한 전류를 끌어낼 수 있었다.

"쓸 데가 있어서⋯⋯ 남는 걸로 알았습니다."

신통하게도 금세 기가 죽은 장 병장, 아니 장 일병이 궁색하게 변명했다. 녀석은 보안대의 공공연한 관례대로 지금까지 일등병이 병장 계급을 사칭해 온 듯했다.

"그렇더라도 그건 정부 재산이야. 장교가 와도 기장(記帳)하지 않고는 내준 적이 없어. 어디서 순⋯⋯."

"앞으로 조심하겠습니다."

"그럼 꺼져 버려. 아구통 돌아가기 전에."

"필, 승!"

결국 장 일병은 경례까지 깍듯이 하고 돌아갔다. 평범한 전방 야포대의 사병인 강 병장이 무엇으로 막강한 보안대원을 그토록 무섭게 굴복시켰는지 이 중위는 몹시 궁금했다.

"군대 와서는 처음으로 군번을 따졌죠. 녀석은 일병이었으니까요."

강 병장은 히죽이 웃으면서 그렇게 대답했지만, 그게 아닌 것은 분명했다. 거기다가 이 중위가 또 하나 감탄하는 것은 강 병장의 깊이 모를 능력이었다. 이 중위는 이 부대에 통신장교로 근무한 이래 그가 모른다거나 할 수 없다고 하는 것을 한 번도 본 기억이 없다. 특히 통신 분야에서는 20년이 가까운 선임하사도 혀를 내두를 정도였다. 장비는 물론 작전 면에까지 그의 능력이 미치지 않는 곳은 없었다. 심지어는 과원들의 통솔까지도 그는 어떻게 된 일인지 마흔 명이 넘는 과원들의 신상을 상세하게 파악하고 있어, 청원 휴가나 포상 휴가의 재량이 이 중위에게 돌아올 때 그에게 자문을 청하면, 대개 그가 정해 주는 서열이 가장 적절하고 온당했다.

따라서 통신과에는 이 중위와 임 상사 외에도 분대장인 세 명의 하사와 다섯 명의 고참이 있었지만 모든 일은 사실상 거의 그를 중심으로 이뤄지고 있었다. 가끔씩 이 중위마저도 통신과의 정신적인 과장은 그라는 생각이 들 때가 있었다.

갑자기 맞은편 산등성이에서 청색 신호탄이 오르더니 여기저기서 총성이 터졌다. 본부 포대장의 신경질적인 명령이 산 아래 연병장에서 들려왔다.

"각과 삼 분의 일씩 경계조를 편성, 삼 분 이내로 본부 연병장에 집합 —."

중대한 상황이 발생한 듯했다. 이 중위는 상황실로 달려가 보았다.

"차리(C포대) 북방 무명고지 일대, 수 미상의 게릴라 출현."

C포대의 보고에 상황실의 급박한 지시가 하달됐다.

"차리, 차리, 빨리 타격대를 편성하라. 타격대를 잔류시켜 게릴라에 대항하고 빨리 포를 빼라."

뒤이어 각 포대의 상황 보고가 그들만의 은어로 날아들었다.

"풍랑객 하나, 병아리를 날리도록. 끝."

선임 A포대가 전개 명령을 받은 것이었다. 뒤이어 브라보(B포대)의 호출과 전개 명령, 그리고 마지막으로 C포대의 보고였다.

"여기는 풍랑객 셋, 병아리를 날린다. 까치발 오공(캘리버 오십 경 기관총)과 병아리 한 배(일 개 소대)를 남긴다. 현재 까마귀(게릴라) 침묵 중."

그사이 본부 차량들도 하나둘 빠지기 시작했다. 이 중위가 탄 상황실 박스카도 천천히 진지를 빠져나왔다. 날은 드문드문한 눈발 사이로 어느새 희뿌옇게 밝아오고 있었다.

사단 규모의 통합 훈련 청룡 25호 작전의 디데이가 밝아오는 중이었다.

진지를 떠나 눈 속을 느릿느릿 10마일쯤 이동했을 때에야 이 중위는 상황 장교를 통해 사태의 정확한 진전을 알 수 있었다. 적(가상)은 총 일 개 사단의 병력으로 그날 새벽 네 시를 기해 대대적인 선제공격을 감행했다. 아군 390연대는 중앙이 돌파당해 20마일이나 후퇴해서 재정비 중이었고, 392연대는 임진강 지류 하나를 끼고 치열한 교전 중이었으나, 역시 적의 주공(主攻)은 사단 본부를 끼고 있는 391연대 쪽이었다. 조공(助攻)이 기타 두 방향에서 있었고, 수 미상의 유격대가 지난밤 아군 후방으로 공중 침투된 것도 밝혀졌다. 얼마 전 차리(C포대)를 교란한 것은 그 일부로 보였다. 그리고 뒤이은 보고에 따르면, 그들에 대처하기 위해 남겨졌던 C포대의 잔류 병력과 차량은 결국 상실된 것으로 판정이 났다. 그 밖에 알파(A포대)가 차량 전복으로 장교 한 명 사병 네 명을 상실, 일 개 포반(砲班) 하나가 낙오 판정을 받았다.

그 모든 상황은 6·25 이듬해에 태어나 한 번도 전쟁을 경험한 적이 없고 임관 후에도 줄곧 후방 근무만 해온 이 중위에게는 새롭고 흥미로운 것이었다. 그러나 나이 든 하사관들이나 경험 많은 고참 장교들에게는 심드렁한 전쟁놀음일 뿐이었다.

"글쎄, 그년을 만났더라요."

수송부 선임하사인 문 중사였다. 새벽부터 어디서 한잔 걸쳤는지 약간 취한 목소리로 간밤의 꿈 얘기를 하고 있었다.

"우리가 첨 살림을 차린 무등산 기슭의 판잣집이드랑께. 차암 그때는 재미있었제…… 그런디 — 그 ×할 년이 갑자기 왜 나타났이까……."

그에 관해서는 이 중위도 몇 번 들은 적이 있다. 술과 계집으로 팍삭 늙어 얼굴은 마흔 줄도 중반이 넘어 보이지만 실은 서른넷의 나이였다. 시골 목사의 아들로 유복하게 자랐고 교육도 상당히 받은 편이었다. 그런데 고등학교를 하러 광주로 나왔다가 옆방에 자취하던 술집 여급과 눈이 맞아 삶이 빗나가 버리고 말았다. 고지식한 부모에게 의절당하고 학교마저 중퇴한 그는, 방금 얘기한 그곳에서 그 여자와 동거를 시작했으나 그 나이에 그 학력으로는 생계가 막연했다. 거기다가 상대편 여자도 차츰 정이 뜨기 시작했다. 그녀는 유복한 집의 귀공자와 희롱하는 기분으로 어울렸던 것이지 자기에게 더부살이하는 어린 건달을 원하진 않았기 때문이다. 자연 싸움이 잦아지고 어느 날 돈을 타러 갔던 그가 부모에게 칼부림을 하고 돌아왔을 때, 그녀는 자기 소지품과 함께 어디론가 사라지고 없었다. 그리고 몇 달 그녀를 찾아 헤매다 거의 자포자기의 심경에 빠진 그는 결국 길가 담벼락의 포스터가 끄는 대로 하사관 학교에 입교하고 말았다는 게 하사관들 사이에 널리 알려진 그의 이력이었다.

"년도 꽤 쪼그라들었을 것이로구만잉, 나보다 세 살이나 위였응께……."

그런 그의 목소리에는 그날따라 야릇한 감개가 서려 있었다. 어떤 의미에서 그 여자는 그에게 있어서는 처음이자 마지막 여자였다. 그 후 그는 세 번이나 딴 여자와 살림을 차렸으나 번번이 한 달도 못 가 끝나버렸다. 그를 만년 중사로 만들어 놓은 고약한 술버릇 때문이었다.

"×× 껌 씹는 소리 그만하고 그 수통에 쐬주나 있으면 한 모금 나눠 주슈."

문득 맞은편에서 묵묵히 차량에 거치된 석유스토브를 쐬고 있던 군수과장 '별' 대위가 심드렁하게 말했다.

"혀도, 과장님은 그 소리 들은 지 오래됐을 건디."

수통을 건네면서 문 중사가 하는 소리였다. 군수과장 역시 몇 년 전에 상처하고 아직 홀아비였다.

그들은 곧 음담패설을 주고받으며 소주를 나눴다. 장교와 하사관이라는 신분상의 차이에도 불구하고 두 사람은 곧잘 어울렸다. 문 중사가 군수과 선임하사였을 적에 함께 근무한 적이 있다는 것 외에도 무언가 그들에겐 공통된 특징이 있었다. 군수과장의 계급 앞에 '별'이란 별명이 붙게 된 경위도 그런 것들 가운데 하나였다.

십여 년 전 신임 소위로 외진 OP에 파견 근무를 하던 그는 항상 은박지로 큼직한 별을 두 개씩이나 철모에 오려 붙이고 다녔다. 그러나 어느 날 그는 불시에 순찰 나온 사단장과 그 철모를 쓴 채 맞닥뜨리게 됐는데, 그 사단장은 준장이었다. 그런 종류의 실수는 종종 군인으로서의 그에게 치명적인 것이 되어 10년째 그를 대위로 묶어 놓았지만 좀처럼 없어지지 않았다. 요즈음도 멋모르는 소령이 전화 같은 데서 상대가 대위라는 것만 알고 반말이라도 쏠라치면 그는 대뜸 전화기에 대고 고래고래 소리치는 것이었다.

"야, 이 새끼야, 말 조심해. 중령 같은 대위다."

갑작스러운 긴급 임무의 하달로 그들의 그런 술자리는 깨지고 말았다. 끝내 밀리게 된 392연대가 적의 진격 속도를 줄여줄 지원 포격을 요청해 왔기 때문이다.

그들은 근처 얼어붙은 논바닥에 긴급 방렬을 하고 삼십 분가량 비사격을 했다. 그동안 유선 가설에 땀을 뺀 이 중위는 비상식량으로 늦은 아침을 때운 후 부대가 다음 진로로 이동할 무렵 가설 차량으로 자리를 옮겼다. 방금 철거한 야전선 뭉치와 빈 방차통이 개인 장비와 뒤죽박죽이 된 차량 한구석에 교환병 김 일병이 풀이 죽어 앉아 있었다.

"김 일병, 새벽에는 내가 지나쳤다. 대신 작전이 끝나는 즉시 휴가는 책임지마. 안 되면 단 며칠 특박이라도."

이 중위는 불면으로 핼쑥한 김 일병의 얼굴에 알지 못할 연민을 느끼며 부드러운 목소리로 말했다.

이제 겨우 스물셋인데도 녀석에겐 아내와 아이가 있었다. 그런데 얼마 전 강 병장이 들려준 이야기는 바로 그 아내가 백일도 안 지난 아이를 시가에 떼 놓고 어디론가 사라져버렸다는 것이었다. 이 중위는 힘들여 녀석의 청원 휴가를 얻어 냈으나 이번 작전으로 그만 연기돼 버렸다. 이 중위의 다정한 위로에도 불구하고 김 일병은 그저 망연한 눈길로 이 중위를 올려 보며 꿈꾸듯 중얼거렸다.

"과장님, 저는 그때 전화를 받고 있었습니다……."

아, 또 그 전화 얘기, 이 중위는 약간 한심한 기분으로 그를 마주보았다. 맞은편에 앉아 있던 가설병들이 저희들끼리 수군거리며 킥킥 웃었다.

"터어키 병사였습니다……."

김 일병은 최근 들어 기이한 환청에 시달리고 있었다. 밤늦어 졸면서 근무하던 전방의 교환병이 간혹 환청을 경험하는 수가 있기는 하지만 김 일병의 그것은 좀 특이했다. 한결같이 이 땅에서 죽은 외국인 병사들의 전화가 거의 매일 저녁 그에게 걸려온다는 것이었다.

군의관은 김 일병의 그런 증상을 지난여름의 야전선 매설 작업과 관련이 있는 것으로 풀이했다. 그 작업 중 몇 군데 땅속에서 해골 더미가 발견됐는데 그것이 그때 그 작업에 동원됐던 김 일병의 의식 깊이 잠재했다가 다른 어떤 심리적인 요인과 함께 환청으로 나타났으리라는 추리였다. 그러나 이따금의 그런 환청 이상 다른 증상은 전혀 김 일병에게 보이지 않았으므로 특별한 치료나 후송 같은 것은 고려도 하지 않고 있었다.

"이스탄불의 건달이었답니다. 고향에 돌아가는 꿈을 꾼 날 아침 적의 박격포에 당했대요……."

이 중위는 대답하지 않았다. 그러나 김 일병은 여전히 몽롱한 표정으로 폭사한 터키 병사의 얘기를 계속했다. 그는 우리말밖에 모르는데도 환청 속에서만은 어느 나라 말이건 신통하게 알아들었다. 영어, 불어, 일어는 물론 서반아어, 태국어까지도. 그리고 그에게 전화질을 해 대는 망령들은 한결같이 일정한 유령이었다.

지난가을 늦게 녀석에게 처음 전화를 한 것은 산동성 출신의 중공군 병사였다. 젊고 아름다운 아내를 두고 왔는데 무단 후퇴를 하다 독전병(督戰兵)에게 즉결됐다는 하소연이었다. 그다음이 전직 복서였다는 콜롬비아 중사, 약혼녀에게 자랑할 전리품을 위해 인민군 시체 더미를 뒤지다 생존자에게 저격됐고, 다음은 삼류 가수와 결혼한 캐나다 군의 나팔수로 아내의 변심을 고심하다 자살, 그리고 지뢰를 밟은 소 장수 출신의 영국 하사관 등 — 그러다가 며칠 전에는 청일전쟁 때 죽은 일본군 병조장에게서까지 전화가 왔다. 모두가 하나같이 젊고 아름다운 아내나 약혼녀를 가졌던 병사들의 망령들이었다. 언젠가 이 중위는 빙글거리며 김 일병의 환청을 전하는 강 병장에게 언뜻 물은 적이 있었다.

"그런데 그들 중에 김 일병은 누구일까?"

강 병장은 잠시 생각하더니 대답했다.

"그 캐나다 군의 나팔수일 겁니다. 녀석도 사회에 있을 때 나팔을 불었죠. 맥주홀의 밤무대 같은 데서 — 여자도 거기서 만났다니까요."

그러나 그때는 거의 희롱처럼 느꼈던 강 병장의 얘기가 지금 이런 상황 아래서 망연한 눈길과 함께 떠오르자 왠지 이 중위도 음울해졌다.

"나중에 알고 보니 자기가 고통 속에 죽어가던 그 순간도 그의 아내는 다른 사내와 흥청대고 있었다는 거예요……."

김 일병은 이 중위의 기분을 아는지 모르는지 여전히 독백과도 흡사한 얘기를 힘없이 이어갔다.

"그러나 너는 살아서 돌아간다. 이건 도대체가 훈련이고 죽음 같은 것과는 아무 관련도 없어. 거기다가…… 아마 네 아내는 현숙한 여자일 거야. 어디선가 틀림없이 너를 위해 좋은 일을 하고 있을 거다."

깊어가는, 알지 못할 연민으로 다소 감상적이 된 이 중위는 그렇게 위로하며 김 일병의 말허리를 잘랐다. 그리고 벌떡 일어나 차량 뒤켠으로 가서 마치 무거운 기분을 떨쳐버리듯 두터운 방수천을 걷어 제쳤다. 갑자기 찬바람과 함께 굵은 눈발이 날아들었다. 멎었던 눈이 다시 하늘 가득히 내리고 있었다.

건너편 도로 위에 포를 뒤로 뺀 우군 전차가 어디론가 황급히 이동하고 있었다. 시가 퍼레이드에서 자랑하던 위용과는 먼, 무언가 초조와 불안에 싸인 듯한 조그만 쇠붙이의 초라한 행렬이었다. 전차대가 사라져 간 산모퉁이로 보병의 행렬이 끊임없이 눈 속을 헤쳐 가고 있었다. 그들을 보며 이 중위는 막연히 중얼거렸다.

"전쟁은 참으로 쓸쓸한 것이로구나……."

몇 군데에서의 긴급 방렬을 거쳐 그들이 숙영지로 예정된 네 번째 전개 진지에 도착한 것은 늦은 오후였다. 그곳은 조그만 내를 끼고 멀리 인가가 보이는 넓지 않은 계곡 입구의 논이었다.

그들이 막 포 방렬을 마쳤을 때 갑작스러운 적기의 공습이 있었다. 다행히 대공 위장이 거의 완료돼 진지는 피해가 없었지만, 고장으로 뒤져 들어오던 보급 차량이 반파(半破)의 판정을 받고 말았다.

공습 후부터 저물 때까지 이 중위는 정말 바빴다.

"눈썹과 ×털이 바람에 휘날리도록 달려와."

"워커 밑창에서 가죽 냄새가 나도록 뛰어."

선임하사가 그렇게 시시덕거리며 사병들을 몰아 대고 있었지만 이 중위는 웃을 틈조차 없었다. 긴급 방렬 때와는 달리 진지에서는 정규 가설을, 그것도 통제관의 시간 체크 아래 해치워야 했기 때문이었다. 포대선은 포대의 가설병이 끌어오게 돼 있었고, 참모부 선은 구간이 짧아 문제가 안 됐지만, 포사(砲司)선, 연대선, OP선은 예상 외로 힘들었다. 대부분 몇 마일씩 되는 장거리 선인 데다 지형 지물이 낯설어 독도법(讀圖法)에 서툰 가설병에게만 전적으로 맡길 수가 없었기 때문이었다.

별수 없이 두 개의 OP선을 직접 지휘한 후 다시 연대선을 끌고 목적지 부근에 도달했을 때는 이미 날이 저물고 있었다. 6부 정도의 능선에서 일단의 보병들이 참호를 구축하고 있는 것이 보였다. 언 땅이라 야전삽 정도로는 교통호는 고사하고 개인호도 제대로 파여질 것 같지 않았다. 그들과 약간 떨어진 곳에 소대장인 듯한 소위 하나가 철모를 쓴 채 눈 바닥에 그대로 누워 있었다. 앳되고 수려한 얼굴이었다.

"연대 본부가 어디요?"

그러자 고개를 약간 든 그는 말도 하기 귀찮다는 듯 손을 들어 이미 어둠이 짙어오는 계곡 밑을 가리켰다. 그러고 보니 기계적인 동작을 되풀이하고 있는 사병들도 몹시 지쳐 있는 것 같았다. 아마 그들은 하루 종일 도보로 행군했을 것이다. 적어도 20마일 이상을, 그것도 가끔씩은 구보로, 그런 그들을 바라보면서 이 중위는 비록 알고는 있었지만 미처 체험해 보지 못한 전쟁의 또 다른 일면을 생생히 실감했다.

"전쟁이란 피로한 것이로구나."

그러나 피로는 거기서 끝나지 않았다. 가설을 힘들여 마치자 이번에는 여기저기서 원인 모를 단선(斷線)이 기다리고 있었다. 그런데 한 가지 이상한 것은 단선을 잡기만 하면 그것은 반드시 도로 횡단 지점에서였고, 그 형태는 누군가가 야전선을 돌로 짓찧어 놓은 것 같았다. 몇 번인가 똑같은 경우를 당한 후에야 비로소 이 중위는 그 원인을 알아냈다. 범인은 우군 자주포와 전차였다. 땅이 얼어 깊이 묻지 못한 야전선을 그 육중한 무한궤도가 짓씹어 놓은 것이었다. 견디다 못한 이 중위는 모든 도로 횡단을 가능한 한 매설 횡단에서 가공(架空) 횡단으로 바꾸고 말았다.

밤 여덟 시 무렵에야 모든 작업을 마친 이 중위는 숙영지로 돌아왔다. 겨울밤으로는 상당히 깊어 사방은 고요했다. 불빛이 통제된 진지는 한층 완강한 침묵으로 어둠과 추위 속에 웅크리고 있었다.

이 중위가 바짓가랑이와 군화에 묻은 눈을 털고 분대용의 가설병 막사에 들어가니 썰렁한 저녁 식사가 기다리고 있었다. 부식은 우내장(牛內臟)국이었던 모양으로 표면에는 기름이 두껍게 굳어 있었고, 절인 무에도 살얼음이 끼어 있었다. 그제야 이 중위는 추위에 언 가설병들의 얼굴을 바라보며 도중 민가에라도 들러 저녁을 먹이고 오지 않은 것을 후회했다. 돈보다는 이동 통제반과 적의 게릴라가 두려워 그는 가설병들을 재촉해 귀환해 버렸다. 약간 미안해진 이 중위가 멀거니 식기를 바라보고 있을 때 갑자기 누군가가 김이 무럭무럭 나는 반합 두 개를 들고 들어왔다. 서무계 권 일병이었다.

"뭐야?"

"찌갭니다. 과장님 몫은 따로 끓이고 있으니 함께 가시지요."

가설병들이 환성을 지르며 식기를 들고 반합 주위로 모여들었다. 군용 두부와 동태, 콩나물 따위를 넣고 역시 군용 고추장을 풀어 끓인 것으로 이 중위가 보기에도 먹음직했다.

"누가 끓였나?"

"강 병장님 솜씹니다. 자, 과장님, 가시죠. 강 병장님이 기다리고 있습니다."

권 일병이 인도해 간 곳은 계곡 한편의 전주 밑에 자리 잡은 강 병장의 텐트였다.

개인 텐트 몇 장 교묘하게 결합한 한 평 남짓한 그 속에는, 강 병장이 단짝인 암호병 박 상병과 함께 이 중위를 기다리고 있었다.

"히야, 이 사람들 봐라."

텐트를 들치고 들어간 이 중위는 우선 감탄했다. 텐트 안에는 군용 갓을 씌운 백열등이 켜져 있었고, 구석에는 조그만 전기 곤로가 발갛게 달아 있었다. 그리고 텐트 한가운데 놓인 등산용 고체 연료 위에서는 무엇인가가 한참 기분 좋게 끓고 있었다. 그 곁에는 소주병도 두어 개 보였다.

"전기는 누가 끌었나? 고압선 같던데."

"한전(韓電) 기사가 끌었습니다."

한전에 근무하다 입대한 신병을 가리키는 말이었다. 강 병장은 방한모도 야전잠바도 벗은 채로였다.

"곤로는?"

"미리 준비해 왔죠. 고체 연료도 서너 개. 아무래도 겨울에는 따뜻한 게 제일이니까요."

"거기다가 야전 전기 세트라 — 이건 PLL(전투 예비) 아냐?"

그러나 이 중위의 질문은 나무람이기보다는 감탄의 연속이었다.

"하여튼 애들을 위해 찌개를 끓여둔 건 잘했다. 그런데 이 술은 웬 거야? PX품이 아닌데—."

"역시 PX 겁니다. 이럴 때 PX도 한몫 봐야죠."

그러자 이 중위에게도 생각나는 게 있었다. 원래 PX는 군납품만 쓰게 돼 있다. 그러나 그것은 정가가 있고 이윤이 적은 데다 때로는 질(質) 문제로 잘 팔리지 않았다. 영내에 있을 때는 사단 PX와 감찰부의 통제 때문에 어쩔 수 없지만 이제 그들의 통제권 밖으로 나온 이상 반드시 군납품을 쓸 필요는 없었다. 듣기로는 주임 상사는 이번에 개인적인 투자로 거의 한 트레일러분의 사제(私製) 물품을 가지고 왔다는 말이 있었다.

식사를 마치자 이 중위도 방한모와 야전잠바를 벗었다. 눈에 젖은 바짓가랑이와 군화에서 가는 김이 솟아오르고 있었다. 강 병장이 넥타 깡통에 소주를 반 가까이나 부어 권했다.

"한 잔 드십시오. 몸이 확 풀릴 겁니다."

안줏거리 찌개는 따로 있었다. 강 병장이 납작한 철제 약상자에서 고춧가루와 다진 마늘을 범벅해 둔 양념이며 조미료, 장조림 따위를 꺼내는 걸 보고 이 중위가 다시 물었다.

"치밀하군. 누구 솜씬가?"

"박 상병 어부인 솜씨죠. 지난주 외출 때 가져왔습니다."

육사를 중퇴했다는 풍문뿐 강 병장의 경력이나 환경이 깊이 감추어진 것임에 비해 박 상병의 그것은 비교적 대대에 널리 알려져 있었다. 우선 그는 부대의 최고령자였다. 국내 제일의 명문에서 대학원까지 수료하고도 고시 준비로 몇 년을 더 보낸 바람에 스물여덟에 입대, 지금은 강 병장보다 한 살 많은 서른이었다. 부인은 약사로 개업 중이었고 세 살 난 아들이 있었는데, 강 병장과는 각별하게 지내고 있었다.

이상하게도 이 중위는 그들과 술을 나누다 보면 자기가 군에 있다는 것을 깜박깜박 잊어버리곤 했다. 한번은 술이 취해 그들과 강 형, 박 형 하다가 부대장에게 경을 친 적도 있을 만큼 그들의 화제는 군대를 떠나 있었고 그 분위기는 독특했다. 그런데 그날은 웬일로 그렇지 않았다. 오히려 그들이 서로 강 형, 박 형 하는 것이 조잡스럽게 보였고 그들의 대화도 공허하게 들렸다. 처음 한동안 영문을 모르고 마시던 그는 술이 몇 순배 돈 후에야 그 원인을 깨달았다.

"그런데 말이야, 강 병장. 나는 장교로 2년째 근무하면서도 도무지 너희들을 이해할 수 없는 게 하나 있어."

"뭔데요?"

강 병장은 정말로 궁금하다는 듯 물었다.

"너희들이 — 그 무어랄까…… 이를테면 모든 것을 방기해 버린 것 같은 자세 말이야."

"구체적으로 어떤 것 말씀입니까?"

"예를 들면 너희들의 탐식. 너희들은 이상하게도 먹는 것에 집착한다. 이미 우리 군대에는 아무도 배고픈 사람이 없을 텐데도 말이다."

"먹는다는 건 분명 즐거운 일입니다. 그다음은요?"

"너희들의 나태. 너희들은 병적으로 움직이는 걸 싫어한다. 훈련이나 작업은 물론이지만, 분명 너희들에게도 유리한 일도 시키기 전에는 안 한다. 대신 기회만 있으면 자고, 그래도 시간이 남으면 멍청히 있기를 좋아한다."

"사실 배부른 사병이 가장 열렬히 바라는 게 그 두 가집니다."

"또 있다. 그것은 너희들의 집요한 탐락. 한번 술잔을 들면 쓰러질 때까지 놓지 않고 여자를 얻으면 날이 새기 전에는 그 배 위에서 내려오지 않는다. 너희들이 용감하고 부지런해지는 것은 그 둘을 위해서뿐이다."

"대개 총기 사고는 그 둘 중의 하나 때문이죠."

"너무 철저한 자기 방기다. 더구나 그것이 학력이나 인격, 연령에 관계없이 너희들에게 공통되는 것을 보면 아연할 때마저 있다."

"이거 오늘 우리가 되게 당하는군요. 너무나 사병적(士兵的)인 야영 준비였습니까?"

강 병장은 여유 있게 웃었다.

"그런데 과장님은 그 원인을 생각해 보셨습니까?"

"처음에는 나는 그게 일제의 나쁜 유산이라고 생각했다. 그때 남의 나라, 다른 민족을 위해 죽음을 강요당해야 했던 그들의 군대관이 지금까지 그릇 전승돼 왔다고. 하지만 그것은 너무 오래된 일이고 또 지금은 다르다."

"그래도 일제의 잔재가 완전히 없어진 건 아니죠."

"그래서 나는 또 그것이 와전된 쾌락주의라 생각했다. 개인주의와 현실 숭배의 기형적인 결합 같은 것 ― 하지만 그것도 너희들의 그 철저한 방기의 설명으로는 불충분해."

"맞습니다. 잘 보셨지만 과장님은 가장 중요한 것을 빠뜨렸습니다."

"무언가?"

"니힐이죠. 병사의 허무입니다."

"병사의 허무?"

"모든 것을 타아(他我)에 맡겨버린 자아의 절망입니다. 우리에게 존재를 부여하는 생명까지도 병사는 자기 것으로 가지고 있지 않습니다. 그가 가진 것은 철저한 무(無)죠."

"그런 것을 정말 너희들이 모두 느끼고 있단 말인가?"

"물론 그렇지는 않습니다. 전쟁이 터져 존재 자체가 실제 위협을 당할 때조차도. 그러나 그것을 의식하지 못한다는 것과 그게 없다는 건 별개지요. 모든 병사는 군번과 함께 그 허무를 잠재의식 속에 지급받았던 겁니다."

"하지만 소위 동일시라든가 동기의 합리화 같은 것이 있지 않나? 집단을 통해 자아를 실현하는 것 같은……."

여기서 불쑥 박 상병이 끼어들었다. 그들은 이 화제에 어느 정도 익숙한 것 같았다.

"그런 것을 자발적인 것으로 사병들에게 구하는 것은 무리지요. 더구나 우리는 대개 국민개병제도(國民皆兵制度)에 따라 의무적으로 왔을 뿐이니까요. 효과적인 동기 부여나 정치화가 있어야 합니다."

"그걸 위해 정훈(政訓)이 있지 않나?"

"그러나 그 효과는 참으로 의심스럽습니다. 오히려 병사의 허무감을 확인시키는 때도 있죠. 예를 들어 프롤레타리아에 대해 수십 매의 논문이라도 쓸 수 있는 사병이 '프롤레타리아, 아무것도 가지지 않은 자, 즉 빈털터리.' 식의 암기 사항을 강요당할 때, 그는 자신의 허무감을 확인할 겁니다. 또 사학을 전공한 친구가 별로 전문화되지 못한 정훈 교관에게 '이순신 장군은 배 열두 척으로 적선 삼 백을 격침시켰다.' 따위 얘기를 듣고 웃었다고 기합을 받게 될 때도……."

"대개 박 상병이나 강 병장 자신의 얘길 테지만 그런 경우는 흔치 않아."

"그래도 우리 본부 요원의 태반은 대졸이나 대재(大在)입니다. 그리고 앞으로 그 비율은 높아갈 겁니다. 뿐만 아니라……."

이번에는 강 병장이 다시 끼어들었다.

"지적 수준이 낮은 사병도 마찬가집니다. 별 알맹이도 없이 어렵기만 한 한문 용어로 된 정훈 교범을 대할 때, 토요일 내무 사열에서 수십 개의 비슷비슷한 암기 사항을 다 못 외워 그날의 외박이 취소당했을 때, 시골 중학을 중퇴한 그 사병은 또한 자신의 허무감을 확인할 겁니다."

"그렇다면 결국 우리의 정훈은 완전한 낭비인 셈이군."

"아니죠. 만약 어떤 곳에서 보다 전문화된 교관에 의해 근거 있게 등급화된 사병들의 교육이 이루어진다면 문제는 달라집니다."

여기서 이 중위는 묘한 저항감을 느꼈다.

"아니면 너희들 중 하나를 정훈감에 앉히거나……."

원래 논리에 감정이 개입되면 그 논리는 끝이다. 그런데 돌연 그들의 대화에 노골적인 감정을 끌어들인 것은 어느새 취한 박 상병이었다.

"병사들을 절망시키는 것은 그 밖에도 더 있습니다. 이를테면 하사관 층의 원인 모를 가학 성향(加虐性向), 장교들의 아리스토크 래티즘[貴族主義] —."

"박 형, 잠깐."

갑자기 노련한 강 병장이 요란스레 술병을 부딪히며 박 상병의 말을 중단시켰다.

"술이 다 됐어. 수고스럽지만 술 좀 더 가져오쇼."

강 병장은 그쯤에서 대화를 끝내고 싶은 모양이었다. 그는 차츰 분노로 변해 가는 이 중위의 묘한 저항감을 짐작한 것 같았다. 그러나 취한 박 상병은 할 얘기를 다 하고야 일어섰다.

"사단 보충대에서의 일입니다. 제 신상명세서를 본 인사과 행정반의 장교들이 저를 부르더군요. 멋모르고 쓴 대학원 학력 때문이었죠. 그들은 나를 잘 보아준답시고 사역과 훈련에서 빼낸 것입니다. 그런데 그 덕분에 일없이 행정반에 빈둥대다가 그들에게 처음 받은 과업이 뭔지 아십니까? 군화를 닦아 달라는 것과 PX에서 담배를 사 오라는 것이었습니다. 그것도 거스름 몇 십 원으로는 오리온 마미를 하나 사 먹고…… 또 한 번은 치핵(痔核)으로 지구 병원에 후송을 간 적이 있었습니다. 그 병원에는 경환자에 한해서 가벼운 사역을 시킬 수 있다는 규칙이 있었죠. 그래서 저는 엉덩이에 커다란 혹을 달고 어기적거리며 성한 장교들을 위한 구내 테니스장의 무거운 롤러를 끌었습니다……."

강 병장은 조심스레 이 중위의 눈치를 살폈지만, 거기서 이 중위는 오히려 원인 모르게 착잡한 심경이 되었다. 그는 비틀거리며 일어서는 박 상병을 붙들어 앉히고 대신 일어섰다.

"작전 중이야. 술은 됐어. 오늘만은 그놈의 허무를 절제해라."

그는 담담하게 말하고 강 병장의 막사를 나왔다. 강 병장이 따라 나왔다.

"술 잘 마셨다. 잘 자라."

"죄송합니다. 안녕히 주무십시오. 필승!"

강 병장은 전에 없이 단정하게 경례까지 했다. 그러나 보기보다 많이 취한 것 같은 박 상병은 그동안도 비스듬히 앉은 채 무언가를 중얼거리고 있었다.

"니힐, 니힐, 니힐리아 노래 부르며…… 저 바벨론의 강가에서 먼 시온을 생각하며 울었노라……."

하지만 그날 밤은 결국 누구도 잘 잘 수 있는 밤이 못 되었다. 게릴라 침투가 세 번이나 있어 무전 차량 한 대가 반파, 포차 한 대가 완파되고, 스무 명 가까운 사병과 하사관 한 명이 사상 판정을 받았다. 전 병력은 별수 없이 취침을 포기하고 철야 경계에 들어갔다. 거기다가 새벽녘에는 또 난데없는 헌병대가 들이닥쳐 한바탕

난리를 치렀다. 인근 부락의 술집에서 나이 든 작부 하나가 피살된 사건 때문이었다. 술집 주인의 신고로는 전날 밤 아홉 시경 술취한 군인 하나가 찾아와 술과 여자를 청하기에 들여보냈는데 한참이 지나도 조용하기에 문을 열어 보니 여자 혼자 목이 졸려 숨져 있었다는 것이었다. 그 군인은 풀이 많이 꽂힌 위장망을 입고 있어 계급과 군번을 보지는 못했지만 그 위장망이 한 단서가 되어 헌병대는 부근에서 훈련 중인 부대에 중점을 두고 하나씩 뒤져온 모양이었다. 그러나 부근에서 작전 중인 병력만도 사단 규모인 데다 야영지에서 정확한 병력 통제란 원래가 어려운 것이어서 범인은 아직 윤곽도 잡히지 않고 있었다.

이 중위의 부대에서도 그 시각에 진지에 없었던 것이 명백한 몇몇이 — 예를 들면 보선(補線)을 나갔던 가설병이나 부식 수령을 갔다가 늦은 일종계와 취사병 같은 병사들이 — 턱없이 엄한 심문을 받고 데려온 술집 주인과 면대까지 했으나 술집 주인은 이미 얼굴을 잊은 후였다. 사건 후부터 지금까지 벌써 수백 명을 면대한 그는 그저 자고 싶으니 돌려보내 달라고 할 뿐이었다.

이튿날 D+1일은 숨 가쁜 이동의 연속이었다. 반격에 실패한 지원 연대를 따라 이 중위가 소속된 야전포병대도 30마일이나 뒤로 밀렸기 때문이었다. 오전 동안에 긴급 방렬이 두 번, 게릴라 출현이 한 번, 그리고 적의 경비행기가 투항을 권고하는 전단을 뿌리고 사라졌다.

그런데 오후 늦게 재반격이 시작되면서 이 중위의 부대는 포병으로서는 가장 치명적인 실수를 저질렀다. 제6 전개 진지에서 적 보병 집결지를 향해 맹렬하게 비사격을 하고 있는데 통제관이 화집점(火集點) 확인을 하러 들어왔다. 그러나 핀이 꽂혀 있는 것은 적의 집결지가 아니라 392연대의 CP 부근이었다. 지원 연대가 이미 삼십 분 전에 진공한 것도 모르고 열심히 그 머리 위에 포탄을 퍼부은 셈이었다. 다행히 비사격이어서 실질적인 피해는 없었지만 그 오폭에 대한 통제관의 피해 판정은 지원 연대의 부관을 비롯해 세 명의 장교와 사병 120명의 사상(死傷), 그리고 차량 파손 여섯 대였다.

상황실은 벌컥 뒤집히고 컴퓨터(계산병)들은 거의 얼이 빠졌다. 그러나 아무리 계산해 봐도 연대 최종 지원 사격 요청 지점의 좌표는 그곳임에 틀림없었다. 결국 지원 연대에 문의한 결과, 연대는 진공 작전에 그 지역에 대한 포격 중지 요청을 AM 망으로 날렸다고 회신했다. 그렇다면 그 전문을 처음 접수한 AM이나 그걸 조립한 암호병 박 상병과 상황실 사이에서 무슨 이상이 있었음이 분명했다. 그걸 확인하자 이 중위는 문득 생각나는 게 있었다. 한 이십 분 전에 이 중위는 입술이 터지고 눈두덩이 부은 박 상병이 멍하니 V-34가 장치된 박스카에 기대 서 있는 것을 보았지만 그때 마침 RC-292 안테나가 쓰러졌다는 연락을 받고 그리로 달려가던 길이어서 그냥 지나친 적이 있었다. 이 중위는 급히 박 상병을 찾아보았다. 박 상병은 아직도 그 자리에 멍하니 서 있었다.

"박 상병, 이거 어떻게 된 거야?"

"저는 이 전문을 전하러 상황실로 뛰어갔습니다."

박 상병은 아직도 문제의 전문을 손에 들고 있었다.

"그런데 왜 전하지 않았나?"

"도중에 본부 부관 심 소위님을 만났습니다. 다짜고짜 주먹이 날아왔어요……."

"무엇 때문에?"

"철모도 안 쓰고 위장망을 입지 않았다는 겁니다."

박 상병은 주로 박스카 안에서 근무하기 때문에 전투 복장에 소홀했던 것 같았다.

"하지만 그 후라도 그 전문은 전했어야 하지 않나?"

"그럴 틈이 없었습니다. 다시 자기를 노려보았다고 주먹과 발길이 계속 날아들었으니까요."

그런 박 상병의 두 눈에는 은은한 불길이 타오르고 있었다. 입술은 좀 전보다 더 흉하게 부어올라 있었다.

"그럼 지금까지 계속 맞고 있었단 말인가?"

"그런 건 아니지만…… 그만 정신을 잃었던 모양입니다. 나 스스로가 너무도 처참해서…… 정신을 차리고 보니 벌써 ― 이십 분이나 지나 있었습니다."

기어이 박 상병의 목이 잠겨왔다. 이 중위는 그와는 더 이상 얘기가 될 것 같지 않아 심 소위를 찾아 나섰다.

심 소위는 생긴 지 그리 오래되지 않은 비정규 사관학교 출신으로 금년 봄에 임관된 이른바 '신삥 소위'였다. 군인으로는 대개 충실한 편이었는데, 계급을 지나치게 따지는 게 흠이어서 처음에는 마흔이 넘는 하사관들까지 계급만 따져 함부로 다루다가 물의를 빚을 정도였다.

그러다가 차차 실무를 경험하면서 그들에게는 다소 부드러워졌지만 일반 사병들에게는 여전히 엄하고 거칠게 대했다. 특히 그런 그의 엄격함은 참모부의 대학 출신 사병들에게 심해, 그들 중 한 번쯤 심 소위에게 당하지 않은 사람은 별로 없었다.

강 병장은 그 원인을 심 소위의 '대학 콤플렉스'로 분석했는데, 그 예외 중의 하나가 박 상병이었다. 나이가 나이인 데다, 암호병이란 직책이 원래 눈에 잘 띄지 않는 것이었기 때문이었다. 그러나 강 병장은 오히려 그 점을 더 염려했다. 그것은 박 상병이 석사과정까지 수료한 대학이 심 소위가 입대하기 전에 두 번이나 낙방한 바로 그 대학이라는 점 때문이었다. 강 병장의 판단이 옳았는지 모르지만, 하여튼 결과는 너무 엄청난 것이었다.

심 소위는 마침 PX 차 근처에서 동기인 박 소위와 깐포도 캔을 마시며 떠들고 있었다.

"어이 심 소위, 나 좀 봐."

"웬일입니까? 통신장교님."

심 소위는 무슨 일이 있었느냐는 듯 태연한 얼굴로 건들거리며 다가왔다.

"박 상병 일이 어떻게 된 거야? 영창 가게 됐잖아?"

"아, 그 새끼요? 영창 가야 싸죠. 하두 복장이 엉망이고 군기가 싹 빠졌길래 몇 대 줘박아 보내려 했더니, 아 이게 째려보잖아요? 그리고 나중에는 숫제 징징 울며 기어 붙는 거예요. 그래서 좀 짓밟아 버렸죠."

"그래도 급한 용무로 가는 사람을……."

"그 새끼가 말하지 않는 걸 내가 어떻게 알아요? 그리고 터진 후에라도 뛰어갈 일이지, 기집애처럼 쿨쩍거리기는."

"그래도 나이 든 사람을 — 좀 심했지 않나?"

이 중위는 치밀어 오르는 화를 가까스로 누르며 조용히 말했다. 그러나 심 소위는 조금도 그것을 개의치 않았다.

"병신 새끼, 나이 처먹었으면 지가 처먹었지. — 미쳤다고 서른이 되도록 자빠져 있다가 이제 오기는…… 억울하면 새벽밥 먹고 군대 올 일이지. 요리조리 미꾸라지처럼 빠지다 늦게 끌려온 그런 새끼 설움 받아 싸죠. 지가 대학원을 나왔으면 나왔지. 아니꼬워서……."

"심 소위, 사병들에게 너무 그러는 거 아냐. 이게 실전이라면 뒷총 맞는 수가 있어."

"흥, 이게 실전이라면 그런 같잖은 새끼는 당장 즉결입니다."

드디어 이 중위도 분통이 터지고 말았다.

"야, 이 새끼 정말 악질이구나."

이 중위의 주먹이 날랐다. 심 소위의 고개가 젖혀지며 철모가 언 땅바닥에 떨어져 요란한 소리를 냈다. 그러나 심 소위의 기세는 여전히 수그러질 줄 몰랐다.

"이거 왜 이러슈? 이 중위님. 사병 애들 보는 데서 창피하게……
말루 합시다, 말루."

"뭐 이 새끼야, 말루? 개발에 다갈이다. 임마, 너 같은 놈이 장교
라는 건 대한민국의 수치다."

그러나 심 소위도 지지 않았다. 연신 날아오는 이 중위의 주먹
을 두 손으로 막으며 악을 쓰는 것이었다.

"너무 그러지 마슈, 통신장교님. 철모가 빵꾸 나게 해 먹을 것도
아니면서…… 못난 자식새끼 편력 드는 애비도 아니고 ―."

그러나 함께 있던 박 소위와 마침 그곳을 지나가던 수송장교의
제지로 소동이 길지는 않았다.

그날의 숙영까지는 두 번의 이동이 더 있었다. 우군의 재반격
이 순조로운 탓이었다. 그러나 숙영지와 정규 가설을 끝내고 지쳐
젖은 솜처럼 무거운 몸으로 돌아온 이 중위에게는 또 다른 성가
신 일이 기다리고 있었다. 유선 감시조가 야전선을 걷어 가던 마
을 아이들을 잡아 혼내준 것이 말썽을 일으켰다.

"보쇼. 말똥(무궁화) 두 개를 달았으면 눈에 뵈는 게 없소? 철모
르는 애들이 좀 잘못이 있었기로 잘 타일러 보낼 일이지. ― 개 패
듯 팰 건 뭐요? 걔들이 빨갱이 새끼요? 너무 그러지 마쇼. 나도 내
한 몸 나라에 바친 일급 상이용사요."

이 중위가 급작스러운 부름을 받고 CP 막사로 달려가니 왼팔

이 날아가고 얼굴이 흉하게 일그러진 50대의 남자 하나가 목발로 바닥을 땅땅 쳐가며 대대장에게 따지고 있었다. 대대장은 무척 난처한 표정이었다. 민폐는 작전 못지않게 중요한 통제관의 체크 사항이었다.

"통신장교, 이게 도대체 무슨 일이야?"

힐끗 통제관을 보며 이 중위에게 그렇게 묻는 대대장의 표정은 차라리 '통제관이 납득하도록 잘 설명해.'라는 명령이라는 게 옳았다. 그러나 이 중위는 해명할 틈이 없었다. 대뜸 그 남자가 이 중위를 보고 퍼부어 대기 시작한 것이다.

"당신이 통신장교야? 이봐, 새파란 사람이 그러면 못써. 왜 남의 아이를 탕탕 치는 거야. 그렇게밖에 부하 교육을 시킬 수 없어?"

이건 숫제 반말이었다.

"가서 그놈 데려와. 우리 아이 친 그놈 말이야. 내 이 갈쿠리로 눈깔을 뽑아 놓고 말 테니."

그는 이 중위의 눈앞에다 왼손의 의수(義手)를 흔들어 댔다. 독한 술 냄새가 코를 찔렀다.

"그래도 하나뿐인 자식 놈이야. 지금 정신없이 앓아누웠어. 치료비 내놔. 연천에라도 데려가 입원시켜야겠어."

그러자 대대장이 부드러운 목소리로 끼어들었다.

"그럼, 이 중위. 우선 군의관 데리구 아이나 한번 보구 오지."

그러자 그 남자는 갑자기 사나운 기세로 펄펄 뛰며 악을 썼다.

"얕은 수작 부리지 말어. 링게루나 한 병 맞히고, 아스피린 몇 알 먹인 뒤에 어물쩍 뜨려고? 어림없어. 그런 수작에 넘어갈 나 아니야."

그는 은근한 협박까지 곁들였다.

"내 비록 지금은 병신이지만 이래 봬도 백선엽이 따라 혜산진까지 갔다 온 용사야. 너희 사단장 김 소장? 철의 삼각지에서 피 함께 흘린 전우야. 전화 한 통화면 끝나. 날 무시보지 말어."

그때였다. 뒤늦게 불려온 선임하사가 갑자기 꽥 고함을 질렀다.

"영감, 이거 조용하지 못해? 여기가 어디 제집 안방인 줄 알어? 이 순 사기꾼 같은 영감쟁이가."

일순 그는 움찔했다. 그걸 보며 선임하사는 자신 있게 대대장에게 말했다.

"속지 마십쇼. 대대장님, 이 영감 몽땅 거짓말입니다. 뭐, 일급 상이용사라구요? 어디서 불발탄 분해하다 팔다리 날리고선……."

그러자 갑자기 그 남자가 악을 썼다.

"야, 넌 뭐야. 네가 뭘 안다고 이 개 같은 새끼야."

그러나 선임하사는 눈도 깜짝 안 했다.

"자, 여기 전화 있다. 내 사단장실 대 주지. 뭐 함께 피 흘린 전우? 정말 웃기네. 늙어도 곱게 늙어."

그러고는 다시 대대장을 향해 돌아섰다.

"대대장님, 더 이상 상대하지 마십쇼. 전문적으로 훈련 부대 티 뜯고 다니는 치죠. 5년 전에도 여기 왔다가 이 비슷한 일로 쌀 두 가마 뜯겼습니다. 어이 김 상병, 이 일병, 이자 끌어내."

사내가 고래고래 악을 쓰며 끌려 나가자 대대장이 근심스러운 듯 물었다.

"정말 괜찮을까?"

"걱정 마십쇼. 저런 치들은 한번 본때를 봐야 해요. 약하게 뵈면 끝이 없습니다."

임 상사는 이어 그들을 소상하게 설명했다.

"포 사격이 있으면 사령부보다 먼저 아는 친구들이죠. 사격 중 십 분 휴식이 있어도 그 시각까지 정확히 알아 탄피나 불발탄을 주워 갑니다. 뿐만 아니라 야전선을 걷기도 하고, 자동차 부속을 빼 가기도 하지요. 아무리 중요한 걸 잃어도 저치들한테 구하면 얻을 수 있지요. 한번은 포대경을 잃어 쌀 한 가마니와 바꾼 적도 있습니다. 거짓말 좀 보태면 저치들 집 하나만 뒤져도 소대 하나 분의 장비는 넉넉히 나올 겁니다……."

정말로 그 남자는 부대가 철수할 때까지는 부근에 얼씬도 않았다.

그 밤에는 게릴라의 출현이 여섯 번이나 있었다. 사병들은 거의 뜬눈으로 밤을 새웠고, 장교들도 대부분은 새벽까지 잠을 설치고 말았다. 좀 이상한 것은 게릴라가 주로 통신 차량 부근에서 출몰한 것과 게릴라의 출현이 있을 때마다 어디선가 심 소위가 나타나 통신병을 들볶아 대는 일이었다. 그러나 아무도 게릴라를 본 사람은 없었고, 통제관도 상황 부여에만 만족하는 듯 피해 판정에는 관대했다. 여섯 번의 게릴라 출현에도 불구하고, 피해 판정은 무선 차량 반파와 경상 세 명이 전부였다.

그런데 이 총중에도 후일 오래오래 얘기된 두 개의 에피소드가 있었다.

그 하나는 후방 OP로부터 심 소위에게 날아온 긴급 전문이었다. 짧은 음어 전문이었는데 무전병이 급히 해역한 내용은 이런 것이었다.

― 영자 ×× 그리워, 오(吳).

― 나도. 권(權) ―.

이번 작전에 참가하지 못해 심심해 죽겠다는 O1의 오 소위와 O2의 권 소위가 동기 심 소위에게 보낸 전문이었다.

― ×대가리 근지럽거든 그걸루 총구 수입이나 해라 ―.

심 소위의 답신이었다. 물론 이들의 교신은 고위층이 탑승한 비행기의 이륙 시간을 그저 자모 분철법(子母分綴法)으로만 날린 이웃 사단의 무전병과 함께 황새봉의 무전 감식반에 잡혀 후일 처벌을 받았다.

그다음 또 하나의 에피소드는 교환대 김 일병의 것이었다.

그날 밤 세 시경 돌연 그는 각 참모부를 동시 호출한 후 외쳤다.

"왜군이 북상한다. 이여송(李如松)을 격파하고."

기이하게도 그는 그날따라 임진왜란 때 참전했다가 벽제관에서 죽은 명나라 병사의 전화를 받았던 듯했다. 그러나 이상히 여긴 상황병이 교환대 막사로 달려갔을 때 그는 교환기에 기댄 채 잠들어 있었다.

한편 잦은 게릴라 출현으로 새벽까지 잠을 설친 이 중위는 날이 훤히 밝아오는 걸 보고서야 아무에게도 간섭받지 않고 푹 잘 수 있는 박스카로 갔다. 그러나 그 창틀 밑을 지나던 이 중위는 그 차량 안에서 들려온 무슨 다툼 소리에 잠시 걸음을 멈추고 귀를 기울여 보았다. 박 상병 홀로 있을 것으로 알았는데 이상하게도 강 병장과 함께였다.

"박 형, 참아요. 그거 이리 내고. 대신 내가 해주겠소. 내 반드시 놈의 골통을 바수어 놓을 테니……."

강 병장은 박 상병을 상대로 무언가를 간곡히 만류하고 있었다.

"강 형은 상관 마쇼. 이건 내 일이오. 반드시 내 손으로 해야 할……."

"박 형에게 어울리지 않아요. 저급한 감정의 논리요. 현명해야지요. 나를 믿어주쇼. 나는 아무도 상하지 않고 보복해 주겠소."

"강 형이 무슨 수로……."

"조금 전에 방법을 생각해 냈소. 두고 보쇼. 내일 아침에도 녀석이 제 발로 걸어 다닐 수 있는가."

무슨 일이 또 있었구나, 생각하며 이 중위는 차량을 돌아 박스카 뒷문을 열었다. 무엇인가를 서로 붙잡고 승강이를 벌이던 두 사람이 놀라 떨어졌다. 강 병장의 등 뒤로 무언가가 번쩍하며 숨겨졌다.

"강 병장, 뭐야? 등 뒤에 감춘 게?"

"아, 아무것도 아닙니다."

평소답지 않게 침착을 잃은 목소리였다. 이 중위는 강 병장의 감춘 손을 앞으로 끌어당겨 보았다. M-16 단검이었다. 그걸 보고 이 중위가 꽥 소리를 질렀다.

"뭐하는 짓들이야?"

"……."

"심 소위지?"

그러자 그새 약간 여유를 회복한 강 병장이 낮은 목소리로 천천히 대답했다.

"심 소위님이 좀 심하셨던 것 같습니다. 조금 전에 또 박 상병을 짓밟고 갔습니다."

"왜?"

"게릴라가 출현했는데도 차 속에 가만히 있었다는 겁니다."

그 말을 듣자 이 중위도 얼굴에 열기가 확 치밀었다. 바로 심 소위 자신의 발길질 때문에 박 상병은 거동조차 불편했던 터였다. 어제의 오폭 사건으로 징계를 당하게 된 심 소위가 이 중위의 변호로 무사하게 된 박 상병에게 고의적인 화풀이를 한 것임에 틀림없었다.

그러나 이 중위는 끓어오르는 감정을 억제했다. 그는 역시 한 사람의 육군장교였다. 심 소위의 소행은 충분히 가증스러운 것이었으나, 그보다 더 중요한 것은 집단이 고수해야 할 근본적인 질서와 위계(位階)였다. 그런데 조금 전 그가 엿들은 것은 바로 핵심을 폭력으로 부인하겠다는 것이었고, 그것은 또 그가 아무리 믿고 사랑하는 과원들이라도 인정할 수 없는 일이었다. 이 중위는 짐짓 험악한 얼굴로 두 사람을 노려보았다.

"그래서 — 이 칼로 찌르겠다는 건가?"

"아닙니다. 박 상병이 좀 흥분한 것 같기에 제가 달래고 있었습니다. 제가 한 말은 순전히 박 상병을 달래기 위해 지어낸 겁니다."

어느새 이 중위가 자기들의 얘기를 엿들은 걸 간파한 강 병장이 자기가 박 상병에게 한, 아마도 틀림없이 실현될 약속까지도 천연스레 놓치고 있었다.

"염려 마십쇼, 과장님. 저나 박 상병이나 철없는 짓 할 나이는 지났습니다. 집단의 원리도 충분히 이해하고 있구요."

그러나 이 중위는 더욱 험한 얼굴로 그런 강 병장을 향해 고함을 질렀다.

"시끄러워, 이 건방진 새끼들. 사병이면 사병답게 처신해. 기왕 사병으로 와 놓고 굳이 사병 대접을 받지 않으려 드는 것은 꼴불견이야. 그리고 —."

이 중위는 두 사람을 천천히 번갈아 보며 낮으나 단호한 목소리로 말했다.

"만약 이 일로 또 다른 무슨 일이 생기면 너희 두 놈은 모두 영창이야. 시시한 사단 영창이 아니라 군법회의에 부쳐 남한산성으로 보내겠어."

그런데 이 중위가 아침 아홉 시경 다시 눈을 떠서 처음으로 부딮친 것은 그가 전혀 예상하지 못한 성질의 사건이었다. 선임하사의 조심스러운 보고에 따르면 전입 온 지 두 달도 못 된 천 일병이 밤새 어디론가 사라졌다고 했다. 충청도 어느 두메에서 왔다는 천 일병은 어떻게 현역 입대가 가능했을까 싶을 정도로 학력과 지능이 낮은 유선병이었다. 따라서 마흔 명 넘는 과원 중에 섞인 천 일병의 존재는 지극히 미미한 것이었지만, 이 중위에게는 그를 특별히 기억할 일이 하나 있었다.

약 한 달 전 어느 된서리가 내린 아침, 우연히 교환대를 지나던 이 중위는 양지바른 벽에 기대서서 홀로 쿨쩍이는 천 일병을 만났다. 이 중위가 다가가 원인을 묻자 그는 갑자기 복받친 듯 방울방울 눈물을 떨어뜨리며 떠듬거렸다.

"벌이…… 다 얼어 죽겠네유. 엄씨(어머니) 혼자 — 가을걷기가 잘될란지유. 섬께밭에 보리 파종도 해얄 거인디……."

뒤에 강 병장을 통해 들었지마는 그는 산촌에서 전답 몇 마지기에 벌 몇 통을 치는 홀어머니의 외아들이었다.

이 중위는 왠지 불안한 마음으로 일방 수색조를 보내고 일방 포로 명단을 확인하면서 진지 이동 때까지 초조히 기다렸다. 그러나 천 일병은 끝내 돌아오지 않았다.

D+2일. 대대적인 우군의 반격 작전이 전개됐다. 작전 초에 가장 큰 타격을 받았던 아군 390연대는 대오를 정비해 적을 우회, 적후방 사 마일 지점의 무명고지에 돌출했다. 조공을 맡은 392연대는 적의 좌익을 충실히 견제했고, 정예 391전투단의 주력 일부

는 임진강 도하 작전에 성공, 적진에 교두보를 확보했다. 작전 초에 무리하게 병력을 산개(散開)한 적은 서서히 붕괴돼 가고 있었다.

이 중위의 야포대는 반격이 개시되면서 더욱 바빠졌다. 여기저기서 화력 지원 요청이 들어오고 종합 화망 형성(綜合火網形成)에도 참가해야 했다. 그날 그들은 낮 동안만 여섯 번 진지를 이동했고 여덟 번 포를 방렬했다. 실사격도 두 번이나 있었다. 그러나 지난 이틀의 야전 체험은 그런 중에도 이 중위에게 어느 정도 전쟁을 객관적으로 음미하고 관찰할 수 있는 여유를 주었다.

무엇보다도 먼저 이상한 것은 연 사흘째 작전을 수행하고 있으면서도 산발적인 게릴라 침투 외에는 적의 그림자도 보지 못했다는 점이었다. 물론 포병 진지에 적의 보병이 나타난다면 볼 장 다본 셈이라는 말은 익히 들어왔지만, 그것은 이 중위에게는 전혀 새로운 경험이었다.

"이제 우리의 전쟁은 적을 볼 수 없는 것이 되었구나……."

적을 볼 수 없다는 것 — 거기에 현대전의 잔학성이 있는 것 같았다. 항병(降兵)을 도살한 항우는 그로 인해 천하를 잃었고 포로를 학대한 나치나 일제의 장군들은 전범(戰犯)으로 처벌되었다. 그러나 포탄이나 미사일의 발사를 명한 현대전의 장군들에게는 아무도 책임을 묻지 않는다. 전자는 적을 보았는데 비해 후자는 적을 보지 못했기 때문이다. 날아간 포탄이나 미사일은 분명 항거의 의사나 능력을 묻지 않고 대량으로 적군을 도살하였는데도.

다음 또 하나 이 중위에게 인상적이었던 것은 현대전의 정교한 메커니즘이었다. 그들은 바쁘게 이동하고 포를 쏘았지만, 기실 그 것은 하나의 일관된 공정과도 같은 것이었다. 예정된 시간에 일정한 거리를 이동해 이미 핀이 꽂힌 지도상의 한 지점으로 역시 일정량의 포탄을 퍼붓는 것은 피스톤의 왕복이나 톱니바퀴의 회전같이, 전쟁이란 거대한 메커니즘의 부분 동작에 지나지 않았다. 그 시각 다른 병과는 그들대로 주어진 그들 몫의 부분 동작에 열중해 있을 것이다. 거기서 문득 이 중위는 이상하게 왜소해진 개인과 소집단을 보았다.

그런데 이 중위가 학훈단 동기인 남 중위를 만난 것은 제6전개 진지의 연대선 가설을 하는 도중이었다. 공병 병과인 남 중위는 4분의 3톤 차량에 몇 명의 사병을 태우고 어디론가 출동하다가 가설 중인 이 중위를 보고 차를 세웠다. 반가운 인사 끝에 이 중위는 언뜻 그 차량 뒤에 실린 몇 통의 야전선을 보고 무심히 물었다.

"공병대도 가설을 하나?"

남 중위는 빙긋 웃었다.

"왜 공병은 가설을 하면 안 되나? 이게 다 네놈들 포가 백발백중하라고 하는 짓이다."

"무슨 말이야?"

"지금 천마고지로 가는 길이다."

"천마고지? 거긴 내일 우리의 최종 화집점(火集点)인데……."

"그러니까 손 좀 봐 두러 가는 거야. 하기야 실제로 쓰인 경우는 한 번도 없었다지만……."

"그래서 공병대가 뭘 하겠다는 거야?"

"멍청한 새끼, 이게 순 형광등이군. 고위층이 망원경으로 바라보고 있는데 화집점에 포탄이 제대로 날아들지 않으면 어떻게 되겠어? 어쨌건 네놈들 포나 잘 유도해. 통신이 포병의 눈깔이라니까."

그리고 남 중위는 손짓으로 무엇이 펑 터지는 듯한 흉내를 냈다. 그제야 이 중위도 그가 내일의 사단 화집점에 설치하려는 것이 무엇인지 어렴풋이 짐작이 갔다.

이 중위가 진지로 돌아오니, 사병들이 전부 진지 앞 공터에 집결해 있었다. 인사과장의 안전 교육이었다.

사실 지금까지 많은 사상이 있었고, 또 의무대나 군수과에 의해 실제와 동일하게 처리되고 있었지만, 그것은 어디까지나 각 통제관의 판정에 의한 것이었다. 예를 들면, 적군의 점령 전에 그 지역을 빠져나가지 못했다든가, 적에게 위치가 노출돼 부대가 집중 포화를 받았다든가, 게릴라의 침투를 몰랐다거나 등. 그런데 작전 사흘째로 접어들면서 갖가지 안전사고가 발생해 상당한 실병력(實兵力) 소모를 가져왔다. 교육은 그래서 실시되는 것 같았다.

인사과장이 안전사고의 사례로 든 것 중 가장 처참한 것은 설상 파카를 입고 술에 취해 논두렁 밑에 쓰러져 자던 보병이 탱크에 깔려버린 사건이었다. 설상 파카의 위장 효과 때문에 탱크병이 주위에 쌓인 눈과 그 사병을 구별하지 못한 탓이었다. 다음은 기름에 젖은 옷을 입고 불을 쬐다가 불이 붙어 중화상을 입은 수송병과 메틸알코올을 에틸로 잘못 알고 포도당에 타 마신 의무병, 그리고 동사가 둘, 차량 사고가 여럿 있었다. 통신병에 관계된 것으로는 GRC—19를 조작하다 감전 사고가 난 것과 엉뚱한 가스 중독이 있었다. 가설 중이던 유선병 다섯이 산중에서 아직 따뜻한 숯막을 발견하고 그 속에 들어가 잤다가 일어난 사고였다. 미련하게도 그들은 숯막의 모든 출입구를 판초 우의로 봉하고 잠들었는데 결국 무사히 깨어난 것은 그중에서 둘뿐이었다.

이 중위가 알기로 아직 대대 내에서는 별 사고가 없었다. 그런데 인사과장은 그 교육 끝에 끔찍한 차량 사고 하나를 전했다. 그날 오후 대대 부식 수령차가 전복돼 뒤에 탔던 취사병이 즉사하고 선임 탑승했던 수송부 문 중사와 운전병이 각각 중경상을 입은 사고인데 그것을 전하는 헌병대의 전통(電通)은 세 사람이 모두 취한 상태에서였다고 했다.

인사과장의 카랑카랑한 목소리를 들으며 이 중위에게 문득 작전 첫날 상황실 박스카 안에서 꿈 얘기를 하던 문 중사의 얼굴이 떠올랐다. 운명의 지침을 바꾸어 놓고 한번 사라진 후 다시는 찾을 길 없던 그 여인이 꿈속에서 그를 찾아온 것은 닥쳐올 이 끔찍한 사고의 불길한 전조나 아니었던지.

"전쟁은 언제나 마지막이 치열했었지."
그 밤 세 번째의 진지 이동을 하면서 이 중위는 혼자 중얼거렸다. 얼어붙은 겨울밤 하늘에 조명탄이 눈부시게 피었다 졌다 하고 있었다. 우군은 점차 적의 주력을 압박하여 마지막 섬멸의 단계로 돌입하고 있었다. 지금 이 중위의 야포대도 내일의 그 통쾌한 섬멸전을 치르기 위해 마지막 숙영지로 이동 중이었다.

이 중위는 힐끗 전면을 살폈다. 방금 타오르는 조명탄 아래, 저만치 앞서 달리고 있는 브라보(B포대)의 탄약차(彈藥車)가 뚜렷이 보였다. 그걸 보며 그는 안심한 듯 담배를 꺼내 불을 붙였다. 통상으로 이동 간 본부 차량의 선도(先導)는 작전과장의 지프차가 맡아왔는데, 그 밤은 어떻게 됐는지 영문도 모르게 이 중위가 탄 AM 박스카가 앞장서고 있었다. 처음에는 지도 한 장 없이 선도하게 된 게 약간 꺼림칙했지만 조명탄이 계속 터지고 있었으므로 이 중위는 곧 안심을 했다. 백 미터 남짓 앞서가는 브라보의 탄약차만 따라가면 되기 때문이었다.

그런데 그게 탈이었다. 원래 조명탄은 이 중위를 위해 떠오른 것이 아니라 산 너머 작전 중인 보병을 위한 것이었고 그래서 대대가 삼십 분쯤 이동하자 더 이상은 뜨지 않았다. 그리고 갑자기 덮친 칠흑 같은 어둠 속에서 이 중위는 그만 브라보의 탄약차를 놓쳐버리고 말았다.

당황한 이 중위는 운전병을 재촉해 행군 속도를 높였다. 그러나 오 분이 지나도 십 분이 돼도 앞 차량은 보이지 않았다. 이 중위가 탄 차는 더욱 속도를 냈다. 여전히 앞차는 보이지 않고, 대신 영문을 모르는 후미 차량들로부터 항의하는 무전만 어지럽게 날아들었다.

　보병의 행군에서도 그렇지만 차량 행군에서 특히 두드러지는 이상한 현상이 있다. 앞차가 시속 50마일로 달리면 여남은 대 뒤의 차량은 육칠십 마일을 내야 한다. 그러나 당황한 이 중위는 더욱 속도를 냈고 투덜거리면서도 본부는 미친 듯이 뒤따라왔다. 그렇게 얼마를 달렸을까. 갑자기 전면에 약간 긴 교량이 나타나고 멀리 도회의 불빛이 보였다. 연천(連川)이었다. 아차, 싶어 차를 세우고 곧 달려온 작전과장과 좌표를 확인해 보니 부대는 목표에서 무려 삼십 마일이나 떨어진 곳을 헤매고 있었다. 뒤따라온 대대장이 빈 권총을 휘두르며 욕설을 퍼부었다.

　"이 망할 자식, 쏘아버릴라. 뭘 믿고 달리긴 달려, 이 새끼야."

　대대장의 군화가 이 중위의 정강이에 사정없이 날아왔다. 다행히 중요 작전이 끝나고 목표지가 단순한 숙영지여서 그 이상의 책임 문제는 발생하지 않았지만, 이 중위가 거기서 치른 곤욕은 이만저만한 게 아니었다.

　"ROTC가 군인이면 전봇대에 꽃이 핀다더라, 이 망할 자식."

　결국 대대장이 1호 차에 작전과장을 태우고 직접 선도해서 대대가 숙영지에 도착한 것은 예정보다 한 시간 가까이 늦은 새벽 두 시경이었다. 그들은 서둘러 포 방렬을 마치고 숙영 준비로 들어갔다. 그러나 겨우 취침을 시작한 그들이 선잠도 들기 전에 또다시 게릴라가 출현했다. 어제와 같이 자취도 없고 피해도 없었지만 사병들에게는 괴롭기 짝이 없는 게릴라였다. 별수 없이 본부는 병력을 삼 개 조로 편성하여 번갈아 경계에 임하게 했다. 그리고 경계 조를 제외한 나머지 병력에게는 취침 명령이 하달됐지만 왠지 사병들은 잠잘 기색을 보이지 않았다. 대부분 낮에 요령껏 자둔 데다 지난밤에 시달린 경험이 있는 그들은 아예 취침을 포기한 듯했다. 대신, 인사과장이 엄격히 금했음에도 불구하고 여기저기서 은밀한 술판이 벌어지고 있었다.

이 중위 역시 그 밤은 잠자지 못했다. 침구가 준비되는 대로 잠자리에 들었으나 대대장에게 걷어차인 정강이뼈가 욱신거리는 데다 바쁜 낮 동안에 잊고 지냈던 몇 가지 사건이 한꺼번에 떠올라 잠을 날려버린 까닭이었다. 그 첫 번째는 천 일병의 일이었다. 천 일병의 탈영이 명백한 이상 그 문책에 대한 준비가 필요한데 그는 천 일병의 신상을 거의 모르고 있었다. 물론 원진지의 행정반 서랍에는 과원들의 신상명세서가 들어 있으나, 그가 돌아가 그걸 읽고 확인할 만큼의 시간 여유가 있을는지는 의문이었다. 그다음은 교환대의 김 일병 문제였다. 사람들은 어젯밤의 일을 폭소로 넘겼지만 이 중위에게는 그게 현저한 증상 악화로 여겨져 걱정스러웠다. 그리고 그 새벽 박 상병과 강 병장의 일, 그 후가 어떻게 진전됐는지 궁금했다. 결국 이 중위는 다시 일어나 강 병장의 텐트를 찾아 나섰다. 그를 만나면 그 세 가지를 한꺼번에 알아볼 수가 있었기 때문이었다.

예상대로 강 병장의 텐트에서도 술판이 벌어지고 있었다. 역시 고체 연료 위의 반합에서는 무엇이 기분 좋게 끓고 있었고 소주도 몇 병 보였다. 그러나 이상하게도 강 병장은 없고 대신 유선반장 양 하사와 병기과의 '예' 병장이 박 상병과 함께 있었다.

"여기는 항상 따습구나. 끓는 게 뭐야?"

"개구립니다."

'예' 병장이 약간 익살맞은 얼굴로 대답했다.

원래의 성이 최(崔)인 '예' 병장의 '예'는 '예수'를 줄인 것인데, 그가 그런 별명을 얻게 된 것은 재미있는 그의 부활 소동 때문이었다.

작년 가을 위장 풀을 베러 간 그는 산에서 까치독사 한 마리를 잡았다. 그런데 부대로 가져오는 도중에 그 뱀의 목을 맨 끈이 느슨해진 걸 보고 한 손에는 위장 풀을 든 채 이로 그 끈을 죄려다가 그만 뱀에게 입술을 물리고 말았다. 입술이 물려 지혈을 할 길이 없는 그가 의무대로 업혀 갔을 때는 이미 뱀독이 온몸에 퍼져 목 부근의 임파선 주변이 사람 머리보다 더 굵게 부어 있었다. 대대는 급히 통합 병원으로 후송했으나 얼마 후 날아든 것은 사망 통지였다. 흔하지 않은 일이라 대대는 밤새워 사망 처리를 하고 며칠 후 연락을 받고 온 부모는 통곡을 하고 돌아갔다.

그런데 석 달 만에 그는 멀쩡하게 살아서 돌아왔다.

그런 착오가 어떻게 일어났는지는 알 수 없으나 어쨌든 그것은 부활이었다.

"개구리?"

"주간 제4진지서 잡았습니다."

"겨울에 무슨 개구리가 있나?"

"얼음을 깨고 지렛대로 큰 돌을 들치면 물개구리가 수십 마리씩 모인 곳이 있죠. 여섯 개째 겨우 잡은 겁니다. 재수 좋으면 뱀도 있는데 ―."

"뱀한테는 질렸을 텐데…… 하여튼 몬도가네로군."

"아닙니다, 과장님. 잡숴 보십쇼. 맛도 맛이지만 대단한 스태미나 식이죠."

"벌써 스태미나 식을 찾는 걸 보니 너도 다된 놈이다."

"아니죠. 스태미나란 그저 ― 다다익선(多多益善)이니까요."

얘기는 주로 '예' 병장이 하고 있었지만 박 상병도 새벽의 그 기분은 아닌 것 같았다. 눈두덩이며 입술의 부기도 거의 빠져 있었다. 이 중위는 다소 가벼워진 기분으로 박 상병을 향해 물었다.

"강 병장은?"

"지금 경계 나가 있습니다."

"교환(대) 근무를 하면 추운 데 나가서 떨지 않아도 될 텐데……."

"유선병 김 상병이 몸이 좀 불편해 바꿔준 겁니다."

그렇다면 이상할 것도 없었다.

이 중위는 강 병장을 찾으러 나갈까 망설이다가 거기서 기다리기로 하고 양 하사가 주는 술잔을 받았다.

"교대 시간이 언젠가?"

"이제 한 삼십 분 남았습니다."

강 병장은 왠지 교대 시간이 돼도 돌아오지 않았다. 묵묵히 술잔을 비우며 사병들의 잡담을 듣고 있던 이 중위는 불쑥 박 상병에게 술잔을 내밀었다. 희미한 꼬마전구에 비치는 그의 얼굴이 유난히 늙어 보였다.

"박 상병, 새벽의 일 기분 나빴나?"

이 중위는 부드럽게 물었다. 사실 그 정도의 폭언도 그들에게 한 것은 그 새벽이 처음이었다.

"아뇨, 괜찮습니다."

박 상병은 담담하게 대답했다.

"너 같은 사병, 참으로 부담이다. 나이도 있고, 학식도 있다. 아마 나 이상으로."

"설령 그렇다 해도 장교 교육은 받지 못했습니다. 군대에 대한 이해도…… 부담 갖지 마시고 여느 사병처럼 대해 주십시오."

그 말을 듣자 이 중위는 돌연한 취기와 함께 일종의 자신 같은 걸 느끼며 언제부턴가 그들에게 하고 싶던 말을 천천히 시작했다.

"박 상병이 알다시피, 나는 자연과학을 전공했어. 따라서 집단이라든가 인간의 심리 같은 것에 대해 밝진 못하지만…… 그리고 또 박 상병이 이런 걸 어떻게 받아들일지 모르지만……."

"말씀 계속하십시오."

"군대가 아주 특수한 사회란 생각 — 박 상병도 그런가?"

"예, 약간은."

"그런데 나는 달라. 이건 오히려 평범하기 짝이 없는 집단이라고 생각해. 그걸 특수하게 만든 것은 어떤 사회의 왜곡된 의식 구조나 관찰자의 편견 같단 말이야."

"……."

"박 상병도 입대 전에는 지금보다 훨씬 자유롭고 행복했다고
생각하나?"

"예, 대체로."

"그런데 나는 도무지 그게 이해 안 돼. 먼저 자유의 문제. 내가
보기에는 본질적으로 달라진 건 아무것도 없어. 입대 전에도 우
리는 분명 복종해야 할 권위가 있었고, 때로는 불합리한 줄 알면
서도 시인해야 할 규율이 있었어. 외관은 달라도 본질적으로는 지
금 우리가 복종하고 시인하는 것과 똑같은 것이었어. 그러고 보면
결국 달라진 것은 우리의 식사와 의복이 좀 거칠어지고 주거 환
경이 좀 딱딱해졌을 뿐이야. 하지만 그것이 행복의 유일한 척도는
될 수 없지……."

"……."

"결국 입대와 함께 우리에게는 갑작스러운 의식의 과장이 일어
난 거야. 바깥의 것은 무조건 크고 화려하고, 안의 것은 무조건 작
고 초라하다는 식의 — 그리고 그것은 너희들도 일부 인정하고 있
더군. 집에 금송아지 안 매 둔 놈 없다는 얘기 말이야."

"……."

"마찬가지로 — 우리가 제대를 한다는 것, 그것도 너희들이 믿
는 것처럼 전혀 새로운 세계에로의 출발은 아닌 것 같아."

"아마…… 반드시는 아닐 테지요."

"아니야, 전혀. 그것 역시도 우리 식으로 표현하면 여기보다 더 좀 관례가 다른 부대로 전입을 가는 정도에 불과해. 이 시대에는 이미 순수한 개인이란 존재할 수가 없어. 어디를 가든 우리는 집단에 소속하게 되어 있고, 그 집단은 또 나름대로의 위계와 규율을 우리에게 강요할 거야. 예를 들어 우리가 취직을 한다는 것은 대대장이나 사단장이 전무나 사장으로 바뀌는 정도야. 명칭은 감봉이나 징계 따위로 다르지만, 그곳에도 빳다와 기합 같은 게 있지. 그리고 때로 그것은 우리가 이곳에서 체험하는 것보다 몇 배나 더 가혹하고 철저해."

"그렇지만 거기에는 선택의 자유라든가 창의의 개발 같은 게 있지 않습니까?"

"선택의 자유라고? 그렇지만 한 집의 가장으로서 생계가 걸린 직장을 팽개치기가 이곳에서 탈영하는 것보다 더 쉬울 것 같은가? 또 수천수만의 종업원이 있는 회사에서 한 말단 사원의 창의라는 것이 포대 소원 수리보다 대단할 거 같은가?"

"……."

"물론 가난한 집에 태어나 나가면 곧 취직을 해야 하는 내 처지를 중심으로 생각한 것이지만 예외는 없을 거야. 죽거나 신(神)이 되지 않는 한 인간은 아무도 홀로일 수가 없으니까."

"……."

박 상병은 처음부터 별로 이 중위의 화제에 관심이 없는 것 같았다. 대신 좀 전부터 무언가 초조히 기다리는 눈치였다. 그것도 모르고 이 중위는 계속 자기의 논리에 열중해 있었다.

"너희들은 장사를 하면 된다고 생각하겠지. 천만에! 거기는 또 고객이란 왕이 있어. 불특정 다수의 집단이지만 그들의 불매(不買)는 너희가 이곳에서 받은 그 어떤 제재보다 더 강력할지도 몰라. 부유한 부모를 가져서 외부적인 집단에 속할 필요가 없는 경우도 있겠지. 그러나 그때는 바로 그 부모 자체가 규율이고 권위인 거야……."

그 무렵이었다. 갑자기 가까운 곳에서 요란스러운 폭음이 났다. 게릴라의 모의 폭탄이 터지는 소리였다. 박 상병의 얼굴이 일순 굳어졌다.

"게릴라 출혀어언 ―."

"게릴라 출혀어언 ―."

여기저기서 외치는 소리가 들리고 양 하사와 '예' 병장도 뛰쳐나갔다. 그러나 이상하게도 그 소란스러움은 곧 여럿의 웅성거림으로 변했다. 이 중위가 의아해서 잠시 말을 멈추고 귀를 기울이고 있을 때 먼저 달려갔던 양 하사가 헐떡이며 텐트로 돌아왔다.

"과장님, 가보셔야겠습니다. 강 병장이 심 소위님을 쳤습니다."

"뭐?"

"심 소위님이 강 병장에게 개머리판으로 맞아 기절했어요. 머리가 터지고 피가 몹시 흐릅니다."

이 중위는 술이 확 깨는 기분이었다. 그는 황급히 일어나 양 하사를 따라갔다. 그곳에는 벌써 군의관이 나와 심 소위의 상처를 살피고 있었다. 심 소위는 그새 깨어났으나 아직 정신이 잘 돌아오지 않는 듯 눈만 멀뚱거리고 있었다.

"왜 그랬어? 강 병장."

이 중위는 자기도 모르게 날카로운 목소리로 그 곁에 멍청히 서 있는 강 병장에게 물었다.

"경계를 서고 있는데 누가 나타나 모의 폭탄을 던지길래 게릴라인 줄 알고 한 대 쳤더니 ― 심 소위님이었습니다."

강 병장은 정말로 겁에 질린 듯 떠듬거렸다.

"한 대야? 이 새끼야, 철모가 날아간 후에도 두 번이나 더 쳤잖아? 아이쿠."

그제야 정신을 수습한 심 소위가 악을 쓰다가 상처가 쑤시는지 신음을 냈다. 이 중위가 그런 그에게 물었다.

"모의 폭탄은 어디서 났나?"

"저 새끼가 순 지어낸 말입니다. 게릴라가 도망친 후에 내가 달려갔는데, 아이쿠."

"아닙니다. 분명히 심 소위님이 던지는 걸 보았습니다. 주머니에 더 있을 겁니다."

갑자기 끼어든 강 병장의 목소리는 여전히 질린 것이었지만, 강경하고도 확신에 차 있었다. 이 중위도 왠지 강 병장의 말이 틀림없으리라는 생각이 들었다. 어느새 왔는지 함께 있던 작전과장 장 대위가 심 소위를 보며 날카롭게 명령했다.

"심 소위, 주머니에 든 것 전부 꺼내 봐."

"아무것도 없습니다. 저 새끼가 지어낸 말입니다……."

그러나 어딘가 그는 당황하는 기색이었다.

"그래도 확인해야겠다. 강 병장이 포상 휴가를 가야 할지 군법회의에 넘겨져야 할지 말이야."

장 대위는 직접 호주머니 검사라도 하려는 것처럼 심 소위에게 한 발 다가갔다. 그때 누군가가 둘러선 사병들을 헤치고 나타나 장 대위에게 나직하게 말했다.

"확인할 것 없다, 작전과장. 모의탄은 내가 준 거니까. 그리고 저 사병은 분명히 모범 사병이다."

작전 초부터 CP에 상주하는 군단 통제관이었다. 심 소위는 묘한 표정으로 그런 그를 올려다보았다.

"상황 부여를 대신해 준 건 고맙지만 ― 자넨 좀 심했어."

통제관은 심 소위를 비웃는 듯한 눈길로 내려다보며 역시 나지막이 말했다.

이 중위는 무엇으로 머리를 호되게 맞은 기분이었다. 어느새 강 병장은 저만치서 무슨 거인처럼 당당히 서 있었다.

심 소위는 그날 밤 뒤통수를 일곱 바늘이나 꿰매고 이튿날 날이 밝는 대로 원진지로 후송되었다. 포경수술을 받고 며칠 되지 않아 작전에 참가했다가 수술 자리가 터져버린 하사 하나도 심 소위와 함께 돌아갔다.

심 소위의 수술을 지켜보고 돌아온 이 중위는 그날 묘한 갈등을 경험했다. 분명 강 병장의 정당함을 확인했고 또 그것을 다행으로 여기면서도 가슴 깊은 곳에서는 알지 못할 분노가 부글거렸다. 아득한 무력감으로 유유히 사라지는 강 병장의 뒷모습을 환영 속에서 바라보다가 다시 초라하게 피를 쏟으며 쓰러지는 심 소위를 떠올리면서 이상한 모욕감으로 몸을 떨었다.

'녀석은 교활한 사냥꾼처럼 덫을 놓고 숨어서 기다렸다. 멋모르고 심 소위가 걸려들자 ─ 개 패듯 처 넘겼다⋯⋯.' 그러나 이 중위는 무엇인가를 해야 한다고 생각하면서도 정작 무엇을 해야 할지를 몰라 안절부절했다. 그렇게 이 중위가 잠들지 못하고 있을 때, 돌연 CP에서 예기치 않은 부름이 있었다.

이 중위가 여전히 단안을 내리지 못한 채 쭈뼛거리며 CP 막사로 들어가자 그때껏 잠들지 않고 있던 대대장이 험악한 얼굴로 쏘아 붙였다.

"통신장교, 도대체 부하 통솔을 어떻게 하는 거야?"

이 중위는 그게 강 병장 얘긴 줄 알았다. 일순 이 중위의 머리는 눈부시게 회전했다. '어쨌든 그는 나의 부하고, 심 소위는 당해 마땅한 짓을 했다. 거기다 일은 일단락됐고, 설령 강 병장의 고의를 증명하려고 해도 그가 부인하는 이상 아무런 증거가 없다⋯⋯.'

이 중위는 마치 지금껏 준비라도 해온 듯 강 병장을 변호하고 나섰다.

"심 소위가 모의탄을 던지니까 게릴라로 착각한 모양입니다."

그러자 대대장은 벌컥 화를 내며 고함을 쳤다.

"지금 그 얘기를 하는 게 아냐. 그 뭐야 — 어제 행방불명된 천, 천재룡 일병 말이야."

"네?"

"이 중위는 그 녀석 신상이나 제대로 파악하고 있어?"

그제야 이 중위는 천 일병이 무엇인가 잘못됐다는 걸 깨달았다. 그는 아는 대로 천 일병의 신상을 떠듬거렸다.

"그것뿐이 아니야. 녀석은 용두리에서 붙들렸어."

용두리는 DMZ 가까운 곳이었다.

"네?"

"짐작이 가나? 단순 탈영이 아냐. 월북 기도자로 붙들린 거야."

"그럴 리가…… 그럴 리가 없습니다."

그는 천 일병의 공허한 눈길과 바보스럽게 벌어진 입을 떠올렸다. 홀어머니를 위한 순수한 눈물도.

"하여튼 — 이상이 보안대의 통보야. 그리고 또 그들은 참고인으로 자넬 소환했어. 내일 작전이 끝나면 데리러 올 거야. 준비해 둬."

대대장은 성가신 듯 말을 잘랐다. 이 중위는 멍한 기분이었다.

"이제 가 봐. 멍청하게 섰지 말고. 그리고 내일 작전에는 실수 없어야 돼."

어둠이 천천히 걷히고 있었다. D+3일. 작전 마지막 날이 밝아 왔다. 이 중위가 탄 사 분의 삼 톤 차량은 매운 새벽바람을 가르며 잠든 연천평야를 달리고 있었다. 이 중위는 지금 여섯 명의 숙달된 가설병과 무전병 하나를 데리고 출동 중이었다.

이번 작전의 하이라이트는 역시 그날 오전 아홉 시에 개시될 천마고지의 점령이었다. 기습에 실패한 적은 30마일 이상을 퇴각했지만 그 고지를 중심으로 전열을 정비, 인접 두 개의 무명고지와 더불어 여전히 연천평야를 장악한 채 반격의 기회를 노리고 있었다. 우군의 최종 목표는 바로 그 천마고지에 포진한 적의 주력을 분쇄하는 것이었다. 이 중위의 야포대도 사단 예하의 전 포대와 군단의 지원 포대, 그리고 공군기까지 동원되는 대규모의 선제 포격에 참가하게 돼 있었다. 그런데 이 중위에게 문제가 된 것은 그 포격을 위한 OP선 가설이었다. 적의 철수 완료가 오전 여덟 시, 적과 잇대어 들어간다 해도 이 중위는 한 시간 내에 전장 6마일이 넘는 OP선 둘을 가설해야 했다. 물론 몇 개 조로 나누어 구간 가설을 연결하면 가능한 시간이었고, 또 사전 준비도 충분히 돼 있었다. 무거운 야전선은 사전 답사 때 선로 근처의 민가에 맡겨 두었고, 중요한 매설 지점은 미리 땅을 파 두었다. 그러나 절대로 실수가 있어서는 안 된다는 부담이 얼마 전 대대장의 깨우침 이후 무겁게 이 중위의 가슴을 눌러왔다. 만약 어떤 실수가 있다면 아직도 상당히 남은 군 생활은 틀림없이 괴로운 것이 될 터였다. 결국 이 중위는 모험을 해보기로 작정했다. OP선은 적의 주력에서 떨어진 곳인 데다 적은 철수 직전의 혼란에 빠져 있을 것이므로 적이 철수하기 전에 적지에 침투해 시간을 벌자는 생각이었다. 그렇게 서둘러 출동하는 이 중위에게는 이미 간밤의 여러 혼란은 흔적도 없었다.

날이 밝아오면서 점차 짙은 안개가 끼기 시작했다. 그것이 적의 관측에서 그들을 보호해 줄 것이라고 생각되자 갑자기 이 중위는 자기의 모험에 자신이 생겼다. 그리고 그 자신감은 주위를 둘러볼 여유를 주었다. 황량하기만 했던 겨울 들판이 정답고 아름다운 풍경으로 느껴졌다. 도로변 곳곳에서 눈에 띄는 오분 저지선의 허옇게 서리 친 철조망 뭉치들도 무슨 화려하고 섬세한 화분처럼 보였다. 을씨년스럽게 보이던 블록 막사들도 고향의 초가들처럼 아늑하게 느껴졌다. 그는 문득 그 모든 것들을 애정으로 둘러보았다. 또다시 젊은 몸으로 이 벌판을 달릴 일이 있을 것인가. 그는 유월이 제대였고 별 커다란 변화가 없는 한 장학금을 얻어 쓴 기업체로 가서 복잡한 전자회로에 갇힌 채 나머지 생애를 보낼 것이었다.

때때로 우군의 자주포와 전차의 행렬이 요란한 캐터필러 소리와 함께 나타났다 사라지곤 했다. 이미 퇴각 때의 불안하고 초조한 쇳덩이는 아니었다. 박격포를 멘 보병대와 무반동총을 거치한 지프차들과 만나기도 했다. 그들은 한결같이 서로 상반된 방향으로 아무 관련 없다는 듯이 가고 있었지만 그들에게 부착된 푸른 표지로 보아 몇 시간 내 그들의 화력은 불과 이 마일 안에서 만나게 될 것이다. 거기서 이 중위는 다시 현대전의 정교한 메커니즘을 실감했다.

갑자기 차량이 산길을 접어들면서 좁은 계곡 양면에 굵은 콘크리트 기둥들이 쌓여 있는 것이 보였다. 폭파 스위치를 누르면 굴러 내려 이 도로를 차단할 장애물이었다. 그걸 보며 양 하사가 불쑥 말했다.

"이번에 전방에 와서 보니 남침 위험이라는 게 어째 실감이 나지 않습니다. 포병의 화력과 저지선 통과만으로도 적의 전력은 절반 이상이 소모될 테니까요."

"마지노선이 강했어도 프랑스를 보호하지는 못했어."

"하지만 우리에겐 우회할 수 있는 중립국이 없지 않습니까. 그렇다고 북한이 전 병력을 공중 침투시킬 수도 없고, 또 대규모 상륙작전을 전개할 충분한 선단이 놈들에게 있는 것도 아니니까……."

"네가 가 봤어? 그리고 땅굴은?"

그러자 양 하사는 피식 웃었다.

"노일전쟁이나 '디엔비엔푸'에서처럼 한 진지 또는 한 요새의 공격이라면 모르겠습니다. 그런데 전면전에서의 땅굴은…… 아무래도 미련스러운 데가 있어요."

"전면전이라는 것은 바로 그 한 진지 혹은 한 요새의 싸움이 모인 거야. 많이 웃어 봐라. 그런 네놈 집 마당에 땅굴 입구가 나타날 테니."

그러다가 이 중위는 의외의 사태에 놀라 말을 중단했다. 전방 20미터 지점의 길섶에 서 있는 4톤 트럭 뒤에서 갑자기 일단의 북한군 병사들이 쏟아져 나와 차를 정지시켰기 때문이었다. 모두

AK 소총으로 무장한 이 개 분대 정도의 병력이었다. 그럴 리는 없다고 생각하면서도 이 중위는 가슴이 섬뜩했다. 사실 휴전선은 거기서 직선거리로 20킬로미터도 안 되었다. 인솔자인 듯한 상위(上尉) 계급의 사내 하나가 거센 이북 사투리로 물었다.

"동무들 어딜 가오? 보아하니 청군 동무들인데."

"아, 저, 가설 나가는 길입니다."

이 중위는 얼떨떨해 대답했다.

"기래요? 그럼 통신장교 동무로구만."

만약 거기 있는 차량이 아군 차량이 아니고 그들 중에 끼들끼들 웃는 녀석이 없었더라면 이 중위는 정말로 그들을 북한군 병사로 착각했을 것이다.

"동무들은 운이 좋소. 한 시간 전이라면 동무들은 전사나 포로가 됐을끼니……."

그리고 그도 킥 웃었다. 뒤이은 그의 말씨는 단정한 서울말이었다.

"수고합니다. 나는 ○○사단에서 홍군 지원 나온 황 대위요."

이 중위도 마지못해 웃었다.

"놀랬습니다. 그런데 무슨 일입니까?"

"고무테이프 좀 하고 퓨즈 하나 빌립시다. 저게 말썽이오."

그는 세워 둔 트럭을 가리켰다. 마침 여분이 있음을 확인한 이 중위는 운전병에게 그걸 내오게 했다.

"대신 하나 묻겠습니다. 지금 이 부근의 홍군 상황이 어떻습니까?"

"주력은 벌써 철수를 개시했소. 하지만 군데군데 잔류 병력이 있을 거요. 왜 무슨 일인데?"

이 중위는 간단히 자기 처지를 설명했다. 그러자 그는 친절하게도 지도까지 꺼내 적의 주요 잔류 지점을 알려주었다.

"내가 보기에는 국도로 가지 말고, 이쪽 B16 작전 도로로 빠지는 게 나을 거요. 그러면 이 고지 팔부 능선까지 오를 수 있소. 그곳은 어제 홍군의 화기 중대가 숙영했던 곳이라 지금쯤은 아무도 없을 거요. 거기서 차량을 버리고 곧장 그 봉우리를 넘으시오. 마침 장비가 적으니 별로 힘들지는 않을 거요. 그래서 도로 하나만 무사히 횡단하면 바로 그 맞은 봉우리가 당신들의 OP요."

참으로 의외의 수확이었다.

적의 진지에 접근할수록 그들은 더 많은 적의 흔적을 보았다. 포병 진지터, 보병 숙영지, 땅이 얼어 형식적이 되고 만 참호 등이 인근 논밭이나 산 계곡에 어지럽게 널려 있었다. 어떤 곳에서는 꺼진 모닥불에서 아직 연기가 오르는 곳도 있었다. 그들은 그 대위가 가르쳐준 대로 전진했다. 때로 멀리 포신을 뒤로 뺀 채 퇴각하는 홍군 전차를 보기도 하고 쌍안경 속에 홍군의 보병 행렬이 불쑥 나타나기도 했으나 대체로 상황은 그가 알려준 것과 일치했다.

그러나 마지막 도로 횡단에서 결국 이 중위는 낭패를 당하고 말았다. 정보가 정확한 것만 믿고 관측도 경계도 없이 시계가 트인

도로를 횡단한 탓이었다. 그들이 목표 봉우리의 계곡에 들어섰을 때 갑자기 그 봉우리 좌측 능선에서 일단의 적(홍군) 보병들이 나타나 공포탄을 쏘며 정지를 외쳐 댔다. 포로가 되면 가설은 끝장이었다. 뿐만 아니라 사병인 경우에는 사흘간의 영창, 장교의 경우에는 징계였다. 개인 화기만 든 보병들과 그 밖에 여러 장비를 가진 통신병들과의 산악 경주라면 결과가 뻔한 것이지만 그들은 무턱대고 우측 능선을 향해 뛰었다. 그러나 그 총중에도 문득 이 중위에게 떠오르는 회오 섞인 상념이 있었다.

"장교의 공명심이 사병을 죽이기도 하는구나."

그때였다. 갑자기 앞서 달리던 가설병 하나가 손가락으로 전방을 가리키며 멍청히 걸음을 멈추었다.

"과장님, 저기, 저기……."

이 중위는 맥이 탁 풀렸다. 그가 가리키는 그 능선에서도 산개한 병력이 까맣게 몰려 내려오고 있었다. 그는 모든 것을 포기하고 무전병을 불러 비문(秘文) 파기를 지시하고 본대를 부르도록 했다. 이쪽의 상황을 알려 새로운 가설조를 부르기 위해서였다. 자신도 장교 수첩에다 파기 표시를 했다. 사병들은 암담한 얼굴로 그런 그를 지켜보았다. 그런데 갑자기 뒤를 돌아본 양 하사가 들뜬 목소리로 고함을 쳤다.

"과장님, 홍군이 달아납니다. 이쪽은 우리 편입니다."

이 중위도 동작을 멈추고 안개 속에서 다가오는 병사들을 자세히 살폈다. 아, 그들의 가슴께에 부착된 것은 분명 가로세로 2인치인 청색 형겊이었다. 시계를 보았다. 정확히 아군의 진격 예정 시간이었다. 일찍 차를 버려 도중에서 많은 시간을 허비한 것이 오히려 그들을 구한 셈이었다. 이 중위는 돌연 콧등이 시큰해졌다. 가설병들 중에는 정말로 눈물을 글썽이는 녀석도 있었다. 전우애, 영화 같은 데서나 있을 것 같던 그 전우애란 것이 강한 실체로 그들에게 체험된 것이었다. 악수를 청하고 함성을 지르며 법석을 떠는 그들 때문에 오히려 멍청해진 것은 새까맣게 그을은 보병 소대장과 밤새도록 행군해 와 지친 그의 소대원들이었다.

오전 아홉 시. 무사히 가설을 끝낸 이 중위는 양 하사와 그대로 OP에 눌러앉아 쌍안경으로 우군의 천마고지 탈취 작전을 보고 있었다. 어림잡아 우군 진지의 상공으로 보이는 곳에서 몇 줄기의 신호탄이 오르더니 쉬잇쉬잇 하는 제트기 소음 같은 것이 머리 위에서 들렸다. 이어 고지 가운데서 풀썩 연기가 솟았다.

"8인치 포군요."

관측 장교가 말했다. 그제야 은은한 폭음이 들렸다. 이어 갖가지 방향으로부터 폭탄이 쏟아지고 순식간에 산봉우리 여기저기서 화염과 연기가 치솟았다. 그리고 그것은 그대로 한 덩어리로 어울려 곧 포격의 명중 여부를 따질 수가 없게 돼 버렸다. 그는 문득 공병대의 남 중위를 생각했다.

"새끼, 헛수고깨나 했군."

포탄은 계속해서 쏟아졌다. 이어 삼십 분경 지원 나온 공군 편대가 가세하자 천마고지는 그대로 거대한 화염의 고지로 변했다. 정말로 적이 거기에 포진해 있다면 개미 새끼 한 마리 남아날 것 같지 않았다.

그런데 갑자기 그들 전방 50미터 지점에서 폭음과 함께 흙먼지가 솟았다. 이어 다시 후방에서도 포탄이 무섭게 터지는 소리가 났다.

"엎드려, 박격포다. 빨리 방공호 속으로."

관측장교가 호 입구로 굴러 떨어지며 외쳤다. 이 중위도 얼결에 곁에 섰던 양 하사를 끌어당기며 호 속으로 뛰어들었다. 그들이 모두 OP 방공호 속으로 대피하자 그들 머리 위로 우박 떨어지듯 박격 포탄이 작렬할 때마다 콘크리트 벽이 울리고 시멘트 가루가 떨어졌다. 관측 장교가 무전병에게 고함을 질렀다.

"박격포 쏘는 놈들 확인해 봐! 도대체 어떤 미친놈들이야?"

그러나 포격은 한 오 분 만에 멈췄다. 다행히 그들은 모두 방공호 입구에 있었기 때문에 피해는 없었다. 나중에 안 일이지만 우군 박격포 중대 하나가 OP를 천마고지 좌측 적 점령하의 무명고지로 오인한 탓이었다. 그들이 그걸 알고 무전으로 그들에게 욕설을 퍼붓고 있을 때 갑자기 OP의 전화벨이 울렸다. 이 중위가 수화기를 들자, 느닷없는 욕설과 고함이 튀어나왔다.

"이 새끼들아. 포를 어떻게 유도하는 거야. 우리 탄약고 날아가게 생겼잖아."

이 작전에 참가하지 않은 이웃 사단 전차 중대장이었다. 천마고지 뒷산에서 그들의 탄약고 앞 1킬로미터 지점까지 포탄 두 개가 날아들었다는 것이다. 목표에서 3킬로미터 이상을 벗어난 셈이었다.

"우리 105밀리는 아닐 겁니다. 장약 7호로도 그만큼은 못 갑니다. 아마 175밀리 자주포 애들일 거예요. 개들은 여기서 개성까지도 쏴 붙일 수 있으니까."

전화를 바꾼 관측장교는 별로 성난 기색도 없이 이죽거렸다.

한 시간가량 포격이 계속된 후에 갑자기 은은한 함성과 함께 보병의 공격이 시작됐다. 아직도 포연과 흙먼지에 싸인 천마고지를 어디서 나타났는지 모를 보병들이 개미 떼처럼 기어오르고 있는 것이 쌍안경 속에서 보였다. 다시 삼십 분쯤 후에 이제는 다소 흙먼지가 가라앉은 그 고지의 정상에는 태극기가 꽂히고 은은한 만세 소리가 울려 퍼졌다.

이 중위가 본대로 돌아온 것은 열한 시 반경이었다. 포 사격 성과가 좋았던지 대대장의 기분은 몹시 좋아 보였다. 그는 너털웃음을 치며 이 중위를 맞았다.

"OP선 수고했어. 나는 걱정했지."

이 중위는 하마터면 포로가 될 뻔했던 일을 생각하며 속으로 쓰게 웃었다. 그러나 분명 기분 나쁜 일은 아니었다.

점심 식사 후부터 원진지로 귀환하는 오후 다섯 시까지는 부대 정비 시간으로 돼 있었지만 사실상 휴식이었다. 나흘에 걸친 청룡 25호 작전은 끝난 것과 다름없었다. 이 중위도 며칠간 쌓인 피로를 풀기 위해 식사가 끝나자마자 침구를 깔아 둔 AM 박스카에 누웠다. 그러나 오래는 못 잘 잠이었다. 한참 단잠에 빠져 있는데, 누가 이 중위를 흔들었다. CP 당번병이었다.

이 중위가 간신히 잠을 깨어 밖으로 나가 보니 지프차 한 대와 사복을 한 보안대원 하나가 기다리고 있었다.

"주무시는데 안됐습니다. 보안대 박 중삽니다. 천재룡 일병 일로 왔습니다."

"아, 네."

이 중위는 아직 횡한 머리로 그를 쳐다보았다.

"타시죠. 함께 가서 이야기합시다."

이 중위가 차를 타니 선임하사 임 상사가 먼저 타고 있었다.

"임 상사두 가요?"

"아닙니다. 수송부 문 중사가 위독하다고 해서 — 박 중사에게 부탁을 했죠. 마침 가는 길목에 지구 병원이 있길래……."

"그렇지만, 선임하사도 없으면 귀환 때 애들 통제를 누가 하죠?"

"양 하사와 강 병장에게 잘 일러두었습니다. 돌아가는 것뿐이니까 괜찮을 겁니다."

"그래도…… 문 중사는 어느 정도요?"

"어제저녁 수송 장교가 가 봤는데 아직 깨어나지 못했답니다."

"그럼 할 수 없군."

이 중위가 인도된 곳은 전에 미군 주둔지였던 듯한 기지 한구석의 콘센트 막사였다. 서른 안팎의 대위 하나가 이 중위를 기다리고 있었다. 약간 날카로워 보이는 얼굴이었다.

"한 가지 물어봅시다. 평소 천재룡에게 이상한 점이 없었소?"

간단한 자기소개 후 그는 단도직입적으로 물었다.

"네, 전혀. 그저 좀 지능이 모자란다고 생각했을 뿐입니다."

"지능이 모자란다고? 그럼 이걸 보시오."

그는 오만 분의 일 지도 한 장을 꺼내더니 앞에 놓인 서류에 따라 일정한 곳에 붉은 사인펜으로 점을 찍었다. 그리고 그 점들을 연결했다.

"이게 천재룡이 탈영 후 최전방 부대 수색대에게 잡힐 때까지 지나온 길이요. 그리고 —."

그다음에 그는 서랍에서 처음부터 붉은 선이 그어져 있는 지도 한 장을 꺼냈다.

"이건 이미 우리에게 포착되어 지난 유월 이후로는 거의 쓰이지 않고 있지만, 간첩들의 남파 및 월북 루트요."

이 중위는 가슴이 섬뜩했다. 두 개의 지도 위에 있는 붉은 선은 거의 정확히 일치하고 있었다. 그러나 이내 우직하고 단순한 천 일병을 떠올리고는 조심스럽게 반문했다.

"혹 우연의 일치가 아닐까요. 간첩들의 남파 루트라면 그만큼 초소가 드물거나 은신이 용이한 지역이란 뜻이 아닙니까?"

"그러니 천(千)이 무턱대고 몸을 숨기고 초소를 피하다 보니 우

연히 그 루트와 일치하게 됐다, 그 말이오? 그러나 그렇게 보기에
는 너무도 정확히 이 두 개의 선이 일치하는 데다 또 천은 너무 많
이 휴전선에 접근해 있었소."

"하지만 제가 알기로 그는 방향을 식별할 만한 지능이 없습니
다. 그저 막연히 부대에서 멀리 떨어지고 싶다는 생각으로 가다
보니……"

"물론 그렇게 단순 탈영이라면 모두가 좋겠지요. 당신도 이런
데 불려올 필요가 없고, 나도 밤잠 설쳐가며 귀찮은 일을 안 해도
될 테니. 그런데 그의 신원 조회를 해본 결과 우리의 추측이 정당
하다고 믿을 만한 사실이 나왔소."

"무엇입니까?"

이 중위는 문득 불길한 예감으로 물었다.

"그의 본적은 남원(南原), 그 아버지 천득수는 지리산으로 숨어
든 인민군 패잔병을 도와주다 부역죄로 토벌군에게 총살당했소.
천재룡은 그 유복자요. 그리고 삼촌 천태수는 월북, 이쯤 되면 모
든 건 명백하오."

자기의 강한 확신에도 불구하고 여기서 이 중위는 천 일병의
변호를 단념했다.

"사상이란 것이 지식인의 전유물은 아니요. 나는 여기서 2년째
근무하고 있지만 이론적으로 경도된 사병이 말썽을 일으키는 것
은 보지 못했소. 그들에게는 행동력이 없으니까. 오히려 문제가 되
는 것은 이론이 없는 그러나 저돌적인 행동력을 가진 맹신이요.

그게 바로 천 일병의 경우요. 조사에 따르면 천 일병의 생활은 아주 넉넉한 편이었소. 그런데도 교육을 받지 않은 것은 그 어머니 때문이었소. 교육 대신 그녀는 자기 또한 무식한 농군이었던 남편에게 물려받았음에 분명한 그 맹신을 자식에게 주입한 거요."

결국 이 중위는 전방 근무자의 신상 파악이 그토록 불철저했던 경위를 중심으로 양면 괘지 십여 장에 달하는 참고인 진술을 하고 오후 늦게서야 그곳을 나왔다.

"아, 참! 강대욱이라고 거기서 사병으로 근무하죠? 안부 전하더라고 말해 주쇼. 여기 하 대위라면 알 거요."

방문을 나설 때 그 보안장교가 의미심장한 미소를 지으며 말했다.

어두워서 원진지에 돌아와 보니 내무반이고 기재 창고고 떠날 때만큼이나 엉망이었다. 양 하사의 지휘 아래 완전 군장을 풀어 관물 정돈을 하고 있는 몇몇을 제외하고는 모두 외등이 가설된 기재 창고 부근에서 장비 수입과 야전선 재생을 하느라 부산하였다. 선임하사는 아직 돌아오지 않은 듯했다. 강 병장이 주로 그들을 통솔하고 있었다. 그런 강 병장의 노련하고 여유 있는 모습을 보며 이 중위는 새벽에 그에게 품었던 묘한 적개심이 서서히 걷혀 가고 있음을 느꼈다.

"과장님, 대충 정리된 후 회식 어떻습니까?"

잠시 쉬려고 교환대로 향하는 이 중위에게 강 병장이 뒤따라와 말했다.

"웬 술이야?"

"막걸리는 지난 일요일에 수송부와 축구해서 딴 거고, 소주는 휴가 귀대한 함 상병 겁니다. 마침 돼지고기가 나왔길래 비계지만 그것도 서너 근 취사반에서 얻어 놨습니다."

그러자 처음에 내키지 않던 이 중위도 점차 생각이 바뀌었다.

어쨌든 이 훈련은 성공적이었다. 대대장의 진급이 확실하다는 풍문이 들릴 만큼. 천 일병의 일이 무겁게 마음을 짓누르고 있었으나 그건 이 훈련과는 상관없는 일이었다. 더구나 이번 사병들의 고생은 혹심한 것이었다. 디데이의 눈에 이어 강추위가 이틀간 계속됐는데도 대부분 불 한 번 피우지 못하고 언 밥과 식은 국으로 속을 채웠다. 전례로 미루어도 이런 날 저녁의 회식은 당연했다.

"좋아, 하지만 술은 하나로 통일해라. 되도록 막걸리로. 그리고 이거 보태 안주 좀 낫게 장만해라."

이 중위는 주머니를 털어 삼천 원을 내주었다.

"돈은 저희들에게도 좀 있습니다."

"사병이 무슨 돈이야?"

"양키들 야전선을 좀 걸었죠. 녀석들이 ATT(대대 포병훈련)를 하길래…… 우리라고 끊길 수만 있습니까? 그런데 애들이 좀 많이 걸어서 우리 걸 채우고도 남길래……."

"어디서야?"

갑자기 이 중위의 신경이 곤두섰다. 일종의 자기방어 본능이었다. 그러나 강 병장은 산악처럼 끄떡도 않았다.

"저희들도 그게 어딘지 모릅니다. 과장님도 안 들은 걸로 하시죠. 사실은 얘기 안 하려고 했는데……"

"그렇지만 —."

더 따지려던 이 중위는 문득 밀려드는 피로감으로 그만 강 병장에게 양보하고 말았다.

"좋다. 나는 그 얘기를 못 들었다. 그러나 오늘 회식에는 그 돈 써선 안 돼. 이 돈을 쓰고 부족하면 PX에 내 앞으로 달아. 그렇지 않으면 이 회식은 허락할 수 없다."

그러자 강 병장도 할 수 없다는 듯 그 돈을 받고 물러났다.

회식은 장비 정리가 대강 끝난 밤 열 시경부터 기재 창고에서 벌어졌다. 푸짐한 안주로 술이 한 순배 돌았을 때, 취침 나팔 소리가 들려왔다. 이 중위에게만은 아닌 듯 다른 과원들도 잡담을 그치고 그 소리에 귀를 기울였다.

"김 일병 솜씹니다. 어떻습니까?"

곡이 끝나자 강 병장이 빙긋 웃으며 말했다.

"대대에선 시켜도 안 불더니, 웬일일까?"

"아마 휴가 때문에 마음이 설레는 모양이지요?"

김 일병은 내일이 휴가 출발이었다. 이 회식에도 그는 휴가 준비를 이유로 참가하지 않았다. 저녁때 이 중위도 그가 싱글거리며 정비실에서 일계장 피복을 다려 들고 나오는 것을 보았다.

"자, 과장님. 한잔 드시지요."

잠시 멈칫했던 분위기를 되살리기나 하려는 듯이 강 병장이 큰 소리로 말하며 잔을 쳐들었다.

"건배! 찢어진 영자의 팬티를 위하여."

다른 부원들이 와 하며 술잔을 쳐들었고, 다시 흥겨운 회식이 계속되었다.

"상병 '요오료오' 노래 일발 송신."

'군따이와 요오료오다.(군대는 요령이다.)'라는 말을 자주해 '요오료오' 상병이라 불리는 무전병이었다.

"송신 ―."

과원들이 일제히 복창했다. 병과마다 노래를 시작할 때 쓰는 말이 다르다. 수송부는 '노래 일발 시동', 병기과는 '노래 일발 장전', 군수과는 '노래 일발 기장(記帳)' 등으로. 뒤이어 노래가 흘러나왔다.

"인천에 성냥 공장 성냥 만드는 아아가씨 ―."

노래는 곧 합창이 되고 만다.

"선임하사가 빠져서 안됐군."

선임하사는 아직도 돌아오지 않았다.

"아마 문 중사님 곁에서 밤을 새울 모양이지요. 두 분은 하사관 학교 동기니까요."

그날따라 유난히 자주 술잔을 비우던 강 병장이 약간 취한 소리로 말했다. 보통 회식에서 그는 자리 잡고 있는 법이 드물었다. 술잔을 고르게 분배하고 주벽이 사나운 과원들을 억제하는 등 보이지 않는 통제를 담당했기 때문이었다. 그리고 사실은 그것이 그가 요청하는 회식을 이 중위가 한 번도 거절한 적이 없는 이유였다. 그런데 그 밤은 달랐다. 요량 없이 퍼마신 과원들이 기재 창고 벽에도 웩웩거리며 토해도 저희들끼리 감정이 격해 투다닥거려도 강 병장은 전혀 개의치 않고 술만 마셔 댔다. 결국 회식은 엉망이 된 채 자정 무렵 상황장교의 통제 아래 끝이 났다.

"과장님, 딱 한 잔만 더 하십시다."

과원들을 전부 내무반으로 돌려보낸 이 중위가 교환대로 가자 거기서 기다리고 있던 강 병장이 말했다. 그는 어떻게 구했는지 두 홉 들이 PX용 맥주를 열 병 정도 구해 놓고 있었다.

"강 병장이 과할 텐데……."

"괜찮습니다. 이 강대욱이 취해 실수하는 것 보셨습니까?"

"강 병장, 오늘 이상해."

"이상할 것 없습니다, 과장님. 자, 앉으시죠."

강 병장은 이상하게 풀린 웃음을 웃으며 이 중위를 끌어 앉혔다.

"건배를 합시다, 과장님. 빛나는 대한민국 육군장교를 위해."

통조림 깡통 가득 부은 맥주를 들어 올리며 강 병장은 또 허허거렸다. 몹시 공허한 웃음이었다.

"정말, 강 병장답지 않은 건배로군. 장교를 위해서라니……."

"건배할 가치가 있으니까. 그리고 저는 비록 실패했지만, 아들을 낳으면 반드시 장교로 보낼 겁니다."

"강 병장이 육사를 중퇴했다는 건 사실이었군."

"정확히는 퇴교죠. 그래요, 저는 분명 거기 다닌 적이 있습니다. 가난한 지방 수재가 흔히 그렇듯이…… 안부를 전한다던 하 대위, 그 친구가 제 입교 동깁니다."

"그런데 왜?"

"쓸모없는 관념의 병이죠. 2학년 때까지도 모범 생도였는데, 3학년 초에 그만 — 빗나가 버렸습니다. 갑자기 장교가 된다는 게, 특히 남의 생명을 책임진다는 게 두려워진 겁니다. 뿐만 아니라, 그때껏 내가 가치를 두고 있는 것은 군인의 길 그 자체가 아니라 사이비의 것 — 예를 들면 화려한 제복이라든가 장군의 위용 같은 것이라는 걸 깨달은 겁니다. 걸레 같은 깨달음이었죠. 하여튼 — 그해 여름에 고향에 간 나는 술을 퍼마시고 고향 마을 지서 주임을 두들겨 패 — 학교에서 쫓겨났습니다."

"그랬었군. 그런데 갑자기?"

"제 몸에 드럭드럭 밴 이놈의 사병 근성이 싫기 때문입니다."

"사병 근성?"

"네, 무책임하고 피동적이고 잘 굴종하고 거기다가 뇌동하는 버릇, 감격하는 버릇, 그리고 정대하지 못하고 잔꾀에 밝은 것."

"예를 들면 심 소위를 친 것 말인가?"

"짐작하고 계실 줄 알았습니다. 사실 나는 그저께 밤에 이미 심 소위가 통제관의 묵인 아래 모의탄으로 상황 부여를 대리하고 있다는 걸 알아 놓고 어제저녁 숨어서 기다렸지요."

"통쾌했겠지."

"그런데 그게 그렇지 못했습니다. 어젯밤은 통쾌한 기분으로 잤지요. 그러나 날이 밝아오면서부터 그 통쾌감은 점점 불쾌함으로 변해 갔습니다. 내 행위가 드러날지도 모른다는 불안감에서는 절대로 아닙니다. 그것이 내가 할 수 있는 유일한 방도였다는 게 처량하고 서글펐죠. 나의 왜소함, 나의 천박스러움 — 이런 것들이 말입니다."

"미묘한 얘기로군."

"그래서 정대해지고 싶었습니다. 훈련에서 돌아오자 맨 먼저 심 소위가 누워 있는 의무대로 갔지요. 그리고 사실을 죄다 말했습니다. 참회나 사죄가 아니라 정대하기 위한 구실을 찾은 겁니다. 심 소위가 계급 따위나 들먹이며 보복하려 들면 정말로 죽도록 패주고 영창이나 가려구요. 지적으로 세련된 건 아닐지 몰라도 그것만이 제가 정대해지는 방법이었으니까요."

"그래 어찌 됐나?"

"두 번 비참해졌습니다. 그 어린 것이 — 죄송합니다 — 제기랄, 뭐라고 했는지 알아요? 얘기를 다 듣고도 아무 말 없이 픽 돌아눕는 게 아니겠어요? 돌아가라, 강 병장. 본관은 네 말을 안 들은 걸로 하겠다. 어떻게 대한민국 장교가 사병에게 맞을 수 있겠나. 강 병장은 근무에 충실했을 뿐이다, 하는 겁니다."

"……"

"풀썩 주저앉고 싶은 심정이었습니다. 그런데 마지막까지 그놈의 사병 근성이 나온 거죠. 그래서 한마디 덧붙였지요. 당신이 심 소장쯤 된다면 그 소리는 썩 어울릴 거라고."

"그랬더니?"

"제 비참만 더했습니다. 그는 경멸에 찬 눈으로 돌아보더니 그렇게밖에 생각하지 못하니까 너는 더러운 잔꾀나 부리는 사병이다, 하고 말했습니다."

"안됐다……."

그때였다. 교환대 문이 거칠게 열리며 몸을 제대로 가눌 수 없을 만큼 취한 선임하사가 들어왔다. 어디서 굴렀는지 얼굴이 긁히고 군복 여기저기 흙이 묻어 있었다.

"임 상사, 왜 늦었어요?"

이 중위가 조심스럽게 물었다.

"쓸쓸해서 ─ 한잔 먹었임다, 과장님."

털썩 주저앉으며 대답하는 그의 목소리에는 무언가 물기가 서린 듯했다.

"그래, 문 중사는 좀 어떻던가요?"

"씨팔 놈…… 뒈져 버렸어요."

"뭐요?"

"내가 가니까 벌써 뒈져 있더란 말요. 어차피 뒈져야 할 놈이긴 하지만……."

"어차피 죽어야 한다니, 그게 무슨 말요? 임 상사."

"그 새끼가 그년을 죽였던 거요."

"그년?"

"거 왜 작전 첫날밤에 목 졸려 죽은 늙은 갈보 말이오."

"그건 어떻게 알았소?"

"그 운전병 새끼가 깨어나 불었단 말요. 문 중사 그 새끼 아주 죽을 셈 잡고 그날 차도 지가 몬 거요. 눈길을 시속 백 킬로미터루다가……."

"문 중사가 왜 그랬대요?"

"그 쌍년이 바로 그 전날 꿈에 뵌 년이요. 그년이 하필이면 그런 데서 ×을 팔고 있을 게 뭐람. 하기야 이제는 연놈 다 돼졌으니 끝은 깨끗이 난 셈이지만……."

얘기를 하는 임 상사의 눈에서는 굵은 눈물이 소리 없이 흘러내리고 있었다. 이 중위도 강 병장도 숙연히 침묵을 지켰다.

"그 새끼 운전병에게 고백한 살인 이유가 또 웃기지. 뭐 그년을 다시 대한 순간 자기는 그년을 아직도 사랑하고 있는 것을 깨달았다던가. 그래서 그년을 위해 가장 좋은 일을 해준다는 게 바로 그년을 목 조른 것이라나요. 같잖은 새끼."

"……."

"그래 놓고 이틀은 겨우 견뎠지만 결국은 제 김에 간 거죠. 병참부에서 부식을 수령해 오다가 술을 처먹고 사병들에게 질질 짜며 죄다 불고, 그리고 그년을 찾아간다면서 차를 몰아 댄 거요. 망할 새끼."

"……."

"내 하사관 학교서 그 새끼 처음 만날 때부터 제 명에 못 죽을 놈이라는 걸 알아봤다니까요. 암, 내 그 새끼 일이라면 워커 밑창부터 철모 꼭대기까지 다 알지 으흐흐흐……."

임 상사는 신음과도 같은 울음소리를 내며 뒹굴었다. 이 중위와 강 병장은 그런 그를 어쩔 줄 몰라 멍하니 보고만 있었다. 그런데 갑작스러운 교환기의 신호음이 이 방의 모든 것을 흐트려 놓았다. 신호를 받은 배 상병이 놀란 소리로 이 중위를 불렀다.

"뭐야?"

이 중위가 불길한 예감으로 날카롭게 물었다.

"김 일병이 — 목을 맸습니다. 대공 초소 부근이랍니다."

그제야 이 중위도 조금 전 과원들을 재우려고 내무반에 내려갔을 때 김 일병이 보이지 않았던 걸 상기했다. 이 중위는 정신없이 대공 초소로 달려갔다. 벌써 상황장교와 주번 사관이 와 있었고 시체도 내려진 후였다. 김 일병은 근처에 무성한 참나무 가지에 야전선으로 목을 매 죽어 있었다. 교범에 있는 결박법대로였다. 곧 놀란 대대장이 달려오고 의무관이 시체를 조사했다. 혀를 쑥 내민 시체는 흉측하게 불거진 두 눈에도 불구하고 다분히 희극적인 모습으로 둘러싼 사람들을 조소하고 있는 것 같았다.

"이것들이 어찌 이리 턱없이 죽지……."

대대장이 어이없다는 듯 중얼거렸다.

"걔들이 원래 그래요. 월남서도 보니까 베트콩 총 맞아 죽는 놈 정말 몇 안 되더군요. 그저 지가 슬슬 죽는 거지요. 계집 배때기 위에서 죽고, 술 처먹다 죽고, 돈 벌려다 죽고, 적도 못 보고 미쳐 죽고, 아니면 고향 생각으로 자살이나 하고……."

언제 왔는지 군수과장이 무감동하게 말했다.

"그게 바로 병사의 니힐이지요……."

망연한 기분으로 곁에 대대장이 있다는 것도 잊고 이 중위가
불쑥 끼어들었다.

(1979년)

---

* 새하곡: 저자의 1979년도 《동아일보》 신춘문예 중편소설 당선작. 중국 악부(樂府)
의 제목인데 변방을 지키는 병졸들의 애환을 읊은 것으로 한(漢)의 이연년(李延年)
이 처음 썼고 이백(李白) 등의 유명한 작품이 있다.

맹춘중하
孟春仲夏

−어느 족숙族叔의 근황

서(序) 백보 선생(白步先生)

선생은 옛 영해부(盈海府) 암포현(岩圃縣) 사람이다. 선생에게도 유서 깊은 성씨(性氏)와 역리(易理)에 물어 지은 이름이 있으나, 굳이 호칭을 백보(白步)로 대신하는 것은 그 아호(雅號)의 운치 때문이다. 일찍이 향리에서 잠시 선생에게 한학(漢學)을 가르친 바 있는 좌해공(左海公)은 그 아호를 내리면서 백(白)은 소박청정(素朴淸淨)을 뜻하며, 보(步)는 삶 또는 자취[蹟]에 통한다 하였다.

하지만 그렇다고 당신들은 백보 선생이 무슨 특출한 인물일 것이라 지레짐작하실 필요는 없다. 대단찮은 사립 전문학교의 강사라는 것을 제외하면 그 역시 한 평범한 소시민에 불과하고, 따라서 당신들은 하루에도 몇 번씩 수많은 백보 선생을 만나실 것이기 때문이다.

예를 들어 어느 깨끗하나 값싼 술집에서 담담히 취해 가는 중년을 만나셨다면, 그리고 대체로 그의 얘기가 맹자보다는 순자가 더 잘 인간을 이해했다거나 하는 따위 당신들의 견해와 일치하는 것이라면, 그는 아마도 백보 선생이다. 약간 구식이기는 하지만 잘 손질된 양복으로 정장하기를 좋아하며, 번번이 속으면서도 비가 예보된 날은 어김없이 우산을 들고 나서는 선생을 당신들은 어디선가 만나셨을 것이고, 저물어가는 지하도 모퉁이 같은 데서는 엎드려 있는 걸인 모자에게 주머니의 동전을 툭툭 털기도 하는 선생 또한 당신들은 더러 보셨을 것이다. 며칠 전 좀 늦은 출근 버스에서 만나셨던 그 사람, 일없이 꾸물대는 운전수를 호되게 나무라던 그 중년의 신사가 바로 선생일 수도 있고, 그리고 드문 일이기는 하지만 — 지난밤 자정 무렵 고래고래 고함을 지르며 골목을 휩쓸다 당신 집 담벼락에 토물(吐物)을 쏟아 놓은 그 술꾼 역시 선생일 수 있다.

요컨대 백보 선생은 평범한 당신들의 이웃이다. 이 도시에 백몇 십만이나 되는.

그 첫 번째(其一), 봄을 만나다(逢春).

그런데 그해 백보 선생이 봄을 보았노라고 공언(公言)한 것은 아무래도 좀 일렀던 성싶다. 유난히 그 겨울이 길었는 데다 때는 아직 이월도 다하지 않았기 때문이었다. 하지만 선생은 기어코 봄을 보았노란 것인데, 그 경위는 대략 이러하였다.

그러니까 추위가 한창 기승을 부리던 바로 그전 일요일 오후였다. 무슨 일인가로 잔뜩 웅크린 채 중앙통을 걷고 있던 백보 선생은 갑자기 불길한 예감으로 뒤를 돌아보았다. 언제부터인가 몇 발짝 뒤에서 자기를 미행하는 사람의 기척을 느꼈기 때문이다. 철 아닌 바바리코트에 조그만 가방을 어깨에 걸친 스무 살 남짓의 낯선 청년이었다.

그를 발견한 백보 선생은 갑작스레 이해할 수 없는 불안에 빠졌다. 매연으로 희뿌연 도회의 하늘마저 그런 선생의 불안을 확인하는 듯하였다. 흰 기운이 푸른 하늘에 덮이면(白氣靑天) 반드시 하늘이 내리는 화가 이르리라(必有天禍)……. 그러나 아무리 생각해 보아도 선생은 자기가 미행당해야 할 이유를 알아낼 수는 없었다. 선생이 무슨 고관대작이라서 증수회(贈收賄)에 관련될 일도 없었고, 또 무슨 대단한 기업주라서 탈세 혐의를 받을 리도 없었다. 30년 전 이 정부가 세운 국민학교에 좀 늦어 입학한 이래, 그 공민교육에도 충실히 동조하여 누구보다 건전한 사상을 지녔다고 자부하는 데다, 신호등이 고장 나서 다른 행인들이 함부로 횡단하는 네거리라도 푸른 불이 켜 있지 않는 한 건너가기를 망설일 만큼 소심한 선생이고 보면 형법의 다른 조항들과는 더더구나 거리가 멀었다.

그래서 선량한 시민의 안도감으로 막 돌아가려는 선생에게 문득 한 가지 섬뜩한 기억이 떠올랐다. 며칠 전 어느 허름한 술집에서 비분강개파인 동료 하나와 나눈 대화가 문득 떠오른 까닭이었다. 거기서 그 친구는 마침 신문에 난 국민소득을 놓고, 그럼 발표된 이 액수와 근로 대중의 실임금과의 차액은 어디에 있느냐, 실제 우리네 서민들의 평균 생활수준과의 차액 — 적어도 일인당 오백 불은 어디에 있느냐 어쩌고 떠들었는데, 선생도 그만 취한 김에 맞장구를 치고 말았다. 무덤 속에 냉동기를 설치했지, 호화 주택도 짓고, 외국 은행에도 좀 넣었지, 미국 간 아들놈 도박 파티도 좀 시키고, 또…… 하며, 그리고 기억에는 없지만, 그런 자리에서 흔히 하는 식으로 몇 가지 불온한 언사도 덧붙였다. 아아, 그것이었구나…….

그런데 마침내 올 것이 왔다. 기회를 노리던 미행자는 사람의 왕래가 뜸한 골목길에 들어서자 행동을 개시했다.

"저어 선생님."

그러나 백보 선생은 못 들은 체 걸음을 빨리했다. 제 김에 다급해진 선생은 여차하면 뛸 작정이었다. 임시라도 모면해 보자는, 그만큼 절박한 심경이 된 것이다.

낌새를 알아챈 미행자는 민첩하게 달려와 선생의 앞을 가로막았다.

"선생님, 저 선생님예, 잠깐만예."

이상한 것은 위압적이어야 할 미행자의 정지 명령이 다급하고도 흔해 빠진 사투리라는 점이었다.

"구두 뒤축이 이상하게 닳았임더. 참 보기 싫네예."

그제야 퍼뜩 백보 선생은 자기만의 생각 — 모든 자유민에게 공통으로 잠재된 피해망상에서 당황하며 깨났다.

"아, 네. 걸음을 좀 이상하게 걸어 놔서……."

그러자 청년은 자신 있게 말했다.

"그라믄 좋은 수가 있임더. 뒤축을 좌우로 바꿔 보시지예. 꼭 두 배로 신을 수가 있임더. 구두 한 번 닦는 값으로예."

이쯤 되자 선생은 이상하게 허탈한 심경에 빠졌다. 그러나 그 총중에도 문득 음울한 하늘이 개어 있는 것처럼 느껴지는 것은, 그래도 아, 나는 술자리에서의 사담(私談)조차 규제하는 정부를 가지지는 않았구나 하는 안도감 때문이었다.

흥정은 우리의 백보 선생에게도 해로운 것은 아니었고, 그래서 약간 바람막이가 돼 주는 건물 모퉁이에 이제는 주객으로 바뀐 그들은 자리를 잡았다. 선생이 청년의 조그만 가방에서 나온 샌들을 신고 담배를 피우며 기다리는 동안, 청년은 역시 메고 있던 그 작은 가방에서 나온 신통하리만치 많은 대소 기구들로 작업을 시작했다.

그런데 일이 이상하게 되느라고, 백보 선생의 구두 뒤축은 좌우가 엄청나게 차가 나서 바꿔 달 수가 없었다. 큰 쪽을 깎아 내어 맞추었지만, 작은 쪽을 늘일 수는 없었기 때문이다. 큰 쪽을 먼저 깎아버린 청년은 무안한 얼굴로 선생을 올려다보았고, 선생은 선생대로 뒤축 없는 구두를 신고 중앙통을 통과하여 집까지 돌아가야 한다는 생각에 암담해졌다.

"할 수 없임더. 새걸로 가시지예."

하지만 선생에겐 돈이 없었다. 그날의 잡비는 이미 탕진된 뒤여서, 주머니에 남은 것은 백 원짜리 동전 두어 개가 전부였던 것이다.

그리하여 거기서 요즘엔 드문 이상한 거래가 이루어졌다. 청년이 먼저 외상을 제의했고, 응락한 백보 선생은 이왕에 좀 나은 것으로 뒤축을 갈았다. 갚는 방법에 대해서는 둘 사이에 한동안 논의가 있었지만, 이튿날 한 시에 바로 그 자리에서 지불하기로 합의했다. 고정된 점포가 없는 청년과 너절한 용건으로 사람들이 학교에 찾아오는 것을 꺼리는 선생 간에는 최선의 방법이었겠지만, 하여튼 그때부터 이 도시의 바람은 한결 훈훈해지기 시작했다고 선생은 부연했다. 그 젊은 녀석은 내 직장도 묻지 않았고, 보여준 주민등록증도 흘낏 건네 보고는 그만이었어…….

이튿날 백보 선생은 오전 강의가 끝나는 대로 서둘러 약속 장소로 떠났다. 버스로는 늦을 것 같아 택시를 타고.

그러나 막상 안달을 하며 기다려야 할 채권자는 아직 그곳에 도착하지도 않고 있었다.

처음 십 분간 백보 선생은 은근히 그 청년이 나타나지 않기를 바랐다. 그런 경우, 선생은 뒤축값을 물지 않고 떠나더라도 선량한 시민으로서의 자부심은 상하지 않을 것이기 때문이었다.

다음 십 분은 슬며시 화가 나서 기다렸다. 그 친구가 누굴 바보로 아나. 나는 지금 아무에게도 부끄럽지 않게 돌아갈 수 있단 말이다. 그리고 다음 십 분은 기이한 느낌에 빠져 — 이런 녀석들도 무사히 세상을 살아갈 수 있는가.

그러다 사십 분이 가까워오자 백보 선생은 초조해지기 시작했다. 이 돈을 쉽게 포기할 수 있을 만큼 여유 있어 보이는 녀석은 아니던데, 무슨 일인가, 무슨 일인가.

그런데 녀석이 히죽히죽 웃으며 나타난 것은 꼭 사십 분 하고도 칠 분 후였다.

"쪼매 기다렸지예? 한 시 뉴스를 들었는데, 오다가 고만 손님을 두 사람이나 받느락꼬. 뒤축 하나, 염색 하나에. 그라고는 곧장 뛰어오는 길임더."

백보 선생이 봄을 본 것은 바로 그때였다. 선생은 보았노란다. 녀석의 텁수룩한 머리 위에서 훈훈히 피어오르는 아지랑이를, 그 훨씬 위로는 눈이 부시도록 맑아오는 푸른 하늘을, 그리고 이웃 상점 진열장의 조화 줄기에서는 마디마디 피어오르는 꽃송이를.

"망할 자식. 옛다. 삼천 원. 나머지 육백 원은 꼭 사십칠 분 기다린 값이다."

그러나 사실 그 육백 원은 녀석이 보여준 봄에 비하면 엄청나게 싼 사례에 지나지 않았다고 얘기를 마친 백보 선생은 허허거리며 웃었다. 이 세상 사는 것(生於此世上)이 또한 즐겁지 아니한가(不亦樂乎).

그 두 번째(其二), 잃어버린 누이의 귤(亡妹之橘).

창랑(滄浪)이 맑으면 내 갓끈을 빨 것이오, 창랑이 흐리면 내 발을 씻으리라……. 기차는 밤을 지나고 백보 선생의 홍은 도도하다. 선생은 지금 상경 중이었다. 무엇 때문이냐고? 어리석은 물음. 여우도 한세상 살다 보면 멀리 소혈(巢穴)을 떠나 낯선 산굽이를 배회할 때가 있는 법이다. 그리고 더러는 그게 더 홍겨울 수도 있지 않은가.

불행히도 기차는 애초부터 자정이 넘어 출발한 것이어서 백보 선생의 홍에 화답하는 사람은 차 안에 없었다. 허나 무슨 상관인가. 문을 나서면 만리의 객(客), 가우(嘉友)를 만나기는 쉽지 않거늘. 오직 그 밤의 선생에게는 봄술(春醪) 다 비워짐이 한스러울 뿐이었다.

그러나 일단 기차가 서울에 도착하고, 그래서 아무도 배웅 나오지 않은 그 거대한 도시의 입구에 홀로 내려서자마자 조금 전까지만 해도 도도하던 선생의 홍은 금세 막막함으로 바뀌었다. 물론 예상치 않은 것은 아니었으나, 아직은 어둠에 싸인, 누구를 방문하기엔 너무 이르고 여각(旅閣)의 한 방을 차지하기엔 너무 늦은 그 새벽 네 시 몇 분의 시각은 참으로 선생에게는 난감한 것이었다. 하지만 자기가 간밤 내 눈 한 번 붙이지 않았다는 갑작스러운 깨달음과 아직 쌀쌀한 사월의 새벽 공기는 이내 선생으로 하여금 사방을 두리번거리게 하였다.

그때 한 중년의 여인네가 마치 그런 선생의 마음을 읽기라도 한 듯 선생에게 다가오며 말을 걸었다.

"피곤한데 좀 쉬었다 가세요."

"깨끗하고 조용한 방 있소?"

"그럼요. 지금 따뜻해요."

"해장국도 시킬 수 있소?"

"물론이죠. 이 근처선 아주 이름난 집이에요."

그렇다면 백보 선생도 이의가 있을 리 없었다. 선생은 종종걸음 치는 그 여인네를 따라 조용한 새벽 도로를 가로지르고, 아직은 잠에서 덜 깬 골목 굽이를 돌았다.

그러나 막상 목적지에 도달했을 때, 선생은 잠시 주저하지 않을 수 없었다. 한낱 궁한 선비로 서울 거리를 동가숙서가식하던 십칠 팔 년 전의 고학 시대를 제하면, 별로 기억에 없는 무허가 하숙집 이었던 까닭이다. 당장 가까운 곳에서는 그럴듯한 여관이나 여인 숙의 간판을 발견할 수 없었다는 것과, 기껏해야 서너 시간만 머 물면 된다는 생각만 아니었던들, 선생은 결코 그 여인네가 끄는 대 로 못 이기는 체 따라 들지는 않았을 것이다.

방은 약속대로 따뜻하고 깨끗했다. 이상하게 배어 있는 값싼 지분 냄새와 울긋불긋한 벽지의 색조가 다소 역겨웠지만, 이번에 도 역시 그 '서너 시간만'이 선생으로 하여금 그런 것들을 감수하 게 했다.

다행히도 해장국은 비위에 맞아주었다. 꼭두새벽에 용케도 그 런 걸 팔아주는 사람이 있다는 것에 새삼 감탄하면서 식사를 마 친 백보 선생은 역시 그 지분 냄새가 끈적끈적 묻어오는 듯한 이 부자리에 하반신을 묻고 잠을 청했다.

그런데 오래잖아 의외의 방해자가 나타났다. 아슴푸레 잠이 들었던 백보 선생이 돌연한 목소리에 눈을 떴을 때, 서슴없이 들어선 것은 낯선 젊은 여자였다. 그러나 분홍빛 잠옷에 짙은 화장을 한 그녀를 본 순간, 선생은 그녀가 이 방의 주인 — 그 느끼한 지분 냄새와 역겨운 분위기의 주인이라는 것을 금방 알아차리고 벌떡 몸을 일으켰다.

"괜히 놀란 척 말아요. 기다려 놓구선."

그러는 그녀의 말투는 다 안다는 듯한, 그리고 지극히 당연하다는 듯한 그런 것이었다.

"아, 이게 색시 방이오? 그럼 실례했는데……"

"능청스럽긴 — 자, 이 옷 벗으세요."

여자는 스스럼없이 선생에게 다가오더니 대뜸 넥타이를 풀려고 들었다. 선생은 황황히 그런 그녀의 손을 뿌리치며 질책하듯 항의했다.

"이봐요. 이거 너무 심하잖소? 도대체 이게 어떻게 된 거요?"

그제야 여자도 백보 선생의 기분을 알아차린 듯 머쓱해져 퉁명스레 대답했다.

"어떻게 되긴 어떻게 돼요? 아저씨는 손님이고 나는 손님을 받으러 왔죠."

"내가 언제 색시의 손님이 됐소? 잘못 안 거요. 나는 잠을 자러 왔소. 그리고 — 당신들은 잠도 안 자오?"

그러자 여자는 이번에는 다소 서글픈 음성으로 대답했다.

"왜 안 자요? 지난밤을 공치지만 않았다면."

"그러나 내일도 모레도 있지 않소?"

"하지만 그때는 또 그땐걸요."

그러는 여자의 얼굴은 비록 짙은 화장에 감추어져 있기는 하였지만, 의외에도 처음 볼 때보다 훨씬 앳돼 보였다. 그것이 선생의 마음을 얼마간 누그러지게 했다. 선생은 좀 부드러워진 목소리로 말했다.

"그럼 주인을 불러요. 나는 잘 방이 필요할 뿐이니까."

그러자 여자는 힘없이 일어나며 갑자기 처량하게 말했다.

"필요 없어요. 그럼, 그냥 주무세요."

그런데 문께로 가는 그녀의 붉은 맨발이 문득 선생에게 가련하게 비친 것은 방 안의 따뜻함 때문에 되살아난 열차 안에서의 취기 탓이었을까. 이미 그럴 철은 지났는데도 잠옷에 싸인 그녀의 여윈 어깨마저 추워 움츠린 듯, 떨리는 듯 보이는 것은.

"이게 색시 방일 텐데."

"제 방 같은 건 없어요. 지금이라도 아줌마가 호남선 열차에서 손님을 받아오면 그게 바로 제 방이죠."

"그런가 —."

백보 선생은 막연히 가슴이 답답해 옴을 느꼈다. 그러다가 갑작스레 떠오른 어떤 생각으로 문을 나서는 여자에게 말했다.

"잠깐. 그런데 얼마면 색시가 이 방에서 자두 되나?"

"싸게 해드리죠. 삼천 원만 내세요."

"들어오게. 그럼 여기서 자."

거기서 선생은 진작부터 먹은 마음이 있는 사람처럼 그렇게 불쑥 받았다. 그리고 뛰어들 듯 방 안으로 들어온 여자에게 돈을 꺼내 말없이 건넸다.

"옷, 안 벗으실 거예요?"

"이제 두어 시간이니 그냥 자겠어."

"옷을 입구?"

"그래. 자 — 이리 와."

선생은 오히려 그녀를 끌어당겨 팔베개에 누인 뒤 지그시 껴안았다.

그러자 여자는 문득 선생의 표정에서 무슨 이상한 걸 발견한 듯 놀라 물었다.

"그럼, 그냥 주무실 거예요?"

"그렇지 않고 — 자, 너도 한숨 푹 자는 거야."

하지만 의외로 여자의 반응은 맹렬했다. 꽉 껴안은 선생의 팔을 벗어나려 버둥대면서 그녀는 성난 목소리로 쏘아붙였다.

"싫어요, 이런 동정. 이거 놓으세요. 나는 거지가 아니에요."

백보 선생은 빙긋 웃었다. 그리고 팔에다 더욱 힘을 주며 부드럽고 자상하게 그녀를 불렀다.

"애야 —."

잠시 요동을 멈춘 여자가 기이한 듯 선생을 올려 보았다.

"내가 누군 줄 아니?"

"……?"

"내가 바로 네 오라비란다. 너를 잃고 얼마나 애태웠는지 ― 그러나 반갑다. 네가 이렇게 건강하고 또 정직하게 살고 있으니……."

여자의 눈이 둥그레졌다.

"하지만 이 오라비는 말이다. 두어 시간 후면 ― 또 너를 버려두고 떠나야 한다. 이 힘없고 가난한 오라비는…… 그러니 ― 그동안이라도 푹 쉬어라……."

여자는 더 이상 저항하지 않았다. 한동안 무엇인가 깊은 생각에 잠긴 듯하더니, 이내 한숨을 내쉬며 눈을 감았다. 그리고 잠시 후에는 정말로 오래오래 인생의 어둠을 방황하다 지쳐 돌아 ― 온 누이처럼 선생의 품 안에서 새근새근 잠이 들었다. 그 고른 숨소리를 들으며 선생도 걷잡을 수 없는 잠에 빠져들었다.

백보 선생이 다시 눈을 떴을 때, 시간은 이미 아홉 시가 훨씬 넘어 있었다. 여자는 가고 없었다. 대신 선생의 머리맡에는 노란 귤 몇 개가 깨끗한 접시에 담겨 있었다. 그 귤 ― 모든 일이 틀어져 우울해야 할 귀로에서도 여전히 선생에게 흥겨운 술잔을 들 수 있게 한 그 귤은, 바로 그 잃어버린 누이가 ― 우리 모두의 가련한 누이가 남기고 간 것임에 분명하였다.

비록 창랑이 흐리더라도(雖濁滄浪) 나는 거기 발을 씻지 아니(吾不濯足)하리라, 오불탁족(吾不濯足)하리라 ―.

어찌 선생이 흥겹지 않으랴.

그 세 번째(其三), 면방가전(面方假傳).

그러나 백보 선생도 때로는 분노한다. 그해 오월 어느 날에 무엇 때문인가 늦어진 선생은 야간 강의 시간이 임박하여 허둥대며 강의실로 달려간 적이 있다. 그런데 막상 문을 열어 보니 예순 명이 넘어야 할 수강생들이 여학생 셋으로 줄어 있었다. 마침 바로 그 시각에 권투 선수 아무개의 세계 타이틀전이 있어 모두 텔레비전 중계를 보러 갔다는 것이었다.

고려 문학에 대해 멋진 강의를 하려고 준비했던 백보 선생은 굴욕감과 비분으로 몸을 떨었다. 그리고 텅 빈 그 강의실에서 분연히 붓을 들었다. 제(題)하였으되, '면방가전(面方假傳).'

면방(面方)은 성(性)이 태을(太乙), 명(名)은 비(조), 자(字)는 광문(廣聞)이요, 면방(面方)은 그의 특이한 용모를 보고 세인이 붙인 별호다.

그 시조는 옛적 반고(盤古, 중국 신화의 창조주)가 큰 도끼로 우주의 벽을 허물 때 그 노한 눈초리와 고함소리에서 나왔다 하나, 서정(徐整)의 삼오역기(三五曆記)가 오래되어 믿을 수 없고, 혹 신녀 화서씨(華胥氏)와 뇌신(雷神)이 저 뇌택(雷澤)에서 어울려 낳았다 하나 또한 복희씨(伏羲氏)가 와전(訛傳)된 듯하다.

조상 뇌공(雷公)은 그 누이 뇌조(雷祖, 黃帝의 妃)를 황제(黃帝)에게 출가시키고 자신도 그를 도와 탁록(涿鹿, 중국 하북성에 있는 현의 싸움)에서 치우(蚩尤, 황제에게 대항해 싸운 거인족)를 토평함에 공이 컸으되, 왕공(王公)을 사(辭)하고 물러난 이래 대대로 구름과 산곡을 벗하며 인간을 잊고 지냈다.

면방(面方)의 아비 전공(電公)대에 이르러 비로소 다시 출곡(出谷)했다. 때는 건륭(乾隆) 연간(淸 高宗의 재위 시기), 전공은 중원이 오랑캐의 창칼에 억눌려 있음을 보고 멀리 떠나 아미리견(亞美利堅), 영길리(英吉利) 등 태서(泰西) 지방을 표랑했다. 그 후 전공은 기려(羈旅)의 신(臣)으로 여러 양이의 조정에 출사했으나, 연 불혹(不惑)이 넘도록 중용을 입지 못하더니, 저 두 번의 천하대란을 겪는 동안 그 이름이 현저함을 얻었다.

특히 라사복(羅斯福, 루스벨트)을 도와 일이만(日耳蔓, 게르만족)의 역(役)을 평정함에 혁혁한 공을 세우니, 만년 그 관작은 공후(公侯)의 열에 올랐다.

면방(面方)은 그의 삼자(三子)로 일찍 아비 전공을 따라 출사했으나, 벼슬은 겨우 종6품 진용교위(進勇校尉)에 그쳤다. 그 지모와 용력이 아비를 따르지 못함이라.

지천명(知天命)에 이르러 벼슬을 버리고 치사한객(致仕閑客)을 자처했다. 그러나 조상의 고구(故丘)로 돌아가지 않고, 저잣거리에 자리 잡아 세인과 가까이 하더니, 마침내 그 잡박한 견식과 기이한 재주로 세상의 사랑을 얻었다. 때에 족인(族人)으로 라대오(羅大吾)란 가객이 있어 일시 면방과 허명(虛名)을 다투었으나, 오래잖아 모든 걸 면방(面方)에게 넘겼다.

면방(面方)이 세인의 이목을 오로지하매 그의 문전은 아당하는 자와 추종하는 무리로 성시를 이루었다. 비록 왕홀(王笏)이 내린 권세는 아니었으되 세상은 그와의 시비를 꺼렸고, 군자도 소인도 한가지로 그의 설단(舌端)을 두렵게 여겼다. 대저 군자는 무사의 창끝과 문사의 붓끝과 변사의 혀끝을 피하는 법이오, 소인은 숨겨야 할 것이 많은 까닭이다.

일찍이 면방(面方)은 축융(祝融, 火神)의 후인으로 작배(作配)했으나 석녀인지라, 서류(庶類) 예(藝)의 딸을 유처취처(有妻娶妻)하였다. 예 씨(藝氏)에게서 아들 류(流)와 현(賢)과 허(虛)와 탐(貪)과 경(輕)을 두었다.

장자(長子) 류(流)는 용모가 당당하고 언변이 능했으나, 위인이 용렬하고 성품이 간교 음란하여 가문의 수치가 되었다. 그가 이적(夷狄)의 폐풍과 악습을 전하니, 부녀자가 그 허벅지와 배꼽을 드러내 놓고도 오히려 부끄러운 줄 몰랐고, 천한 유속(流俗)을 퍼뜨리니 자식이 늙은 부모를 내치고 아내가 그 남편을 능멸했다. 심하다, 류(流)가 변설을 농함이여. 선비가 책을 버리고도 슬퍼할 줄 모르고, 군자가 이(利)를 도모하면서도 도리어 당당하며, 여염의 부녀가 외간 남자와 작간회음(作姦懷淫)하기를 상사(常事)로 여김이 모두 그의 궤변에서 비롯되었다. 그 죄가 해를 가리더니, 끝내 양사(兩司)의 탄핵을 받아 엄한 국법에 혀와 귀를 잘리었다.『예기(禮記)』의 이른바 네 가지 사죄(死罪)에 해당되나, 아비 면방의 그늘이 미쳤음이라.

차자(次子) 현(賢)은 비록 청출어람(靑出於藍)에 이르지는 못했으되, 그런대로 넓은 견식과 방정한 언행으로 아비에게 효도했다. 형 류의 행악(行惡)을 매양 힘써 말리더니, 그가 복주(伏誅)되자, 그로 인해 병든 풍속을 순화하며 비뚤어진 세인의 심상을 교정하는 데 신명(身命)을 다하였다. 또한 여러 세상의 소식에도 고루 정통하여 사람의 궁금증을 풀어주고, 기지와 재담으로 한세상의 무료와 시름을 달래 주매, 세인이 비로소 면방에게도 아들 있음을 알았다. 장차 면방의 가운이 재흥함을 이룰지면 이는 모두 이 현의 덕이리라.

삼자(三子) 허(虛)는 원래 성품이 온후하고 근검하여 군자의 풍모가 있었다. 허나 장성하며 점차 형 류의 전철을 밟아, 시서(詩書)를 버리고 가무(歌舞)를 취하더니 마침내 황음, 탐락으로 몸과 이름을 함께 망쳤다. 주악(周樂)을 정음(鄭音, 음란한 음악)으로 바꾸니 사대부가 등을 돌리고 팔일(八佾, 제후의 뜰에서 추는 正舞)을 난무로 고쳐 추니 제후(諸侯)가 노하였다. 후에 몸둘 곳을 잃어 저자에서 춘화를 팔고 선정(煽情)의 곡으로 홍등가를 전전하다 비루한 생명을 일찍 노상에서 마쳤다.

사자(四子) 탐(貪)은 불의한 재물로 몸은 잘 길렀으되 아비를 슬프게 하기에는 류나 허와 한가지였다. 아비의 이름을 시정의 장사치들에게 팔아 만금(萬金)을 모았으나 어찌 할꼬. 개구리의 오줌을 선약(仙藥)이라 하고 독을 푼 술을 명주(銘酒)라 속였으니, 머지 않아 불의로 살찌운 그 고기는 반드시 시궁창을 뒹굴리라.

오자(五子) 경(輕)은 그 재주가 놀라웠다. 학문은 일찍 고금을 통달하고 경륜은 가히 천하를 종횡할 만하였다. 장차 그 아비를 현저케 하는가 싶더니, 그 또한 면방의 가운인가, 선비의 도를 버리고 뜬세상의 공명을 구하였다. 곡학아세(曲學阿世)하여 누추한 의복과 험한 음식을 면하는 대신 더러운 이름을 샀고, 일찍 당상(堂上)에 올라 위로 임금을 기망하고 아래로 민의(民意)를 왜곡하여 살신(殺身)의 업(業)을 쌓았다.

선비의 올바른 공론을 형옥(刑獄)으로 다스리고 기린을 사로잡아 상서로움을 꾸미니 선비의 탄식과 획린가(獲麟歌, 공자가 지었다는 노래)가 거리를 메웠다. 또한 어리석은 세상의 이목을 잡희(雜戲)로 가로막고, 세인이 한낱 양이(洋夷)의 투기(鬪技)나 손재간 발놀림에 혼백을 앗기게 만드니, 그 모두가 가히 하늘에 죄를 얻을 만하였다.

하늘에 죄를 얻음이여, 빌 곳이 없어라. 후에 소요를 만나 난민에게 사지를 찢기었다.

가련하다. 현을 제하면 모두가 호부(虎父)에 견자(犬子)라, 그 끝이 한가지로 참혹하니 어찌 두렵지 않으리오. 면방 죽어서도 차마 눈감지 못하리라.

각설 ─ 면방은 시하 세인이 텔레비전이라 하여 조석으로 상종하는 물건을 의인화한 것이니, 내 비록 천학비재이나 그 아들들을 들어 펼침과 누림의 그릇됨을 특히 세인에게 경계하노라.

그 네 번째(其四), 욕기(浴沂).

백보 선생은 지금 물속에 잠긴 자기의 발을 물끄러미 보고 있다. 지난 학급 야유회 때 봐 두었던 금호강 상류의 한적한 곳이다.

　푸른 정맥이 비치는 선생의 희고 얇은 발은 그날따라 육신의 일부라기보다는 무슨 낯선 물건처럼 느껴졌다. 그러다가 문득 그 이물(異物)스러움은 파랗게 민 젊은 이승(尼僧)의 머리를 대할 때 젖게 되는 어떤 애련함 같은 것으로 바뀌었다. 몇 년 만인가. 딱딱한 구두와 화학섬유에 싸여 아스팔트 위의 지정된 코스를 시계추처럼 왕복하던 이 발이 늦어 돌아온 밤의 희뿌연 형광등 아래 소독된 수돗물 속에서가 아니라 쨍쨍한 햇볕 아래서 자연 그대로의 흐름 속에 잠긴 것을 보는 것은.

　선생은 위무하듯 자신의 두 발을 가만히 감싸 잡으며 눈을 감았다. 그러자 오랫동안 잊고 지냈던 고향의 산하가 무슨 한 폭의 선명한 산수화처럼 떠올랐다. 한둘은 운 좋게도 중견 관료로 진출했고, 또 몇몇은 수익 좋은 현대 기업의 경영진에 참여하기도 했지만, 대부분은 도회의 전망 없는 봉급생활자의 무리나 척박해진 고향의 흙 속에 묻혀버린 얼굴들까지도 20여 년의 세월을 뛰어넘어 되살아왔다. 강한 바람에 실이 끊겨 가뭇없이 사라져간 연과, 쫓기던 고기 떼의 은빛 비늘도.

　그때 한 노성한 목소리가 선생의 그런 상념을 깨뜨렸다.

　"욕기(浴沂)를 나오셨구려."

　그러면서 빙긋이 웃고 있는 것은 단장을 짚은 도회풍의 중늙은이였다. 거기다가 시절은 어느새 유월이어서 계절적으로도 꼭 합당한 것은 못 됐지만, 이상하게도 그런 인사가 그 노인에게는 잘 어울리고 있었다. 글쎄, 욕기, 욕기……

그 아침이었다.

"새들이 왔어요. 새들이 —."

흔치 않은 아내의 수선스러운 목소리에 백보 선생이 잠을 깬 것은 아홉 시가 훨씬 지나서였다.

"보세요, 저기. 새들이 왔어요."

밖은 화창한 일요일 아침이었다. 선생이 눈을 비비며 말갛게 닦인 창밖을 내다보니, 정말 몇 마리의 멧새가 한 그루뿐인 마당의 후박나무에 앉아 있는 것이 보였다.

하지만 선생은 잠이 덜 깬 목소리로 무감동하게 말했다.

"곧 갈 테지……"

"아니에요. 아침 내내 거기 있는걸요."

곁에 서서 함께 밖을 내다보던 아내는 전에 없이 강경하게 부인했다.

"원, 사람도 하릴없기는……"

선생은 여전히 무감동하게 말하고 다시 자리로 돌아와 담요를 뒤집어썼다. 그러나 더 이상 잠은 오지 않았다.

……고향에 있을 때 아내는 많은 새를 길렀었다. 그곳 고가(古家) 뜰에는 백여 년 이상 된 향나무를 위시해 많은 나무들이 300평 가까운 뜰을 덮고 있었다. 거기다 아내는 새집과 모이통을 달고 멧새들을 청해 들였다. 어린 훈이 놈도 낮은 해당화 덤불이며

앵두 숲에 곧잘 모이통을 달고 모이를 채웠다. 덕분에 고향집은 이름 모를 멧새들과 그 울음소리에 파묻혔다. 특히 겨울철이 심해 — 참새가 방 안으로 날아들고 때로는 딱따구리가 기둥을 쪼을 때도 있었다. 십여 년 전 — 비교적 조혼을 한 선생이 공부다 취직이다 하며 객지를 떠돌아다니는 동안, 아내 혼자 어머니를 모시며 고향집을 지킬 때의 일이었다.

그 후, 한번 도회지 생활이 시작되자 아무리 백보 선생이라도 별수 없었다. 이미 재산이라고는 상품 가치 없는 그 고가 한 채와 손댈 수 없는 위토(位土) 몇 마지기뿐이어서 선생도 도리 없이 셋방살이로 시작했다.

그러다가 꼭 10년이 걸려 변두리에 그 대지 마흔 평 남짓한 집 한 채를 마련했다. 이사 첫날, 아내가 맨 먼저 한 일은 통조림 깡통을 잘라 모이통을 만든 것이었다.

마당 가운데 후박나무 한 그루가 댕그라니 서 있는 것을 아내는 진작부터 눈여겨봐 두었던 듯했다.

"이 첩첩산중에 많은 새도 날아들겠다."

그때 선생은 그렇게 아내를 비양거렸다. 그 뒤로도 아내는 몇 번이나 이미 곰팡이가 핀 모이통을 갈아 대는 눈치였지만, 새들이 와서 먹어주는 것 같지는 않았다.

아내는 아직도 창가에 서 있는 모양이었다. 왠지 그런 아내에게 신경이 쓰여 선생은 다시 담요를 젖혔다. 아내는 이미 창밖을 보고 있지 않았다.

"가버렸어요. 모두……."

그런 아내의 얼굴에 서린 까닭 모를 애수가 왠지 선생의 가슴을 짜릿하게 했다.

"또 오겠지 —."

선생은 부드럽게 위로했다.

"그런데 훈이는 어딜 갔소?"

"나갔어요. 요즘은 통 밖에서만 사는걸요. 뭐, 오늘은 반 아이들과 야구 구경을 하기로 했다던가……."

초산 이후 아내는 까닭 없이 단산이었다. 그래서 늦게까지 어미의 치마꼬리에 달려 다니던 훈이 녀석도 중학교에 가면서부터는 도무지 집 안에 붙어 있지를 않았다. 거기다가 학교라고는 별로 다니지 못한 아내고 보면 동창이라는 게 있을 리 없고, 친정이 가까워 자주 드나들 처지도 못 되었다. 언젠가 아내는 양춤 배우러 다니기보다야 낫겠지 하여 가야금을 배우러 나선 적이 있었다. 그러나 그것도 갔던 그 길로 되돌아오고 말았다. 아이들을 제외하고는 다 그렇고 그런 여자들뿐이더란 것이 아내의 포기 이유였다.

잠시 후 아내는 살며시 밖으로 나갔다. 아침상이라도 들이려는 것이리라. 그런 아내의 쓸쓸한 뒷모습을 바라보던 백보 선생은 돌연 형언할 수 없는 연민에 젖었다.

"살아 있다는 것은 고독하다는 것, 그대도 나도 혼자여라……."

물론 그런 감상은 불혹을 넘은 남자에게는 다소 엉뚱한 것이리라. 그러나 또한 그것은 가끔씩 대면하게 되는 우리의 진실이다. 아, 당신들은 빼고, 고독이 무슨 독랄한 채찍 같은 것이라서, 그리고 그것이 끊임없이 당신들의 그 대단한 실존을 후려쳐 아파 죽겠다고 떠드는 당신들과, 반대로 그런 것은 전혀 감정의 사치며 애초에 그런 것은 없노라고 단언하는 철판 같은 둔감의 당신들은 빼고.

아침상을 대강 물리고 난 백보 선생은 결국 무슨 중요한 볼일이라도 있는 것처럼 집을 나서고 말았다. 아내와 바둑이라도 몇 판 두어주고, 술상이라도 청해 허허거리며 긴치 않은 살림 얘기라도 물어주려고 생각해 보았지만, 왠지 그날따라 자신이 없었다. 지금껏 그런 식으로 대수롭지 않게 호도(糊塗)해 온 자기가 갑자기 부끄럽고 끔찍스럽게까지 느껴졌다.

그리하여 집을 나온 선생은 마치 전부터 계획했던 것처럼이나 두 시간 이상 걸려 이곳에 도착했다.

관자(冠者)도 동자(童子)도 없이 ─ 이렇게 우리의 백보 선생은 기수(沂水)로 떠났다. 이제 곧 선생은 무우(舞雩)를 노니리라.

그 다섯 번째(其五), 귀거래혜(歸去來兮).

"아아, 돌아왔노라. 전원이 장차 묵어가거니 어찌 돌아오지 않을 것인가. 비록 마음을 육신의 노예로 삼았으되 어찌 추창(惆愴)하여 홀로 슬퍼하고만 있을 것인가. 지나간 일은 탓하지 않으려와, 앞일은 가히 바로잡을 수 있으리라. 진실로 길을 잘못 들었으니, 그리 깊이 빠져든 것은 아니었다. 지금이 옳음을 깨달으니 지난날이 그릇됨을 알겠노라……."

백보 선생은 마침내 고향 옛집의 뜰에 서 있다. 족제(族弟)에게
맡긴 그 10년 사이에 고가(古家)는 형편없이 퇴락해 있다. 세월의
비바람에 뒤틀린 대문, 그을음 낀 회벽, 돌담은 허물어지고 마당
에는 잡초가 무성하다.

그러나 선생에게는 그 모든 것이 그저 정답고 감격스러울 뿐이
다. 오랜 망설임 끝에 돌아온 옛집이기 때문이리라. 사표와 함께
천하의 둔재들만 모아 두고 가르쳐야 하는 괴로움은 끝났다. 퇴직
금과 살던 집을 팔아 장만한 토지도 단출한 가족의 구복(口腹)을
다스리기에 족하다. 그 허망한 도시에 연연해할 무엇이 더 있단 말
인가. 선생은 다시 읊조린다.

"아아, 돌아왔노라. 내 돌아왔노라. 요컨대 남과의 사귐을 그만
두고 즐기며 노는 것을 그치리라. 세상과 나는 서로 잊어버리는 것
이다. 친척들과의 정다운 이야기를 즐기고 거문고와 책으로 시름
을 끄리라……."

아내는 도우러 온 친척 아낙네들과 분주히 집 안을 치우고, 훈
이놈은 대청 구석에서 벌써부터 낚싯대를 매만진다. 선생이 이웃
에서 농구(農具)를 빌려 마당의 잡초를 캔다.

그때 오래 보지 못했던 옛 친구 하나가 나이보다 훨씬 늙어 찾
아온다. 선생은 반겨 맞으며 아내에게 술상을 청한다. 내온 술상
을 받아들고 둘은 서실(書室) 툇마루에 자리 잡는다. 잊혀진 것들
이 기억되고 사라진 것들이 되살아나고 —. 술 한자리 끝나는 사

이에 수십 년이 흘러간다.

오래잖아 옛 친구는 돌아가고 얼큰해진 선생은 혼자 툇마루에 앉아 앞일을 계획한다.

천수답(天水畓) 닷 마지기엔 과수를 심고 텃밭 200평에는 채전을 일구리라. 뒤뜰 빈터에는 염소나 몇 마리 묶어 둘 일이고, 앞마당엔 병아리나 한 배 풀어 흩어진 곡식을 줍게 하리라. 선생의 계획은 점점 흥겨워진다.

봄이 오면 밭을 갈아 씨를 넣을 일이다. 한 알을 뿌려 열 알을 원치 않으리라. 두 알로 족하다. 꽃 지기 전에 화전(花煎) 부쳐 종일토록 취하리라.

여름 시비(施肥)는 낫 갈아 풀 베어 되는 대로 넣어주고, 김 내기야 길게 자란 잡초나 듬성듬성 뽑아줄 일이다.

두벌 맨 논두렁에서 비 갠 하늘이나 바라보고, 해 질 녘 병암소(屛岩沼)에서는 마음도 씻으리라.

가을걷이 끝난 들에는 보리를 묻을 것이요, 동쪽 울타리에 국화꽃 피면 아내 시켜 술이나 빚으리라. 달 뜨는 시월에는 율(律)이라도 지으리라.

겨울 들어 한가하면 훈이 놈에게 황정경(黃庭經)을 깨우쳐줄 일이오, 찾아오는 어린 족질(族姪)들에겐 연이나 접어주리라.

먼 곳 벗이 피로해 찾아들면 익은 국화주 내어 명정(酩酊)에 잠기고, 눈 내리는 아침은 아내와 더불어 묵화라도 한 폭 뜨리라……

그러나 모든 것은 생각 같지 못하다. 손이 부르트도록 일해도 거두는 것은 언제나 모자란다. 훈이 놈의 교육은 점점 큰 부담이 되어 땅을 줄여 나가고, 아내는 점차 수심에 싸인다. 노역과 고통의 낮이 계속되고 슬픔과 번민의 밤이 반복된다. 하지만 어쩔 수 없다. 선생의 나이는 어느새 오십을 넘기고 학문도 쇠퇴하여 도회는 더 이상 선생을 필요로 하지 않는다.

가진 것을 모두 팔아 보았자 도회에서는 집 한 칸을 마련하기도 어렵다. 암담하다…….

그때 구원이 왔다.

"여보, 이젠 그만 일어나지 않으시겠어요."

아내의 목소리에 퍼뜩 눈을 뜬 백보 선생은 그곳이 좀 늦은 월요일 아침임을 깨달았다. 어제 무우(舞雩)를 노니느라 좀 피로했던 듯했다. 시계를 본 선생은 서둘러 수돗가로 나갔다.

세수를 하고 아, 그 번잡한 도회와 성가신 일상으로 달려가기 위해서였다. 문밖에는 어느새 여름이 뜨겁게 다가와 있었다.

(1979년)

그해 겨울

이제 그 겨울을 이야기할 수 있을 것 같다. 나는 이미 한 가정을 거느렸고, 매일매일 점잖은 복장과 성실한 표정으로 나가야 할 직장도 있다. 또 나이는 어느새 서른을 훌쩍 넘어 감정은 절제와 여과를 거쳐야 하며, 과장과 곡필로 이루어진 미문(美文)의 부끄러움도 알게 되었다.

지금부터 꼭 십이 년 전이 되는 그해 겨울 나는 경상북도 어느 산촌의 술집에 '방우'로 있었다. '방우'라는 말은 원래 옛적 시골 사람들 사이에서 흔했던 고유명사였지만, 당시 그 술집에서는 허드레 일꾼, 또는 불목하니 정도의 뜻을 가진 보통명사로 쓰이고 있었다.

물론 내가 애초에 나의 도시와 학교를 떠난 것은 그런 곳에서 방우 노릇이나 하기 위해서는 아니었다.

　처음 나는 광부가 될 작정으로 강원도로 갔다. 하지만 그때만 해도 밥벌이가 쉽지 않을 때라, 난데서 굴러 들어온 신통찮은 건달에게 일자리는 쉽게 구해지지 않았다. 그러다가 꼭 한 번 개인탄광의 갱에 들어가 볼 기회를 얻었는데 그때는, 그만 내가 질려버렸다. 개인탄광이란 ── 그렇다, 요즘에도 가끔 신문에다 끔찍한 사건기사를 내는 정도이니, 십여 년 전 그때야 오죽했으랴. 갱에 들어간 첫날에 막장이 내려앉아 두 사람이 석탄더미에 묻히는 것을 보고 질겁을 한 나는 그날로 광부 노릇을 단념하고 말았다. 내 조그만 여행가방 한구석에는 언제든 나를 몇 분 안으로 치사(致死)시키기에 충분한 화공약품이 들어 있었고, 또 관념적으로는 항상 죽음과 가까이 있던 나였지만, 적어도 그런 형태의 죽음은 받아들일 수가 없었다.

　그래서 일단 남하한 내가 다음에 찾아간 곳은 동해안의 조그만 어촌이었다. 거기서 고기잡이배나 한번 타볼까 했던 것인데, 그것도 뜻대로는 되지 않았다. 대부분의 주민이 작고 낡은 목선으로 연안어업에 종사하고 있는 어촌의 선창 부근을 열흘이나 얼씬거렸지만 이건 숫제 거들떠보지도 않았다. 한번 나는 용기를 내어 고대구리(코가 작은 그물로 하는 싹슬이식 불법어로) 배의 선주라는 자를 잡고 사정을 해본 적이 있었다. 그때 그 해적같이 거칠게 생긴 사내는 내 흰 얼굴과 굳은살 박이지 않은 손을 번갈아 살피더니 노골적으로 이죽거렸다.

"거 보니 귀한 집 도련님 같은데, 그만 돌아가 책이나 보시지. 괜히 십 리도 못 나가 지난 설에 먹은 떡국까지 게워내지 말고."

할 수 없었다. 나는 거기서 무턱대고 내륙으로 걸었다. 고집스레 도보로 넘은 이름 모를 영마루의 아름답던 단풍과 쪽빛 하늘이 기억난다. 그리고 어디가 어딘지도 모를 길을 닷새나 걸어 내가 도착하게 된 곳이 바로 그 여관 겸 술집이었다.

그 집에 든 첫날 나는 내 마지막 돈으로 숙박비를 치르고, 술까지 청해 거나하게 마신 후 배포 유하게 잠이 들었다. 그러나 아침에 눈을 뜨니 암담하였다. 완전히 빈털터리가 된 채 생판 낯선 곳에 버려진 셈이었다. 별수 없이 나는 마음 좋아 뵈는 아저씨에게 어디 머슴자리라도 하나 소개해 달라고 매달렸던 것인데, 바로 그 자신이 나를 받아주었다. 월급 같은 것은 없고 먹고 자는 것 외에 잡비나 몇 푼 보태주겠다는 조건이었다. 단 것 쓴 것 가릴 처지가 못 되었음으로 나는 군말 없이 그 조건에 동의했다.

사실 내가 하게 된 일로 보면, 그 정도도 그리 박한 대우라고는 할 수 없었다.

그런데 이제 본격적으로 그 겨울을 얘기하기에 앞서 서울을 떠난 후부터 그곳에서 방우로 자리 잡을 때까지 내 정신이 겪은 변화와 굴곡부터 좀 살펴봐야겠다. 처음 강원도로 방향을 잡은 것부터가 그렇지만, 내가 거기서 광부 노릇을 하려고 했던 것이나 고대구리 배를 타려고 했던 것은 스스로 돌아보기에도 엉뚱스러운 데가 있다. 하지만 그와 같은 내 행동이 다소 조리에 닿지 않는다고 해서, 내면에서 진행된 감정의 전개까지 전혀 설명할 수 없는 것은 아니다.

이미 말한 대로, 내가 그 길을 나선 것은 어떤 이지적인 동기에서가 아니라 그전 이 년 동안의 대학생활이 가져온 피로와 혼란, 그리고 가까운 친구의 죽음으로 자극된 까닭 모를 허무와 절망의 분위기에서였다. 그리고 그것들은 갈수록 과장되어 — 마침내 삶이 내게 무언가 그 근원적인 결단을 요구하고 있는 듯한 느낌으로까지 변했다. 이를테면 쓴 이 삶의 잔을 던져버릴 것이냐, 참고 마저 마실 것이냐 따위로. 설령 그런 결단의 요구가 지나친 감정의 과장에서 비롯된 것이라 해도 그때 내 나이 스물하나였다는 것을 대면 어느 정도는 용서받을 수 있으리라.

그러나 한편으로 나는 또, 내가 빠져 있는 어려움은 누구나 한 번씩 겪게 마련인 삶의 과정에 불과하며, 따라서 언젠가 그 혼란과 피로는 극복되고 끝내는 젊은 날의 값진 체험으로 전화(轉化)되리라는 희미하나마 낙관적인 기대도 가지고 있었다. 아마도 내가 광부나 선원이 되고자 한 것에는 바로 그런 기대에 접근하려는 노력의 뜻도 있었던 것으로 보인다. 당시 나는 내 그 지독한 피로와 혼란이 오랫동안 공허한 관념과 뿌리 없는 사유에 의지해 살아온 탓일지도 모른다는 의심과 함께, 우리의 두뇌는 종종 우리의 근육이 가장 혹사당할 때 최적의 휴식을 얻게 된다는 것도 알고 있었다. 거기서 나는 삶에 대한 성급한 결론에 떨어지는 대신,

땀 흘려 일하면서 내 머리를 충분히 쉬게 한 뒤에 어떤 온당한 해결의 실마리를 찾아보고자 한 것 같기도 하다.

그 밖에 또 하나 내가 구태여 힘들고 거친 일자리와 극단적인 상황으로 자신을 몰아넣은 이유로 짐작되는 것은 얼핏 수행과도 혼동되기 쉬운 계산된 자학이다. 다시 말해서, 자신의 비참과 고통을 극대화함으로써 지난 잘못이나 어리석음을 스스로 용서할 구실을 만듦과 아울러 어떤 위기의식으로 내부의 잠재력을 최대한으로 끌어내기 위해 자신을 그렇게 몰아갔던 것 같다.

하지만 이 모든 것은 지금에 와서야 곰곰이 돌이켜본 내면의 전개와 추이일 뿐 당시 나를 사로잡고 있던 의식의 외면은 오히려 무감각과 방심이었다. 나는 될 수 있는 한 내 이목을 번거롭게 하거나 감당하기 힘든 사유를 자극하는 사물을 피했고, 때로는 거의 치매상태와도 흡사한 침묵과 무위에 젖어들기도 했다. 어쩌면 더할 나위 없는 전락일 수도 있는 시골 술집의 방우 노릇을 내가 그처럼 아무런 저항 없이 받아들인 것도 실은 그 무렵의 당면한 곤궁보다는 그런 무감각과 방심 때문이었을 것이다.

내가 있던 그 술집은 조그만 산골 면소재지에는 지나치리만큼 큰 규모였다. 평소 여관으로 쓰이는 그 집의 아홉이나 되는 방은 때가 오면 그 하나하나에 모두 색시가 있는 시골 요정으로 변하는 것이었는데, 그 '때'에 대해서는 다음에 말하겠다.

내가 거기서 맡은 일은 주로 그 아홉 개의 방에 걸린 남포등이 항상 밝고 고른 빛을 내게 하는 것과 그 온돌을 밤새도록 따뜻하게 데워 놓는 것이었다.

그 밖에 오십 평이 넘어 뵈는 마당을 쓰는 일과 술상을 나르는 일, 술도가에 술 주문을 하는 일 등이었지만, 마당은 대개 부지런한 주인아저씨가 맡아 쓸었고, 술상은 항상 예닐곱이 넘던 색시들이 직접 날라 갔으며, 또 술도가에는 그 집 속내를 잘 아는 배달원이 있어 내가 헐떡이며 달려갈 필요가 없었다.

그래도 일은 처음 상당히 어렵고 또 꽤 오랜 시간이 걸려서야 마칠 수 있었다. 우선 밤새 그을음이 두껍게 층져 앉은 아홉 개의 등피를 매일같이 깨끗하게 닦아 놓는 것도 그랬지만, 방 안이 골고루 환하고 높게 올려도 그을음이 나지 않도록 심지를 반듯하게 자르는 것도 제법 까다로웠다. 가까운 산판에서 차로 실어 온 끝다리 통나무를 잘라 아홉 방을 데울 만큼의 장작으로 만드는 일도 여간 힘들지 않았다. 거기다 아직 덜 마른 나무라도 실려 오는 날이면 쏘시개가 또 걱정이었다. 마른 솔잎의 화력으로 젖은 장작을 말려가며 아홉 방의 군불을 때고 나면 자정을 넘기기가 일쑤였다.

하지만 모든 일에는 요령이 따르는 법이어서 한 달이 되지 않아 나도 그런 일들에 익숙해졌다. 그리고 달포가 지나서는 오히려 그런 일들을 즐기고, 그걸 해 나가는 과정의 사소한 성취들을 은근히 자랑스러워하게까지 되었다.

해질 무렵이 되면 나는 먼저 간밤 늦게까지 질탕한 술자리와 그 도취, 그 욕정, 그리고 그 허망을 밝히느라 두껍게 그을음 낀 남포등의 등피부터 닦았다. 거기 더께 앉은 그을음을 대강 털어내고 데운 물에 비누칠해 씻은 뒤, 맑은 물로 헹구고 마른 수건으로 말갛게 닦아 놓으면 내 마음마저 맑아오는 기분이었다. 거기다가 불꽃이 갈라지거나 그을음 꼬리를 달지 않도록 가지런히 자른 남포등의 심지에 불을 붙이면, 그 맑은 등피 속에 타고 있는 고른 불꽃마저도 마치 내가 힘들여 창조한 예술품과 같은 느낌이 들었다.

군불도 마찬가지였다. 나는 장작을 준비하는 데 결코 욕심 부리거나 변덕스럽지 않았다. 넓은 마당가에 함부로 부려 놓은 산판 끝다리 소나무 중에서 내가 그날 몫으로 골라내는 것은 대개 여섯 대[本] 정도였다.

꾸불꾸불하고 옹이가 많은 놈으로 셋, 밋밋하고 결이 골라 한 도끼에 쪼개질 놈으로 셋, 그 다음 그걸 자[尺] 반 길이로 톱질한 후 엷은 겨울 오후의 햇살 아래서 윗옷을 벗고 장작을 패기 시작한다. 밋밋한 적송(赤松) 줄기가 한 도끼에 퍽퍽 갈라지는 것도 시원스럽지만, 옹이 투성이로 뒤틀린 다복솔 밑둥치를 애써 찾아낸 결을 따라 한 도끼질로 쪼갤 때의 통쾌함은 지금도 잊혀지지 않는다.

그러나 무엇보다도 인상적인 것은 바로 그 장작으로 불을 지피는 일이었다. 당시의 그런 나를 본 사람들의 눈에는 내가 어떻게 비쳤을까. 그들은 내가 막 엄숙한 배화(拜火)의 의식에 참례하려고 하고 있다는 것을 알고 있었을까.

저물 무렵 아홉 방의 남포등에 불을 붙인 후 이른 저녁을 마친 나는 먼저 아궁이마다 한 아름씩 장작을 날라 놓는다. 그리고 신문지 몇 장과 됫병 둘을 끼고 각 성지를 순례하기 시작한다. 됫병 하나에는 막걸리가 담겨 있고 다른 하나에는 석유가 담겨 있다. 막걸리는 항상 차 있는 부엌의 술독에서 퍼온 것인데, 주인 내외는 그런 것에 그리 인색하게 굴지 않았다. 석유는 가끔씩 얻는 내 잡비를 주고 산 것으로 말썽 많은 불쏘시개 문제를 해결해 줄 것이었다.

그렇게 아홉 아궁이를 다 돌고 나면 대개 두 개의 병은 비게 마련이었다. 부엌에서 집어온 어포 같은 안주거리로 불룩하던 내 점퍼 주머니도. 얼큰해진 나는 내게 배당된 구석방으로 돌아가 눕는다. 때로 흥에 겨우면 부엌으로 가서 몇 잔 더 얻어마실 때도 있지만, 대개는 그대로 잠들거나 아니면 아직도 내 눈앞에 아른거리는 장작불의 잔영을 망연히 바라보았다.

정말이지 나는 언젠가 기회가 오면 배화교의 교의를 깊이 알아볼 작정이다. 그때 내가 아홉 아궁이 앞에서 매일 저녁 경건하게 바라본 것은, 비록 침묵하고는 있었지만, 그들 선악 배화교의 두 신의 그림자임이 분명하였다. 또 나는 거기서 엄숙한 정화와 희생의 제전을 보았으며, 연소하고 사라지는 가운데서 무엇인가 다시 살아나고 피어오르는 것을 느꼈다. 이대로 영원인들 어때, 하는 그 무렵의 내 이해 못할 만족과 평안도 그런 불에게서 받은 어떤 신비한 느낌 때문이 아니었던가 싶다.

이제 그 '때'를 얘기하겠다. 내가 몸담아 있던 그 집이 조용한 산골 면소재지 여관에서 갑자기 색시 예닐곱과 아홉 개의 밀실을 가진, 그리고 하루에도 수십 명의 손님이 드나드는 도회의 요정처럼 변하는 때를.

봄·여름 내내 어쩌다 한둘 있는 뜨내기 손이나 가까운 산판의 서사(書士), 아직 숙소를 못 정한 부임초의 초등학교 교원 같은 하숙생만으로 적막하기까지 하던 그 집은 가을바람과 함께 활기를 되찾는다. 우선 여름내 버려져 있던 마당의 화단이 손질되고, 더럽혀진 회벽과 칠이 벗겨진 기둥이며 대문이 새롭게 단장된다. 누렇게 변색하고 뚫어진 창호지를 새로 바르고, 도배며 장판까지 다시 한다. 창호지 바른 들창에 어설픈 커튼이 드리워지는 것도 그 무렵이 된다.

그렇게 집 꾸미기가 끝나면 주인 내외는 또 다른 준비에 들어간다. 주인아저씨는 멀리 D시까지 나가 색시들을 데려오고, 아주머니는 또 가까운 A시에 나가 대도시의 어떤 요정 못지않은 고급 안줏거리를 사들인다. 그동안 다른 손님은 일체 받지 않는다. 그래서 모든 준비가 끝났을 때 그곳을 찾아드는 사람은 통칭 '감정원'이라 불리는 일단의 별정직 공무원들이었다.

얼핏 들으면, 몇 명의 공무원이 온다고 해서 그 많은 방과 색시, 그리고 매주 한 리어카가 넘는 고급 안주가 필요하다는 게 이상할지 모르겠다. 주인 내외가 그 모든 준비에 들어가기 전부터 그 집에 있게 된 나는 처음에는 그 법석이 언뜻 이해되지 않았다. 그러나 감정원들이 도착하고 얼마 되지 않아 나는 알 것도 같았다. 그들이야말로 그 지방의 주산물인 잎담배의 등급을 매기고 무게를 달 사람들이었다. 당시 그 면의 인구는 만 명 남짓했는데, 수납대금은 칠억 원에 이르고 있었다. 아직 70년대에도 들지 못한 때임을 생각하면 대단한 금액으로 잎담배 재배는, 그 지방 사람들의 농사 전부라고 해도 지나친 말은 아니었다.

그런데 그때만 해도 잎담배의 등급판정은 전혀 그들 감정원의 육안에 맡겨져 있었다. 물론 그들에게는 나름대로의 기준이 있을 테지만, 아무래도 기계적인 정확성은 기대할 수 없었다. 감정원의 주관에 따라 한두 등급은 차이가 날 수도 있는데, 그것도 객관적인 증명이나 책임추궁이 거의 불가능한 차이였다.

경작자들에게 중요한 것은 바로 그 한두 등급이었다. 그 때문에 그들은 다 지은 농사를 두고도 상당한 액수를 덕 볼 수도 있고, 손해 볼 수도 있었다. 그 밖에 저울질도 수납대금에 영향을 미쳤다. 일정한 규격이야 있지만, 잎담배 포장이 항상 정확한 무게로 되는 것은 아니어서 그것이 또 저울질하는 사람에 따라 어느 정도의 가감을 가능하게 했다. 내가 들은 바로는, 보통의 농가라도 감정을 잘하고 못하는 데 따라 십여 만 원의 차액이 날 수 있었다. 당시 사립대학 등록금이 오만 원 안팎이었다는 것을 생각하면 누군들 가만히 있겠는가.

지금이야 물론 그럴 리 없겠지만, 그때 그곳 주민들이 이용하던 증회(贈賄) 루트는 대개 두 갈래였다. 하나는 연초조합 총대(總代)를 통하는 것으로, 청탁자 수가 많고 드러나기 쉬워 종종 효과를 못 보는 수가 있었다. 거기 비해 내가 방우로 일하는 그 술집 주인 아저씨를 통하는 다른 한 길은 은밀하면서도 정확했다. 그 산골 여관이 그렇게 흥청대는 이유는 바로 그런 데에 있었다.

지금도 선명히 떠오른다. 매일매일 벌어지던 술자리와 색시들의 간드러진 웃음소리, 그리고 경작자들의 아첨에 둘러싸인 그 감정원들. 그중에서도 갑·을 감정으로 불리던 두 사람은 무슨 당당한 제왕과도 같았다. 후일 나는 우연히 그들의 직급을 살펴볼 기회가 있었는데, 그게 그때 추측한 것만큼 그리 대단한 게 아니어서 몹시 놀란 적이 있다.

하지만 오해하지 않기를 바란다. 비록 그들은 내게 무례하고 거만스럽게 대했고, 나 또한 그들에게 적잖은 악의를 가진 것은 사실이지만, 그렇다고 이 글이 그들의 오래된 비리를 들추기 위해 씌어지고 있는 것은 아니다.

그곳의 추억 속에서 아무래도 잊지 못할 것은 색시들이다. 아름답고 사랑스럽던, 그러나 더 자주는 쓸쓸하고 가엾던 그녀들. 그녀들은 정말 여러 곳에서 왔다.

주인아저씨는 한결같이 D시의 직업소개소에서 데려왔다고 하지만 그녀들의 고향과 출신은 모두 달랐다. 남해의 섬 아가씨가 있는가 하면 강원도 산골에서 온 색시가 있었고, 기지촌에서 밀려난 양공주가 있는가 하면, 드물게는 전문학교를 중퇴해 되다 만 이른바 인텔리도 있었다. 내가 그곳에 있는 두 달 동안에 그렇게 모두 열두 명의 색시가 다녀갔다.

그녀들의 생활은 일견 유쾌하면서도 눈물겨웠다. 이른 저녁 물 찬 제비와 같이 맵시 있는 한복 차림에 정성 들인 화장을 마친 그녀들은 정말로 아름다웠다. 알맞게 술이 오른 그녀들이 신나게 유행가 가락을 뽑아 올리거나 깔깔거리고 있는 걸 보면 나도 모르게 즐거운 인생도 있구나 싶었다. 갑·을 감정의 사랑을 받는 색시가 경작자들의 간접적인 아첨 덕분에 옷깃이나 버선목에서 당시 가장 고액권이던 오백 원짜리를 몇 장이고 꺼내는 것을 볼 때는 괜찮은 직업도 있구나, 하는 생각까지 들었다.

그러나 완전히 알몸인 채 짓궂은 손님에게 곤욕을 당하거나, 무리하게 섞어 마신 술로 정신없이 게워내고 축 늘어져 있는 것을 보면 그녀들은 그대로 연민이었다. 늦은 아침 세수를 마치고 들어서는 그녀들의 얼굴을 대하는 것은 언제나 섬뜩했다. 알코올과 값싼 화장품의 납독으로 그녀들의 피부는 푸르뎅뎅했고 더러는 벌겋게 성나 있었다.

그녀들은 아무도 아침을 먹지 못했고, 점심은 맵고 짠 국수나 비빔밥으로 때웠다. 그리고 — 저녁은 다시 아무것도 먹지 않았는데, 그 이유를 알고 보니 끔찍했다. 손님방에 들어가서 더 많은 술과 안주를 없애기 위해서였다. 도회의 잔인한 업주들에게서 받은 단련이 몸에 밴 탓인지 그녀들은 주인 내외의 강요가 없어도 무슨 불문율처럼 그걸 지켰다. 그렇게 시달린 위와 간장 때문에 그녀들은 가끔 왝왝 헛구역질을 해댔다.

한번은 이런 일이 있었다. 김양이라고 불리는 아주 나이 어린 색시가 있었는데 그 무렵 갑 감정의 사랑을 받고 있었다. 어느 날 우리가 늦은 점심을 들고 있는데 갑 감정이 불쑥 들어와서는 김 양을 찾았다. 맛있게 밥을 비벼 놓고 막 첫술을 뜨려던 그녀는 숟가락을 밥그릇에 걸쳐 놓은 채 그의 방으로 갔다.

십여 분 후에 흐트러진 매무새로 돌아온 그녀는 밥그릇에 걸쳐둔 숟가락을 소리 나게 상 위에 내려놓았다. '개새끼' 하며 내뱉는 그녀의 두 눈에는 알아볼 만큼 눈물이 흥건했다. 그녀의 스웨터 주머니에 방금 함부로 쑤셔 넣은 듯한 오백 원 권 몇 장이 그런 그녀를 조소하듯 비죽이 고개를 내밀고 있었다. 나도 왠지 콧마루가 시큰하고 목이 메어와 들고 있던 밥숟갈을 놓고 말았다.

젖먹이를 떼놓고 와 불어 오른 젖 때문에 며칠이나 잠 못 자던 색시, 복역 중인 남편을 면회하러 주일마다 교도소가 있는 A시로 나가던 색시, 계모 밑에 남겨둔 오랍동생이 그리워 밤마다 눈물짓던 색시…… 쓸쓸한 기억이다. 온몸에 담뱃불과 매질로 흉터투성이이던 색시, 그러나 바로 자기를 그렇게 만든 남자를 못 잊어 술만 취하면 아무나 붙들고 늦도록 신세타령을 하던 그녀의 치정도 추억하면 눈물겹다.

그 밖에 조나 옥수수밖에 안 되는 개골짝 비탈밭에 담배를 심어 갑자기 큰돈을 만지게 된 시골 사람들의 소비 광태, 도벌꾼에 불과한 엉터리 사장들의 거드름. 연일 계속되던 골방의 마작판과 그 열기도 나는 잊을 수 없다. 그들 중 몇몇은 손가락 끝으로 어찌나 열심히 '젠바완[間八萬] 벤치퉁[邊七桶]'을 훑었던지 마작의 음각(陰刻)

문양이나 숫자에 지문이 지워져 나중에 경찰에 불려가서도 조서에 찍을 지문이 없었다. 그리고 각다귀처럼 몰려오던 무보수 주재 기자들, 기상천외한 그 면의 신문인협회 회원들 — 그들은 모두 백 부 미만을 가진 일간지의 지국장들이었다……. 그러나 그만하련다. 나는 아직 그들 중 누구도 나무라거나 동정할 처지가 못 되고, 또 이 글도 그들에게 바쳐지는 것은 아니므로.

어쨌든 처음 얼마 동안 그곳의 생활은 그런대로 만족스런 것이었다. 무엇보다도 그 무렵의 내게 유쾌했던 것은 내가 자신의 근육에 의지해 살아가고 있다는 점이었다. 이미 나는 그때까지 몇 번인가 자신의 생계를 스스로 해결해 본 적이 있었지만, 그 겨울의 그런 느낌은 분명 새롭고 특이한 경험이었다.

거기다가 그곳의 생활에는 내 이목을 번거롭게 하거나 감당하기 힘든 사유를 자극하는 것이 없었다. 그 잎담배 감정원들, 색시들, 경작자들……. 나는 제법 생생하게 그들의 얘기를 했지만, 사실 그들은 내가 저 아득한 기억의 어둠 속에서 상당히 고심하여 불러낸 사람들이다. 당시의 내게 그들의 존재란 내 두터운 무의식과 방심의 벽 너머를 어른거리던 어떤 허상 또는 환상에 불과하였다.

하지만 그렇다고 그 생활이 언제까지고 계속될 수는 없는 일이었다. 채 두 달이 되기도 전에 나는 깊은 동면에 빠진 내 의식을 자극하는 두 개의 상반된 목소리를 내부로부터 들었다.

그중 하나는 음흉하게 이죽거렸다.

'너는 무슨 대단한 구도의 길이라도 나서는 것처럼 네 도시와 학교를 떠났다. 가장 엄숙하고 진지한 표정으로 지난 몇 개월을 어지러이 돌아다녔다.

그래, 이제 너는 까닭 없이 너를 몰아낸 그 허무와 절망의 실체를 파악했는가. 그렇게도 열렬하게 도달하고자 했던 이른바 그 '결단'이란 것에 조금이라도 접근했는가. 혹 너는 자신의 비겁과 우유부단을 피상적인 자기학대로 변명하고 있는 것은 아닌가. 오직 네가 안주하고 있는 것은 회피나 유예에 불과하지 않은가……'

다른 하나는 우울한 목소리로 이렇게 중얼거렸다.

'어쩌면 너의 출발은 용감하고 뜻 깊은 것이었다. 너는 이미 만들어져 있는 세상의 여러 가치를 거부하고 스스로 찾고 확인하기 위해 떠났다. 그렇지만 지금 너는 엉뚱한 곳에서 젊음과 재능을 낭비하고 있는 것이나 아닌지. 이 시간도 영악하고 날랜 아이들은 수없이 너를 앞질러가고 있다……'

전날 밤 과음한 탓으로 목이 타 깬 어떤 새벽 우연히 듣게 된 그 목소리들은 날이 갈수록 치열해졌다.

거기다가 그곳에는 또 언제부터인가 내가 그런 방우 노릇을 마냥 이어가지 못하도록 가로막는 사람도 둘이나 생겼다.

그 하나는 온 지 얼마 안 되는 윤양이란 색시였다. 어딘가 느슨해 보이는 여자로, 시간만 나면 두툼한 대학 노트에 유행가 가사 같은 글을 끄적여댔는데, 그녀는 곧잘 엉뚱한 상상으로 나를 당황하게 만들었다.

"저, 방우 씨는 말이죠?, 시인이죠? 그쵸? 난 다 알아요. 방우 씨, 전에는 도회에 살았죠? 대학도 다녔죠? 그쵸? 난 다 알아요. 이래 봬도 난 방우 씨 같은 사람과 사랑해 본 적이 있거든요. 지금은 사랑하기 때문에 서로를 위해 헤어졌지만."

대개 그런 식이었다. 그 맺힌 데 없는, 철저하게 유행가 가사 같은 여자는 시도 때도 없이 나를 괴롭혔다. 내가 없는 사이에 내 가방을 들쑤셔 놓는가 하면, 손님방을 빠져나와 내가 군불을 때고 있는 아궁이로 달려들었다. 말이 없으면 무시한다고 성을 내고, 대꾸를 하면 금방 자기의 터무니없는 상상을 더욱 비약시켰다. 당신 아버지는 큰 회사 사장이죠? 그쵸? 당신 애인은 백혈병으로 죽었죠. 그쵸? …… 미칠 지경이었다.

또 다른 한 사람은 뭉툭한 턱에 왕방울 눈을 가진 그곳 지서(支署) 차석(次席)이었다. 우연히 그 술집에 들러 방우 노릇을 하고 있는 나를 본 후 그는 왠지 내게 비상한 관심을 나타냈다. 당하는 쪽으로 보아서는 괴롭기 짝이 없는 관심이었다. 그는 내가 자기의 늦은 출세를 벌충해 줄 무슨 끔찍한 범죄자로 지레짐작을 하고 있었다. 몇 번 지서로 불려 다니다 못 견딘 내가 그만 학기 지난 학생증을 내보이고 말았는데, 그게 오히려 그의 확신에 불을 지르고 말았다. 데모에 몇 번이나 가담했느냐, 반정부 활동을 한 적은 없느냐, 방금 재판이 진행 중인 무슨, 무슨 당 사건과는 무슨 관련이 있느냐 — 정말 성가신 노릇이었다.

이래저래 나는 결국 그곳을 떠날 결심을 했다. 이웃집 감나무에 무서리가 번쩍이는 어느 아침이었는데, 나는 주인아저씨에게만 간단히 작별을 하고 종종걸음으로 그 면소재지를 빠져나왔다.

그곳의 추억에 덧붙일 게 있다면 그것은 윤양과의 기묘한 작별이었다. 내가 오 리쯤 걸어 나왔을 때 뒤에서 나를 부르는 소리가 들렸다. 어디서 들었는지 윤양이 헐떡이며 뛰어오고 있었다. 애써 지은 내 냉담한 표정이 아니었더라면 그대로 달려와 안길 기세였다. 그녀는 고운 포장지에 싸인 조그만 물건을 내밀었다.

"손수건이에요. 방우 씨를 위해 진작에 준비해 뒀어요. 이렇게 불쑥 떠날 줄 알고 있었거든요."

그리고 잠시 숨을 가다듬더니, 쓸쓸한 목소리로 덧붙였다.

"사실 그 사람은 시인이 아니었어요. 저를 짓밟고 돈이나 뜯어간 사기꾼이에요. 그렇지만 저는 시인을 사랑하고 싶었거든요……. 오래오래 절 기억해 주시겠어요?"

그런 그녀의 두 눈엔 원인 모를 물기가 어려 있었다. 그때만은 나에게도 그녀의 두 눈이 멍청하게 느껴지지 않았다. 지금에 와서 생각해 보면, 그녀야말로 시인이 아니었던가 싶다.

겨울은 이미 깊어 있었다. 나는 단숨에 이십 리를 걸어 내륙으로 통하는 도로와 바닷가로 가게 되는 도로의 분기점에 이르렀다. 그런데 이상도 하지, 내가 택한 길은 바다 쪽이었다. 나는 바닷가 태생도 아니고, 자라서도 그것과 특별한 인연을 맺은 적도 없었다. 더구나 그때는 이미 배를 타겠다든가 하는 따위 현실적인 이

유도 없는 데다, 그리로 가는 길은 또 내가 돌아가야 할 집과는 반대 방향이었다.

지금도 보관돼 있는 그때의 수첩에는 바다가 나를 부른 것으로 되어 있다. 거의 꾸밈이나 과장의 기색 없이, 바다가 오래전부터 나를 손짓하고 유혹했다고 적혀 있다. 그것으로 보아 그때 내가 귀를 기울인 내부의 목소리는 무언가 결단을 재촉하던 과격한 쪽이었던 것 같다.

나는 그 목소리에 따라, 쓴 이 잔을 던져버릴 것이냐 참고 마저 마실 것이냐를 결정할 장소를 바다로 택했음에 분명하다. 그리고 그런 갑작스러워 엉뚱해 보이기까지 하는 선택 뒤에는 무엇보다도 스물을 갓 벗어난 내 나이가 있었다. 솔직히 말해 그 나이에 무슨 일을 한들 엉뚱하지 않을 수 있으랴.

어쨌든 나는 바다를 향해 떠났다. 바다는 그곳에서 직선거리로는 백 리도 안 됐지만, 험준한 태백산맥의 봉우리들을 피해 가다 보면 이백 리에 가까웠다. 편평족인 내게는 사흘길이 빡빡하였는데도 나는 고집스레 걸어서 갔다.

처음 얼마간 길을 걷는 내 마음은 무거웠다. 사실 그런 길은 누구에게도 유쾌할 수 없는 길이었다. 바닷가에서 나를 기다리는 선택 때문인지, 다시는 못 돌아올지도 모른다는 불길한 예감으로 어떤 비장감까지 느꼈던 게 언뜻 기억난다.

그러나 첫 번째 만난 도로변의 주막을 나서면서부터 그런 내 기분은 말끔히 사라졌다. 서둘러 떠나느라 거른 아침 겸해서 마

신 술로 얼큰해진 나는 곧 낯선 곳을 향해서 떠나고 있다는 소년
적인 흥취에 젖고 말았다. 이름 모를 산굽이를 돌아 끝없이 이어
진 가로길, 백양나무의 쓸쓸한 가지들과 거기 걸린 옅은 겨울하
늘, 지나가는 차량이 일으키는 먼지 속의 그 산뜻한 가솔린 내음.
나중에 나는 여행을 찬미한 버질의 시구까지 흥얼거렸다.

'만약에 내 운명을 스스로 결정할 수 있다면, 나는 안장 위에서
의 일생을 택하겠노라…….'

그날 하루 나는 정말 유쾌한 여행자였다. 찬바람에 술이 깨기
만 하면 시골 주막이건 도로변의 구멍가게건 가리지 않고 들러 마
셨고 마음에 드는 경치가 있으면 땀이 식고 온몸이 으스스할 때
까지 앉아 쉬었다.

추운 날씨 때문에 종종걸음 치는 행인은 모두가 나의 좋은 길
동무였다. 나는 그들의 행색과 표정이 요구하는 대로 나를 변형시
켜 그들을 즐겁게 하고, 감격시키고 놀라게 했다.

그 십 년 내내 한 번도 집권해 본 적이 없는 야당의 시골 당원을
만났을 때 나는 데모 주동자로 쫓기는 대학생이 됐다. 전해 들은
시국 얘기로 그를 감탄시켰고 기억나는 과격한 논문으로 정부의
한심한 농촌정책을 매도해서 그를 유쾌하게 해주었다. 자기의 거
창한 포부와 함께 박육문(朴六文)이란 쉽게 잊혀지지 않을 이름을
대며 그가 내 이름을 물어왔을 때, 나는 슬쩍 그쪽으로 유명한 선
배 이름을 대주었다. 헤어지기 앞서 그가 진심으로 자기 집에 하
룻밤 묵어갈 것을 청해 왔을 때는 오히려 난처했었다.

나처럼 얼큰한 시골 건달을 만나서는 나도 한때 명동 골목을 누비던 주먹이 되었다. 나는 누구누구 그런 세계에서 알려진 사람들의 이름과 계보를 대서 그를 위압했고, 그들의 유명한 싸움을 목격하거나 직접 거든 자로서 존경을 받았다. 당시에는 한물간 어떤 뒷골목 소설이 크게 도움이 됐다. 그 우직스러워 뵈는 녀석이 직접 내게 주먹을 겨루어보자고 덤비지 않은 게 참으로 다행이었다.

시골 교회의 장로도 만났는데 오십대의 그 근엄한 농부는 시종 술을 공격하는 것으로 내 말문을 막아버렸다. 구정을 앞두고 귀향하는 여공과는 오 리쯤을 함께 걸었다. 그녀는 자기가 어떤 도회지 회사의 사무원이라고 말했지만 나는 한눈에 그녀의 저임과 피로를 알아보았다. 이번 귀향길로 눌러앉아 마땅한 혼처라도 구하지 않으면 다음에 우리가 만나는 것은 술집이나 홍등가가 되기 십상이라는 것도.

당직근무를 위해 학교로 돌아가는 중등교원 — 그와 소주 한 병을 나눴다. 아들이 월남서 가져온 군용 라이터를 자랑하던 소장수 영감, 다시 말하자면, 참으로 유쾌한 여행이었다. 나중에는 나 자신도 무엇 때문에 그 길을 걷고 있는가를 잊어버릴 지경이었다.

언덕 위에 조그만 교회당이 서 있는 산모퉁이의 마을에서 날이 저물었다고 해서 내가 우울할 까닭은 하나도 없었다.

나는 그 후미진 산골에서 고색창연한 성과 음유시인을 반기는 성주를 기대하지도 않았고, 따뜻이 손잡아줄 왕녀를 구하지도 않았다. 지난 여러 달의 떠돌이 생활로 몸은 조식(粗食)과 피로에 익숙해졌고 마음도 황혼과 고독에는 무디어져 있었다.

예상대로 그 마을에는 여관 같은 것이 없었다. 무슨 대순가. 그런 산골 마을은 밤늦도록 어슬렁거리다 보면 어딘가 한군데 불이 켜진 채 두런거리는 방이 있게 되어 있고, 또 대체로 그 방에서는 동리 젊은이들이 모여 새끼를 꼬거나 내기화투를 치고 있기 마련이었다. 그런 데서 잠자기를 얻기는 어려운 일이 아니었다. 일 년에 모곡(募穀) 서너 말을 받는 시골동장을 찾아가도 마찬가지였다.

이도저도 안 될 때는 동방(洞房)이나 4H회관을 이용할 수도 있었다. 대개 냉방이기 십상이지만 하룻밤 웅크리고 지내기에는 그런대로 견딜 만했다. 그 밖에 당시만 해도 주민등록증만 제대로 갖고 있으면 뜨뜻하게 쉬어 갈 수 있는 향군초소가 그 지방에는 총총히 박혀 있었다. 아무튼 밤늦게 민가에 뛰어들어 돈 내고 사정해야 할 일은 별로 없었다.

그날도 그랬다. 길가 구멍가게에서 태평스럽게 저녁을 시켜 먹고 마을을 어슬렁거리던 나는 마을 어귀 향군 초소에서 대뜸 검문에 걸리고 말았는데, 그게 바로 그 밤의 숙소 문제를 해결해 주었다. 젊은 전투경찰과 그날 밤 근무인 두 명의 동네 예비군 젊은이는 내 신분이 확인되자 이내 친절해졌다. 그들은 자기들의 술추렴에 나를 끼워주었고, 따뜻한 아랫목을 기꺼이 내게 양보했다. 다음날 내 내의 속에서 스멀거리던 이를 제외하면 그들이 내게 베푼 것은 온통 호의뿐이었다.

전날 이것저것 섞어 마신 술로 머리는 지끈거리고 위는 쓰렸지만, 이튿날도 유쾌한 기분은 그대로였다. 그 젊은 전투경찰의 하숙집에서 따뜻한 아침과 해장술까지 대접받은 나는 곧 길을 나섰다. 전날 기껏해야 육십 리 정도밖에 걷지 않았는데도 발이 약간 부르터 있었다. 썩 못 견딜 것은 아니었지만, 나는 주워들은 대로 내 정글화 바닥에 세탁비누를 깎아 넣었다. 그리고 먼지를 일으키며 지나가는 버스들을 여전히 심드렁하게 바라보며 길을 재촉했다.

만약 그날 내가 두 번째의 길동무로 그 창백한 폐병쟁이만 만나지 않았더라면 그 여행은 적어도 바다까지는 유쾌하고 만족스런 것이 될 수 있었으리라. 녀석을 처음 만날 때부터 나는 왠지 창백한 얼굴과 함부로 기른 검고 긴 머리칼이 마음에 들지 않았다. 그저 몸이 아파 몇 년째 고향에서 요양 중이라고만 자기를 소개할 때도 어딘가 미심쩍은 데가 있었다. 나는 진작 곱고 흰 녀석의 손과 중지(中脂)의 커다란 펜 혹에 유의했어야 했다. 내가 그 낭패를 당한 것은 아마도 간밤의 술에서 덜 깬 흐릿한 정신 때문이었을 것이다.

나는 잠깐 그를 가늠한 후 또 전날과 같은 짓을 되풀이했다. 녀석에게서 풍기는 무언가 지적이고 사변적인 분위기에 맞추어 나는 대뜸 한 구도자가 됐다. 나는 떠벌리기 시작했다. 신과 인간에 대해 도덕과 가치에 대해 그리고 세계와 존재에 대해. 그때는 대학 동급생이었던 김형과 하가로부터 받은 그 방면의 단련이 적잖이 도움이 됐다. 실제로 처음에는 녀석의 얼굴에서도 전날 내가 만났던 여러 길동무들의 얼굴에서와 마찬가지로 감동과 감탄의 빛이 떠올랐다. 그걸 확인하고 나는 더욱 신이 나 떠들었다.

그런데 ─ 시간이 갈수록 녀석의 표정은 담담해져 갔다. 끝까지 조용히 듣고는 있었지만 헤어지기 전의 마지막 몇 분 동안 녀석의 얼굴에 떠올라 있던 것은 분명 일종의 경멸과 조소였다. 녀석의 그런 변화를 곧 알아차린 나는 원인 모를 초조로 더욱 열렬해졌다. 나중에는 어떤 절박감에까지 빠져 내가 이해하지 못한 책만 골라 그 해설서대로 떠들었다.

끝내 녀석의 얼굴에서 최초의 표정이 회복되는 것을 보지 못하고 만 내가 참담한 실패를 확인한 것은 녀석과 헤어지고 채 오십 미터도 못 갔을 때였다. 녀석이 돌아간 산굽이 쪽에서 괴상한 비명소리 같은 것을 듣고 나는 놀라 달려가 보았다. 그것은 비명이 아니었다. 참고 참았던 녀석의 웃음소리와 거기에 자극된 기침 소리가 함께 어울려 나에게 그렇게 들려왔을 뿐이었다. 녀석은 산모퉁이의 조그만 바위에 기댄 채 그 발작과도 같은 웃음과 밭은기침 소리로 거의 정신을 잃고 있었다. 그런 녀석의 입가와 손바닥에는 몇 점 선혈이 묻어 있었다.

"미안하오, 콜록, 콜록, 왠지 웃음이…… 콜록, 콜록…… 당신이 강의한 철학개론은, 콜록, 잘, 콜록, 잘 들었소…… 하이데거는 콜록, 콜록, 잘못 이해되고, 콜록, 일상언어학파는 전혀 읽지 않은 것이…… 분명하지만, 콜록, 콜록, 콜록……."

한참 후에야 나를 알아본 녀석이 간신히 짜낸 말은 그러했다.

솔직히 말해서 나는 그때 녀석에 대해 강렬한 살의까지 느꼈다. 내 무슨 재주로 그때의 참담했던 심경을 표현하랴. 줄에서 떨어진 그 어떤 광대가 나보다 더 비참하였으랴. 십 년이 지난 지금에도 그때 일을 생각하면 얼굴이 달아오른다. 하이데거와 옥스포드 일상언어학파에 원한을 품게 된 것도 그때부터였다. 아직도 나는 그들을 읽지 못하고 있다.

그날의 나머지 길은 참으로 우울하였다. 바람은 갑자기 몇 배나 차고 날카로워지고, 하늘은 무겁고 어둡게 내려앉았다. 내 허망한 방황이 서글퍼지면서 바다가 비로소 실감나는 존재로 다가왔다. 녀석이 한눈에 알아본 것은 틀림없이 내 진정한 모습이었다.

나는 선배들의 신화와 모험을 동경했지만, 그들의 이념에는 투철하지 못했다. 내가 처음 그들에게 매혹됐던 것은 그들의 강인한 의지와 신념이 아니라 화려했던 지난 승리의 기억이었다. 그리하여 그것들이 저항할 수 없는 힘에 의해 분쇄되고 부인되자 나는 미련 없이 떠났다. 몇 개의 추상적인 이념의 껍질과 과장된 울분만을 품은 채.

다음에 내가 몸담았던 문예 서클과 탐미의 세계에서도 그랬다. 그때 진실로 내가 추구한 것은 진정한 아름다움의 실체였던가. 아니었다. 사이비의 것, 촛불 문학의 밤에 낭독한 시 한 줄, 초라한 동인지에 실린 몇십 매의 잡문이 가져다준 갈채에 취하고, 그 너머에 있는 보다 큰 허명에 갈급했었다.

그래, 그때 나는 천 권의 책을 읽었다. 그렇지만 그 또한 탐구였다고 말할 수 있는가. 내 가슴에 불타고 있던 것이 진정한 이데아의 광휘였을까. 아니다. 세 번 아니었다. 소년의 허영심으로, 목로주점의 탁자를 위하여, 어쭙잖은 숙녀와 마주 앉은 다방의 찻잔을 위하여 읽었을 뿐이었다.

그런데도 나는 감히 말하였다. 이념은 나를 배반했고, 아름다움은 내 접근을 거부했으며, 학문은 아무것도 주지 않았다, 라고. 판단을 얻기도 전에 가치를 부인했고, 근거 없는 절망과 허무를 과장했다. 그리고 끝내는 말초적인 도취와 탐락에 빠져 모든 것을 망쳐버렸을 뿐이었다.

나는 괴로운 상념 속에서, 무엇을 좀 먹어야 한다는 것도 술을 마실 것도 모두 잊고 터덜거리며 걸었다. 이미 주위의 변화는 내 심경에 아무런 자극이 되지 않았다. 몇몇 행인이 지나쳐 갔지만 나는 그들도 못 본 체했다. 분명 인상적이어야 했을 '그 사람'과의 첫 대면을 그렇게 무감동하게 받아들이게 된 것도 아마 내 괴로운 상념 탓이었다.

그날 오후 늦게 나는 조그만 개울을 따라 나 있는 가로수 길을 걷고 있었는데, 문득 그 개울가에서 피어오르는 한 가닥 모닥불의 연기가 내 시선을 끌었다. 누군가가 그 모닥불 곁에서 무얼 열심히 갈고 있었다. 무심코 다가가 보니 한 노인이 숫돌에다 칼을 갈고 있는 중이었다. 그 곁에는 멜빵이 달린 나무상자가 놓여 있었고. 열린 뚜껑을 통해 상자 벽에 여러 가지 크고 작은 칼들이 가지런히 꽂혀 있는 것이 보였다. 몇 종류의 숫돌과 조그만 그라인

더는 모닥불 곁에 나와 있었다.

내가 서너 걸음 거리로 접근했을 때 마침 그 노인은 고개를 들어 갈던 칼날을 살폈다. 얼핏 노인 같아 보였지만 생각보다 늙은 편이 아니었다. 칼날은 새파랗게 빛을 뿜고 있었다. 부엌칼과 비슷한 형태였는데 여느 것보다는 배가 좁고 끝이 예리했다. 칼날을 찬찬히 살피던 그는 이어 접근하는 나를 쏘아 보았다. 언뜻 지나쳐 가는 눈길이었지만, 이상하게도 서늘하게 가슴을 찌르는 데가 있었다. 마치 그의 손에 들린 칼날처럼 깊게 주름진 그 얼굴에도 어딘가 예사롭지 않은 원한과 살기가 서려 있었다.

퍼뜩 정신이 든 나는 어느새 자기 일에 몰두하고 있는 그를 다시 살펴보았다. 그러나 그때 그는 이미 평범한 칼갈이 노인에 지나지 않았다. 그가 새로 골라내어 갈고 있는 칼도 약간 녹이 슬었을 뿐 흔히 볼 수 있는 부엌칼이었다. 갑작스런 호기심으로 발길을 멈추었던 나는 이내 멋쩍게 그곳을 떠났다.

거기서 십 리 가까이나 걸은 후에야 나는 그 호기심의 원인을 알아냈다. 이런 산골에는 거의 집집마다 숫돌이 있다는 것, 따라서 그와 같이 직업적인 칼갈이는 필요치 않으며, 더구나 추운 개울가에 모닥불을 피우고 얼음을 깬 물로 칼을 갈아야 할 필요는 없다는 것 등이 그 이유였다. 하지만 나는 더 이상 그런 것들을 생각할 여유가 없었다. 이미 날은 저물어 오고, 멀리엔 낯설기만 한 Y면이 저녁연기에 싸인 채 지친 나를 기다리고 있었다.

아아, 참으로 쓸쓸한 황혼이었다. 그 후 별로 축복받지 못한 결혼을 한 내가 싸구려 여관방에서 흐느끼는 아내를 달래며 지새운 첫날밤만큼이나. 그날 내가 무거운 몸과 마음으로 찾게 된 Y면은 왜 그리 황량하게 보이던지. 군 소재지인데도 가로등 하나 없고, 아직 어둡지도 않은 거리에는 거의 사람의 자취가 없었다. 전주를 울리는 바람 소리뿐 골목에서 개 짖는 소리조차 들리지 않았다.

지칠 대로 지친 나는 넉넉지 못한 여비에도 불구하고 여관을 찾았지만, 손바닥만 한 거리를 다 돌아도 찾을 수가 없었다. 나는 별수 없이 우선 눈에 띄는 조그만 중국 음식점으로 향했다. 간단히 저녁을 때우고 거기서 여관이나 여인숙을 물어볼 작정이었다.

그런데 내가 막 그 중국 음식점의 먼지 앉은 발[簾]을 들치려 할 무렵이었다. 누군가가 뒤에서 내 이름을 불렀다.

"영훈아, 너 영훈이지?"

나는 놀라 돌아보았다. 저녁 으스름 속에서 얼른 얼굴을 알아볼 수 없는 젊은 여자 하나가 자기도 못 미더운 듯 나를 살피며 다가오고 있었다. 그 깊은 산골에 나를 아는 사람이 있으리라고는 생각지 않으면서도 나는 반사적으로 그쪽을 살폈다.

"역시 너였구나. 그럴 리 없다고 하면서도 불러보길 잘했다."

먼저 나를 확인한 것은 그쪽이었다.

그제야 나도 그녀를 알아보았다.

"누나가 어떻게 여길……?"

"접장이 안 가는 데가 어디 있어? 그런데 너야말로 웬일이니?"

"나야…… 그저…….'

"어쨌든 집엘 가자. 어머, 눈이 오네."

정말로 눈이 오고 있었다. 오후 내내 무겁고 어둡게 내려앉았던 하늘은 반드시 내 우울한 마음 때문은 아니었다.

그녀의 자취방으로 가면서 나는 오랫동안 잊고 지냈던 그녀에 대한 기억을 더듬어보았다. 촌수는 정확히 모르지만 그녀는 나보다 서너 살 위인 집안 누님이었다. 내 최초의, 그리고 몹시 강렬한 인상으로 남아 있는 그녀에 대한 기억은 어느 가을날의 것이었다. 그 무렵 나는 아직 고향에서 초등학교를 다니고 있었고, 그녀는 중학생으로 가까운 B시에 유학하고 있었다. 아마 토요일이었는데, 늦도록 학교에서 논 나는 우연히 B시에서 돌아오는 그녀와 함께 집으로 돌아가게 되었다.

먼 집안 동생 되는 나를 그녀가 각별히 사랑했는지는 지금도 알 길이 없다. 어쨌든 그날 내 손을 잡고 같이 걷던 그녀는 도중 길가의 코스모스 몇 송이와 들꽃으로 조그만 화환을 만들어 내게 내밀었다. 그런데 다정하게 웃으며 그걸 내미는 그녀가 왜 그리 섬뜩했던지, 나는 펄쩍 놀라 한 발이나 물러섰다가, 그대로 돌아서서 정신없이 달아나버렸다. 상당히 나이가 들어서야 알게 된 것이지만 그때 내 어린 영혼을 섬뜩하게 한 것은 바로 그녀의 아름다움이었다.

그 다음 또 기억나는 것은 내가 중학교를 졸업하고 무슨 일로 일 년 가량 쉴 때의 그녀였다. 당시 대학생이었던 그녀에게 여러 가지 볼 만한 책이 많아 나는 종종 그 책을 빌리러 갔었다. 그러다가 고등학교 상급반 때쯤 그러니까 내가 강진에서 어렵게 열아홉을 넘길 무렵 그녀의 불행한 사랑에 대한 풍문을 마지막으로 나는 거의 그녀를 잊고 지냈다. 그녀가 어떤 처자 있는 남자를 사랑해 인생을 망쳐버렸다는 소문이었는데, 그것을 주고받는 친척들은 한결같이 그녀가 좋은 대학까지 나온 데다 드물게 미인이라는 것 때문에 더욱 분개하는 것 같았다.

"정말 꿈같군요. 도대체 누나가 여길 웬일이우?"

그녀가 세 들어 살고 있는 구식 한옥 대문께서 나는 다시 한번 감개에 젖어 물었다.

"사범대학을 나왔으니 접장이 됐고, 접장이 됐으니 교육청에서 가라는 데로 왔지, 웬일은 웬일이야."

그녀는 가볍게 응수했지만 목소리에는 어딘가 어두운 여운이 서려 있었다.

"자 들어가 쉬어. 내 저녁상 봐올게. 아직 방학 중이라 함께 방을 쓰는 친구는 돌아오지 않았어."

방 안은 밖에서 보기보다 넓고 깨끗했다. 그리고 무슨 경계선이 있는 것도 아닌데 완연히 두 부분으로 나뉘어져 있었다. 한쪽은 철제 캐비닛과 앉은뱅이책상, 한쪽은 호마이카 서랍장과 테이블식 책장. 책도 달랐다. 앉은뱅이책상 위에는 전집류와 에세이물이 삼 층 책꽂이 가득 꽂혀 있었고, 테이블 쪽에는 몇 권의 전문서적이 되는 대로 놓여 있었다.

"어느 편이 누님이우?"

대략 짐작은 하면서도 나는 괜히 소심해져 물었다.

"서랍 있는 쪽. 하지만 반대편이 더 따뜻할걸."

그녀가 부엌에서 큰 소리로 대답했다. 불을 때서 밥을 하는지 간간 마른 솔가지 부러뜨리는 소리가 벽 너머로 들려왔다.

나는 굳이 그녀의 서랍장 쪽에 기대앉았다. 거기도 따뜻했다. 하루 종일 얼었던 몸이 녹으면서 견딜 수 없는 피로와 졸음이 엄습했다.

"애, 애, 일어나 저녁 먹구 자."

그새 깜빡 졸았던 듯했다. 어느새 방 안에는 불이 커져 있고 밥상이 들어와 있었다.

"너 좀 씻어야겠다. 얼굴도 그렇고 몸에서도 고약한 냄새가 나."

상을 물린 후에 다시 그녀가 말했다.

"여긴 공중목욕탕이 없어. 부엌에 물을 좀 데워놨으니까 대강 씻도록 해. 너라고 별 수 있어?"

나는 식곤증으로 다시 나른해 왔지만 그녀의 성화에 못 견뎌 부엌으로 갔다. 내가 건성으로 목욕을 마치자 그녀가 내의를 한 벌 들여보내 주었다.

깨끗했지만 새것은 아니었다. 받아들기는 해도 나는 선뜻 그 옷을 입을 마음이 내키지 않았다. 그런 내 기분을 감지했던지 그녀가 바깥에서 말했다.

"이미 그는 오지 않아. 내겐 필요 없는 옷이야."

그 목소리에 다시 한번 그녀가 지닌 비극의 여운이 실려 있었다. 나는 더 이상 그녀의 슬픈 추억을 일깨우지 않으려고 재빨리 그 내의를 입었다.

　"겉옷은 밖에 걸어뒀다. 이가 있는 것 같아. 그런데 정말 웬일이야? 이 꼴로?"

　"그냥 방학을 이용한 무전여행이죠."

　"거짓말. 이래 저래 건너 들었다만 모두들 네 걱정이 태산이라던데."

　그녀도 나에 대한 소문은 듣고 있는 모양이었다.

　"왜 그렇게 됐니? 참, 너 술, 대단하다며?"

　"사주시겠어요?"

　"술은 줄게. 그런데 집엔 안 돌아갈 거야?"

　그러면서 서랍장 문을 연 그녀는 반 이상 남은 양주를 꺼냈다. 약간 의아하게 쳐다보자 그녀가 쓸쓸하게 웃으며 말했다.

　"역시 그가 남기고 간 것이야, 그러나 나머지는 마실 수 없게 됐지."

　"헤어지셨군요."

　"아마 영원히."

　취기가 오르면서 나는 불쑥 물었다.

　"좋은 사람이었어요?"

　"아주."

　"결혼할 수는 없었나요?"

"남들처럼 비난하지 않으니 오히려 이상하군. 있었지."

"왜 안 하셨어요?"

"그의 아내가 죽었어……."

"그럼 더욱……."

"자살했어."

"……."

"그는 두 딸과 함께 이민 갔어. 미군 장교와 결혼한 그 아이들 큰 이모가 어렵사리 성사시켰다는 무슨 초청 이민이라던가. 바로 지난 가을이야. 한 잔 주겠니?"

그녀는 조금씩 음미하듯 마셨다. 나는 망연한 감동으로 그런 그녀를 향해 물었다.

"이제 어떡하실 거예요?"

"너처럼 터무니없이 방황하진 않는다."

"그럼 여기 온 것은?"

"자원했지. 재작년에. 조용한 곳에서 책이나 좀 보려고. 나는 봄이면 다시 대학으로 돌아가. 대학원에 진학할 거야. 전공도 결정해 뒀어."

"……."

"윤리학이야. 중등학교 윤리교사 자격 하나 더 따려는 건 아니고 철학의 일부로……."

"정말 괜찮으세요?"

"학문은 아무것도 주지 않는다, 라고 말하고 싶니?"

그녀는 잠시 나를 그윽하게 바라보았다.

"아니면 내가 그리로 도피한다고 생각하니?"

"그건 아니지만……."

"걱정 마라. 절망이야말로 가장 순수하고 치열한 정열이다. 사람들이 불행해지는 것은 진실하게 절망하지 않기 때문이다. 너도."

"……"

"학교로 돌아가. 네 스물한 살의 나이로 돌아가."

"그럴 작정이에요."

"가서 더 읽고 더 생각해 봐. 나처럼 뼈아픈 대가를 치르지 않고도 진실하게 절망할 수 있을 거야."

띄엄띄엄 얘기를 주고받는 사이 어느새 술병이 비워져 있었다. 그와 함께 그녀의 냉철한 이성도 서서히 허물어지기 시작했다. 내게 말한 대로, 그녀는 나중에는 제법 매서운 교수님으로 강단에 서게 되지만, 적어도 그 밤은 불행하게 끝난 사랑에서 아직 완전히 헤어나지 못하고 있었다.

내가 다시 술 한 병을 사들고 왔을 때 그녀의 눈 그늘에는 울음의 흔적이 어려 있었다. 그걸 발견하자 내 의식 깊은 곳에서 묘한 가학심리가 고개를 들었다.

"누님 우셨군요."

나는 함부로 술을 마셔대며 거침없이 말했다.

"여자의 권리야."

그녀가 약간 원기 없는 목소리로 대답했다. 문득 그녀가 몇 배나 늙어 보였다. 나는 참지 못하고 다시 강요하듯 말했다.

"누님 결혼하세요."

"그럴까."

"아이를 다섯만 낳으세요."

"그럴까."

"그리고 빨리 늙으세요."

"그럴까."

"그래서 때가 되면 죽으세요."

"그럴까."

그 다음은 엉망이었다. 술 마시다 함께 쿨쩍거린 것 같기도 하고, 무슨 처량한 노래를 합창한 기억도 난다. 그리고 이불도 펴지 못한 채 곯아떨어지고 말았다. 내가 무슨 쓸쓸한 얘기를 이렇게 하고 있는가.

이튿날 내가 눈을 뜬 것은 열두 시가 가까워서였다.

"어휴, 대단한 눈이다. 애, 나와 봐라. 쌓인 것만도 이십 센티는 넘겠다."

언제 깼는지 그녀는 방 안을 말끔히 정돈해 놓고 있었다. 그녀 자신도 완전히 정리된 듯 목소리도 표정도 원래의 차분함을 되찾고 있었다.

"오늘 떠나긴 틀렸다, 애. 여긴 사방이 재[嶺]라서 웬만큼 눈이 와도 차가 못 떠. 그런데 — 이건 숫제 폭설이니……."

깔깔한 입 안으로 국물을 떠 넣고 있는 내게 그녀는 달래듯 말했다. 열린 문 사이로 굵게 날리는 눈송이가 보였다. 방 안이 갑자기 따스하고 아늑하게 느껴졌다. 그러나 나는 고집스레 떠날 채비를 했다.

"어차피 걸을 거니까 — 이제 그만 가봐야겠어요."

"참 이상한 애로구나. 그렇게 기를 쓰고 떠날 건 뭐니? 바다하고 무슨 시간 약속이라도 했니?"

그런 그녀의 나무람에는 친 누님 같은 애정과 배려가 스며 있었지만 기어이 나는 떠났다.

"그쪽 재까지가 삼십 리, 또 그 재를 넘자면 삼십 리야. 지금 떠나서는 기껏해야 그 재 위에서 밤을 새우게 될걸. 목숨이 걸린 자학이야."

그러면서 나를 말리다가 단념한 그녀는 군소재지 동네가 끝나가는 곳에서야 돌아갔다.

"케케묵은 당내(堂內)란 말도, 삼종 간이라는 촌수도 어중간하지만, 우리가 만나고 헤어지는 것 또한 언제나 느닷없구나. 길을 되짚어 돌아가지는 않을 것이라니 너와의 이번 만남은 여기서 끝인 듯하네. 잘 가라. 몸조심하고. 그야말로 어디서 '무엇이 되어 다시 만나리.' 로구나."

그런 그녀의 작별인사에 갑자기 수사(修辭)가 많아진 게 느껴지며, 돌아서는 내 가슴 속도 왠지 스산해졌다.

주위는 그대로 눈세계였다. 그 지방 특유의 가파른 산이며 날카롭게 솟은 봉우리, 빈약한 들과 도로 연변의 촌락들, 나이 든 백양나무 가로수와 타르 칠한 목재 전주들 — 그 모든 것들이 문득 자그마해지고 외로운 모습으로 두터운 눈 속에 묻혀 있었다. 눈은 계속해서 내렸다. 부르튼 발이 몹시 쓰라렸지만 나는 서둘렀다. 어떻게든 그날 안으로 바닷가에 이를 수 있는 재를 넘고 싶었다.

얼마 안 돼서 인가는 멀리 사라지고 나는 아득한 눈세계에 홀로 남았다. 눈은 여전히 내리고…… 그 밤 나는 가지고 있던 수첩에 이렇게 쓰고 있다.

'치인(痴人)의 열정인가, 젊음의 광기인가. 무릎까지 빠지는 눈속의 산과 들을, 언덕을 달렸다. 이곳은 장풍(長風), 오후 내내 내 달리듯 걸었지만 겨우 Y면에서 삼십 리. 창수령의 아랫마을이다. 마음 좋은 이장 집에서 저녁을 얻어먹고, 지금은 마을 회관에 누웠다. 부르튼 발은 쓰라리고 온몸은 욱신거린다.

그러나…… 아무것도 없다. 이 피상적인 육체의 고통이 내 영혼의 성장에 도움이 될 가능성도, 내가 미친 듯 달려가고 있는 바다가 어떤 묵시로 나를 기다리는 조짐도. 그저 심장이 시키는 대로 달려볼 뿐이다. 생각느니, 이 겨울의 뿌리는 얼마나 깊은 것인가.'

하룻밤을 자고 나도 눈은 여전히 내리고 있었다. 억지로 아침을 시켜 먹은 동네 주막의 라디오에서 나는 그 눈이 삼십 년래의 폭설이라는 방송을 들었다.

값은 터무니없이 비싸게 먹혔지만 거의 하루만에 처음으로 밥한 그릇을 제대로 비우고 나니 한결 기운이 돌았다. 간밤에 술을 쉬어 입맛이 제대로 돌아온 덕분이었다. 떠나기 전에 나는 새끼를 구해 그때껏 들고 다니던 가방을 등짐으로 만들어 메고 다리에는 고무줄로 감발을 쳤다.

쌓인 눈은 이미 두 자에 가까웠지만 계속해 내리고 있었다. 도보 외에 교통은 완전히 두절된 상태였다. 마을 사람들은 그런 내 출발을 몹시 무모하게 여기는 눈치였다. 주막집 아낙은 드러내놓고 얼어 죽지 않도록 조심하라고 당부했다. 그러나 나는 개의치 않았다.

다행히 눈은 내가 그 마을을 벗어난 지 얼마 되지 않아 멎어주었다. 나는 무릎을 넘어서는 눈을 헤치며 앞으로 나아갔다. 눈 때문에 길이 분간 안 돼 백양나무 가로수에 의지하는 수밖에 없었다. 이내 신발과 바지가 젖고 상의까지 축축해 왔다. 눈 온 후의 푸근한 날씨 때문에 온몸에서 김이 솟았다.

그렇게 오 리쯤 갔을까, 문득 저만치 눈 덮인 창수령이 굴복시킬 수 없는 무슨 거인처럼 내 앞을 가로막았다.

우리에게 깊은 인상을 남긴 사물은 오래오래 기억 속에 보존된다. 물론 그때의 창수령은 지금도 내 기억에 생생히 남아 있다. 그러나 왜곡되고 과장되기 쉬운 것 또한 우리의 기억이다. 나는 차라리 그 위험한 기억에 의지하기보다는 서투른 대로 그날의 기록에 의지하련다. 문장은 산만하고 결론은 성급하다. 거기다가 그 글은 전체적으로 흥분해 있지만, 그래도 그쪽이 진실에 가까울 것이므로.

'창수령(蒼水嶺), 해발 칠백 미터 —.

아아, 나는 아름다움의 실체를 보았다. 창수령을 넘는 동안의 세 시간을 나는 아마도 영원히 잊지 못하리라. 세계의 어떤 지방 어느 봉우리에서도 나는 지금의 감동을 다시 느끼지는 못하리라. 우리가 상정할 수 있는 완성된 아름다움이 있다면 그것을 나는 바로 거기서 보았다. 오, 아름다워서 위대하고 아름다워서 숭고하고 아름다워서 신성하던 그 모든 것들…….

그 눈 덮인 봉우리의 장려함, 푸르스름하게 그림자 진 골짜기의 신비를 나는 잊지 못한다. 무겁게 쌓인 눈 때문에 가지가 찢겨버린 적송, 그 처절한 아름다움을 나는 잊지 못한다. 눈 녹은 물로 햇살에 번쩍이던 참나무 줄기의 억세고 당당한 모습, 섬세한 가지 위에 핀 설화로 면사포를 쓴 신부처럼 서 있던 낙엽송의 우아한 자태도 나는 잊지 못한다. 도전적이고 오만해 보이던 노간주 군락들조차도 얼마나 자그마하고 겸손하게 서 있던가.

수줍은 물푸레 줄기며 떡갈 등걸을 검은 망사 가리개처럼 덮고 있던 계곡의 칡넝쿨, 다래넝쿨, 그리고 연약한 줄기 끝만 겨우 눈 밖으로 나와 있던 진달래와 하얀 억새꽃의 가련한 아름다움. 수십 년생의 싸리나무가 덮인 등성이를 지날 때의 감격은 그대로 전율이었다. 희디흰 눈을 바탕으로 밀집한 잎 진 싸리줄기의 굵고 검은 선, 누가 하양과 검정만으로 그 화려하면서도 천박하지 않고 고고하면서도 삭막하지 않은 아름다움을 보여줄 수 있단 말인가.

하늘도 어느새 개어 태양은 그 어느 때보다 현란한 빛으로 그 모든 것을 비추고 있었다. 엷어서 오히려 맑고 깊던 그 겨울 하늘. 멀리 보이는 태백의 준령조차도 일찍이 그들의 눈[雪]으로 유명했던 세계의 그 어떤 영봉(靈峰)보다 장엄하였다.

나르는 산새도 그곳을 꺼리고, 불어오는 바람조차 피해 가는 것 같았다. 오직 저 영원한 우주음(宇宙音)과 완전한 정지 속을 나는 숨소리조차 제대로 내지 못하며 걸었다. 헐고 부르튼 발 때문에 그 재의 태반을 맨발로 넘었지만 나는 거의 고통을 느끼지 못했다. 그만큼 나는 나를 둘러싼 장관에 압도되어 있었다.

고개를 다 내려왔을 때 나는 하마터면 울 뻔하였다. 환희, 이 환희는 아무도 이해할 수 없으리라. 나는 아름다움의 실체를 보았다. 미학자들이 무어라고 말하든 나는 그것을 감지하는 것이 아니라 인식하였다.

그때의 내 기억 속의 아름다움은 모든 가치의 출발이며, 끝이었고, 모든 개념의 집체인 동시에 절대적 공허였다. 아름다워서 진실할 수 있고, 진실하여 아름다울 수 있다. 아름다워 선할 수 있고, 선해서 아름다울 수 있다. 아름다워서 성스러울 수 있고, 성스러워서 아름다울 수 있다……. 그러나 아름다움은 스스로 아무것도 갖고 있지 않다. 그러면서도 모든 가치를 향해 열려 있고, 모든 개념을 부여하고 수용할 수 있는 것, 거기에 아름다움의 위대함이 있다 —.

이번의 출발은 오직 이 순간을 위해서 있었다.'

그러나 그 조금은 엉뚱한 감격은 미처 그 재를 벗어나기도 전에
돌연 암담한 절망으로 바뀌었다.

내 모든 외형적인 방황에도 불구하고 언제부터 나를 사로잡
고 있는 예감 중의 하나는 내가 어떤 예술적인 것 — 아름다움
의 창조와 관련 있는 삶을 갖게 되리라는 것이었다. 입으로야 무
어라고 말하든 아름다움은 내가 마지막까지 단안하기를 주저하
던 가치였다.

그런데 창수령에서의 감격에 뒤이어 돌연히 나를 사로잡은 느
낌은 아름다움이 어떤 초월적인 것, 인간은 본질적으로 도달이 불
가능한 하나의 완전성일지도 모른다는 것이었다. 인간은 한 왜소
한 피사체 또는 지극히 순간적인 인식주체에 불과하며, 그가 하
는 창조란 것도 기껏해야 불완전하기 짝이 없는 모사일 뿐이었
다……. 그렇다면 내가 예감하는 삶의 형태는 처음부터 불가능을
향해 출발하는 셈이었다. 그런 삶을 채워가야 한다는 것은 그때의
나에게는 참을 수 없을 만큼 어리석고 무모해 보였다.

그러자 갑작스런 피로가 몰려왔다. 실제 내 몸도 어지간히 지쳐
있었다. 그날 걸은 것은 겨우 삼십 리 남짓했지만, 이미 쌓인 피로
에다 두 자 이상 되는 눈이 덮인 고갯길을 세 시간이 넘게 헤쳐 나
왔기 때문에 나는 거의 녹초가 되어 있었다. 거기다 그 길의 태반
을 맨발로 걸어 두 발은 감각이 없을 만큼 얼어 있었다. 등짐으로

멘 조그만 여행가방도 말 그대로 천근 무게였다.

별수 없이 나는 전진을 단념하고 그 재를 내려가 첫 번째 만난 주막으로 들어갔다. 쉬면서 언 발도 녹이고 점심도 때울 생각이었다. 고맙게도 따뜻한 주막방은 송두리째 비어 있었다.

그런데 내가 막 점심으로 시킨 라면을 비우고 났을 때 방문을 열고 들어선 사람이 있었다. 바로 이틀 전 개울가에서 만났던 칼 갈이 노인이었다. 젖은 아랫도리에 묻어 있는 눈이나 질퍽거리는 신발로 보아 그도 눈을 헤치며 재를 넘어온 것이 분명했다.

나는 원인 모를 반가움으로 알은 체를 했다. 노인은 그런 나를 거들떠보지도 않고 소주 한 병과 라면을 시키더니 문지방에 두 발을 걸친 채 방바닥에 벌렁 누워버렸다. 무안을 당한 셈이었지만 이상하게도 화는 나지 않았다. 나는 다시 말을 걸어볼까 하다가 그대로 잠시 그를 관찰해 보았다.

아주 가까이서 다시 확인한 바로, 그를 노인으로 본 것은 나의 잘못이었다. 덥수룩한 수염과 골 깊은 주름에도 불구하고 쉰 살 넘게는 보기 힘든 중년이었다. 내가 그를 노인으로 오인하게 된 것은 벌써 희끗희끗한 머리칼 때문이었던 것 같다. 끝내 그는 내게 눈길 한 번 주지 않았다. 자는 듯 마는 듯 공허한 눈으로 천장을 응시하고 누웠다가 시킨 음식이 나오자 역시 문지방에 앉은 채로 묵묵히 먹었다. 그리고 반 병쯤 남은 소주병 주둥이를 얇은 비닐 뭉치로 꼭 막고는 새로 산 라면 몇 봉과 함께 지고 다니는 상자 속에 넣은 후 처음처럼 말없이 떠나버렸다.

그의 뜻 아니한 출현은 잠시 내 마음을 어지럽게 했지만, 그리 오래가지는 않았다. 아름다움의 실체가 준 위압적인 감동과, 그렇지만 그것이 우리에게는 본질적으로 도달이 불가능한 완전성일지도 모른다는 절망이 아울러 나를 다시 무겁게 짓눌러온 까닭이었다. 끝내 단안하기를 미루며 소중하게 품고 왔던 가치마저 그렇게 결말이 나자, 나는 마지막 카드를 빼앗긴 도박사처럼 처량해졌다. 이제 무엇이 내 공허한 삶의 잔을 채워줄 것이랴. — 조금 과장하면 그런 느낌까지 들었다.

다시 술 생각이 나게 된 것도 그같이 울적한 내 기분 때문이었다. 나는 진작부터 못마땅하게 내 주변을 서성거리는 주인을 불러 소주 한 병을 시켰다.

그 지역 특산 45도 소주라 그런지 부실한 속에 마른 노가리를 안주 삼아 마시는 술은 쉽게 올랐다. 반 병 정도로 두 발의 통증이 씻은 듯이 사라지고 한 병을 다 비우자 완전히 취해 왔다. 울적한 마음도 어느 정도 가셔 있었다. 나는 소주 한 병을 더 청했다. 지금도 한번 취하면 깨어나는 것을 두려워하는 버릇은 여전하지만, 그때는 훨씬 심했던 듯하다. 나는 조금씩 술 그 자체가 주는 도취와 마비에 빠져들고 있었다.

그런데 잘못된 것은 그 다음이었다. 두 번째 병이 다 빌 때쯤 나는 돌연 엉뚱한 추측에 빠졌다. 그 칼갈이 사내도 분명 나처럼 바다로 가고 있으리라는, 거의 단정에 가까운 추측이었다. 아마 취한 탓이었겠지만, 그 추측은 차츰 확신으로 변해 갔다. 그리고 그와 함께 이유 모를 조급함이 나를 사로잡았다. 왠지 그가 바다에 먼저 도착해 버리면 나는 가 봐야 별 소용 없을 것 같은 느낌이 들었다.

그런 느낌에 갑자기 다급해진 나는 서둘러 병을 비우고 주막을 나섰다. 발의 통증과 피로는 깨끗이 사라진 후였다. 짧은 겨울 해는 벌써 서편으로 기울고 있었다. 길가 초가집의 처마에 달린 고드름이 엷은 햇살에 비껴 무슨 영롱한 수정장식처럼 보였다.

나는 무엇에 쫓기는 사람마냥 바닷가로 가는 길을 재촉했다. 그러나 결국 그리 멀리는 못 갈 길이었다. 주막으로부터 두 번째 마을에서 나는 한 떼의 유쾌한 동네청년들을 만났다. 대부분 내 또래인 그들 대여섯은 토끼몰이에서 돌아오는 길이었다. 눈 덮인 산등성이 위쪽에서 아래쪽 비탈로 산토끼를 몰면 앞다리가 짧고 뒷다리가 긴 산토끼는 잘 뛸 수가 없다. 그래서 그들에게 잡힌 산토끼 두 마리 중 한 마리는 아직도 살아 버둥거리고 있었다.

두 병이나 비운 45도 소주 탓인지, 이미 기우는 햇살 탓이었는지는 잘 알 수 없지만, 나는 대뜸 그들의 일행에 끼어들었다. 곧 벌어질 그들의 술판에 술을 내기로 한 것 같은데 그들도 기꺼이 그런 나를 받아들여 주었다.

술판은 그날 밤 마을의 4H 회관에서 벌어졌다. 그러나 생각보다 산토끼 고기는 맛이 없었고, 내가 산 됫병들이 소주 두 병은 이미 취한 내가 끝을 보기에는 너무 양이 많았다. 술잔이 몇 순배를 돌고 겨우 통성명이 끝날 때쯤 해서 나는 그만 곯아떨어지고 말았다.

그 새벽 내가 깊은 잠에서 깨어난 것은 순전히 그 지독한 추위 탓이었다. 전날 초저녁 몇 아름이나 되는 장작으로 뜨겁게 달구어졌던 방은 어느새 얼음장처럼 서늘하게 식어 있었다. 거기다 외풍은 또 왜 그리 세던지. 찢어진 문틈으로 찬바람이 사정없이 새어들었다.

　어지러운 술판의 흔적뿐 함께 마시던 마을 청년들은 아무도 남아 있지 않았다. 시간은 새벽 네 시가 조금 지나 있었다.

　나는 그 무자비한 추위로부터 나를 보호해 줄 물건을 찾아 호롱불 희미한 방 안을 열심히 뒤졌지만 헌 가마니 한 장이 보이지 않았다. 민가로 찾아들려고 해보아도 그 시각 불빛이 새어나오는 집은 아무 데도 없었다. 눈빛 때문에 다소 보인다 하더라도 길을 떠나기에는 너무 어둡고 이른 겨울 새벽이었다. 목이 말라 함부로 뭉쳐 먹은 눈 때문에 한층 더 얼어오는 몸으로 방 안에 돌아온 나는 거의 무방비한 상태로 그 지독한 추위와 싸워야 했다.

　그때 내가 피부로 오싹오싹 느낀 것은 추위라기보다는 바로 죽음의 공포였다. 나는 거의 실제적인 필요를 느끼며 언 손으로 유서를 썼다. 지금 그 우스꽝스런 글은 남아 있지 않지만, 제법 비장기 어린 몇 구절은 아직도 생생히 기억하고 있다.

　어릴 적부터의 오랜 친구에게 쓴 그 편지는 '만약의 경우에'라는 단서로 시작하고 있었다. 나는 썼다. 지난 몇 개월 죽음은 항상 내 가까이 있었다, 라고. 그러나 그것은 하나의 대안이었으며 더군다나 이런 형태는 아니었다고. 내가 비록 그릇되이, 함부로 관념을 유희한 것은 사실이지만, 그래도 내가 헤맨 그 어둠은 새벽이 오기 직전의 어둠이었고, 이제 나는 새로운 날의 으스름 속에 서 있다고. 그리고 갑작스러운 열기와 확신에 차 지난날 내가 얼마나 세계와 인생을 사랑하였던가를 상기시켰다.

그것으로 보아 나는 주로 그 편지에서 내 죽음은 자살이 아니라는 것을 밝히려고 애쓴 것 같다. 세상 사람들은 언제나 그 불행한 형태의 죽음에 편견을 가지고 있다. 설혹 누가 그럴싸한 이유로 그런 죽음을 택했더라도 사람들은 그의 지루한 해명보다는 자기들의 엉뚱한 추측이나 속물적인 해석을 더 믿으려 든다. 또 죽은 자는 말이 없으므로 대부분의 경우 그들의 억측은 적절하게 바로 잡히지도 않는다. 나라고 예외는 아니며, 또한 그들이 기특하게도 내 죽음에 대단한 의미를 부여한다고 해서 하등 신통해 할 이유도 없다 — 굳이 자살이 아니라고 우기며 그때 내가 쓴 편지의 내용은 대강 그랬을 것이다.

나는 또 썼다. 지난 한 해 동안 내가 함부로 썼던 모든 글은 없애줄 것이며 술과 객기로 여러 친구들에게 끼친 경제적인 피해는 대신하여 갚아달라고, 그리고 그 자세한 내력과 함께 그와 그의 데레사가 나를 위해 기도해 줄 것도 덧붙였다.

방문이 희끄무레 밝아오기 시작한 것은 내가 언 손을 입김으로 녹여가며 그 장황하기만 하고 알맹이도 없는 편지를 거의 다 마쳤을 때였다. 나는 그 편지를 가방 속 깊이 간직하고 용기를 내어 그 방을 나왔다. 밖은 아직도 길을 떠나기에 충분할 만큼 밝지는 않았지만, 그런데도 사방을 구별할 수는 있었다. 그러나 눈이 다시 내리기 시작했다. 전날처럼 푸근히 내려 쌓이는 함박눈이 아니라 찬바람을 동반한 눈보라였다. 그저 바람을 안고 걷게 되지 않은 게 다행이라면 다행이었다.

나는 처음 어떻게든 그 마을에서 몸을 좀 녹이고 빈속을 채운 후에 떠나려고 했었다. 하지만 마을은 여전히 깊은 잠에서 깨어날 줄 몰랐다. 별수 없이 나는 다음 마을을 기대하며 그 마을을 나섰다.

가로수 가지를 스쳐가는 바람 소리뿐 바깥은 전혀 생명의 기척이 없는 이상한 세계였다. 다시 내린 눈으로 한층 깊게 파묻힌 들판은 그대로 허옇게 펼쳐진 바다였고, 도로는 그저 가로수만으로 물길을 짐작할 수 있는 한줄기 흰 강 같았다.

그런데 한 가지 이상한 일은 그 강줄기 한복판으로 누군가 나보다 먼저 헤쳐간 사람의 흔적이 남아 있는 것이었다. 하지만 그 발자취가 내 주의를 끈 것은 아주 짧았다. 그때 나는 그 끔찍하고 저주스러운 한기 때문에 거의 제정신이 아니었다.

마을을 벗어나면서부터 나는 줄곧 달렸다. 우선 그 몸서리쳐지는 추위로부터 벗어나고 싶다는 것이 내 간절한 바람이었다. 여느 때 같으면 마른 나뭇가지로 모닥불이라도 지필 수 있지만 모든 것이 두 자가 넘는 눈 속에 묻혀버린 그때로서는 그저 달리는 수밖에 다른 방도가 없었다. 또한 다음 마을에 빨리 도착하기 위해서도 달리는 것은 필요했다.

다행히 눈은 밤사이에 얼고 다져져 전날처럼 무릎까지 빠지지는 않았다. 그런 길을 한동안 달리자 차츰 추위로 굳어 있던 몸이 풀리고 허연 입김이 새어 나왔다.

그러나 추위가 어느 정도 가시자 이번에는 못 견디게 배가 고파왔다. 위로만 느껴지는 것이 아니라 몸 전체를 죄어오는 배고픔이었다. 지난 사흘 동안 술로 끼니를 게을리해 온 것이 문득 후회스럽게 떠올랐다. 더구나 그 전날의 경우 아침밥 이후로는 거의 술밖에 마신 것이 없었다. 견디다 못한 나는 걸음을 멈추고 숨을 헉헉거리며 눈 한 덩이를 뭉쳐 씹어 먹었다. 잠시 동안의 짜르르한 자극뿐 그것은 오히려 내가 애써 벗어난 추위를 일깨우고 말았다.

나는 다시 달리기 시작했다. 추위와 배고픔으로 위기를 느낀 내 육체가 짜낼 수 있는 최대의 힘으로 속도를 더했다. 길가의 가로수가 질주하는 차창에서 내다볼 때처럼 퍼뜩퍼뜩 내 곁을 스쳐갔다. 날고 있는 기분이었다. 그러나 실제로 내 걸음은 차차 느려지고 발길은 끌리고 있었다. 나중에 알게 된 일이지만, 그 새벽에 내가 영원처럼 달렸던 길은 실제로는 십 리도 못 되었다.

추위와 배고픔이 차차 사라졌다. 대신 간간 의식이 흐려오면서 알지 못할 졸음이 오기 시작했다. 두꺼운 눈이 푸근한 솜이불처럼 나를 유혹했다. 나는 몇 번이고 그대로 누워 영원히 잠들고 싶은 충동을 느꼈다. 길도 잘 분간되지 않았다. 보이느니 망망한 눈바다였다. 나는 오직 본능에 의지하여 앞으로 나아갔다.

그렇게 얼마를 갔을까. 내 귓가에 갑자기 누군가의 고함치는 소리가 아련히 들려왔다.

"어이, 어이, 그쪽은 길이 아니야. 이쪽으로 와."

나는 퍼뜩 정신을 차려 주위를 돌아보았다. 나는 어느새 도로를 벗어나 논바닥으로 접어들고 있었다.

"이쪽이야, 이쪽."

다시 사람의 목소리가 들렸다. 나는 희미한 시력을 모아 소리나는 쪽을 살폈다. 첫눈에 가물거리는 모닥불이 들어오고 이어 지난해 원두막으로 썼던 것 같은 움막, 그리고 마지막으로 어른어른 사람의 형체가 비쳤다. 그러자 차차 의식이 회복되기 시작했다. 나는 마지막 힘을 짜내 그리로 달려갔다. 뜻밖에도 거기에는 칼갈이 사내가 앉아 있었다.

"이런 날씨에 무리했군."

그가 때고 있던 수숫대로 자리를 마련해 주며 삭막한 목소리로 말했다. 나는 허물어지듯 주저앉으며 모닥불을 감싸 안았다.

"조심해, 머리칼이 그을잖나."

이번에는 조금 억양이 든 목소리로 그가 나를 부축하며 주의를 주었다. 그러나 그 말의 의미는 전혀 내 의식에 닿지 않았다. 나는 갑자기 격렬하게 되살아나는 한기로 목마른 자가 물을 마시듯 모닥불의 열기를 받아들였다.

"다리를 끌어들여, 옷이 타."

그가 이제는 완연하게 감정이 든 목소리로 말하면서 내 바짓가랑이를 잡아당겨 방금 붙은 불을 비벼 껐다.

"우선 무얼 좀 먹어야겠군."

내 자세가 좀 안정되자 그는 지고 다니던 그 상자에서 그을음 낀 냄비 하나를 꺼냈다. 그리고 모닥불 곁에 돌맹이 몇 개로 간단한 화덕을 만들더니 눈을 꼭꼭 눌러 담은 냄비를 얹고 불을 지폈다. 몇 번인가 눈을 더 떠 넣어 냄비에 물이 반쯤 차자 이번에는 예의 그 상자에서 라면 한 봉지를 꺼냈다.

내가 다시 정상으로 돌아온 것은 그 라면 냄비를 국물 한 방울 남기지 않고 다 비운 후였다. 그동안 그는 묵묵히 그런 나를 보고만 있었다.

"정말 감사합니다."

그제야 약간 무안해진 나는 때늦은 인사를 했다.

"라면 값은 내야 해."

다시 삭막하게 돌아간 목소리로 그가 말했다. 나는 황급히 주머니를 털어 남은 오백 원짜리 몇 장을 있는 대로 내밀었다.

"이것도 너무 많아."

그는 그중 한 장을 집더니 다시 자기 주머니를 뒤져 백 원짜리 동전 네 개를 거슬러 주었다. 어찌 보면 좀스럽게 느껴질 셈을 하고 있는 것인데도 그런 그의 동작에는 어딘가 내가 거역할 수 없는 위엄 같은 것이 서려 있었다.

"그래 뭣 때문에 첫새벽에 이 눈 속을 떠났는가."

뜨거운 것을 급히 먹느라고 익어버린 입천장의 살 껍질을 뜯어내고 있는 내게 그가 지나가는 말로 물었다. 나는 한동안 당황했다. 내가 바다로 가는 이유를 말할 수 있다 한들 이 칼갈이 사내가 잘 이해할 수 있을까. 그러나 왠지 모르게 거짓말을 해서는 안 될 것 같은 기분이 들었다. 나는 될 수 있는 대로 솔직하고 간단하게 내가 향해 가고 있는 곳과 그 목적을 밝혔다.

"짐작은 했지. 엉뚱한 이유가 아니면 엉뚱한 일은 일어나지 않으니까. 자네가 바닷가로 생선을 떼러가는 어물상이라면 절대로 이런 날 이런 시각에 길을 떠날 리가 없어."

그리고 비웃음 같기도 하고 미소 같기도 한 애매한 표정으로 덧붙였다.

"어쩌면 거기서 자네와 나는 정반대의 일을 할 것 같군."

뜻밖에도 그는 몇 마디 안 되는 내 설명으로 나를 거의 정확하게 이해한 것 같았다. 하지만 묘하게 마음에 걸리는 말이 있었다.

"그럼 아저씨도 대진엘 가십니까?"

"여기서 가장 가까운 바다는 거기지."

"우리가 정반대의 일을 하게 될 거란 말은 무슨 뜻입니까?"

"나는 죽이러 가고 자넨 죽으러 가는 것 같으니까."

그는 별로 서슴없이 말했다. 오히려 돌연한 전율에 휩싸인 것은 나였다. 나는 바보처럼 멍청하게 물었다.

"누구를……?"

그러자 그는 잠시 나를 쏘아보았다.

탐색하듯 날카로운 눈초리였다. 입가에는 좀 전보다 더욱 짙은, 자조인지 경멸인지 모를 야릇한 미소가 떠올라 있었다.

"신뢰는 배반당하기 때문에 오히려 우리가 곧잘 빠져드는 미망이지. 어쨌든 자넨 내게 — 생명까지는 몰라도 — 큰 빚을 졌어.”

“예?”

“자넬 믿고 싶어졌단 말이야. 내 얘기를 들려주고 싶어.”

그가 들고 있던 귀찮은 물건을 내팽개치듯 그렇게 말했다. 그리고 아직도 그의 말이 얼른 이해되지 않아 어리둥절해 있는 나에게 불쑥 물었다.

“내 나이가 얼마쯤으로 보이나?”

“글쎄요 — 오십 안팎……”

“꼭 십 년을 더 보는군. 그놈의 십구 년 때문이다.”

“네?”

“그 십구 년을 얘기해 주지.”

거기서 그는 다시 잠깐 무엇을 망설이는 눈치더니 이내 마음을 정한 듯 얘기를 시작했다. 오래 마음속에 억눌러온 탓인지 목소리는 차분해도 그 내용은 잘 다듬어진 대사 같은 데가 있었다.

“그때 우리는 꿈을 꾸었다. 자유 또는 평등, 혹은 인민 또는 조국의 이름으로 위험하고 거창한 꿈을. 그 시대가 원래 그랬지만 우리는 더 심했다. 우리는 누군가의 암시 또는 지령에 따라 초산과 글리세린을 사들이고, 삐라를 등사하고, 횃불을 준비하고 칼을 갈았다. 한 분 얼굴을 아는 지도자를 제외하고는 우리 모두가 스물 안팎의 젊은 나이였다.”

“……”

“그런데 우리들 중 영리한 하나가 먼저 그 무모한 꿈에서 깨어났다. 그는 아직도 몽롱한 꿈속에 있는 우리를 그들에게 고발했다. 체포 직전에 자살한 친구가 오히려 행복했다. 그들은 곧 우리를 체포했고, 고문했고, 재판에 넘겼다. 우리 지도자는 죽음을 선고받았고, 나와 또 다른 하나는 무기(無期), 그리고 나머지 둘은 각각 십 년과 십오 년을 선고받았다."

"⋯⋯."

"동란 전야의 일이었다. 살벌한 그때를 우리가 살아남을 수 있던 것은 우리가 도회 한 가운데서 체포되었고 동란 직전에 심급(審級)을 다 거친 확정판결을 받았다는 것, 그리고 무엇보다도 북로당(北勞黨)과 직접으로는 아무런 관련이 없다는 이유 때문이었다."

얼른 실감이 안 나는 대로 서늘한 감동을 주는 이야기였다.

"감옥에서 길고 고통스러운 세월을 우리는 모두 배신자에 대한 증오로 버티었다. 우리는 깨어진 꿈이나 좌절당한 이념보다 배반당한 믿음을 더 괴로워했다. 우리는 복수를 맹세했다. 그 표지가 이 칼이다. 이 칼을 만든 사람은 감옥에서 선반(旋盤)일을 배운 우리의 동지였다."

그는 상자에서 칼 한 자루를 꺼냈다.

나와 처음 만나던 날 개울가에서 갈고 있던 바로 그 칼이었다.

"첫 번째 출옥자가 감형으로 칠 년 만에 이 칼을 품고 나갔다. 배신자는 쉽게 찾을 수가 없었다. 첫 번째는 그래도 처음 얼마간은 성실하게 배신자를 추적했다. 그러나 그의 형기는 비교적 짧아 쉽게 사회복귀가 이루어졌다. 그는 곧 일자리를 구하고, 재산을 모으고, 아내와 자식을 거느리게 되었다."

"……."

"두 번째 출옥자가 역시 감형으로 십일 년 만에 나갔을 때 첫째는 이미 자기의 생활에 안주하고 있었다. 첫째는 매우 부끄러워하면서 이 칼을 둘째에게 넘겼다."

"……."

"두 번째도 별수 없었다. 채 이 년도 못 돼 어느 날 면회를 온 그는 칼을 넘기고 싶다고 말했다. 남은 우리는 그에게 침을 뱉었다."

"……."

"드디어 세 번째가 나갔다. 그러나 그는 이 칼을 전해 받지 못했다. 나와 같은 무기수에서 병으로 나간 그는 출옥하고 얼마 안 돼 죽어버렸기 때문이다."

"……."

"결국 이 칼은 거듭된 감형으로 십구 년 만에 풀려난 내게로 넘어왔다. 바로 작년 삼월의 일이었다. 나는 앞서의 그들과는 달랐다. 감옥에서 십구 년이나 썩고 나온 마흔 살 정치범에게 사회복귀란 쉬운 일이 아니었다. 나는 가장 충실하게 배신자를 쫓았다. 칼갈이란 직업은 내가 합법적으로 이 칼을 소지할 수 있도록 해주었을 뿐 아니라 최저생계를 유지하는 데도 도움이 되었다. 그리고 ― 마침내 나는 이제 놈에게 가까이 왔다."

"그럼 그가 대진에……?"

"그렇다. 내가 조사한 바로는 놈도 뒤가 잘 풀리지는 못했다. 우리를 판 덕분으로 경찰과 인연을 맺었지만 얼마 되지 않아 수회(收賄)로 쫓겨났다. 그 후 영락을 거듭하던 놈은 고향 갯가로 돌아가 몇 달 전부터 거기서 머구리배(잠수기선, 잠수배)를 타고 있다고 한다.”

거기서 말을 중단한 그는 잠시 나를 지그시 쏠어보았다.

“어때, 혹 신고하고 싶은 마음은 없나?”

그런 그의 입가에는 다시 야릇한 미소가 떠올랐다. 그러고는 그뿐이었다. 가슴 깊이 묻어두었던 옛일을 아무렇게나 말해 버린 것이 갑자기 후회스럽기라도 한지 이내 깊은 침묵에 빠져든 그는 헤어질 때까지 다시는 입을 열지 않았다.

우리가 그 원두막을 나선 것은 눈이 멎고 날이 완전히 밝은 후였다. 이십 리 정도를 침묵 속에 동행한 우리는 멀리 읍이 보이는 갈림길에서 헤어졌다.

“뒤처져서 와, 나와 함께 있는 것을 사람들에게 보이지 않는 게 이로울 거야. 나중에 귀찮은 일에 휘말리게 될지도 모르니까.”

처음의 무감동한 말씨로 돌아간 그는 그렇게 말하고는 성큼성큼 내게서 멀어져 갔다. 나는 작별인사도 잊은 채 그런 그의 뒷모습을 망연히 바라보았다.

이제 그 겨울은 종장이 가까워져 온다.

내가 대진에 도착한 것은 그날 오후 두 시경 다시 내리기 시작한 진눈깨비 속이었다. 비산비야(非山非野) 국도길을 삼십 리나 더 걸어 이른 읍거리 시외버스 정류장 근처의 장국밥집에서 늦은 아침을 먹은 뒤, 쉴 겸 젖은 몸을 말리느라 몇 시간 지체한 탓이었다.

지금은 경상북도에서 몇 안 되는 해수욕장 중의 하나로 상당히 발전했다고 들었지만, 그때만 해도 대진은 여름 한철을 제하면 볼품없는 포구에 지나지 않았다. 더구나 한겨울의 인적 없는 그 포구는 마치 서부영화에 나오는 유령의 마을과 같았다.

읍내에서 포구에 이르는 마지막 십 리 길도 그리 순탄했던 것 같지는 않다. 진눈깨비로 얼룩진 그날의 수첩에는 이렇게 적혀 있었다.

'바다, 나는 결국 네게로 왔다. 돌연한 네 부름은 어찌 그렇게도 강렬했던지.

지난 여러 날 여러 밤, 너는 갖가지 모습으로 나를 손짓하고 수많은 목소리로 나를 불렀다. 찌푸린 하늘과 날리는 눈발 속에서도 나는 네 자태를 보았고, 휘몰아가는 북풍과 처량한 가로수의 울음 속에서도 네 목소리를 들었다. 잠자리에서, 꿈길에서, 몽롱한 취중에도 네 부름은 끊임없이 내 주위를 떠돌고 있었다.

그래서 이렇게 나는 왔다. 삼십 년래의 폭설도, 길조차 뚫리지 않은 높은 영마루도 나를 막지 못했고, 추위와 눈보라 속을 달려온 이 백 리 길도 전혀 고통스럽지 않았다. 나의 발은 동상과 물집으로 부어오르고 얼굴은 전체가 불에 덴 듯 화끈거린다.

특히 너를 위한 마지막 십 리 길은 가열(苛烈)하였다. 검게 내려앉은 하늘과 맞닿은 은회색 수평선을 배경으로 펼쳐져 있던 그 황량한 바닷가 길, 진눈깨비 섞인 해풍은 또 왜 그다지도 차고 거세던지. 뺨과 목덜미에 떨어진 눈은 어느새 찬물로 변해 몸 안으로 기어들고, 그대로 얼음구두가 된 정글화는 눈 녹은 도로에서 스며든 물로 질퍽거렸다. 젖은 머리털은 얼어 뻣뻣이 서고 바람에 부대낀 뿌리 부근의 두피 전체가 욱신거렸다. 그러나 왔다. 나는 주인의 휘파람에 충실한 개처럼 이렇게 달려와 여기 서 있다.

이제 말하라, 바다여. 나를 부른 까닭을. 무슨 일로 그렇게도 흉흉하게 또는 은근하게 내 불면의 밤과 옅은 꿈속을 출렁이며 휘저었는지를. 이제 나는 온몸으로 귀 기울이고 있다…….'

나는 그 바닷가에 오랫동안 말없이 서 있었다. 거센 해풍은 끊임없이 파도를 휘몰아 바닷가의 바위를 때리고 모래사장을 할퀴었다. 허옇게 피어오르는 물보라와 깜깜한 하늘 끝에서 실려온 눈송이가 무슨 안개처럼 나를 휩쌌다.

아아, 지금도 떠오른다. 광란하던 그 바다, 어둡게 맞닿은 하늘, 외롭게 날리던 갈매기, 사위어가던 그 구성진 울음, 그리고 그 속에서 문득 초라하고 왜소해지던 내 존재여, 의식이여.

그때 내가 빠져 있던 침묵은 어쩌면 또 다른 종류의 몽롱한 도취나 아니었던지. 그리고 나는 그 도취 속에서 바다와의 어떤 교감을 기다렸던 것이나 아닌지. 이미 오래전에 던져졌으나, 끝내 홀로 결단할 수 없었던, 지금으로 봐서는 터무니없지만 당시로 봐서는 절실했던 내 의문의 대답을 듣게 되기를. 힘겨운 이 잔을 던져버릴 것이냐, 참고 마저 비워야 할 것인가를 결단해 주기를.

그러나 바다는 여전히 내가 이해 못할 포효에만 열중하고 있었다. 대답하라, 대답하라. 나는 채근하듯 물가로 다가갔다. 밀려오는 파도가 내 언 발등에 미지근한 온기를 씌워주었다. 그리고 곧 무릎까지 이른 온기와 함께 거센 물결이 나를 휘청거리게 했다.

나는 잠시 걸음을 멈추고 휘청거리는 몸을 바로 잡은 뒤 점점 어두워 오는 하늘과 맹렬해지는 바다의 몸부림을 응시하며 귀를 기울였다. 멀지 않은 곳에서 몇 마리의 회색 갈매기가 거센 물결 위에 내려앉아 피로한 나래를 쉬고 있는 것이 보였다. 나는 눈을 감았다. 무슨 희미한 빛과도 같은 것이 내 의식 깊은 곳으로부터 서서히 번져 나오고 있는 듯한 느낌이 들었다. 바다의 오의(奧義)가 내 방황에 흔연한 종말을 가져올 목소리로 내게 와 닿을 것 같았다. 나는 그것들이 보다 밝고 뚜렷해지기를 기다렸다.

그렇게 꽤 긴 시간이 흘렀다. 내가 다시 눈을 뜬 것은 허벅지 근처를 후려오는 맹렬한 타격과 근처 바위를 때리는 엄청난 파도 소리 때문이었다. 그런데 그때 흔들리는 내 시야에서 작지만 매섭고 날카로운 인상으로 의식을 찔러오는 사건이 일어났다. 착각이었을까. 멀지 않은 곳에 떠 있던 회색 갈매기 한 마리가 갑작스레 덮쳐온 산더미 같은 파도에 잠겨버린 일이 그랬다.

한 번 나래를 퍼덕이고 물에 잠긴 그 갈매기는 연이은 파도에 쓸려버린 것인지 다시는 모습을 드러내지 않았다. 나는 몽롱한 의식 속에서도 그 작은 갈매기가 다시 떠오르기를 간절히 빌었다. 하지만 그 갈매기는 끝내 떠오르지 않고, 그걸 삼킨 물결의 거센 여파가 두 번 세 번 내 허리를 후려치는 바람에 나는 쓰러지고 말았다.

그 다음 내 몸은 온전히 본능에 맡겨진 듯하다. 이상하리만치 따뜻하게 느껴지는 바닷물의 유혹에도 불구하고 내 모든 근육은 있는 힘을 다해 나를 사장으로 끌어내었다. 그리고 한순간의 위기에 자극된 생명력은 갑작스런 불꽃으로 내 의식을 타오르게 하였다.

참으로 치열하였지만 또한 그만큼 처연하고 음울한 리비도의 불꽃이었다. 그것은 방금 파도에 잠겨버린 갈매기같이 조그마하고 지친 내 존재를 아무런 꾸밈없이 비추었다. 거대한 허무와 절망의 파도에 부대끼며 떠 있는 내 가엾은 존재를.

그러자 갑자기 바다의 포효는 무의미해지고 그 몸부림 또한 무기물의 공허한 움직임에 불과해졌다.

'돌아가자. 이제 이 심각한 유희는 끝나도 좋을 때다. 바다 역시도 지금껏 우리를 현혹해 온 다른 모든 것들처럼 한 사기사(詐欺師)에 지나지 않는다. 신도 구원하기를 단념하고 떠나버린 우리를 그 어떤 것이 구원할 수 있단 말인가.

그러나 갈매기는 날아야 하고 삶은 유지돼야 한다. 갈매기가 날기를 포기했을 때 그것은 이미 갈매기가 아니고, 존재가 그 지속의 의지를 버렸을 때 그것은 이미 존재가 아니다. 받은 잔은 마땅히 참고 비워야 한다. 절망은 존재의 끝이 아니라 그 진정한 출발이다……'

역시 눈비로 얼룩진 그날의 수첩은 그렇게 결론짓고 있다. 그러나 그 갑작스럽고 당돌한 결론에도 불구하고, 내가 그에 따른 원인 모를 허탈과 슬픔까지 극복해 낸 것 같지는 않다. 절망의 확인이란 아무리 냉철한 이성이라도 그 이성만으로 견뎌낼 수 있는 것이 아니다. 실제로 나는 그 바닷가의 바위에 기대 한동안 울었던 기억이 난다.

사실 나는 아직도 절망을 내 존재의 출발로 삼을 만큼 그것에 철저하지는 못하다. 그러나 적어도 한 가지 그 바닷가에서 확인한 절망은 내게 귀중한 자유를 주었다.

객관적이고 절대적인 가치가 우리를 인도할 수 없다면 우리의 구원은 우리 자신의 손으로 넘어온 것이며, 우리의 삶도 외재적인 대상에 바쳐진 것이 아니라 스스로 시인하고 채워가야 할 어떤 것이었다.

그런 점에서 Y면에서 만난 그 누님의 말은 한 과장된 비유나 상징 이상으로 옳았다. 절망이야말로 가장 순수하고 치열한 정열이었으며 구원이었다. 그리고 그것은 그 뒤 내가 택한 삶의 형태와도 관련을 맺는다. 그 뒤 나는 아름다움을 내가 추구할 가치로 선택했는데, 그 선택에는 저 창수령에서의 경험도 한몫을 했다.

나는 생각한다. 진실로 예술적인 영혼은 아름다움에 대한 철저한 절망 위에 기초한다고. 그가 위대한 것은 그가 아름다움을 창조하였기 때문이 아니라, 그것이 불가능한 줄 알면서도 도전하고 피 흘린 정신 때문이라고. 이 글도 마찬가지 — 만약 이 글에 가치를 부여할 수 있다면 그것은 그 겨울의 진실과 아름다움에 대한 불완전한 모사 때문이 아니라, 필경은 불가능한 줄 알면서도 그걸 위해 내가 지새운 피로와 골몰의 밤 때문일 거라고.

그런데 그 칼갈이 사내가 다시 나타난 것은 내 원인 모를 슬픔과 허탈이 어느 정도 수습된 후였다. 거친 파도 소리와 바람 소리 속에서도 인기척을 느낀 나는 언뜻 주위를 둘러보았다. 언제 왔는지 내가 기대선 바위 저쪽 편에 그가 와 있었다.

그는 헤어질 때와는 달리 몹시 초라하고 지친 모습이었다. 그가 메고 다니던 상자는 해체당한 패잔병의 무장처럼 그의 젖은 발 곁에 내려져 있었다. 그는 무엇인가 자기만의 골똘한 생각에 잠겨 멍하니 바다를 바라보고 있었다. 내 존재를 알아채지 못하고 있는지, 알고도 무시하고 있는지는 짐작할 길이 없었다.

나는 왠지 새삼 서러워진 마음으로 그에게 다가갔다. 내가 그의 서너 발 앞에 이를 때까지도 그는 표정과 시선을 바꾸지 않았다. 갑자기 그를 방해하는 것이 두려워진 나는 잠시 거기서 발을 멈추었다. 그래도 여전히 나를 무시한 채 자기만의 생각에 잠겨 있던 그는 한참 후에야 몸을 돌렸다. 나를 향해서가 아니라 벗어 놓은 상자 쪽이었다.

그는 몸을 굽혀 그 상자 안에서 무엇인가를 찾았다. 잠시 후 그가 꺼내든 것은 그 새벽 내게 보여준 바로 그 칼이었다. 그는 잠시 알 수 없는 집착의 눈길로 그 칼을 바라보았다. 그러다가 이내 결단을 내린 듯 바다를 향해 힘껏 던졌다. 칼은 거센 바람을 가르고 길게 포물선을 그리며 떨어져 바다 속으로 잠겨버렸다.

"무얼 하시는 겁니까."

나는 이상한 실망과 전율을 동시에 느끼며 외치듯 물었다. 그제야 그는 내게 알은체를 했다. 잠시 나를 우울하게 바라보더니 탄식하듯 말했다.

"내 오랜 망집(妄執)을 던졌다."

그 말을 듣고서야 비로소 나는 그가 왜 그렇게 초라하고 지친 모습으로 보였는지를 알았다. 그의 가장 중요한 힘 — 그 끈질긴 증오와 복수심을 잃어버렸기 때문임에 틀림없었다.

"놈은 다 쓰러져가는 오두막에서 병든 아내와 부스럼투성이 남매를 데리고 살고 있었다. 아이들은 배고파 울고, 아내는 죽어가고 있었어. 그대로 살려두는 쪽이 — 더 효과적인 처형이었지……."

그는 쓸쓸히 웃었다. 거짓말을 하고 있구나. 적어도 맨 뒤의 말은. 나는 그 쓸쓸한 웃음을 보며 직감적으로 느낄 수 있었다.

"놈은 오히려 죽여달라고 빌었어. 나는 거절했다."

그가 다시 변명 비슷이 덧붙였다. 나는 문득 그가 용서한 진정한 이유를 묻고 싶었다. 그러나 그전에 그보다 더 강하게 나를 사로잡는 충동이 있었다. 나는 그를 놓아두고 바위 저편에 놓아둔 내 가방께로 달려갔다. 그리고 간밤에 쓴 편지와 지난 육 개월 내내 가방 밑바닥을 굴러다니던 약병을 꺼냈다. 그가 그랬듯 나는 잠시 그것들을 바라보았다.

이번에는 그가 천천히 내 곁으로 다가와 그런 나를 말없이 바라보았다. 정말 때가 온 것이었을까. 나는 곧 그 약병을 편지에 싸서 힘껏 바다로 던졌다. 하얀 곡선으로 날아간 그것은 이내 파도에 휩쓸려 사라져버렸다.

"무얼 던졌나?"

그가 이상한 억양으로 내게 물었다. 나는 약간 쓸쓸하였다. 그러나 애써 미소를 지으며 대답했다.

"감상과 허영을요. 익기도 전에 병든 내 지식을요."

제법 여러 해 뒤에 나는 그를 B시에서 우연히 만났는데 그는 달군 쇠로 목판에 그림을 그려 살아가고 있었다. 재소(在所) 중에 배운 기술인 모양으로, 별로 크지 않은 점포였지만 연신 손님이 들락거리는 것으로 보아 꽤 재미를 보는 눈치였다. 그의 젊고 아름답던 아내와 돌 지난 아들도 덧붙여 얘기해두고 싶다.

그런데 이상하게도 그날 그 바닷가에서 우리가 어떻게 헤어졌는지는 전혀 기억에 없다.

이튿날 나는 중앙선의 상행열차를 타고 있었다. 활짝 갠 늦겨울의 오후였다. 열차는 어느 복숭아 과수원을 지나고 있었는데, 그때 그 줄기 끝마다 바알갛게 맺혀 있던 것은 분명 그 어느 때보다 화려하게 필 봄이었다.

(1979년)

사
라
진
것들을
위하여

ㅡ손위 띠동갑 월삼성越三姓 재종형의
감성적인 영회詠懷

내가 다니는 골목길에 언제부터인가 한 작은 사건이 준비되고 있었다. 그것은 시장과 시가 중심 도로를 연결하는 그 골목길의 끝, 반면은 대로에 연하고 반면은 골목에 들어선 어떤 한약방의 존재에서 비롯되는 예감이었다. 매일 아침 내가 시장의 소음에 멍청해져 그 골목길을 지나다 보면 한군데 문득 시장의 소음이 딱 멎어지고 묘하게 섬뜩한 기분으로 걸음을 멈추게 되는 곳이 있다. 말하자면 소음의 불연속선(不連續線) 같은 것으로, 만약 거기서 한 발자국만 물러서면 나는 도로 시장의 둔하고 탁한 생활의 소음 속으로 떨어지고, 한 발만 내디디면 이번에는 거리의 날카롭고 투명한 강철의 소음 속으로 떨어져야 하는 곳인데, 바로 거기서 그 한약방은 내 의식에 이해 못할 교란을 일으키고 있었다. 습기로 형편없이 부식된 생철 홈통이며, 헐어 빠진 간판과 그것을 간신히 지탱하고 있는 녹슨 철사줄 같은 것들도 그러하였지만, 그보다는 시장 쪽을 향해 나 있는 먼지 앉은 진열장과 거기에 놓인 몇 개의 박제(剝製) 때문이었다.

지금 내가 기억하고 있는 순서로는 ─ 아마 틀림없겠지만 ─ 길고 우아한 뿔을 가진 사슴의 머리가 제일 왼쪽에 놓여 있었고, 그 다음에 커다란 거북, 천산갑(穿山甲), 그리고 한 마리의 독수리였다. 모두가 다 서툰 박제사의 솜씨인 듯 그것들은 퍽 조잡하게 다루어져 있었다. 예를 들면 거북은 껍질이 너무 상해서 부패의 느낌을 주고 있었고, 천산갑은 꼬리 부분이 찌그러져 전체적인 자세가 퍽 어색했다. 또 사슴의 머리는 어딘가 필요 이상 건조된 것 같은 데다 눈 부분이 불투명했는데, 그중에서 가장 심한 것은 독수리였다. 이상하게 길어진 목, 엉성한 목깃, 이름에 비해 너무도 연약하게 처진 날갯죽지와 부러진 발톱 등……. 하지만 그 독수리야말로 내게는 가장 중요한 의미를 지닌 것이었다.

아마 이상하게 들리겠지만, 그 박제의 독수리는 꼭 한 번 운 적이 있었다. 어느 봄비 내리는 구성진 아침 나는 또 무엇인가를 하려고 그 골목길을 지나게 되었다. 그때 한 초라한 장의 행렬이 그 골목 입구를 막고 있어 나는 어쩔 수 없이 그 진열장 곁에서 발을 멈추었다. 그러고는 약간은 성가시고, 약간은 우울한 마음으로, 비에 후줄근히 젖은 만장(輓章)과 그것을 따르는 쓸쓸한 행렬이 골목길을 틔워주기를 기다리고 있었다. 바로 그때였다. 느닷없이 예의 그 독수리가 울었다. 까마귀 울음소리보다는 더 예리하나, 침중하고 불길한 느낌을 주는 그 소리는 지금도 때때로 내게 알지 못할 전율을 느끼게 할 만큼 뚜렷이 진열장 유리를 울리며 들려왔다. 그리고 장담할 수 없는 기억이긴 하지만 날개마저 한 번 퍼덕였다. 나는 놀라 그 독수리를 쳐다보았다. 그 독수리도 형언할 수 없는 우수의 눈길로 마주 쳐다보았다. 진열장 안에는 쌓였던 먼지가 방금의 날갯짓에 길길이 피어오르고 있었다…….

그리고 그날부터 그 독수리는 각양각색의 모습으로 내 의식을 파고들기 시작하였다. 언젠가 화창한 봄날에 그 앞을 지날 때는 그것은 퍽 생기 찬 모습으로 보였다. 부리는 날카롭고 강인하게 빛났으며, 날개는 크고 당당하여 방금이라도 비상(飛翔)을 시작할 듯하였다.

지루한 장마철이 되어 침중한 구름이 도시를 덮고 그 골목길이 질퍽거리는 날들이 오면, 그 독수리는 음울한 철인(哲人)의 자세를 보여주었다. 그의 두 눈은 거절할 수 없는 섭리에 대한 체념으로 흥건히 젖어 먼지 낀 진열장 밖의 흐린 하늘을 그윽이 바라보았다. 때때로 그것은 또 참담한 운명과 처절한 싸움을 벌이고 있는 한 투사(鬪士)의 형상으로 보일 때도 있었다. 여름 어느 폭우 속의 밤, 가까운 가로등에 희미하게 비치는 그 독수리는 분명 눈에 보이지 않는 사슬에서 벗어나려는 혼신의 몸부림에 빠져 있었으며, 그의 두 눈에는 어느 날인가 인간의 손안으로 전락하던 날의 분노와 치욕이 번쩍거리고, 올올이 선 목깃에는 역력한 증오가 엿보였다.

처음 얼마간 나는 그것들이 무슨 구체적인 의미를 지닌 것이라고는 생각하지 않았다. 그러다가 최근에 들어서야 나는 비로소 그 독수리가 내게 무엇인가를 요구하고 있는 듯 느껴지기 시작했다. 나는 애써 추적했다. 타오르는 불면의 밤에, 창유리에 하얗게 성에 낀 아침에, 꿈속에, 망연한 사념 중에서.

그리하여 과거를 소급해 올라간 기억은 그 구성진 봄날과 초라한 장의 행렬을 지나고, 마침내는 그 아침 내가 무심히 흘려 읽고 지금까지 방치했던 한 장의 편지를 찾아냈다. 먼 곳에서 교편을 잡고 있는 고향 친구가 보낸 다소 감상적인 그 편지의 말미에는 이런 글이 적혀 있었다.

"추신(追伸): 문득 생각하니 오늘이 도평 노인의 8주기(週忌)가 되네. 우리들의 도평 노인……. 자네 기억이나 할는지."

그것이었다. 그제야 나는 비로소 그 독수리가 내게 요구하고 있는 것이 무엇인지를 깨달았다. 독수리가 그렇게도 집요하게 내 의식의 심층에서 끌어내려 한 것은, 단지 독자나 비평가가 원한다는 이유만으로 있지도 않았고 있을 것 같지도 않은 거리의 얘기를 꾸미는 데 골몰해서, 내가 오래 쓰기를 미뤄온 한 늙은 친구의 죽음이었다.

1.

우리들 — 일문(一門)의 개구쟁이 패들이 도평 노인과 처음 만난 것은 요란한 유년도 거의 끝나가는 어느 여름 장날이었다. 물론 그전에도 그와 그의 초라한 갓방[笠子房]은 고향의 장터거리에 존재했다. 그러나 그것은 지금도 고향 강변에 어지러이 널려 있을 자갈돌이나 고향 계곡 어디쯤 무성해 있을 풀포기의 존재처럼 막연한 것이어서 정작 그가 특수한 의미로 우리들의 기억 속에 자리 잡게 되는 것은 우리가 말총 때문에 그를 찾게 된 그 여름날부터였다. 다람쥐 덫의 미끼를 다는 데나 참매미 올가미를 만들기 위해서 질기고도 눈에 띄지 않는 재료로는 당시 말총 이상 가는 것이 없었다. 어떤 우연한 기회에 말총의 그런 용도를 알게 된 후부터 우리들은 그의 갓방이 열리는 장날이면 거의 빠짐없이 그것을 '가지러' 갔다. 철없고 가난한 유년 — 아이들은 누구나 가난한 법이다. — 의 일이니만치 그 방법은 뻔했다. 그때 유행하던 말로 '쌔볐던' 것이다.

물론 그런 우리들의 반갑잖은 방문에 대해 도평 노인 쪽의 대비도 그리 허술한 것은 아니었다. 하지만 우리들이야말로 어떤 우리들이었던가. 더구나 그 쟁취의 대상이 당시 마땅한 완구(玩具)도 좋은 오락 시설도 가지지 못한 우리들에게는 절실히 필요한 것임에랴. 오히려 우리들의 변화무쌍한 전략에 말려 피해자가 되는 것은 대개 도평 노인 쪽이기 마련이다.

예를 들어, 도평 노인이 자기의 주의 깊은 간수만 믿고 우리에게 턱없이 쌀쌀하게라도 구는 날은 한 줌이나 되는 말총이 없어지는 날이었다. 그런 날 우리들은 예외 없이 '하회(河回) 어른 단발(斷髮)했을 때' 같은 얘기들을 꺼냈는데, 그러면 도평 노인은 단박에 흥분하기 마련이었다. 그래서 그 눈치 없는 노인이 침 발을 튀겨가며 이야기에 열중할 때쯤 어느새 노인의 뒤를 돈 우리 일당의 행동대가 쌀쌀하게 군 데 대한 보복까지를 합쳐 실제 필요 이상의 말총까지를 꺼내 왔다. 비록 그 얘기의 숨은 의미를 제대로 이해하는 데는 10년 이상의 세월이 필요하였지만, 우리에게 유리한 상황만은 그때도 벌써 이용할 줄 알았던 모양이다.

도평 노인이 부드러운 얼굴로, 그에게는 하등 필요 없으나 우리들로 봐서는 훌륭한 말총을 각자에게 골고루 나누어주며 선심을 쓰는 날도, 수량의 차이는 있을망정 온전한 말총이 없어져야 한다는 사실에는 변함이 없었다. 역시 그처럼 고분고분해진 우리들이, 마다하는 데도 아랑곳없이 땀을 뻘뻘 흘려가며 옻이나 아교가 끓고 있는 풍로를 불어 대어 좁은 마룻바닥을 재로 온통 허옇게 만들거나, 크레용을 꺼내 그의 우스꽝스러운 간판 ― 손바닥만 한 판자에 '갓, 망건. 갓끈 잇음. 수선(修繕)도 함.'이라 써 놓은 ― 을 더욱 우스꽝스럽게 만들다 보면, 혀도 끌끌 차보고, 흰자위만의 눈으로 우리를 흘겨보기도 하던 그는 할 수 없다는 듯, 우리 모두에게 온전한 말총을 한두 개씩 더 나누어주었다.

가끔 말총 쟁탈전에는 유격전이 이용될 때도 있었다. 우리들 일당이 도평 노인의 거처 방문에 모래를 끼었거나 문살을 요란히 두드리고 달아나면, 그는 무슨 일인가 싶어 안으로 들어가 보기 마련인데, 그때 미리 갓방 근처에 대기하고 있던 행동대가 쓰려고 내놓은 말총을 집어 달아나는 것이 그 대표적인 예의 하나였다. 소위 성동격서(聲東擊西)로서 이도 저도 안 될 때의 비상수단이지만, 그럴 때 도평 노인의 피해는 특히 컸다. 없어진 것은 물론이려니와 남은 것마저 헝클어져 못 쓰게 되는 경우도 많았기 때문이다.

하지만 그렇다고 해서 승리의 여신이 언제나 우리에게 불공정한 편애(偏愛)를 보내준 것 같지는 않다. 그것은 후일 성장한 우리들 사이에서 다년간 유행한 '망건 씌우기'란 장난으로 보아 넉넉히 짐작할 수 있다. 주먹을 한껏 단단히 쥐고 그 모난 부분으로 상대의 이마에 힘껏 줄을 긋는 그 장난에서 어쩌다 손길 매운 놈의 망건을 얻어 쓰고 보면 눈물이 쑥 빠질 정도로 아프지만, 눈물이 흥

건한 눈으로도 마주보며 웃지 않을 수 없는 것은 분명 그 옛날의
추억 때문이었다. 그 무렵 불행히도 우리들의 행동대가 실수하여
붙들리게 되면 도평 노인으로부터 그런 식의 망건을 얻어 써야 했
다. 그리고 히죽히죽 웃으며 우리들 사이에는 이미 악명 높던 그
망건을 몇 번이고 거듭 씌우는 노인 앞에서, 가엾은 포로는 그때
역시 눈물이 흥건한 눈으로 웃지 않을 수 없었다. 무사한 일당이
소리 없이 도평 노인을 놀려 대며 별로 멀지 않은 곳에서 그를 주
시하고 있었기 때문이다.

영감영감 못난영감
오줌독에 빠진영감
대꼭지로 건진영감
구정물로 헹군영감
부뚜막에 말린영감
말총하나 얼매하노
논을사나 밭을사나

고백하거니와 그놈의 개뿔 같은, 저주받아 마땅할 망건을 한 번
이나마 써보지 않은 자는 우리들 중 아무도 없었다. 가령 지금은
점잖은 시청의 계장님이 되어 있는 중들댁(宅) 훈이가 쓴 것은, 도
평 노인의 거친 손마디 때문에 이마에 허물이 벗겨져 며칠간 세수
도 못 했을 만큼 지독했다.

그러나 그런 것쯤 썩 못 견딜 것은 아니었던 모양으로 우리들은 세 해에 걸쳐 여름만 되면 뻔질나게 도평 노인의 갓방을 드나들었고, 집 안에서는 또 끊임없이 말총 소동을 일으켰다. 식구들의 갑작스러운 복통이나 소의 고창증(鼓脹症)까지도 모두 말총 탓으로 간주되어 그 무렵 마을의 어머니들은 우리가 부엌 근처에만 얼씬거려도 기겁을 하였고, 머슴들은 머슴들대로 우리가 외양간 근처에만 가도 야단야단이었다. 뿐만 아니라 집집마다 기둥이나 문고리에는 언제나 실에 묶인 참매미의 시체가 대롱거렸고, 빈 독 속에는 난데없는 다람쥐가 뛰어올라 무심코 뚜껑을 연 새댁네를 골탕 먹이기 일쑤였다. 만약 '갓벼락'만 터지지 않았던들 그런 소동은 훨씬 오래 계속됐을 것이다.

우리들에게 '갓벼락'이라고 통칭되는 그 사건은 도평 노인과 우리들이 만난 지 세 해째가 되는 어느 늦여름에 일어났다. 발단은 그날도 말총을 가지러 들어간 행동대가 엉뚱하게도 벽에 걸린 갓집을 들고 나온 데 있었다. 처음 우리들은 그 애의 만용에 섬뜩했다. 그러나 그 갓집에서 반짝반짝 윤이 나는 새 갓이 나오자 우리들은 이내 평소의 선망(羨望)과 호기심에 압도당했다. 그때의 우리들에게 성년(成年)이란 얼마나 대단한 것이었던가. 그런데 갓은 바로 그 성년의 상징이었다. 갓을 내온 행동대는 곧 갈채 속에 영웅이 되었고, 우리들은 세상에서 가장 유쾌한 악동(惡童)들로 그 오후를 보냈다.

그러나 30년이 가까운 오늘날까지 그 하루를 선명한 기억 속에 머물게 한 일은 정작 그 후에 일어났다. 다투어 써보려고 서로 밀치고 당기고 하는 통에 형체도 없이 부서진 갓을 뒷산의 바위 틈에 간직한 후 내일의 즐거운 모임을 약속하고 헤어진 우리들은 오래잖아 참담한 수난자(受難者)들로 다시 만났다. 이미 호롱불이 밝혀진 집 안에서는 그 당시 문중의 가장 원로였던 예안(醴安) 어른의 호출이 우리를 기다린 지 오래였다. 그리고 갑작스레 불안해진 우리들이 등을 떠밀려가며 종가(宗家)의 사랑방에 모이자마자 기다리고 계시던 예안 어른 — 그 당시 우리들 문중의 살아 있는 율법 — 의 불호령이 떨어졌다.

"군자(君子)의 의관은 머리보다 중한 법, 자로(子路)는 관(冠)을 바로 하는 데도 목숨을 사(捨)하였거늘, 요놈들 — 아무리 양반이 망했기로서니 — 갓이란 삼한(三韓) 이래로 선비의 머리를 싸온 귀한 것이거늘……."

당신께서는 불같은 노기로 채 말씀을 잇지 못하셨다. 우리들이 여뀌즙(汁)을 풀어 잡은 물고기 중 가장 크고 귀한 것을 당신께 바칠 때나 그해의 과일 중 가장 굵고 충실한 것을 골라 올릴 때, 대견한 듯 내려 보시던 그 자애로운 눈길은 이미 간 곳이 없었다. 당신의 등 뒤에는 우리들의 할아버지들이 역시 침중한 눈길로 어리석음을 저지른 손자들을 내려 보고 계셨다. 이미 옆방에는 젊은 숙항(叔行) 하나가 한 다발의 싸리 회초리를 준비하고 있었다.

그러나 어린 우리들에게는 이해할 수 없는 당신의 분노였고, 부당하게 가혹한 처벌이었다. 다만 때아닌 날벼락에 울음바다를 이

룬 우리들을 한심한 듯 내려 보시며,

"후생(後生)이 용렬(庸劣)쿠나. 너무한다……"를 되풀이하시던 당신의 개탄만이 희미한 감동으로 어린 가슴을 스쳐갈 뿐이었다.

그리하여 그 밤 각자 집으로 돌아온 우리들은, 도평 노인이 없어진 갓에 대해 얼마나 수다를 떨었는가, 얼마나 요란스레 동네방네 뒤지고 다녔으며 또한 얼마나 과중한 부담을 부모들에게 강요했는가에 대해 듣게 되자 곧 그 모든 우리들의 수난을 도평 노인의 탓으로 돌리지 않을 수 없었다. 해가 기울도록 갓과 우리들을 찾지 못하자 단념한 그는 그 갓이 선대(先代)의 역작(力作)임을 강조하면서 집집마다 쌀 서너 말의 부담을 주었던 것이다.

거기다가 결딴난 종아리에 약을 바르시면서 어머니들이 들려준 그간의 내막은 우리를 더욱 놀라고 분통 터지게 했다. 지난날의 말총 쟁탈전에서 우리들이 얻은 그 잦은 승리는 반드시 우수한 전략 때문만은 아니었고, 실패했을 때의 가벼운 응징도 도평 노인의 관용 탓만은 아니었다. 그는 이미 오래전부터 가을철만 되면 우리 일당의 집집마다 돌아다니며 말총 값을 거두어왔던 터였다. 비록 토지개혁과 전쟁으로 줄어들기는 하였지만 당시만 해도 백여 석 이상은 유지해 오던 일문에서는 말없이, 그것도 후하게 말총 값을 쳐주었는데, 이유는 자라는 아이들의 기를 죽여서는 안 된다는 데 있었다. 그런 줄도 모르고 우리는 그렇게도 많은 여름날들을 실속 없는 승리와 비장감 없는 패배로 장식했다. 아아, 뻔뻔하고 흉물스러운 늙은이! 잘도 우리를 농락해 왔다……

우리는 모두 복수를 맹세했다. 그리고 그것은 조잡하나마 몇 개월에 걸친 끈질긴 것으로 행해졌다. 도평 노인이 잠시라도 자리를 비우면 갓방에는 반드시 무엇인가 성가신 일이 일어났다. 끓는 옻물에 모래가 집어넣어졌으며, 애꿎은 편도(偏刀)날이 형편없이 이가 빠지거나 인두가 풍로에 거꾸로 꽂혀 자루가 타버렸다. 우스꽝스러운 간판은 누군가에 의해 박살이 났고, 판자문에는 '도평 노인 ××'라는 당시 최고의 욕이 흉측하게 성기(性器)만 큰 남자의 그림과 함께 낙서되었다. 뿐만 아니었다. 양태용[笠檐用]으로 재 둔 뒤뜰의 대나무는 언제나 오줌에 지려 있었고 심한 때는 밥솥에서도 숭늉 사발에서도 지린내가 났다. 그리고, 그런 식으로 어느 정도 복수심을 만족시킨 우리들은 그 뒤 도평 노인의 갓방 근처에는 얼씬도 않았다.

2.

그 후 세월은 속절없이 흘러가고 고향은 우리들과 더불어 많이 변했다. 짚신이나 고무신에다 깜동 물들인 광목 바지저고리를 입고, 책보는 허리에 맨 채 생철 필통을 떨그럭거리며 뛰어다니던 우리들이 타향에 나가서 단정한 제복의 중학생으로 또는 겉멋에 날린 여드름투성이 고등학생으로 자라는 동안, 고향은 고향대로 산간의 조그만 동족부락(同族部落)에서 서구적인 산업도시를 지향하여 급속한 성장과 변용을 거듭했다. 헐한 지대(地代)와 수익 높은 잎담배 경작이 많은 이주민을 불러들인 외에도 풍부한 임산물과 근래 발견된 동광(銅鑛)이 탐욕스러운 도회인과 그들의 자본을 끌어들인 탓이었다.

그리하여 많은 옛것들이 사라지고 그 터전 위에는 새로운 것들이 자리 잡았다. 잿봉다리싸움이나 줄다리기가 벌어지던 공터에는 거대한 연초 수납 창고와 표고버섯 재배장이 유치되었고, 선조들이 시회(詩會)를 열던 세심소(洗心沼)가에는 오백 마력(馬力)의 원동기를 가진 제재소가 들어섰다. 광산 사무소가 들어선 곳은 전란으로 불타버린 은현동 서원(隱賢洞書院) 터였으며, 옛 역참(驛站) 자리에는 버스 정류소가 서 하루에도 수백의 여객을 쏟아 놓았다.

특히 그런 변화는 옛것에 대해 냉담한 만큼이나 새것에 민감한 장터거리에서 심했다. 지난날 비만 오면 진창이 되던 길바닥은 깨끗이 포장되었고, 두레상 위에 눈깔사탕이나 비가(종이로 싼 과자) 따위를 놓고 팔던 초라한 가게들은 번쩍이는 유리 진열장에 커다란 간판을 단 상회(商會)로 번창해 갔다. 난전(亂廛)이 펴지던 장마당에는 상인 조합 점포들이 정연히 들어섰으며, 그 한구석 남사당의 영기(令旗)가 펄럭이거나 유랑 극단의 가설무대가 세워지던 곳에는 현대식 극장이 자리 잡았다. 그리고 그 극장을 선두로 일찍이 우리들의 경험에 없었던 여러 생소한 직종도 나타났다. 다방이며 당구장, 양화점이 그러하였고, 세탁소, 라디오방, 시계점이 그러하였다.

그 거리의 주역인 상인들도 이미 옛날의 천민은 아니었다. 그들이야말로 시대와 더불어 자라가는 신흥 소시민이었으며, 이윽고는 우리를 대신하여 고향에 군림할 사람들이었다.

고객도 상품도 ─ 그리하여 그 옛날 문중의 여인네들은 처네를 쓰고도 종종걸음을 쳐 지나던 그 거리, 우리들의 어린 날만 해도 민촌의 이름 모를 박 서방 이 서방이나 옛 천민들의 후예를 빼면 장사치와 여인들만의 거리였으며, 일차산업의 산물이나 장인(匠人)들의 공예품이 상품의 태반을 차지하던 그 거리를, 대중사회의 평판(平板) 위에 올려진 각양각색의 사람들이 제한 없이 쏟아져 나와 현대 공업이 대량으로 풀어놓은 동질 동양의 상품을 흥정하며 억척을 떨고, 셈을 속이고, 호기를 부리고, 바가지를 썼다.

그러나 그 모든 장터거리를 지나 한번 언덕 위에 오르면 거기에는 전혀 다른 또 하나의 고향이 있었다. 그것은 바로 ─ 끊임없이 붕괴와 소멸의 음향 속에 끝 모를 역사의 어둠 속으로 사라져가고 있는 우리들의 문중이었다.

아아, 장려한 낙일도 없이 무너져 내린 우리들 역사의 영광이여.

지난 여러 세기 그렇게도 화려하게 누려왔던 권력과 부(富)는 우리들의 대(代)로 마침내는 바닥나고 말았다. 이질적(異質的)인 제도 하의 권력투쟁에서 우리는 패배하였으며, 급변하는 하부구조(下部構造) 속에서 조상 전래의 재산을 지키기에도 우리는 실패하여, 과도정부의 국무위원을 마지막으로 문중은 한 사람의 고관(高官)도 배출하지 못하였고, 사방 백 리는 남의 땅을 밟지 않고 다닐 수 있다고 호언하던 광대한 토지도 끝내는 타성(他姓)의 손으로 넘어가고 말았다.

　그와 함께 한때 이백 호를 넘던 문중도 급격한 해체를 거듭했다. 큰 제삿날 마을에서 가장 큰 종가의 사랑방도 비좁게 한 그 할아버지들, 봄 동산을 화전(花煎)놀이로 덮었던 여러 남녀 숙항(叔行)들, 국민학교 시절 학급의 전반을 차지했던 많은 동항(同行)들, 그들 중 태반이 도회의 경로당(敬老堂)으로, 우중충한 건물 속의 하급 사무원 자리로, 어둑한 골목 낮은 추녀 밑으로 사라져가 버렸다. 남은 것은 오직 문중을 지켜야 할 큰집들과 타향에서 이미 실패하여 낙향한 일가들뿐이었다. 그러나 비용이 많이 드는 현대의 교육제도와 노동을 거부한 선비 노릇의 대가로 그들 역시도 간단없는 영락의 길을 걷고 있었으며, 그들과 더불어 언덕 위의 고가(古家)들도 해마다 황폐해지고 퇴락해 갔다. 세월의 비바람에 뒤틀린 대문, 그을음 낀 회벽, 잡초가 돋은 지붕, 무너져버린 행랑 ─ 그나마 그 안에서 낯선 얼굴을 발견하게 되면 우리들의 귀향은 틀림없이 우울한 것이 되었다.

　일찍이 언덕 위에 속하였음에 분명한 고향의 산하도 한번 장터 거리에 넘어간 후 참담하게 유린당했다. 옛 조상들의 그윽한 은둔처였고, 오랜 세월 우리들에게 여러 생활의 재료를 대어 주던 울창한 삼림(森林)이며, 조상들이 군자를 흉내 내고 이(理)와 기(氣)를 논하며 긴 날을 보낼 수 있게 했던 풍요한 들, 그리고 그들에게 지자(知者)의 슬기를 가르쳐주고 지금은 멸종해 버린 여러 어족(魚

族)의 평화로운 서식처가 되었던 맑고 깊던 소(沼)는 사라지고 남은 것은 오직 남벌로 황폐한 산과 금비(金肥)로 산성화(酸性化)되고 홍수로 깎인 들과 오염의 징후를 보이는 웅덩이뿐이었다. 그러나 우리들에게 더욱 씁쓸한 것은 현대의 정신 위에 희미한 흔적도 남기지 못한 채 종언(終焉)을 고하고 만 옛 고향의 정신이었다.

그중에서도 가장 먼저 쇠퇴해 간 것은 그렇게도 오랜 세월 조상들의 정신을 지배해 온 옛 학문이었다. 사라진 그들에겐 모든 것을 주었지만 남아 있는 우리들에게는 이미 아무것도 줄 수 없는 그 옛 학문. 집집마다 자랑하던 다섯 수레의 책은 후손들의 소홀한 관리로 산일(散佚)되고 묵향(墨香) 드높던 서실은 폐방(廢房)되고 말았다. 형제들의 낭랑한 강 소리로 가득하던 서당마루엔 길길이 먼지가 앉았으며, 그 젊은 날 빼어난 기지와 박학으로 당대의 유림(儒林)·불문(佛門)을 거침없이 횡행했던 노 훈장(老訓長)은 유고(遺稿)의 마지막 별부(別賦)도 손질하지 못한 채 교편을 잡은 아들을 따라 멀리 타향으로 떠나버렸다.

우리들의 옛 도덕도 그런 옛 학문과 운명을 같이했다. 자식의 고기를 삶아 아비를 봉향한 효자, 손가락을 잘라 시어머니의 위급을 구한 효부, 순사(殉死)한 열녀, 한때 그 어떤 황금의 비석보다 찬란히 빛났던 이들의 행적은 잊혀지고, 대신 아비를 치지 않으면 될 수 있는 효자와 시아버지를 쫓아내지만 않으면 될 수 있는 효부와 성 다른 아이만 낳지 않으면 될 수 있는 열녀의 세상이 되었다.

나라에 대한 충성이나 친구 간의 신의는 거대한 이기(利己) 속에 매몰되었으며, 남녀유별의 옛 율법도 깨어졌다. 공공연한 염문이 마을에 나돌고 거리에서 희롱하는 남녀가 생기는가 하면 처녀들은 아무도 젖을 싸매지 않고, 부끄럼 없이 종아리를 드러냈으며 조심성 없이 소리내어 웃었다.

종법도 폐지된 지 오래였다. 혈연적인 공동체였던 문중은 잡다한 현대의 이익 단체로 분해되었으며 기림 받던 화목과 우애는 작은 이익에도 꼬리를 감추었다. 조상에 대한 존경도 사라져 불천위(不遷位)가 폐위되고 궐사(闕祀)까지 용서되었다. 그 어떤 신이 있어 조상들의 영혼보다 더 따뜻한 자비와 은총을 우리에게 베풀수 있으랴.

선조들의 순진한 상상력의 소산이며 자연의 이변에 대한 소박한 해설인 옛 고향의 신화와 전설도 과학과 합리의 교설 아래 사라졌다. 알로 태어난 고대(古代)의 군왕(君王)들, 용녀를 아내로 맞은 거타지(巨陀知), 탐라를 개창한 고을나(高乙那), 자식들의 불화로 애태우던 아미산 할멈, 표독스러운 계모를 징벌한 전처의 미명귀(未命鬼), 수염에 고드름이 달린 사명대사와 장수혈(將帥穴)마다 사기 말뚝을 박은 이여송, 오래된 못가의 허깨비, 그리고 사령(四靈)의 우두머리인 용, 오동나무에만 깃들이고 대나무 열매만을 먹으며 예천(醴泉)만을 마신다는 봉황, 산 풀을 밟지 않고 생물을 먹지 않는다는 어진 기린, 이무기, 구미호(九尾狐), 우수마리(웃음으로 사람을 홀린다는 상상의 짐승), 낭패(狼狽, 상상의 짐승), 방황(彷徨, 들귀신), 신(魃, 두억시니, 산 귀신), 괄(부엌 귀신), 위사(委蛇, 늪 귀신) ─ 오,

그 모든 신화와 전설들……. 어린 우리들을 할머님의 무릎에 가깝게 하였고 오래오래 할머님의 냄새를 기억하게 하였다. 한때는 신선한 공포였지만 이윽고는 감미롭고 그리운 추억이 되었다. ― 그러나 우리들의 세대가 그 마지막 전승자(傳承者)였다.

옛 신앙도 사라졌다. 일찍이 우리들의 사랑방이 지녀왔던 그 신앙 그것은 얼마나 심원하고 또한 굳건한 것이었던가. 그곳에서는 아무도 하늘의 행한 바[所爲]와 뜻한 바[所欲]를 인간의 말로 몇 권의 경전(經典) 속에 담을 수 있다고 망상하지 않았으며, 그에 대해 인간을 기준으로 한 신격(神格)과 이름을 부여하고 하나의 민족에 대한 편애(偏愛)와 두호(斗護)를 주장하려 들지 않았다. 바람은 현빈(玄牝)의 숨결, 하늘의 그물[天網]은 회회(恢恢)하여 성기지만 인간의 죄악을 잡기에 부족하지는 않았으며, 그 들음[天聽]은 고요하여도 인간의 소리에 무심한 적이 없었다. 떨어지는 하나의 별, 우뚝 솟은 한 개의 봉우리, 그 어느 것도 하늘의 섭리에 의하지 않음이 없고 인간의 운명과 지상의 변혁을 암시하지 않은 것이 없었다. 그런 하늘의 명(命)에 우리들의 조상은 순(順)했으며 그 작품인 자연에 합(合)하고자 노력했다. 그러나 그런 사랑방의 신앙은 까다로운 안방의 여러 가신(家神)들과 함께 사라졌다.

성주대감[成造大監, 상량신], 터줏대감[地神], 세존[農神], 조왕[부엌신], 문신(門神), 업위(業位, 財神), 측신(厠神)…… 그리고 문비(門神), 방상시(方相氏), 처용(處容), 삼두웅(三頭鷹), 삼미어(三尾魚) 같은 부적들. 동구 밖 장님 복술가는 경기를 잃고 이웃 마을 풍수(風

水)의 칠성판에는 먼지가 앉았다. 사람들은 두려움 없이 부엌 바닥에 숯이 밟혀 깨어지게 하고, 물독에 쌀이 가라앉게 하고, 자는 이의 얼굴에 환칠하며 장난했다. 그리고 마을 한가운데는 웅장한 교회당이 신축되어, 우울한 일요일 황혼의 그 종소리는 그 모든 사라진 것에 대한 조종(吊鐘)처럼 들렸다.

3.

그런데 급격하게 변모하는 장터거리에 있으면서도 유독 변하지 않는 것이 하나 있어 언제부터인가 우리들의 눈길을 끌었다. 그것은 바로 도평 노인의 갓방이었다. 도평 노인 자신도 이미 상당한 고령(高齡)에 이르렀지만 여전히 변함없는 모습으로 해마다 줄어들기만 하는 고객을 위해 매(每) 장 빠짐없이 문을 열었다.

처음에는 그 변하지 않는다는 것이 변화에 익숙한 우리들에게는 퍽이나 우스웠다. 사실 장터거리에서 유일한 초가지붕이고, 간판과 유리창이 없는 유일한 점포에 또한 유일하게 손해만 보고 있는 늙은 주인이 고집스레 앉아 있는 모습에는 어딘가 희화적(戲畵的)인 데가 있었다.

그러나 이윽고 우리들의 나이가 점점 성년에 가까워지면서 그런 것을 바라보는 눈길은 달라져갔다. 우리들이 던져져 있는 이 세대에 부대끼고 상처 입어 오는 그동안에 초라한 갓방과 도평 노인은 어느새 새로운 의미로 우리들에게 다가서게 되었다. 그것은 거기서 진정한 고향, 끝 모를 역사의 어둠 속으로 침몰하고 있는 언덕 위의 우리들 문중을 보았기 때문이었다.

거기다가 그 무렵에야 알게 된 도평 노인의 내력도 우리들에게는 꽤 인상적인 것이었다.

원래 그의 조부는 평생에 네 번씩이나 어립(御笠)을 지었을 정도로 이름난 사립장(絲笠匠)이었고, 부친도 한때는 통영(統營) 제일의 갓방을 경영했던 만큼 그 세계에서는 알아주는 사람이었다. 그러나 먼저 을미(乙未)개혁의 거센 바람으로 고객의 태반을 상실한 그네들은 뒤이어 일제(日帝)가 도래하고 양태장[笠檐場]이 폐쇄돼 걷잡을 수 없는 내리막길을 걷지 않을 수 없었다. 더군다나 적은 고객을 놓고 동업자 간에 벌인 무모한 경쟁은 그네들의 패망을 훨씬 급속하고 참담한 것으로 만들고 말았다.

우리들의 고향은 그런 그들이 마지막 기대를 걸고 찾아온 곳이었다. 옛날 우리 문중에서는 식년(式年)에 한 번씩 통영에서 솜씨 좋은 입자장(笠子匠)을 불러와서 일제히 새 갓을 짓거나 헌 갓을 수선케 하였는데 어느 햇가 그 일로 와본 적이 있는 도평 노인의 부친이 그때의 후대를 상기하고 다시 한번 찾아볼 생각을 한 것이었다.

거지와 다를 바 없는 그들 일가가 걸어온 그 700리 길은 참으로 괴롭고 먼 이주의 길이었다. 그리고 두 달 이상 걸려 그네들이 목적지에 도달했을 때 본시 아홉의 대가족은 단 셋으로 줄어 있었다. 출발 초두에 상심해 죽은 조모와 도중에 객사한 모친 외에도 위로 두 형제들이 모두 그 아내와 함께 제 갈 길로 가버린 탓이었다. 남은 것은 오직 어린 도평 노인과 그 부조(父祖) 셋뿐이었다.

다행히도 그때껏 한 고도(孤島)처럼 남아 밀려오는 변혁의 거센 물결에 힘겨운 저항을 계속하고 있던 우리들 옛 고향은 그들을 따뜻이 맞아주었다. 빈 재궁막(齋宮幕)과 위토(位土)를 내주었을 뿐만 아니라 한 해분의 식량까지 대주어 그들을 감격시켰다. 도평 노인이 아홉 살 때의 일로, 그로부터 반세기가 넘는 세월을 그는 우리와 영욕을 같이하게 되는 것이었다. 비록 후에 장터거리에 나가 살게 되었지만 그는 분명 언덕 위의 문중에 속한 사람이었다.

그리하여 저 '갓벼락' 이래의 오랜 원한은 잊혀지고, 어느 날인가 도평 노인과 우리들 사이에는 자연스러운 화해가 이루어졌다. 그리고 그 이후 우리들에게는 고향에 들르면 반드시 그를 찾는 관례가 생겼다. 대개는 술과 안주를 준비한 방문으로 그래서 취한 그의 쉬엄쉬엄한 목소리를 들으며 이제는 두 번 다시 돌아갈 수 없는 어린 날의 추억과 먼 옛날 우리네 행복했던 시절에 대한 동경에 잠겼다. 그럴 때의 도평 노인은 사라진 모든 것들의 증인처럼 보였으며 그의 증언은 어느 멸망당한 도시의 폐허 위에 남아 있는 사어(死語)의 비명(碑銘)과도 같았다.

어린 날 그토록 자주 들은 '하회(河回) 어른 단발(斷髮)했을 때'의 진정한 의미를 이해한 것도 바로 그런 술자리에서였다.

도평 노인의 일가(一家)가 옛 고향에 이주해 온 그 이듬해의 일이었다. 우연히 상경했던 문중의 젊은이 하나가 '개화(開化)를 배운다'고 상투를 자르고 양복 차림으로 돌아왔다. 그가 바로 문중에서 제일 먼저 서울로 올라가 전문학교를 다닌 하회 어른이었다.

문중은 분노와 경악으로 발칵 뒤집혔다. 아직 종조차 해방시키지 않고 있던 당시의 문중으로 봐서는 실로 큰 변괴가 아닐 수 없었다.

그리하여 마을 어귀에서 인분(人糞) 세례를 받음으로써 하회 어른의 수난은 시작되었다. 그 '열성(列聖)의 법복을 폐한 난신(亂臣)'이며 '부모가 끼친 두발을 감히 훼손한 적자(賊子)'의 집을 문중은 가시덤불로 에워싸 버렸고, 그것이 풀린 후에도 조면(阻面)은 계속됐다. 부모의 의절(義絶)을 용서받기 위해서는 일주일이나 석고대죄(席藁待罪)를 해야 했고, 그동안 그의 아내는 소복에 산발(散髮)로 지냈다…….

그 얘기 속에 하회 어른은 후년으로 갈수록 더 볼품없이 격하되어갔지만, 우리는 아무도 그런 도평 노인을 나무랄 수 없었다. 그것은 변절자에 대한 그의 정당한 분노였다. 설령 하회 어른이 새 시대의 선구자였다고 한들, 그 새 시대가 우리들의 늙은 친구에게 욕스러운 색목문명(色目文明, 여기서는 서양문명) 이상 무엇을 줄 수 있었단 말인가.

244

4.

도평 노인이 변했다. — 이런 충격적인 소문이 장터거리에 시끄럽게 퍼진 것은 십여 년 전의 어느 날이었다.

그해 어떤 가을 아침 장터 사람들은 무슨 끔찍한 음모라도 발각한 기분으로 큰 공사가 벌어진 도평 노인의 갓방을 바라보았다. 언제 어떻게 불러들였는지 낯선 목수가 엄청나게 황폐한 도평 노인의 점포를 수리하고 그 뒤뜰에서는 군의 가구사가 그의 조수와 함께 최신식의 진열장을 만들고 있었다. 그리고 며칠 후에는 거짓말처럼 산뜻해진 도평 노인의 점포에 사면 모두 유리로 된 훌륭한 진열장이 들어앉았다.

거기에 대해 장터 사람들은 당연히 도평 노인의 상품도 바뀔 것으로 기대했다. 사실 그들은 도평 노인에 대해 여러 가지 의문을 품어온 지 오래였다. 도대체 그는 누구를 위하여 매장 갓방을 열며, 무슨 일거리가 있어 그렇게도 열심히 일하는가? 또한 무슨 수입으로 생계를 유지하는가? 그가 갓을 판 것은 이미 오래전이 마지막이었고, 한 장에 두셋 있을까 말까 하던 갓 수선도 그 무렵엔 거의 없었다.

사람들은 그 대답을 여러 가지로 추측해 보았다. 그러나 기껏 그들이 얻을 수 있는 것은 장터의 유명한 수다쟁이 할멈의 억측이 다소 유력하다는 결론뿐이었다. 그 할멈은 입심 좋은 것만큼 할 일이 없어 벌써부터 도평 노인의 이야기로 소일하는 형편이었는데 아홉 살 난 손자를 증인으로 이렇게 떠벌렸다. 즉 장날마다 도평 노인이 하는 일이란 언뜻 보기엔 갓을 짓는 것 같지만 결코 아교나 풀을 사용하여 완성하는 법이 없고 총모자[檐帽]나 양태[笠檐] 같은 것을 짜 두었다가는 그 나머지 나흘 동안에 그것을 다시 푼다는 것이었다. 그러나 그녀도 역시 두 번째 의문만은 자신이 없는 듯 그전의 단정적인 목소리와는 달리 노인이 방앗간에서 등겨를 쓸어 가더라거나, 죽은 돼지새끼를 주워 가는 것을 보았다는 등의 소문을 자신 없게 반복했다. 혹 신이 나면 개구리며 쥐까지 잡아 먹는다고 말할 때도 있지만 듣는 사람이 신기해서 캐어묻기라도 하면 금세 말끝을 흐리고 발뺌을 하는 것이 고작이었다.

이 소문을 전해들은 도평 노인은 몹시 분개하였다. 그리고 당장 그녀에게 달려가 그녀와 대판 싸움을 벌임으로써 강경한 부인(否認)을 대신하였다. 소문난 공처가가 용케 그 아내를 때려눕힌 싸움, 선거 바람을 잘 탄 망나니 면장이 기생에게 코를 물어뜯긴 싸움과 더불어 '장터거리 삼대첩(三大捷)'에 드는 유명한 싸움이었다. 그리고 그 후에 한 조처가 그 점포 개축이었기 때문에 무엇인가 변화가 있으리라는 것은 거의 확실한 일로 보였다. 사람들은 그것을 상품일 것으로 점쳤다.

그러나 그들의 추측은 완전히 틀린 것임이 곧 판명되었다. 그 으리으리한 진열장에 도평 노인이 갖다 놓은 것은 그 몇 해 동안 계속 만들었으나 팔지 못한 것들임에 분명한 몇 죽의 갓과 관자, 풍잠(風簪), 포영(布纓), 죽영(竹纓) 같은 것들이었으며 번쩍거리는 마룻바닥에 내놓은 것은 여전히 옛날의 조그만 쇠풍로와 잡다한 대소기구였다. 그리고 며칠 후에는 전에 없던 간판까지 내걸었는데 장터거리에서 가장 큰 그 간판에는 신흥입자방(新興笠子房)이란 점포 이름 외에도 '최고의 멋'이니 '전통과 기술' 따위의 현대적인 선전 문구가 현란한 필치로 쓰여 있었다.

거기에 대해 사람들은 처음 그저 아연할 수밖에 없었다. 그리고 이윽고 정신을 수습한 그들 사이에서는 복잡 요란한 반응이 일어났다. 일부의 사람들은 그 엉뚱한 간판 때문에 폭소로 다시 정신을 잃어버렸다. 소수의 사람들은 착잡한 심정으로 도평 노인과 그 갓방을 응시하다가 쓸쓸한 표정으로 고개를 떨구고 지나갔다.

그러나 장터거리 사람들의 대부분은 갑자기 도평 노인에 대해 맹렬히 화를 내기 시작했다. 무언가 꼬집어 말할 수는 없지만 무시당한 것 같은, 혹은 배신당한 것 같은 기분이 들었기 때문이었다. 그리하여 그들은 이제 공공연히 도평 노인의 무뢰를 조소하였으며 그 고집과 변태를 공격하였다.

특히 신나게 된 것은 수다쟁이 할멈 그 사람이었다. 지난 싸움에서는 도평 노인의 굉장한 기세와 자신의 낭설로 인한 약점 때문에 고스란히 욕을 보았지만 이제 사정은 달라졌다⋯⋯. 그녀는 바쁘게 돌아다니며 도평 노인의 증세를 환장과 노망이 겹친 정신 이상으로 진단했다. 그런 장터 사람들의 동태에 대해 도평 노인의 반응도 즉각적으로 나타났다. 달라진 것은 갓방뿐만이 아니게 돼 버렸다. 그리하여 옛날의 그토록 다변하고 싹싹하던 그는 점차 과

묵하고 호전적으로 변해 갔다. 술을 요량 없이 퍼마시는 버릇이 생겼고, 취하면 좌우충돌 닥치는 대로 싸움을 벌였다. 점포 개축 후 단 몇 개월 동안에 대부분의 장터 사람들이 그와 한차례 싸움을 치러야 했을 정도였다. 특히 우리들 옛 일당의 절반 이상이 제대를 전후하여 우연히 고향에 다시 모이게 되었을 때는 이발쟁이 형제들과의 싸움으로 큰 소동을 일으킨 직후였다. 갓방과 마주보고 있는 이발소의 막내가 옛날의 우리들처럼 말총을 몰래 집어 간 모양인데 예전과는 달리 도평 노인은 녀석을 잡아 몹시 두들겨주었으며, 그날 저녁 그의 심한 처사를 항의하러 온 이발쟁이 형제마저 편도(偏刀)로 위협하고 쫓아 보내고 말았다.

그러나 그런 소문은 오랜만에 돌아온 우리에게는 한결 같이 가슴 아픈 것들이었다. 가엾은 노인······. 목격담을 듣는 우리들의 눈은 모두 그렇게 말하고 있었다. 그 배후에서 패배를 더욱 비참하게 만들 어설픈 허세와 꺼지기 전에 한번 빛나는 촛불의 돌연한 연소 같은 것을 우리는 보았다.

입대 이래 중단된 방문이 부활된 것도 분명 그런 우리들의 감상 탓이었다.

복직(復職)을 기다리며, 또는 새 학기가 시작될 때까지의 몇 개월을 고향에 머무는 동안 우리들은 몇 번인가 도평 노인을 찾아갔다. 비록 그 동기는 변했지만, 술과 안주를 준비한 점에서는 그전과 다름없는 방문이었다.

그러나 무엇인가에 상처 입어 난폭해진 그의 맹목적인 적의는 우리들조차도 구별해 주려 들지 않았다. 심술궂은 눈길로 우리들의 선의에 노골적인 조소를 보내는가 하면, 고의적인 침묵으로 찾아간 우리들을 어색하게 만들었고, 어떤 때는 대수롭지 않은 농지거리에도 중대한 모욕이라도 받은 것처럼 무섭게 화를 냈다. 만약 마지막 방문 때 받은 그 강렬한 감동이 없었다면 우리들도 끝내 그와 불쾌한 기억 속에 헤어졌을지도 모르는 일이었다.

그 방문은 우리들 대부분이 내일 같이 출발을 앞둔 날 밤에 있었다. 우리들은 작별 인사와 함께 오랫동안 미뤄오던 한 가지 중대한 용건을 가지고 도평 노인을 찾아갔다. 일찍부터 그 갓방의 상업적 위치를 탐내오던 친척 하나가 그것의 매도나 임대를 권해 달라고 우리에게 부탁해 왔던 까닭이다. 단속적(斷續的)이긴 하지만 우리들과 도평 노인의 유별난 교분은 고향 거리에 널리 알려진 터였다.

그러나 그런 목적으로서의 방문은 완전히 실패였다. 도평 노인은 무참하게 그 제의를 거절했을 뿐만 아니라 적자(赤字)를 거듭 내고 있는 그를 안타깝게 여기는 마음에서 다른 장사의 동업을 권했을 때는 앞뒤 없던 역정까지 내었다. 그러다가 겸연쩍기도 하고 또 약간은 섭섭하기도 해서 쓸쓸한 표정을 짓고 있는 우리들을 한참이나 응시하던 그는 조용한 목소리로 이렇게 말했다.

"자네들도 아직 모르는가. 이제는 갓일이 내 생업이 아니라는 걸……. 내가 말총을 집어 가는 애 녀석들에게 그토록 심하게 대하는 것도 ─ 실은 그 때문일세. 나는 지금 싸움질을 하고 있고,

말총은 그런 내 창칼일세. 저 사람들, 한때는 목숨 이상 갓을 위하고 그 갓을 버렸다고 똥물을 퍼붓던 사람들 — 그러나 이제는 나를 비웃고 조롱하는 저 경박한 세상 사람들과 그런 그들 편에 서 있는 이 몹쓸 세월을 이겨내기 위해 내게는 더 많은 말총이 필요한 거네. 끊임없이 갓을 만들어낼⋯⋯. 마찬가지로 — 이 갓방으로 말하면 바로 그 싸움의 근거지가 되는 내 성채(城砦)야. 그걸 물려주면 나는 어디다 무릎 대고 싸운단 말인가? 그리고 머잖아 지하에서 무슨 면목으로 조선(祖先)을 대한단 말인가?"

그때 원인 모를 습기로 번질번질한 도평 노인의 눈에서는 일종 흉맹한 광기마저 엿보였다. 가져간 술을 거푸 마셔 대던 그의 가늘게 떨리던 손길 또한 우리는 아무도 잊을 수 없다⋯⋯.

"게다가 이젠 올 데까지 다 왔다는 심경이네. 옛날 통영에서 망할 때는 이곳으로 도망쳐 올 수도 있었지만 이제 더 물러설 곳은 없어. 그리고 설령 있다 하더라도 내 평생에 두 번 다시 그런 길을 떠나고 싶진 않아. 아아, 그 괴롭고 먼 길. 어쩌다 꿈속에서 걷게 되어도 그 아침의 베갯잇은 눈물로 흥건히 젖는다네⋯⋯. 여기서 버티는 데까지 버티다가 — 이대로 죽겠네. 이번에 한들[大坪] 논 두 마지기를 또 판 것도 그런 생각에서였네. 일찍이 고초를 겪어 보신 선친께서는 논마지기나 실히 장만해 남기셨지. 그게 이제 두 마지기뿐일세. 그러나 아깝지는 않네. 모두 이 갓방에 바쳤고, 또 그 태반은 여기 그대로 남아 있네. 몇 죽의 갓이 되기도 하고 간판이며 유리 진열장이 되기도 해서⋯⋯. 남은 것도 언제든지 이 갓방이 필요로 한다면 기꺼이 팔겠네. 원래 그 논은 갓으로 인해 생긴 게 아닌가? 이제 그 임자가 원하는데 내가 어찌 마다할 수 있나? 하여튼 ─ 누가 뭐래도 단 한 사람이라도 갓을 쓰는 사람이 있는 한 나는 이 갓방을 지키겠네……."

5.

"아아, 모든 것 다 버리고 돌아가 도평 노인의 데릴사위나 될 거나."

10년 전을 앞뒤로 우리들 사이에서는 한동안 그런 농담이 오갔다. 그리고 만약 누군가 술자리 같은 데서 그 말을 쓸쓸히 중얼거렸다면 우리는 단박 그 친구의 근황을 알아차렸다.

아하, 그 친구 요즘 무엇인가가 잘 안되고 있군……. 동시에 급작스레 우리는 오랫동안 잊고 있었던 늙은 친구와 그의 슬픈 싸움을 상기하고 우울한 술잔을 들었다.

지금껏 의식적으로 제쳐놓고 왔지만 원래 도평 노인에게는 우리들 연배의 딸이 하나 있었다. 우리의 기억에는 이미 희미한 그의 아내가 늦게 끼쳐 놓고 간 유일한 혈육이었다. 자라서는 그런대로 화려한 얼굴에 풍만한 가슴을 지닌 여자가 되었는데, 진실을 말하자면 우리들도 한때 가슴 설레며 바라본 적이 있었다.

그러나 그 무렵의 농담은 반드시 그런 그녀의 존재에서만 비롯된 것은 아니었다. 그 뒤에는 또 하나 도평 노인만의 서글픈 내력이 숨어 있었다.

도평 노인은 오래전부터 자신의 계승자를 찾아왔다. 갈수록 완강해지는 그의 고집은 어느새 자기의 세대를 넘어 다음 세대에까지 그 범위를 확대한 것이다. 그러나 마음에 드는 도제(徒弟)는 쉽사리 얻어지지 않았고, 요행히 얻게 되어도 오래가지 않았다. 바로 그 갓일 때문이었다.

이 기회에 말해 두거니와, 전래의 민속공예 중에서도 갓일만큼 어렵고 긴 세월의 숙달을 요하는 분과(分科)들만으로 이루어진 것도 드물다. 거기다가 도평 노인에게는 전수할 기술이 너무나 많았다. 즉 그는 어린 시절부터 조부에게서 가전의 사립장일을 물려받은 데다가 나이가 차서는 다시 부친의 갓방을 이어받았을 뿐만 아니라, 점차 양태와 총모자의 공급이 원활하지 못해지자 양태장일과 총모자일도 스스로 습득했다. 그것들은 모두 짧아야 3년, 길면 수십 년의 고련(苦鍊)을 요하는 것들이었다.

그럼에도 불구하고 자기의 그 모든 기예를 전부 도제에게 전하고 싶어 하는 도평 노인의 지나친 욕심과 여명(餘命)이 그리 길지 못하리라는 자각 때문에 도제는 한결 고달파졌다. 더군다나 그 어렵기만 한 일은 전망이라고는 전혀 없었다. 자연 도제는 한 달이 길다 하고 도망치기 일쑤였고, 그 부모들도 굳이 그런 기술을 자식에게 강요하려 들지는 않았다.

데릴사위는 그런 도평 노인이 택한 마지막 수단이었다. 네 번째 도제를 잃은 후부터 도평 노인은 사람 구하는 방도를 달리했다. 그는 자기의 거덜 난 재산을 과장하고 갓방의 대단한 전망을 늘어놓는 것 외에도 솜씨를 익히면 데릴사위로 삼으리란 것을 은근히 암시했다.

이번에는 다소 지원자가 많았다. 바람기야 있건 없건 도평 노인의 딸은 상당한 미인이었으며, 그의 점포는 확실히 유리한 상업적 위치에 자리하고 있었던 까닭이다. 허나 결과는 전과 마찬가지였다. 며칠이 되지 않아 지원자는 머리를 설레설레 흔들며 가버렸다. 그 까다로운 세공(細工)과 엄격한 수련에 질려버린 탓이었다.

나중에 겨우 한 적격자가 나타났지만 이번에는 도평 노인이 약속을 이행할 수 없었다. 스테인리스 식기와 플라스틱 공업에 밀려난 유기장(鍮器匠)이 홀아비 하나가 전심전력으로 수업하고 있을 때 노인의 딸은 — 그 풍만한 가슴을 지녔던 여자는 — 떠돌이 영화사의 지배인과 눈이 맞아 야간도주를 해버렸다. 결국 그 홀아비도 실의(失意) 속에 고향 거리에서 사라져버렸다.

그리고 다시 도평 노인만 남아 길고 쓸쓸한 싸움을 계속하는 동안 그 소식은 멀리 우리들에게도 전해 와서 애조 띤 농담으로 변해 버렸다.

그리하여 우리들 — 일찍이 무지개의 꿈을 안고 고향을 떠난 우리들, 한둘은 운 좋게도 엘리트 관료로 진출하여 있고 몇몇은 수익 좋은 현대 기업의 경영진에 참가하였지만, 대부분은 전망 없는 봉급생활자의 무리로 전락하고 만 우리들은 생활에 지치고 변잡한 도회가 성가실 때면 쓸쓸히 웃으며 중얼거렸다.

"아아, 다 버리고 돌아가 도평 노인의 데릴사위나 될거나……."

6.

그렇지만 추억하기에는 인상 깊고 도평 노인을 위해서는 가슴 아픈 일은 구 년 전 겨울에서 이듬해 봄에 걸쳐 있었다. 교편을 잡고 있다가 건강을 해쳐 고향에서 정양 중이던 옛 친구 하나가 그 일에 대해 전해 온 최초의 소식은 도평 노인이 남은 전답을 깡그리 처분해서 길을 떠났다는 것이었다.

장터 사람들은 그가 새로운 생활의 근거지를 마련하려는 것으로 추측했다. 그러나 고향에 머무는 동안 다시 도평 노인과 가까워진 그 친구에 의하면 그의 여행 목적은 그게 아니었다. 도평 노인은 석파청죽(石破靑竹)을 찾아 떠났다는 소문이었다.

석파청죽이란 저 소상반죽(瀟湘班竹)과 마찬가지로 사립장(絲笠匠)들에게는 거의 전설적인 대나무로서, 그 뿌리는 바위를 뚫고 10리를 가며 죽순은 댓돌을 쪼개고 나온다고 할 정도였다. 그러나 또한 그만큼 희귀하여 내나무꽃 한 번 피는 동안 삼남(三南) 전체에서 한 그루 솟아오르기 힘들다는 대였다.

"나는 무슨 망령된 싸움을 해왔더란 말인가. 내 일찍이 조부에게서 들었다. 중에게는 법도(法道)가 있으며 임금에게는 왕도(王

道)가 있고, 심지어는 도둑과 백정에게도 그 도(道)가 있다고. 그런데 나는 이 무슨 못나 빠진 짓인가. 걸핏하면 세상 사람들에 대한 분노로 정신을 잃고, 세월과 무분별한 싸움을 벌였다. 분을 넘은 짓이며 장인(匠人)의 도를 잊은 짓이었다……. 이제 나는 내 본래의 길로 돌아가겠다. 문밖의 시비에 관여하지 않고 전심하여 나의 길이나 가겠다. 그리하여 — 일찍이 어떤 사립장이 만들었던 것보다 훌륭한 진품을 만들어 명장(名匠)의 후예로 부끄럽지 않은 생을 마침질하겠다.”

도평 노인은 그렇게 말하며 길을 떠났다고 했다. 오백 줄 진사립(眞絲笠)이 그가 목적하는 진품이었고, 석파청죽은 바로 그 재료였다. 옛적 구야자(句冶子)는 아내를 바쳐 명검 간장(干將)과 막야(莫邪)를 얻었다. 인성(人誠)이 지극하면 천명도 이르는 법, 하늘은 나를 위해 삼남 어디에 몇 그루의 석파청죽을 기르고 있으리라……. 어느 궂은 비가 뿌리는 초겨울 날이었는데 — 그러나 누구도 그 무리한 여행을 말릴 수는 없었다. 그것이야말로 도평 노인이 반드시 떠나야 할 숙명의 길처럼 보였다고 그 친구는 쓰고 있었다. 우리도 모두 숙연히 동의했다.

그 여행은 다소 오래 걸렸다. 다시 전해 온 소식에 의하면, 도평 노인이 돌아온 것은 늦겨울의 진눈깨비 속이었다. 그러나 그지없이 초라한 형색에다 다리마저 절룩이며 돌아왔지만, 등짐에서 풀어 내린 몇 줄기 굵은 대를 어루만지는 그의 두 눈만은 이상한 광채로 빛나고 있었다.

"석파청죽, 결국 그런 대는 없었네. 그러나 여러 대밭을 뒤지는 동안 나는 문득 깨달았네. 애초에 그런 것은 없고 그걸 만드는 것은 바로 장인(匠人)이라는걸. 자, 이걸 보게. 이건 평범한 왕대[王竹]지만, 이제 곧 석파청죽이 될 걸세."

그 후로도 예의 그 친구는 도평 노인의 소식을 비교적 충실히 전해 주었다. 덕분에 우리는 멀리서도 그의 눈물겨운 노력과 그 허망한 결과에 대해서까지 상세히 들을 수 있었다.

도평 노인의 마지막 싸움 — 그 자신은 도(道)라고 표현했지만 — 은 여행에서 돌아온 보름 후부터 시작되었다. 대나무 결을 삭이는 데 보름은 필요했기 때문이다. 그러나 그 보름 동안 그가 바친 정성도 결코 적은 것은 아니었다. 갓판, 골땡이(도구의 이름), 먹솔, 품솔 등의 여러 도구는 더할 나위 없이 정결히 소제되었으며 대소(大小) 인두와 편도(偏刀), 조름대의 쇠날은 다 같이 날카로운 쇳빛을 내도록 갈고닦이었다. 그리고 자신도 매일 새벽 목욕재계로 지금껏 묻어온 속세의 풍진을 깡그리 씻어냈다. 친구의 과장된 표현에 따르면 그것은 마치 고대의 엄숙한 대제례(大祭禮) 전야와 같았다. 도평 노인은 바로 그 대제례를 주관한 제사장이었으며 — 그런 그에 대해서 극성스러운 장터거리 사람들조차도 시비를 멈추었다.

드디어 본 작업이 시작되었다. 간소하나 정성을 다한 고사를 지낸 노인은 '대나무 일받기'부터 시작하였다. 대껍질은 얇게 벗겨지고 다시 그것은 조름대에 넣어져 점차 가는 한 줌의 죽사로 변해 갔다. 그러는 동안의 도평 노인의 메마른 이마에는 언제나 진땀이 송송 배어 있었다. 그러나 머리칼만큼이나 가는 죽사(竹絲)를 한 올 한 올 살피는 그의 두 눈에는 수많은 작은 불꽃이 타오르는 것 같았다고 한다.

웅기(갓의 꼭대기 부분)를 잡던 아침, 도평 노인은 다시 한번 작은 고사를 지냈다. 그러고는 침식을 잊을 정도의 열성으로 그 정밀의 극한 작업에 빠져들어 갔다.

언젠가 ― 아마 은각(관자를 다는 곳)을 마무리하는 날이었다. ― 한 이웃이 불조차 지피지 않는 도평 노인을 위해 한 아름 군불을 지핀 일이 있었다. 그러나 그때도 도평 노인은 퉁명스러운 목소리로 이렇게 말했을 뿐이었다.

"시키지 않은 짓은 말게. 열기는 장인(匠人)에게 좋지 않아. 불은 사람을 게으르고 둔하게 할 뿐이라네."

도평 노인은 자신의 실수에 엄격하였다. 가는 죽사와 촘촘히 늘어진 명주실 등사(縢絲)가 네 겹으로 섞여 짜여가는 그 성가시리만치 세밀한 공정에서 그는 자신의 작은 실수도 용서하려 들지 않았다. 육안으로는 거의 식별할 수 없는 착오를 그는 몇 번이고 반복하여 교정해 나가는 것이었다.

갓은 그럭저럭 외양을 갖추어 갔다. 그리하여 이제 촉사(蜀絲)를 입히기 시작한 어느 날 작업을 시작한 이래 근 두 달이나 침묵을 지키던 노인은 불쑥 이런 공언을 하였다.

"오늘 갑자기 ― 나는 이 갓의 임자를 생각해 냈네. 이 갓은 ―

누구든 이 고을에서 갓을 지킨 마지막 사람에게 주기로 했네. 이제 이 갓은 값을 따질 수가 없게 됐으니까. 또 설령 있다고 해도 벼 20이나 30석을 주고 살 사람도 없고…… 이제 버렁만 별일 없이 잡히고 은각 밑 징뿌리에 홍사만 감으면 어립(御笠)으로도 훌륭하지. 지금이 조부 시절만 같아도…… 그러나 아깝지는 않네. 마지막까지 갓을 지킨 사람, 그는 이걸 쓸 충분한 권리가 있네."

그날따라 도평 노인의 목소리가 유난히 쓸쓸해 보였다고 곁에 있었던 사람들은 후일 전하였다. 그리고 그 말이 무슨 암시이기도 하듯 그 밤사이에 그 갓의 임자는 확정되고 말았다.

그 무렵 그 갓의 임자가 될 만한 사람은 고향 전체에 넷 있었다. 물론 상투 없이 갓만을 그것도 때때로 쓰는 사람들은 여럿 있었지만, 도평 노인은 그런 사람들은 '맨갓쟁이'라 부르며 경멸해 마지않았고, 따라서 상투와 함께 갓을 쓰는 사람은 수천 인구의 면(面)에 단 넷뿐이었다. 그러던 것이 그중 하나는 그 전해에 자식들을 따라 강원도로 이주해 버렸고 삼일절 기념식마다 만세를 선창하시던 문중의 어르신 한 분도 바로 그 전 삼일절에 마지막 만세를 선창하신 후 돌아가시고 말았다. 그런데 그 밤 또 봄부터 시름시름하던 김칠복 노인이 끝내 숨겨버린 것이다. 옛 천민 출신으로 그들에게 대관(帶冠)이 허락된 이래 도평 노인의 가장 충실한 고객이며, 오랜 친구였던 사람이었다. 이제 남은 것은 단 하나 ― 문중의 교천 어른뿐이었다.

그 소식을 전해들은 노인은 잠시 깊은 생각에 잠겼다. 그러나 사람들의 예상과는 달리 이내 무표정하게 하던 일을 다시 계속했다. 달라진 것이 있다면 여전히 조용히 움직이는 그의 손이 가늘게 떨리고 있었다는 것과 그날을 계기로 그 작업이 배전의 속도를 내기 시작했다는 정도였다. 의아히 여기는 사람에게는 이제 칠복이가 갔으니 그 갓은 교천 어른의 것이 아니냐, 그러니 빨리 임자에게 돌려주어야지 하고 자기의 서두름을 변명했지만, 확실히 도평 노인은 무언가 불길한 예감에 쫓기고 있음이 분명하였다.

그런데도 갓은 별 실수 없이 완성되었다. 멋진 곡선으로 버렁이 잡힌 갓은 방금이라도 허공으로 표표히 떠오를 것 같았으며, 명주보다 매끄러운 그 겉면에서는 고운 옻칠과 질 좋은 호박 관자의 대비(對比)로 은은한 광채마저 어렸다. 문외한(門外漢)이 보아도 그것은 분명 명장(名匠)의 진품이었다. 우리의 자랑스러운 옛 친구는 끝내 오백 줄 진사립(眞絲笠)을 해냈다. 아아 참으로 그를 위해 다행한 일이었다…….

7.

그러나 도평 노인이 완성된 갓을 정성껏 싸 들고 교천 댁으로 갔을 때, 정작 그 갓의 임자인 교천 어른은 출타 중이었다. 손자의 결혼식으로 상경했다가 고르지 못한 일기 때문에 하향을 미루고 있었다.

기다리는 도평 노인은 왠지 안절부절못하는 눈치였다. 그는 하루에도 몇 번씩 교천 어른의 집 주변을 서성거리며 교천 어른의 귀가를 묻곤 하였다.

그러던 어느 날이었다.

해 질 무렵 언덕 위의 사람들은 굉장한 언쟁 소리를 의아히 여기며 동구 쪽을 내다보았다. 거기에는 도평 노인이 예의 그 갓이 든 갓집을 끼고 연신 삿대질을 해가며 손주들에게 부축되어 오는 교천 어른을 따라오고 있었다. 멀리서도 교천 어른의 머리에서 갓이 없어진 것은 단박 눈에 띄었다.

"어르신, 응, 이럴 수가 있소? 어찌 그리도 쉽게 상투를 자르고 맨머리를 햇빛에 드러낸단 말이오? 이 목은 자를지언정 이 상투는 자를 수 없노라 소(疏)하던 조선(祖先)에 부끄럽지도 않소? 말해 주시오. 말해 주시오, 속이라도 시원하게 말이라도 해주시오. 응, 어찌 그럴 수가 있단 말이오."

교천 어른은 그런 도평 노인을 민망한 듯, 측은한 듯 내려 보며 좋은 말로 달래 보려고 애를 쓰시는 것 같았다. 이미 자른 상투를 어쩌겠느냐고, 서울서 다니자니 갓은 불편해 못 쓰겠고 또 갓을 벗으니 상투가 뭣해서 그리 했노라고, 그리고 무엇을 양해하라는 것인지 '잘 양해하게.'를 연발하는 것이었다.

그러나 노인은 막무가내였다. 여전히 '양반의 가문에서'와 '머리보다 더 귀한 것'을 반복하다가는 또 난데없이 '사람을 속여도 분수가 있지'와 '사람을 놀려도 분수가 있지'를 덧붙이는 것이었다.

마침내 교천 어른도 역정이 나신 듯 언성을 높였다.

"아니 도평이, 자네 미쳤는가? 내가 언제 자네를 놀리고, 언제 속였는가? 나를 위해 만들었으면 주고 가면 될 것이지, 자네 나를 욕 뵈려고 작정하고 들었는가? 허엇 그참."

그러나 노인은 여전히 못 들은 듯 대문께까지 따라들며 동도 잇기지 않는 말을 계속했다.

"갓값 내시오. 갓값 내시오. 내 오늘을 볼라고 공으로 갓 대준 건 아니오. 7년이나 거저 쓴 갓값 내시오. 줄 때에는 처억하니 받아쓰고, 그래 이제 와서 헌신짝 버리듯 한단 말이오? 그래도 그게 사람 놀린 게 아닌가요? 그래도 그게 사람 속인 게 아닌가요?"

교천 어른이 무안하고 성난 듯 사라진 후 집안에서는 며느리인 천전(川前)댁을 비롯해 온 집안사람들이 식구대로 나와 달래 보았으나 소용이 없었다. 다른 사람들은 그저 막연히 무거워 오는 심경으로 그런 도평 노인을 바라볼 뿐이었다. 한 줄기 가는 눈물이 그의 메마른 볼을 타 내리고 있었다. 아무도 그 자리에 합당한 말을 찾아낼 수 없었다. 그러다가 ― 누군가 조용히 말했다.

"이제 그만 돌아가십시다. 그 갓 임자는 따로 있지 않습니까?"

아마도 그 사람은 도평 노인이 그 갓을 쓰라고 말한 것 같았다.

그러나 그 말을 들은 그는 갑자기 비 오듯 눈물을 흘리기 시작했다.

"그래, 자네 말이 옳으이. 그렇지, 이 갓은 칠복이 갓이지. 암, 갓 임자는 따로 있고말고. 가세, 그에게……."

그러더니 노인은 완전히 방성대곡을 하며 앞장을 섰다.

"아이고, 아이고, 이젠 이 고을도 다 망했구나. 사람이 다 죽었구나……."

그리고 마을에서 5리 남짓한 칠복 노인의 새 무덤에 이르러서는 더욱 섧게섧게 울었다.

"칠복이 그간 잘 있었는가? 그리도 급히 떠나더니…… 그러나 왕생극락했으리. 착하고 순하게만 산 자네 아닌가? 이 몹쓸 세상에 자네처럼 참되게 산 이도 없으니……."

그리고 주위에서 가랑잎이며 마른 짚 검불을 모은 후 그 위에다 갓을 얹고 만류할 틈도 없이 불을 지폈다.

그 예사 아닌 연료에 불은 활활 소리를 내며 타올랐다.

"칠복이, 갓 보내네. 이건 자네 갓일세. 이 갓 꼭 받아 가게. 평생의 재주껏 만들었네. 그 세상에서 써도 부끄럽진 않으리……. 칠복이, 내 말 듣고 있는가? 이 갓 꼭 받아 가게."

노인은 모든 것이 온전히 재로 변하고, 그 재마저 싸느랗게 식을 때까지 계속해서 울다가 어둑어둑해서야 산길을 내려왔다. ─ 이것이 그 친구의 편지가 충실히 전해 준 그 겨울의 전말이었다.

그 후, 도평 노인은 갑자기 몇 배나 더 늙어 보였다. 일체 바깥출입을 멈추었고 집 안에서도 줄곧 이불을 펴고 누워만 있었다. 장이 되어도 갓방을 열지 않았고, 녹슨 철사줄이 끊어져 간판이 기울어져도 손보려 들지 않았다. 식음마저 전폐한 듯했다. 그제야 진심으로 동정하게 된 이웃들이 번갈아 먹을 것을 갖다 놓아도 한동안 멀거니 바라보다가는 알 수 없다는 듯 돌아누울 뿐이었다.

그러다가 ─ 도평 노인은 죽었다. 그 봄이 채 다하지도 않은 사월 어느 날이었다. 그리고, 그 후 다시 상경한 그 친구가 우리에게 직접 전한 마지막 소식은, 어느새 남자를 바꾼 그의 딸이, 울긋울긋한 옷차림에 요란스러운 화장으로 나타나, 그 갓방을 아무렇게나 처분한 후 다시 어디론가로 훌쩍 떠나버렸다는 것이었다.

(1980년)

필론과 돼지

그는 원래 되도록 군용열차는 피하려고 했었다. 군대에서 보낸 지난 3년은 떠올려 보기조차도 끔찍했다. 바깥 사회에 있을 적에 그도 가끔씩 자기들의 군대 생활을 그리움 섞어 회상하는 사람들을 본 적이 있었다. 그러나 그가 복무 기간 중에 여러 개의 맹서 중의 하나는, 나만은 제대해 나가더라도 결코 그런 쓸개 빠진 짓은 않으리라는 것이었다. 하물며 이제 막 그 원한에 찬 생활을 끝맺고 귀향하는 마당에 또 그놈의 군용열차라니 — 적어도 전날 밤 그의 생각은 그랬다.

그런데 사정은 밤새 달라지고 말았다. 친구들도 술잔깨나 사고 그 자신도 이른바 제대비 명목으로 미리 약간의 돈을 준비했었지만, 막상 서울을 떠나려고 보니 주머니 사정이 말이 아니었다. 지나치게 흥청흥청 제대 기분을 낸 탓으로 만약 제값 치르고 일반 열차를 탄다면 대구에서 고향까지 200리 길은 걷기 알맞게 되어 있었다. 용산역으로, 현역 때조차 기를 쓰고 피해 보려던 그 쓰라린 귀향열차의 출발지로 찾아가는 도리밖에 없었다.

다행스럽게도 그날은 우리 전 육군의 제대 출발일이어서 그가 탄 군용열차에는 제대병을 위한 객차가 따로 마련돼 있었다. 객차 안도 복잡하지 않아 한결 마음이 놓였다.

그는 습관대로 출입구에서 열 번째쯤 되는 곳의 마침 비어 있는 좌석을 골라잡았다. 객차 가운데에 앉는다는 것은 부담스러운 일이었다. 왠지 어떤 상황의 가운데에 자리 잡게 된 것 같은 느낌, 따라서 무언가 성가신 일에 부딪칠 것 같은 불안 때문이었다.

그런데 그가 막 작은 세면도구함을 열차 시렁에 얹고 자세를 편하게 앉으려 할 무렵, 비어 있던 앞좌석도 두 사람의 제대병이 자리를 잡았다.

"곱배(객차) 가운데 타믄 마음이 안 놓이예. 사고라도 나믄 빠져 나오기 힘들 꺼 아닙니꺼. 글타코 입구에 앉으믄 너무 분답시럽고…… 이쯤이 딱 알맞지예."

서로 말을 올리는 것으로 보아 역 광장의 대폿집이나 식당 같은 데서 그날 처음 만난 사이로 짐작되었다. 그는 무심히 떠들고 있는 쪽을 바라보니 이상하게도 어딘가 낯익은 얼굴이었다. 그런데 흘긋 그를 건네 본 상대편이 먼저 알은체를 했다.

"아이코, 이기 누군교? 이 형이구만예, 날 모르겠능교? 홍동덕(洪

東德)이, 홍동덕이라예."

그러자 대뜸 '홍똥덩이'가 떠오르고, 뒤이어 상대가 뚜렷이 기억돼 왔다.

홍(洪)은 수용 연대에서 만난 친구로 그와는 제2훈련소 입교 동기였다. 거기다가 그 후로도 같은 중대 같은 소대에다 분대까지 함께였다. 그러나 그가 홍을 그토록 쉽게 기억해 낼 수 있게 된 것은 결코 그 예사롭지 않은 인연 때문만은 아니었다. 비슷한 인연이 있는 여러 훈련소 동기 중에서 유독 홍만을 3년이 지난 지금까지 선명하게 기억하게 한 것은 홍으로 보아서는 떠올리기 좀 민망스러운 훈련소 시절의 추억 때문이었다.

경남 어느 두메산골에서 머슴살이를 하다가 학력을 속여가며 입대한 홍은(그때도 이미 국졸(國卒) 이하는 입대를 받지 않았다.) 훈련 기간 6주 동안 '군인의 길'은 물론 간단한 수하 요령조차 못 외운 유일한 소대원이었다. 소총 분해 결합도 끝내 규정 시간에 대지 못해 몸으로 때웠다. 홍이 끊임없이 분실한 수많은 보급품을 채우기 위해 분대장인 그가 겪은 고초도 이만저만한 게 아니었다. 오죽하면 모든 소대원이 엄연히 '홍동덕'이란 이름이 있는데도 그를 '홍똥덩이'로 불렀을까.

그 모든 걸 상기하자 그는 자신도 모르게 불쑥 묻고 말았다.

"고생이 심하셨지요?"

그러자 홍의 얼굴이 눈에 띄게 실쭉해졌다. 아직도 나를 그런 식으로 보느냐는, 항의 섞인 표정이었다.

"고생이사 뭐, 집 떠나믄 다 한가지 아잉교. 나는 그래도 보직이 좋아 남카모는(남보다는) 잘 보냈구마. 이 형은 어땠능교?"

"말 마쇼. 나는 제대 일주일 전까지 ×뺑이쳤어요."

그는 검열용 차트를 그리느라 철야하다시피 한 일주일 전과 애원 반 협박 반으로 그를 닦달하던 정훈 참모를 떠올리며 자신도 모르게 지난 3년 한 번도 써본 적이 없는 군대의 비속어를 섞어 그렇게 대답했다.

"저런, 그 흔한 제대 말년도 몬 찾고? 어데 있었는데?"

홍은 그보라는 듯 말투마저 반말로 나왔다.

"○○사단 정훈 참모부요."

"말이 클타카데만(그렇다 하더니만) 참말이구마. 육본이다, 무슨 사령부다 카는 번지리한 데가 속 골빙(골병) 든다 카디."

사실 대졸 학력 때문에 사단 사령부로 차출될 때만 해도 그는 약간 우쭐한 기분이었다. 그러나 그는 곧 깨달았다. 형태나 방식이 다를 뿐 모든 대한민국 젊은이가 그 삼 년 동안에 바쳐야 할 봉사의 양은 동일하다는 것을. 그 땀과 눈물과 피도. 사병이 편해 자빠져서는 도대체 유지되지 않는 게 그 조직이었다.

"홍 형은 어디 있었는데요?"

"내사 말단 소총 중대지, 장파리(長坡里) 있었구마. 그래도 하마 두 달 전부터 열외(列外)였제. 차라리 속닥한 데(조용하고 외진 데)가 펀트마."

그러자 그는 문득 떠오르는 게 있었다. 언젠가 전방 소총 중대에 검열을 나갔다 만난 사병들의 그 지치고 짓눌린 표정이었다. 산촌에서 지게지기보다 나을는지는 모르지만, 홍처럼 번번이 편했던 것을 내세울 만한 곳 같지는 않았다.

그러자 홍은 그런 그의 마음을 읽기라도 한 듯 자기가 얼마나 편안하게 잘 지냈는가를 열심히 늘어놓기 시작했다.

"중대 보급계를 안 봤던가 베. 먹는 거 입는 거 혼전만전이었구마. 닭고기 나오는 날 서너 마리 치아 났다가(감춰 뒀다), 식용유에 튀가(튀겨) 놓으믄 그 맛 참 기찼제……."

하지만 중대 보급계 정도로는 어려운 일이었다. 더구나 생판 무식인 홍에게 그런 보직이 주어질 리도 없었다. 오히려 두 가지 모두 가능한 곳은 취사병 쪽이었다. 그러고 보니 홍의 몸이 유난히 비대해지고 뭉툭한 손끝에 어딘가 기름과 그을음이 밴 듯한 느낌이 들었다. 일반적으로 보직 분류를 할 때 나이가 많거나 학력이 낮아 별 쓸모가 없는 병력은 취사부로 돌려지는 경우가 많았다. 그 뒤의 얘기로 미루어 봐도 그는 홍의 경력을 어느 정도 정확히 알아낸 것 같았다. 그러나 홍은 더욱 열심히 뻔한 얘기를 계속하는 데 신명을 내고 있었다.

"선임하사도 내한테는 꼼짝 몬했능기라. 쌀말이라도 얻어 갈라카믄 내 눈치를 바야 하잉까. 토요일 일요일은 산 너머 주막에서 안 살았나. 쌀이고 라면이고 내 쓰는 건 언(어느) 놈도 '타치' 몬했능기라……."

누구에게 들은 어느 시절 군대 얘긴 줄 모르겠지만, 확실히 홍은 많이 변해 있었다. 그러나 감탄보다는 아아, 이 3년 세월이 순박한 농부 하나를 얼치기 건달로 바꾸어 놓았구나, 하는 느낌에 그는 왠지 쓸쓸해졌다.

홍은 이제 그런 그에게는 신경도 쓰지 않고 맞장구치는 옆자리의 제대병과 이야기에 열을 올렸다. 그러고 보니, 어느새 객차는 거의 차고, 얘기 소리로 시끄러웠다. 대개가 홍과 같이 그렇고 그런 얘기였다.

사람의 기억이란 이렇게 간사한 것일까. 추운 겨울밤 외곽 동초를 서며, 혹은 군기의 명분 아래 인간적인 모멸을 당하면서, 혹은 별 이유도 없는 특수 훈련(기합)으로 이를 악물던 때가 언제였던가. 10년 전이던가, 20년 전이던가.

그는 약간 한심한 기분이 들어, 시끌덤벙한 주위를 무시한 채 눈을 감았다. 잠이라도 청해 볼 작정이었다. 어느새 용산역을 출발한 기차는 한강 철교를 건너고 있었다.

얼마쯤 지났을까. 아슴푸레 잠이 들려던 그는 갑자기 출입문이 거칠게 열리는 소리와 함께 난폭하고 독기 어린 고함소리에 눈을 떴다.

"야 이, 땅개(육군) 새끼들아."

보니 검은 베레모를 쓴 현역 하나가 술이 취해 고래고래 악을 쓰고 있었다. 뒤이어 다른 베레모 하나가 나타나 그를 말렸다.

"아서, 여기는 제대병 형님들이다."

하지만 바이 말리고 싶은 눈치는 아니었다. 빙글거리며 좌중을 돌아보는 품이 차 안의 반응을 살피는 것 같았다. 객차 안이 갑자기 쥐죽은 듯 조용해졌다.

"제대 좋아하네. 왕년에 제대 한번 안 해본 놈 어딨어? ×까는 소리 말고 이 새끼들한테도 거둬들여."

그러자 상대가 다시 한번 능을 쳤다.

"어이, 임 하사. 한 번 봐주라. 3년 시집살이 이제 눈물 씻고 콧물 닦고 집으로 돌아가는 길이야."

"안 돼, 새꺄. 그러니까 더 거둬. 어떤 놈은 엉덩이에 못이 박히도록 얻어터지고도 아직 13개월이 창창한데, 어떤 놈은 말랑말랑 엉덩이로 비실대다가 벌써 제 집으로 기어들어? 어이 —."

그는 다시 출입문을 거칠게 걷어차며 통로 쪽에다 손짓을 했다. 기다렸다는 듯 대여섯 명의 검은 베레모가 몰려들었다. 그러자 말리던 상대는 못 이긴 척 히죽이 웃으며 돌아서더니 본격적인 용건을 꺼냈다.

"형님들 미안합니다. 남아서 고생하는 후배를 위로하는 셈치고 동전 한 푼씩이라도 술값 좀 보태주십시오. 절대로 공짜로 받지는 않겠습니다……."

익숙한 솜씨에 제법 유창한 연설이었다. 뒤이어 그는 새로 들어온 검은 베레모 하나를 앞세우며 거창하게 소개했다.

"저희 부대의 자랑, 왕년의 가수 나○○ 군을 소개해 올리겠습니다. 박수로 맞아주십시오."

그러자 지난 3년 휴가 때마다 당해 온 나머지일까, 몇 군데서 어정쩡한 박수 소리가 나왔다. 기다렸다는 듯 사회자는 다시 방금 소개한 앳된 검은 베레모에게 말했다.

"어이 나○○. 한 곡 불러. 노래 일발 장진 —."

시종 나○○라고 불리는 검은 베레모는 그러나 노래도 얼굴도 진짜 근처에는 얼씬도 못해 본 듯했다. 곧 째지는 듯한 노랫소리가 객차 안을 메웠다. 그사이 나머지 서넛은 객석을 벗은 베레모를 받쳐 들고 돌기 시작했다. 곧 딸랑딸랑 동전 떨어지는 소리가 들려왔다.

"야, 너 정말 사람 거지 취급할 거야?"

갑자기 노랫소리가 중단되면서 욕설이 들려왔다. 뒤이어 무어라고 우물우물하는 소리, 철썩, 퍽 하는 소리, 그가 소리 나는 쪽을 보니 대여섯 간 앞에 제대병 하나가 베레모 두엇에게 당하고 있었다.

"옛다. 노란 동전 두 개, 네 애인 ×구멍에나 던져 넣어 줘라, 이 새꺄. 술이 고파 죽어도 고린내 나는 네놈의 돈은 싫다, 임마."

잠시 객차 한 켠이 수런거리는 것 같았으나 검은 각반들의 매서운 눈길이 두어 번 보내지자 이내 조용해졌다. 처음부터 그들의 출현이 못마땅하던 그의 가슴에 은은한 분노의 불길이 타올랐다. 이제 제대와 더불어 그 모든 불합리와 폭력에서 벗어났다고 생각한 때이기 때문에 더욱 그런 것 같았다.

그러나 그뿐이었다. 그가 할 수 있는 일은 빨리 헌병이나 열차 공안원이 와서 그 베레모들을 제지해 주기를 기다리는 것뿐이었다. 하지만 헌병이나 공안원의 특징은 필요 없을 때만 나타나는 점이다. 노래는 다시 계속되고 징수도 계속되었다.

"이노무 차에는 헌병도 없나? 어예(어째) 맨날 이 꼴이고."

앞좌석 홍이 마치 그의 기분에 맞장구라도 치듯 투덜거렸다. 그는 갑자기 홍이 밉살스러웠다. 몇 명의 난폭자에게 고스란히 당하고만 있는 백여 명의 동료들에 대한 혐오감이 갑작스레 홍에 대한 증오로 변해 버린 것일까. 그러나 이내 그 증오는 다시 자기혐오로 되돌아왔다. 아, 나의 팔은 너무 가늘고 희구나, 내 목소리는 너무 약하고, 내 심장은 너무 여리구나, 저들의 폭력을 감당하기에는. 학대받고 복종하는 데 익숙한 내 동료들을 분기시키기에는.

그사이 불법 징수인들은 그의 의자 두어 칸 앞에까지 다가왔다. 무력감과 자기혐오에 지친 그는 거의 참담한 심경으로 주머니 속의 백 원짜리 주화 한 닢을 만지작거렸다. 홍도 주머니에 손을 찌르고 있는 폼이 백동전을 찾고 있는 것 같았다. 그때였다. 돌연 바로 앞줄에서 거친 얼굴에 건장한 제대병 하나가 일어났다.

"씨팔, 보자보자 하니 정말 더러워서 못 봐주겠네."

돈을 거두던 검은 베레모들이 험한 눈길로 그를 쏘아보았다.

"엇쭈, 넌 뭐야?"

"시꺼, 임마. 너 같은 건 들어도 몰라. 저 문 앞에 기대서 있는 치, 너희 선임자야?"

완전히 상대를 안중에도 안 두는 태도였다.

"어? 이 새끼 봐라."

검은 각반 중 하나가 잽싸게 주먹을 내질렀다. 그러나 그 제대병이 무얼 어떻게 했는지, 주먹의 주인은 비명을 지르며 주저앉았다. 그 기세에, 힘을 얻은 제대병 몇이 여기저기서 가세하고 일어났다. 그러자 무더기로 덮칠 기세이던 검은 각반들도 주춤했다.

"뭐야, 뭐야?"

그때껏 입구에서 취한 채 비틀거리던 검은 베레모 하사가 이상한 낌새를 느낀 듯 끼어들었다.

"너는 하사니 좀 알겠군. 백골섬 들어봤어? 실미도 비스무리한 (비슷한) 데. 나 거기서 마지막 휴가로 집에 간다."

그로서는 처음 듣는 말이었다. 하사는 알아듣는 것 같았다. 그러나 쉽게 기죽을 수는 없다는 듯 애써 너털웃음을 지었다.

"서로 알 만하면서 왜 그래? 어이, 냄새나는 땅개새끼들하고 어울리지 말고 우리 같이 한잔하지."

그는 간절한 기대의 눈길로 이 갑작스럽게 출현한 영웅의 표정을 살폈다. 그의 영웅은 뜻 아니한 검은 베레모의 제안에 잠시 어리둥절한 것 같았다. 그러나 이내 그의 표정에는 계산의 표정이 떠올랐다.

"어때? 같이 가지."

다시 한번 검은 베레모 하사가 종용했다. 차내의 눈길은 모두 올바른 계산이 나오기를 기대하며 그 용감한 동료를 살피고 있었다. 그러나 결과는 반대였다.

"괜찮지, 술 있으면 한잔 줘."

이내 마음을 정한 그의 영웅은 그런 대답과 함께 검은 베레모 하사를 따라 입구 쪽으로 사라져버렸다. 그 제대병이 준 배신감은 그를 한층 참담한 기분에 젖게 했다. 동조해 일어섰던 몇몇도 무너지듯 제자리에 앉았다.

드디어 그에게도 차례가 왔다.

"이 친구, 왜 이리 벌레 씹은 얼굴이야?"

그들도 눈은 있다는 듯 백 원짜리 주화를 벌린 모자 속에 던져 넣는 그를 보며 이죽거렸다. 그는 정말로 벌레를 씹는 기분이었다. 그리고 그 기분은 그들의 이죽거림으로 인해 더 격렬해졌다.

(아아, 기어코······.)

"몸이 아푸구만예, 그마 놔뚜소."

갑자기 홍이 끼어들었다. 그의 분노로 창백한 얼굴을 그렇게 본 것이었을까. 그들도 홍의 말을 듣고는 더 이상 시비 않고 다음 좌석으로 건너가 버렸다.

"그저 좋은 기, 좋은 기다. 절마들(저놈들) 저거 사람도 아이구마. 속상하겠지만 참으소."

홍은 결코 그가 몸이 아픈 것이라고 오인한 것이 아니었다. 오히려 정확히 그의 심중을 꿰뚫어 보고 있었다. 그것이 그를 더욱 화나게 했다.

"정말 3년 동안 더러운 것만 배웠군······."

그는 거의 자신을 걷잡지 못한 채 내쏘고 말았다. 홍은 피식 웃었다.

"깨끗한 거 배운 사람도 별수 없더마. 이 형이 낸 거나 내가 바친 거나 다 같이 하얗게 빤짝빤짝하는 백 원짜리 동전잉께. 너무 그러들 마소."

그리고 한없이 너그러운 소리를 덧붙였다.

"쏘주나 한잔하고 마음 푸소. 어이 — 여기 소주 한 빙(병)."

마침 판매원이 손수레를 끌고 지나가는 걸 보고 홍이 호기롭게 불러 세웠다.

"혼자 마셔요."

그는 부글거리는 속을 간신히 억누르며 조용히 대답했다. 사실 홍에게 화낼 일은 아무것도 없었다. 홍은 그런 그의 속을 한 번 더 뒤집었다.

"지는 못 먹는 술을 남한테만 사 준다카몬 그거야 참말로 벨 꼴리는 일이제. 홧김에 서방질이락꼬. 한잔만 하소."

기어이 그는 고함을 꽥 지르고 말았다.

"그만해."

그의 새파랗게 날선 표정을 보자 홍도 약간 움찔했다. 홍은 계면쩍은 웃음을 흘리더니 곁에 앉은 제대병에게 술잔을 돌렸다.

그는 모자를 깊이 눌러쓰고 다시 의자 등받이에 몸을 기댔다. 잠이 올 리 없지만 그렇게라도 이 굴욕의 시간을 외면하고 싶었다. 그러나 귀까지는 막을 수 없었다.

"아이구 형님 고맙습니다."

멀지 않은 곳에서 어느 쓸개 빠진 제대병이 마음먹고 상납을 한 듯 검은 베레모 하나가 과장스레 외쳤다.

"어이, 여기 이 형님한테 술 한 잔, 아우들을 위해 센다이(천 원짜리)를 내셨다……."

그 무슨 이해 못 할 변화일까. 한 번 그런 일이 있자 난데없는 전염처럼 그 부근에서 두어 번 그런 소동이 일었다.

그런데 갑자기 그 모든 것에 찬물을 끼얹는 듯한 사태가 벌어졌다. 한동안 순조롭던 징수에 다시 제동이 걸린 탓이었다. 객차 한가운데쯤에서였다.

"야, 너 정말 째째하게 굴 거야? 백 원짜리 동전 한 개가 그렇게도 아까워?"

검은 베레모의 거친 고함.

"돈이 아까운 게 아니라, 내야 할 이유가 없기 때문이오."

야멸차고 카랑카랑한 목소리였다. 그는 원인 모를 부끄러움을 느끼며 그쪽을 바라보았다. 창백하고 깡마른 제대병 하나가 검은 베레모들과 꼿꼿이 맞서고 있었다.

"이 새끼, 노래는 공으로 들으려는 수작이군."

"그 노래 도대체 누가 청했소? 내게는 안면 방해밖에 안 됐소."

"개새끼, 문자 쓰고 있네."

갑자기 곁에 있는 검은 베레모 하나가 주먹을 날렸다. 깡마른 제대병은 한 번 휘청했지만 쓰러지지는 않았다. 맞은 얼굴을 감싸 쥐었다 풀자 코피가 터진 듯 피가 흘렀다. 그러나 그는 침착하게 손수건을 꺼내 피를 닦았다. 그러는 그의 눈은 이상하게 번쩍거렸다. 목소리도 더 카랑카랑했다.

"당신, 사람을 쳤소. 더구나 나는 아직 전역 신고를 안 했으니 현역 병장이오. 그런데 당신은 일병이군. 하극상이야, 이건. 내 반드시 군법회의에 당신을 걸겠소."

그때 어느새 왔는지 검은 베레 하사의 주먹이 다시 그의 복부를 쳤다.

"나는 하사니까 쳐도 되겠군. 이 염(殮)하다 놓친 것 같은 새끼야. 입 닥치고 돈이나 내. 이것도 명령이야."

잠시 복부의 타격으로 몸을 접었던 깡마른 제대병이 다시 몸을 일으켰다.

"부당한 명령은 거부할 수 있소. 거기다 당신은 내게 명령권도 없소. 이건 폭행이오. 당신도 고발하겠소."

"지미랄, 이 새끼는 판사 검사를 에미 애비로 태어났나? 아나, 법 여기 있다."

다시 날아드는 주먹. 그러나 짧은 간격 뒤에 그 카랑카랑한 목소리는 변함없는 어조로 대꾸했다.

"법은 당신들을 반드시 찾아갈 것이오."

하지만 사태는 절망적이었다. 뒤이어 날아든 주먹과 발길질에 그 깡마른 제대병은 결국 주저앉고 말았다.

그는 한결 암담한 마음으로 끊임없이 입구 쪽을 주시했다. 헌병이나 공안원이 어서 나타나기를 구세주처럼 기다렸다. 그러나 그들은 법과 진리처럼 멀었다.

대신 그 출입구를 통해 나타난 것은 뜻밖의 현실이었다. 조금 전에 그들을 배신하고 떠났던 영웅이 비참한 몰골로 두 명의 검은 베레모에게 끌려 들어왔다. 어디를 어떻게 맞았는지 얼굴이 알아볼 수 없을 만큼 부어 있었다. 그를 팽개치듯 자리에 처박은 검은 베레모 하나가 모두에게 들으라는 듯 큰 소리로 중얼거렸다.

"쥐뿔도 없는 새끼가 뚝심만 믿구 까불어."

그리고 몰락한 영웅을 소리 나게 한 번 걸어차고는 훌쩍 가버렸다.

그 돌연한 사태는 언제부터인가 희미하게 술렁거리던 차 안을 다시 잠잠하게 만들어버렸다. 깡마른 제대병이 일어설 때부터 웅얼거림처럼 들리던 탄식과 불평은 그 제대병이 쓰러질 때쯤 해서는 제법 구체적인 반항의 표현으로까지 번졌었다.

그는 착잡하고 음울한 심정으로 다시 계속되는 징수를 바라보았다. 그러나 인간이란 어떤 형태로든 집단을 이루기만 하면 끝까지 나약하게 죽어가는 것은 아닌 것 같았다. 검은 베레모들이 깡마른 제대병을 주저앉히고 채 두 줄도 전진하기 전에 갑자기 반대편 구석에서 흥분에 찬 우렁우렁한 목소리가 차 안을 흔들었다.

"야, 이 답답한 친구들아, 햇수로 3년 날로 천 날을 당한 것도 분한데 끝나는 오늘까지 당하고만 있을 거여!"

모두들 꿈에서 깨난 듯 움찔했다. 절규와 같은 그 목소리에는 무언가 그들 마음속의 희미한 불씨에 세찬 부채질을 하는 것이 있었다.

"웬 놈이야?"

"어떤 새끼야? 죽고 싶어?"

검은 베레모들의 반응도 그때쯤은 거의 신경질적이었다. 그러나 목소리의 주인은 얼굴을 숨긴 채 선동만 계속했다.

"우리는 백 명이란 말여. 머릿수가 백이여, 백. 그런데 다섯 명한 테 이리 맥없이 당해서야 쓰것어?"

그리고 사방을 두리번거리는 검은 베레모들을 무시한 채 목소리는 계속됐다.

"부랄들 떼 던질 뿌란 말여. 집에 가서 이 얘기를 어떻게 할 거여? 애인 보구는 뭐라구 할 거여?"

드디어 검은 베레모들도 소리 나는 곳을 찾아낸 듯 그쪽으로 덮칠 자세였다. 하지만 불행하게도 그들은 너무나 사태의 변화에 둔감했다. 그들이 몇 발자국 옮기기도 전에 여기저기서 성난 부르 짖음이 튀어나왔다.

"맞아, 끝까지 당할 수는 없어."

"저놈들도 피와 살로 된 인간이야. 혼자서 안 되면 열 명이 붙 지."

차츰 목소리들이 붙어났다. 특히 아직 징수를 당하지 않은 쪽의 호응이 컸다. 이미 빼앗긴 자의 분노보다 아직 빼앗기지 않은 자의 지키려는 의지가 더 무서운 것일까.

"저놈들 몇 놈 죽여버린들 우리 백 명 모두 잡아 죽일 거여? 기 껏해야 몇 달씩 집에 늦게 가면 되는 거여."

다시 처음의 그 목소리. 그러자 이에 호응하는 목소리들도 점차 격렬해졌다.

"맞다, 죽여. 저 새끼들 때려죽여."

"문 막아 못 토끼게."

여기저기서 제대병들이 일어서고 몇몇은 정말로 양쪽 출입구를 봉쇄해 버렸다.

검은 베레모들은 처음 그 갑작스러운 변화에 얼떨떨한 눈치였다. 그리하여 절대 이럴 리가 없다는 표정으로 서로를 바라보고 있는 사이에 왁살스러운 여러 개의 손이 그중 하나의 어깨를 끌어 올렸다.

그 불행한 검은 베레모는 거의 손 한 번 써볼 틈도 없이, 마치 무슨 가벼운 공깃돌처럼 수십 개의 손바닥에 받쳐져서 의자 몇 줄을 건넌 후, 바로 그의 옆 통로에 내동댕이쳐졌다. 그리고 그 위를 수십 개의 제대화 발이 소나기처럼 쏟아졌다.

그러나 역시 검은 베레모는 검은 베레모였다. 수많은 특수 훈련과 거친 생활에 단련된 그들은 그 아연한 사태를 당해서도 재빠르게 대처했다. 남은 넷 중 하나가 들고 있던 소주병을 깨뜨려서 휘둘러 생긴 틈으로 다른 하나가 열차 창문을 구둣발로 박살내고, 이어 나머지가 칼처럼 생긴 그 유리 조각으로 무장을 했다.

그리고 등을 맞대 원진을 친 그들은 성난 물결 같은 제대병들 속을 헤쳐 나가기 시작했다. 살기를 띤 채 흉기를 휘두르며 활로를 개척해 나가는 그들에게는 기세등등하던 제대병들도 어쩔 수 없는 것 같았다. 욕설과 고함 속에서도 머뭇머뭇 틔워주는 길로 검은 베레모들은 조금씩 헤쳐 나갔다.

약간은 후련해하면서도, 여전히 전권(戰圈) 밖에서 그 소동을 지켜보던 그는 왠지 이번에는 허전한 마음이 되어 그런 검은 베레모들의 탈출을 바라보았다. 그사이에도 전권은 점점 그의 좌석 부근으로 옮겨오고 있었다.

"참말로 와 이래 쌌는지 모르겠구마. 가겠다믄 보내주고 말끼지."

지금껏 잊고 있었던 홍이 불쑥 말했다. 술은 약한 듯 소주병이 반밖에 비지 않았는데도 얼굴이 불그레하게 익어 있었다. 그러고 보니 부근에서 그 소동에 말려들지 않고 제자리에 앉아 있는 것은 그와 홍뿐이었다. 그는 약간 기이한 느낌으로 홍을 쳐다보았다. 졸린 돼지 같았다.

그런데 다시 갑작스러운 사태의 변화가 그의 주의를 홍에게서 돌리게 하고 말았다. 검은 베레모들이 거의 그의 앞 서너 발자국 앞에까지 접근해 왔을 때였다. 웃통을 벗어부친 제대병 하나가 의자 등받이를 타 넘고 달려와 검은 베레모들의 앞길을 가로막았다.

"못 가, 이 나쁜 놈들. 너희 멋대로야. 갈 테면 나를 찌르고 가. 마침 나가 보아야 별 볼일 없는 몸이야."

다시 검은 베레모들의 얼굴에 아연한 표정이 떠올랐다. 그들은 멈칫 전진을 중단했다.

"어디 찔러 봐. 괴로운 세상 여기서 끝내는 것도 좋고, 통합 병원에서 몇 달 쉬는 것도 괜찮아."

상대는 정말로 죽음을 각오했다는 투였다. 그런 그의 알몸에는 여기저기 무엇엔가 날카로운 쇠붙이에 찔리고 베어져 생긴 듯한 끔찍한 흉터가 불빛 아래 위협적으로 번들거렸다. 검은 베레모 가운데 하나가 질린 듯 멍청하게 물었다.

"그럼, 어, 어떻게 하란 말이야?"

"손에 든 걸 버려. 그리고 꿇어앉아 여러 형님들에게 빌어."

그러나 무기를 잃는 순간이 바로 마지막이란 것을 검은 베레모들도 짐작하고 있었다.

"비켜, 죽여 버린다."

성마른 검은 베레모 하나가 유리칼을 휘둘렀다. 벌거벗은 제대병의 팔 어름에 한 줄기 피가 솟았다. 그러나 벌거벗은 제대병은 여전히 산악처럼 버티고 선 채 자기 배를 가리키며 이죽거렸다.

"여기야, 여길 찔러. 그래야 죽든지, 몇 개월이라도 편히 누워 지낼 수 있지. 그따위 유리 조각이 겁난다면 3부두의 아이구찌(단도)가 아니야."

어디 3부두에서 놀았는지 모르지만 그러면서 오히려 베레모들 쪽으로 다가드는 기세가 마치 불사(不死)의 악귀 같았다.

"에잇, 죽어."

다시 검은 베레모 하나가 표독스러운 기합과 함께 유리칼을 휘둘렀다. 벌거벗은 제대병은 날쌔게 피했지만 가슴 어름에 꽤 깊고 긴 상처가 났다. 여러 줄기의 피가 배를 타고 흘러내렸다.

그 끔찍한 광경이 다시 한 계기가 됐다. 지금껏 물러서고만 있던 제대병들이 갑작스레 공세로 전환했다.

'죽여, 죽여버려.' 하는 성난 외침과 함께 먼저 객석 의자의 시트가 벗겨져 검은 베레모들의 시야를 덮고, 뒤이어 제대병들의 손가방이며 세면도구함이 그들의 정신을 혼란시켰다. 그리고 그 뒤를 수십 개의 손과 발이 허둥대는 검은 베레모들에게 날아들었다. 눈 깜짝할 사이에 검은 베레모 넷 중 서 있는 것은 하나뿐이었다. 그사이 셋은 각각 끌려가 여기저기서 비명과 신음을 내고 있었다.

홀로 남은 검은 베레모도 사태가 절망적인 것을 깨달은 듯했다. 얼굴에 본능적인 죽음의 공포가 어렸다. 그 검은 베레모는 갑자기 들고 있던 유리 조각을 떨어뜨리고 거짓말같이 풀썩 꿇어앉아 빌기 시작했다.

"형님들 살려주십시오, 용서해 주십시오, 한 번만……."

그러나 말을 맺을 새도 없이 사방에서 발길과 주먹이 날아들었다. 그 검은 베레모는 새우처럼 몸을 구부린 채 꼬꾸라졌다.

마침 그 검은 베레모가 쓰러진 곳은 그의 두어 발짝 앞 통로여서 그는 아무 행동도 않으면서도 저절로 전권에 휘말리게 되었다. 그는 한동안 거의 망연한 기분으로 이제는 잔인한 린치로 변한 그 광경을 바라보았다.

순한 양처럼 당하고만 있던 제대병들 어디에 그런 광포함과 잔혹성이 숨겨져 있었던 것일까. 제대병들은 검은 베레모가 일어나면 주먹으로 치고 쓰러지면 짓밟았다. 개중에 어떤 친구는 담뱃불로 지지기까지 했다. 그럴 때마다 검은 베레모는 숨넘어가는 비명을 질렀다. 둔중한 신음과 함께 그런 찢어지는 듯한 비명이 객차 안 곳곳에서 들리는 것으로 보아 네 명의 운명도 그 검은 베레모와 별반 다르지 않은 것 같았다.

"고만합시다. 진정들 해요."

누군가가 이성을 회복한 듯 동료 제대병들을 만류하려 들었다. 그러나 곧 여럿의 흥분하고 성난 목소리가 그런 호소를 삼켜버렸다.

"당신은 속도 없어? 당한 게 분하지도 않아?"

"이런 악종들은 아예 씨를 말려야 해."

제대병들은 이미 제정신이 아니었다. 살기등등한 그들을 보며 그는 문득 섬뜩한 상상에 빠졌다. 이러다 이 검은 베레모들이 죽는다면?

만약 이들을 진실로 죽여야 할 대의(大義)가 있다면, 그에게도 동료 제대병들과 함께 살인죄를 나눌 양심과 용기는 있었다. 그러나 이미 그곳을 지배하는 것은 눈먼 증오와 격앙된 감정이 있을 뿐, 대의는 없었다.

그렇다면 내가 할 일은 — 그는 잠시 생각에 빠졌다. 우선 어떻게든 이들을 말려야 한다는 생각이 들었다. 그러나 그런 시도가 무참히 묵살당하는 것을 바로 눈앞에서 보지 않았던가. 동료들이 부상당하고 피해를 당하고 있을 때 그들을 분기시키지 못했던 것처럼, 이제 불필요하게 난폭하고 잔인해진 그들을 만류할 능력 또

한 그에게 없었다.

그러다가 기껏 그가 생각한 것은 대의 없는 이 소동의 와중에서 벗어난다는 것이었다. 그는 날뛰는 동료들 사이를 조심스레 헤쳐 그 객차를 빠져나왔다. 법과 진리의 도착은 언제나 늦었다. 그가 막 다음 객차의 빈자리를 찾아 앉을 때쯤, 호루라기 소리와 함께 한 떼의 헌병과 호송병들이 달려가는 것이 보였다. 그는 막연한 우울 속에서, 천천히 한숨을 내쉬었다.

그때였다. 그의 어깨를 치는 사람이 있었다. 흠칫 놀라 돌아보니 홍이었다. 어느새 빠져나왔는지 홍은 그의 등 뒤에 자리 잡고 앉아 있었다.

"잘 나왔구마. 내 나올 때 이 형도 데불고 나올라 카다가 또 성낼까 봐……."

그는 처음 송연한 기분이었다. 그러나 이내 원인 모를 슬픔과 절망으로 축 처져 내렸다.

"나는 당최 시끄러운 게 싫어서 ─ 자, 쏘주나 한잔하소."

홍은 먹다 남은 소주를 의자 등받이 위로 넘겼다. 그는 맥없이 소주병을 받았다. 그러나 졸음으로 거물거리는 홍과는 달리, 화끈거리는 소주를 병째 부어 넣으면서 그래도 그가 이런 일화를 생각해 낼 수 있었던 것은, 순전히 논 팔고 밭 팔아 그를 대학에까지 보내준 고향의 늙은 부모 덕택이었다.

……필론이 한번은 배를 타고 여행을 했다. 배가 바다 한가운데

서 큰 폭풍우를 만나자 사람들은 우왕좌왕, 배 안은 곧 수라장이 됐다. 울부짖는 사람, 기도하는 사람, 뗏목을 엮는 사람…… 필론은 현자(賢者)인 자기가 거기서 해야 할 일을 생각해 보았다. 도무지 마땅한 것이 떠오르지 않았다.

그런데 그 배 선창에는 돼지 한 마리가 사람들의 소동에는 아랑곳없이 편안하게 잠자고 있었다. 결국 필론이 할 수 있었던 것은 그 돼지의 흉내를 내는 것뿐이었다.

(1980년)

들
소

……햇빛이 부드럽게 내리쬐는 동굴 어귀의 공터였다. 성년의 남자들은 모두 사냥을 떠나고 여인들도 젊고 힘 있는 축은 대개 야생의 열매나 낟알을 거두러 나가고 없었다. 보이는 것은 늙은이와 아이들 그리고 몇몇 특별히 남겨진 여인들뿐이었다.

여인들은 저마다 맡은 일에 분주하였다. 먹고 남은 고기로 포를 떠 말리고 있는 여인, 털가죽을 손질해 식구들의 입성을 준비하는 여인, 훑어온 강아지풀이나 돌피 같은 야생의 낟알을 널어 말리고 있는가 하면 결을 삭이기 위해 동자꽃, 지네보리, 애기똥풀, 미나리아재비 같은 거친 푸성귀를 다듬는 여인들도 있었다. 그녀들 주위에는 작은 계집아이들이 언젠가는 자기들의 일이 될 그런 일들을 눈여겨 살피며 맴돌고 있었다.

사내아이들은 대부분 공터 쪽으로 나와 있었다. 아직 어린 아이들은 주위에 옹기종기 둘러앉아 젊은 시절의 무용담이나 혈족(血族)의 신화에 귀 기울이며 용기와 뱃심을 길렀다. 그러나 곧 성년식을 맞을 나이 든 소년들은 따로이 숲 가까운 공터에서 닥쳐올 성년을 대비하고 있었다. 벼락에 부러진 나무 그루터기를 향해 열심히 작은 돌도끼를 던지는가 하면 아버지들이 만들어준 단순궁(單純弓)에다 촉 없는 살을 메겨 여러 가지 사법(射法)을 익히고 있었고, 날 없는 주목나무의 창을 휘두르며 숲길을 달리기도 했다. 팔과 허리에 힘을 올리기 위해 묶어둔 산양의 뿔을 잡고 씨근댔고, 둘씩 맞붙어 풀밭을 뒹구는 소년들도 있었다.

그도 나이로는 바로 그 성년 연습을 하고 있는 아이들 축이었다. 그러나 그는 언제부터인가 그들로부터 떨어져 나와 숲가 상수리나무 아래 홀로 앉아 있었다. 그는 날카로운 석영(石英) 조각을 끌 삼아 사슴의 견갑골(肩胛骨)에 여러 가지 풀꽃들을 새기는 중이었다. 그러면서도 가끔씩 그의 열렬한 눈길은 동굴 어귀에 머물렀다. 직접 여인들의 일을 거들고 있는 좀 나이 든 소녀들 쪽이었다.

그러나 찾고 있는 '초원의 꽃'은 한 번도 그에게 눈길을 주지 않았다. 정작 그녀가 가끔씩 미소하며 바라보는 곳은 용케 목표를 명중시켜 환호를 지르거나 풀밭을 달리는 소년들 쪽이었다. 대신 그가 번번이 마주치게 되는 것은 '산나리'의 공허한 눈길이었다. 멀리서도 그녀는 분명 그가 하고 있는 일에 관심을 가지고 있었다. 오늘 밤 함께 모이게 되면 그녀는 또 내가 애써 새긴 이 뼛조각을 졸라댈 테지. 그러자 그는 괜히 부아가 나고 초조해졌다. '초원의 꽃' 나를 봐줘. 제발 내가 만든 것을 탐내줘. 나는 너를 위해 이 꽃잎들을 새기고 있어……

그때였다. 갑자기 풀잎 스치는 소리와 함께 누군가가 뒤쪽에서 다가왔다. 언제 왔는지 '위대한 어머니'가 몇 발걸음 뒤에서 그를 내려다보고 서 있었다. 큰아버지들이 그들의 어버이들로부터 불을 나누어 받고 떠나오던 때를 기억하고 있는 유일한 사람, 혈족의 모든 위대한 용사들을 낳고 기른 여인 ─ 성성한 백발과 골 깊은 주름에도 불구하고 그녀는 언제나 힘차고 당당했다. 아마도 자기의 모든 아들딸과 그 자손들을 둘러보고 오는 길인 듯했다.

"무얼 하고 있니?"

그는 원인 모르게 얼굴을 붉히며 새기고 있던 뼛조각을 등 뒤로 감추었다.

"이리 내 봐라."

마지못해 내놓은 뼛조각을 찬찬히 살피던 그녀는 이내 약간 엄격한 표정으로 그를 살폈다.

"왜 다른 아이들과 함께 있지 않지? 도끼던지기나 활쏘기는 재미없더냐?"

그는 더욱 붉어진 얼굴로 고개를 숙였다. 사실은 그도 또래의 형제들과 함께 성년 연습을 시작했었다. 그러나 그의 창과 화살은 번번이 빗나가고, 돌도끼는 중도에서 떨어졌다. 맞잡고 벌이는 씨름에서도 그가 자신 있게 쓰러뜨릴 수 있는 소년은 거의 없었다.

그 모든 것들은 그저 그에게는 귀찮고 힘든 일일 뿐이었다.

"그저께는 왜 네 앞으로 쫓겨오는 산토끼에게 길을 내주었지? 모두들 그러는데 네가 손만 내밀면 붙들 수 있었다면서? 또 일껏 찾은 비둘기알은 왜 다시 풀잎으로 감추어주었니?"

"불쌍하더냐?"

"……"

'위대한 어머니'가 한 말은 모두가 사실이었다. 그도 때때로 또래의 형제들과 작은 사냥을 나섰지만, 막상 꽃사슴의 새끼나 예쁜 산토끼를 만나면 차마 찌르지 못해 놓쳐버리기 일쑤였다. 그 작은 생명의 놀람과 공포가 저항할 수 없는 연민으로 그의 팔을 마비시켜버린 까닭이었다. 그러나 '위대한 어머니'가 묻는 대로 고개를 끄덕일 수는 없는 일이었다. 그것은 조소와 경멸을 자초하는 길이라는 걸 그는 이미 몇 번의 경험으로 터득하고 있었다.

"아들이 서툴러서…… 그만 놓치고 말았습니다. 비둘기알은 어미를 잡기 위해서……"

그러나 '위대한 어머니'의 형형한 눈길은 이미 그의 진실을 꿰뚫고 있었다. 더듬거리는 그의 희고 섬세한 얼굴과 가는 팔다리를 살피는 그녀의 얼굴에 잠시 희미한 연민의 빛이 어리다가 이내 엄격하고 냉담한 표정으로 변했다.

"곧 성년식이 다가온다. 우리 혈족이 가장 존경하는 것은 용감한 전사(戰士)와 날랜 사냥꾼이다. 그런데 너는 그 준비를 게을리 하고 있어. 만약 네가 힘과 용기를 인정받지 못하게 되면 너는 '손의 동굴'로 가야 한다."

그것은 그에게는 가장 쓰라린 위협이었다. 그는 또래의 형제들 중 이미 '손의 동굴'로 보내진 둘을 모두 알고 있다. 하나는 태어날 때부터 귀머거리였고, 하나는 어릴 때 뱀에 물려 다리 힘줄이 굳어버린 소년이었다. 거기다가 그는 '손의 동굴' 사람들이 받고 있는 대우도 익히 보아왔다. 그들이 배불리 먹을 수 있는 것은 모든 용사들이 충분히 먹고도 남을 때뿐이었다. 갑자기 불안해진 그는 또래의 형제들이 모여 있던 곳으로 황급히 눈을 돌렸다. 그러나 조금 전까지도 요란스럽게 떠들며 놀던 그들은 하나도 보이지 않았다.

"늦었다. 이미 그 애들은 자기들끼리의 작은 사냥을 떠났다……."

그리고 다시 낭패한 듯한 그의 얼굴을 잠시 살피던 '위대한 어머니'는 이번에는 약간 누그러진 음성으로 말했다.

"내일부터는 결코 그들로부터 떨어져 나오지 마라. 언제나 그들과 함께 행동해라. 그들이 던질 때 너도 던지고 그들이 쏠 때 너도 쏘아라. 그들이 달리면 너도 달리고 그들이 웃으면 너도 웃어라……."

……무슨 날일까, 아버지들은 아무도 사냥을 나가지 않고 동굴 앞 공터에서 웅성거리고, 어머니들은 분주하게 동굴을 왕래했다. 그렇다. 바로 성년식 날이었다. 모태에서 떨어져 첫 울음을 운 후부터 열다섯 번째 맞는 가을의 첫 번째 달이 차는 날이다. 해당되는 또래의 열한 명은 두근거리는 가슴으로 동굴 속에서 기다렸다.

이윽고 모든 준비가 끝났다. 그들 열한 명의 소년들이 설렘 속에 밖으로 인도되어 나왔을 때 혈족의 사람들은 모두 동굴 앞 공터에 배분(配分)순으로 서 있었다. 일찍이 그 힘과 용기로 이름을 떨쳤던 큰아버지들과 아버지들은 왼쪽에 그리고 그 자애와 슬기로 존경받아온 큰어머니들과 어머니들은 오른쪽에, 그 가운데는 성장(盛裝)한 '위대한 어머니'가 그녀의 자랑스런 딸들 — 혈족의 가장 용감하고 날랜 용사들을 생산해 낸 어머니들 — 의 부축을 받으며 그들을 기다리고 있었다.

식이 시작됐다. 그들이 가장 먼저 해야 하는 일은 유년의 껍질을 벗는 일이었다. 그들은 장하게 성장한 남성을 자랑하며 지금껏 그것을 둘러싸온 조잡한 토끼털 가리개를 벗어던지고, 그들을 위해 마련된 새 입성을 걸쳤다. 길고 두터운 곰가죽 가리개, 성년임을 상징하는 사슴가죽 조끼, 두터운 들소가죽으로 만든 허리띠를 두르고 질긴 나무껍질을 꼬아 만든 머리띠로 머리칼을 싸맸다. 그리고 다시 염소 힘줄로 된 목걸이끈 — 이제 그들은 자기의 힘과 용기로 그 끈을 채워가야 할 것이었다. 맹수의 이빨이나 발톱으로 가득 찬 목걸이는 용사의 유일한 장식이었다.

그 다음 그들에게 지급된 것은 '손의 동굴'에서 공들여 만들어진 무기들이었다. 참나무 자루에다 날카로운 흑요석(黑曜石)을 들소 힘줄로 묶은 돌도끼, 주목나무에다 수석(燧石) 날을 박은 창, 탄력 강한 나무에 뼈와 가죽을 합성하여 강화한 큰 활과 석영 촉이 박힌 화살 한 줌, 현무암을 갈아 만든 예리한 단도 — 모두 아버지들의 것과 크기와 위력이 똑같은 것들이었다.

그리고 마지막으로 그들이 '신비의 동굴'로 떠나기에 앞서 '위대한 어머니'의 축복이 있었다.

"하늘과 숲의 정기를 받아 맺어지고, 내 살과 피를 갈라 태어난 너희들, 너희는 숲의 전나무처럼 씩씩하고 계곡을 흘러 떨어지는 폭포처럼 힘차거라. 모든 적들은 너희들의 힘과 용기 앞에 무릎 꿇고 모든 기는 것과 나는 것들은 너희 창칼에 피를 쏟으라. 너희는 낳고 기르고 번성하여, 너희 자손은 바닷가의 모래보다 많고 하늘의 별보다 빛나거라……."

그러는 동안 우측의 어머니들은 흐느낌 속에 젖어들었다. 어떤 어머니들은 땅바닥에 주저앉아 통곡하기도 하였다. 성년이 된다는 것은 바로 어머니로부터 영영 떠난다는 뜻이었다. 어머니들은 그 이별을 슬퍼하고 있었다.

반대로 우측의 아버지들은 증가된 자기들의 힘을 자연과 멀리 보이지 않는 적들에게 시위라도 하듯 우렁찬 함성으로 새로운 용사들을 환영한다는 뜻을 나타냈다. 춤을 추고 귀중한 화살을 함부로 허공에 쏘아대는 이들도 있었다.

'위대한 어머니'의 축복이 끝나자 그들은 곧 '신비의 동굴'로 향했다. 그 동굴은 그들의 주거지로부터 한 개의 숲과 두 개의 계곡을 건너야 하는 석회암 암벽 꼭대기에 있었다. 그들이 아버지들의 인도로 그곳에 이르자 이미 준비하고 있던 두 사람의 사제자(司祭者)는 곧 의식을 시작했다.

'장엄한 목소리'는 새로운 용사들의 탄생을 하늘과 숲의 정령에게 고하는 노래를 부르고 그들의 가호를 비는 기도를 올렸다. 그동안 아버지들은 그의 목소리를 복송(復誦)하며 경건하게 서 있었다. 뒤이어 다시 축복이 있었다. '위대한 어머니'가 빠뜨린 것들, 산록마다 사냥감이 넘치기를, 개울마다 물고기가 가득하기를, 가지마다 열매로 휘어지고 넝쿨마다 산딸기로 덮이기를, 적들에게 공포와 패배를 주고 형제에게는 우애와 신뢰를 주게 되기를.

또 하나의 사제자 '영험한 손'은 그들의 어깨에 적을 위압하고 재액을 막아주는 문신을 넣어주고, 동굴 벽에는 수많은 영양과 사슴, 멧돼지 따위를 그려 넣었다. 그렇게 함으로써 어떤 위대한 힘이 그 짐승들을 위압하고 필경엔 그것들을 쓰러지게 만들리라는 신념의 표시였다.

그 밖에 그들은 그곳에서 일평생 멀리하고 더럽히지 않아야 할 것들과 보호하고 숭배해야 할 것들도 지정받았다.

뒤이어 일 년 중 가장 풍성한 회식이 벌어졌다. 기름진 멧돼지고기며 연한 들소의 허릿살, 살이 오른 물고기와 잘 익은 열매가 나왔다. 그리고 그 끝에는 남자의 뱃심과 용기를 길러준다는 '사제자의 물'이 나왔다. 그 동굴에서만 만들어지는 액체였다.

그날의 마지막이자 가장 중요한 절차인 '이름 얻기'는 해가 하늘 한가운데 왔을 때에야 시작되었다. 그와 다른 열한 명의 소년은 '들소의 계곡' 입구에 배치되었다. 그들은 다른 혈족들과 싸움 중이면 전열의 맨 앞에, 그렇지 않을 때는 맹수사냥의 창잡이로 나서야 했는데, 그해는 들소사냥의 창잡이로 결정된 것이었다. 들소는 한 마리만 해도 온 혈족이 배불리 먹을 수 있는 훌륭한 식량원(食糧源)인 동시에 힘과 용기를 시험하기에 가장 알맞은 맹수였다. 그 날카로운 뿔은 호랑이의 뱃가죽을 찢어 놓고 체중 실린 발굽은 곰의 허리뼈를 분질러 놓았다.

소년들은 흥분과 초조 속에 멀리서 소를 몰아오는 아버지들의 은은한 함성을 듣고 있었다. 이제 잠시 후면 나타날 소들과의 싸움에서 그들은 어디엔가 숨어서 보고 있는 큰아버지들로부터 진정한 용사의 자격과 평생을 따라다닐 새로운 이름을 부여받게 되어 있었다. 지금까지 그들이 지닌 이름은 '달무리'라든가 '붉은 노을', '새벽안개' 따위, 태어날 때의 자연현상과 관계되는 유아(幼兒)의 이름이었다.

그가 맡게 된 곳은 계곡 가운데의 조그만 바위 곁이었다. 그 역시 불안과 설렘으로 방금이라도 소가 뛰어나올 것 같은 전방의 숲을 응시하고 있었다. 그런데 문득 그를 건드리는 소년이 있었다. 눈이 작고 좀체 깜박거리지 않는다고 해서 '뱀눈'이라고 불리는 소년이었는데 힘은 대단하지 않아도 창과 활을 잘 다루고, 무엇보다도 영리하여 곧잘 아버지들을 감탄시켰다.

"너는 저쪽으로 가. 내가 여길 지킬 테니."

'뱀눈'이 말했다. 그는 왠지 '뱀눈'이 섬뜩하고 싫었다.

"무엇 때문에?"

"내가 살펴보니까 여기가 들소의 길목이야. 그런데 너의 엉성한 창질이나 활솜씨로 지켜낼 수 있을 것 같애? 차라리 '붉은 노을' 쪽으로 가 봐. 그 애는 힘이 세고 창을 잘 쓰니까 오히려 그쪽이 안 전할 거야."

그는 무언가 '뱀눈'에게 속고 있는 기분이 들었으나, 마땅한 반 박이 떠오르지 않아 '붉은 노을' 쪽으로 자리를 옮기고 말았다.

들소는 그로부터 오래잖아 나타났다. 아버지들의 요란한 함성 과 나무토막 두들기는 소리에 몰려 뛰쳐나오는 들소를 맨 먼저 발 견한 것은 산부리 쪽에 있던 '큰 울음소리'였다.

"소가 온다 —."

이렇게 시작된 그의 목소리는 결국 그 들소의 심장이 완전히 멎 을 때까지 계속했다.

그도 곧 숲가의 관목 사이를 헤치고 달려오는 들소를 보았다. 처 음 그 소는 똑바로 '뱀눈'을 향해서 돌진하는 것 같았다. 그러나 어 느새 바위 위에 올라가 똑바로 창을 던질 자세를 취하고 있는 '뱀눈' 바로 곁에서 소는 갑자기 방향을 바꾸었다. 그 순간 그는 비로소 '뱀눈'에게 속았다는 것을 깨달았다. 일견 소는 '뱀눈'을 피해 가는 것처럼 보였지만 실은 '뱀눈'이 올라서 있는 한 길 남짓한 바위를 피해 간 것이었다. 거기다가 소가 방향을 바꿀 때 소의 가장 넓은 옆면이 그대로 '뱀눈'에게 노출되었다. '뱀눈'은 기다렸다는 듯이 그 런 소에게 창을 날렸다. 창은 어김없이 소의 질긴 뱃가죽을 뚫고 깊숙이 박혔다. 결국 '뱀눈'은 가장 안전한 곳에서 '맨 먼저 찌른 자'란 명예를 확보한 셈이었다. 더군다나 그 바위는 풀숲에서 드러나 있어 큰아버지들에게는 '뱀눈'의 용기와 힘을 가장 잘 보여줄 수 있는 무대와도 같았다.

그러나 그는 더 이상 그런 것을 한스러워하고 있을 틈이 없었다. 옆구리에 창을 받은 들소는 바로 그를 향해 돌진해 오고 있었던 것이다. 그는 황급히 창을 겨누었다. 그러나 달려오는 들소의 정면은 '뱀눈'이 맞힌 넓은 옆면의 삼분의 일도 안 되었다. 남은 것은 정면대결 뿐이었다. 그는 혼신의 용기로 창을 고쳐 잡았다. 하지만 그는 곧 덮쳐오는 사나운 콧김과 거친 발굽 소리에, 고통과 분노로 불타는 두 눈과 치명적인 일격으로 고양된 생명력이 뿜어내는 엄청난 살기에 그만 압도되고 말았다.

그는 거의 본능적으로 창을 거두고 '붉은 노을' 쪽으로 도망쳤다. 참으로 위험한 순간이었다. 때맞추어 '붉은 노을'이 달려오지 않았던들 그의 가슴은 여지없이 들소의 예리한 뿔에 찢어지고 말았을 것이다. 용감한 '붉은 노을'의 창은 정확히 들소의 심장을 찔렀다. 달려온 기세 때문에 창날은 더욱 깊이 박혔다. 그리고 그 반작용으로 튕겨나간 '붉은 노을'이 도끼를 빼어들고 일어날 때쯤 달려온 '새벽안개'의 창이 다시 가세했다.

잠시 후 그가 가수(假睡)와도 흡사한 마비 상태에서 깨났을 때 일은 거의 끝나가고 있었다. 벌써 대여섯 개의 창을 받은 들소는 겉으로는 사납게 부르짖으며 날뛰고 있어도 거의 방향감각을 잃은 상태였다. 미숙한 사냥꾼들도 자신을 되찾아 빼어든 도끼로 그런 들소를 함부로 찍어대고 있었다.

그런데 그 후 오래오래 기억된 놀라운 일이 거기서 일어났다. 그때껏 그 바위 위에서 시키지도 않은 그 사냥의 지휘를 맡고 있던 '뱀눈'이 갑자기 뛰어내리더니 곧장 들소에게 달려가 그 날카롭고 긴 뿔을 잡았다. 소는 거칠게 떠받는 자세로 고개를 들었다. 일순 '뱀눈'의 몸이 가볍게 들먹했다. 그러나 이내 소의 목은 '뱀눈'의 힘에 눌려 꺾이듯 힘없이 아래로 처졌다. 그걸 보며 한 손을 뺀 '뱀눈'은 돌도끼로 소의 정수리를 힘차게 내리쳤다. 소는 움찔하더니 부르르 사지를 떨며 무너지듯 주저앉았다.

멀리서 보기에는 눈부신 '뱀눈'의 활약이었다. 그러나 그는 분명히 보았다. '뱀눈'이 뿔을 잡기 전에도 이미 소의 무릎은 몇 번이고 맥없이 꺾이고 있었다. 번들거리는 두 눈에 짙게 어려 있는 것도 분명 꺼져가는 생명의 고뇌였다. '뱀눈'이 안전한 바위에서 뛰어내린 것은 바로 그 모든 것을 확인한 뒤였다.

하지만 그날 '뱀눈'이 누린 영예는 대단한 것이었다. 세 번의 성년식에 한 번 나올까 말까 한 '뿔을 누른 자'란 칭호를 받았던 것이다. 그 밖에 다른 소년들도 각각 그들의 힘과 용기에 합당한 이름을 얻었다. 그런데 그가 얻은 이름은 치욕스럽게도 '소를 겁내는 자'였다. 창 한 번 못 던지고 고함만 지른 '큰 울음소리'도 겨우 '큰 목소리'로 이름이 바뀌었을 뿐이었다.

그는 으스스한 기운에 눈을 떴다. 잠들 때 이글거리도록 지펴 놓은 모닥불이 어느덧 가물가물 삭아가고 있었다. 동굴 속 입구가 구분되지 않는 것으로 보아 아직 날은 새지 않은 듯했다. 그는 번갈아 드는 오한과 신열로 몸을 떨며 모아둔 나뭇가지를 한 아름 모닥불 위에 얹었다. 이내 매캐한 연기가 동굴을 메우더니 불이 다시 활활 소리를 내며 타올랐다. 오한은 그 불로 곧 사라졌지만 대신 고통에 가까운 신열이 그를 엄습했다. 그러나 그 신열로 몽롱한 중에서도 그는 방금 꾼 그 생생한 꿈을 되살려보았다.

이상한 일이었다. 일찍이 늙은 스승은, 꿈이란 하늘이나 위대한 정령이 우리에게 어떤 계시로 내리는 것이라고 했었다. 그런데 이미 까마득히 사라져버린 날들의 일이 지금에 와서 부쩍 자주 꿈속에 보이는 것은 무엇 때문일까. 오랜만에 돌아온 이 동굴이 어떤 신비한 힘으로 강력한 시간의 사슬을 풀어버린 것일까. 그러면서도 다시 마른 풀더미 위에 누운 그는 이내 어수선한 잠 속으로 떨어졌다.

……'손의 동굴' 안이었다. 머리가 희끗희끗한 '날렵한 손' 곁에 그와 귀머거리, 그리고 '독사의 저주'가 앉아 있었다. 그들은 모두 '날렵한 손'의 지시에 따라 도끼 자루에 무늬를 새기려는 중이었다.

첫 출진에서 실패한 후 먼저 그가 보내어졌던 곳은 동굴 밖의 작업장이었다. 신체에는 별 이상이 없는 그는 그곳에서 어른들이 모아온 재료 ─ 석영이나 수석, 섬록암, 흑요석, 정장암 따위를 석핵(石核)과 박편으로 분리하는 곳에 보내졌다. 그러나 단순하고 쉬워 보이는 그 일은 뜻밖에도 그를 괴롭혔다. 약하게 치면 화살촉을 만들 박편조차 분리되지 않았고, 강하게 치면 이번에는 석핵까지 깨져버렸다. 타격 대신 압박을 이용해 봐도 마찬가지였다. 무엇하나 제대로 돼 나오는 것이 없었다.

그래서 다음에 보내진 곳이 그 동굴 입구의 커다란 연마석(研磨石) 곁이었다. 떼어낸 박편을 갈아 화살촉이나 단검을 만들고, 석핵으로는 도끼, 창날 따위를 만드는 곳이었다. 그곳은 더욱 견디기 힘들었다. 돌가루와 마찰 때의 열로 두 손은 거칠게 터지고 낮 동안의 불편한 자세 때문에 자리에 누우면 온몸이 욱신거렸다. 거기다가 그 단조로운 동작의 끝없는 반복 ─ 그는 결국 거기서도 쫓겨나 동굴 안으로 보내지고 말았다.

원래 그 동굴 안의 작업장은 거동이 불편한 사람들이 일하는 곳이었다. 그들은 그곳에 앉아서 날라주는 창 자루나 화살을 다듬고 거기에 혈족을 상징하는 무늬를 새기거나 그 임자의 무훈(武勳)과 이력을 과시하는 장식을 달았다. 그런데 그에게는 오히려 그곳이 견딜 만했다. 새기거나 그린다는 것은 그에게는 어릴 때부터 익숙한 작업이었다. 함께 보내졌던 '큰 목소리'가 그렇게도 빨리 떠나버린 것에 비해 그가 오랫동안 '손의 동굴'에 남아 있을 수 있었던 것은 아마도 그 때문이었다. 진작부터 멀리 산 아래에 있다는 평원지방과 그곳의 낯선 세계에 대해 열렬한 동경을 품어왔던 '큰 목소리'는 '손의 동굴'에서 맞게 된 첫 번째 봄에 벌써 자기의 꿈을 따라 떠나고 없었다.

그가 그 동굴 안의 생활에 싫증을 느끼기 시작한 것은 그로부터 두 번째의 봄을 맞고서부터였다. 단순하고 공식화된 무늬와 변화 없는 기법의 반복은 점점 그를 지치고 짜증나게 했다. 그는 도형화된 사물의 부분을 그리기보다는 자기의 눈으로 본 전체를 표현하고 싶었다. 결정된 대상을 그리지 않고 스스로 선택하여 그리고 싶었다. 그러나 '손의 동굴'에서는 그것이 인정되지 않았다.

그날도 '날렵한 손'은 방금 자기가 본보기로 새긴 도끼 자루의 무늬를 가리키며 이렇게 말했다.

"이걸 봐라. 이것은 아버지들 중 가장 날렵한 손을 가졌던 분이 처음 그려 승자의 표시로 삼은 산월계(山月桂) 이파리다. 나도 벌써 스무 봄이 지나도록 그것을 그려왔지만 그분보다 더 낫게 그릴 수는 없었다. 그리고 그 밑의 독수리 깃은 우리 혈족을 표시하는 무늬다. 까마득한 옛날에 우리의 선조를 해 뜨는 곳에서 이곳까지 태워준 그 신령한 독수리의 깃을 나의 스승께서 처음 그리셨을 때 식구들은 대단히 기뻐했다. 그래서 우리 혈족의 표지로 사용하는 것을 승인했을 뿐만 아니라 살찐 양의 뒷다리를 둘씩이나 보내주었다. 자랑 같지만, 우리는 이 두 개의 무늬만으로도 언제나 사냥에서 피 흘리는 용사들 못지않은 대우를 받았다……."

'날렵한 손'은 뒤이어 다른 몇 개의 무늬와 함께 도끼날과 창날을 자루에 단단하게 묶는 방법과 화살촉을 화살에 고정시키는 법 등을 설명했다. 모두 몇 번이고 반복해 들은 얘기였다.

뒤이어 그들이 실제로 그려야 할 차례가 왔다. '날렵한 손'은 먼저 그들에게 독수리의 깃털 무늬를 물푸레나무 자루에다 새기라고 지시했다. 그는 그리기 시작했다. 그러나 그는 자기도 모르게 깃털이 아니라 당당한 날개를, 날카로운 부리와 억센 발톱을 그려가기 시작했다. 갑자기 눈두덩에 번쩍 불이 일었다. 어느새 그의 엉뚱한 행동을 주시하고 있던 '날렵한 손'이 세차게 따귀를 후려친 것이다.

"이 건방진 놈. 사지가 멀쩡하면서도 소가 무서워 도망이나 다닌 주제에 시키는 짓은 하지 않고……. 이 무늬는 우리의 핏줄을 표시하는 신성한 것이야. 물론 네가 '날렵한 손'이란 이름을 얻게 되면 네게도 자신의 무늬를 그릴 자격이 생긴다. 하지만 그때에도 그것을 용사들의 도끼 자루에 새겨 넣기 위해서는 그들의 동의가 필요해. 그런데 있는 무늬조차 아직 제대로 못 그리는 주제에, 건방진 놈."

숨이 자주 가쁜 '날렵한 손'은 그러면서도 그가 그린 독수리를 다시 한번 살폈다.

"더구나 이것은 무늬가 아니고 그림이다. '신비의 동굴'에서나 그려져야 할 신성한 그림을 아무 데서나 그리는 것은 거기서 행해지는 주술의 효과를 줄일 수도 있는 불경한 짓이야. 너는 어디까지나 '손의 동굴'에 속해 있어. 너는 식구들이 요구한 것만을 그려야 해. 네 입에 냄새 나는 양꼬리고기라도 처 넣으려면……."

그는 다시 눈을 떴다. 역시 꿈이었다. 어느새 동굴 입구는 희끄무레 밝아 있었다. 그는 무거운 몸을 천천히 일으켰다. 신열은 상당히 내려 있었다. 모닥불은 벌건 숯덩이로 변해 알맞게 주위를 데우고 있었다. 그 이글거리는 숯불을 보며 그는 희미한 식욕을 느꼈다. 그제서야 그는 어제 낮 이후 아무것도 먹지 않았다는 것을 깨달았다.

그는 휘청거리며 동굴벽의 바위시렁에서 '산나리'가 준비해 준 음식물 보퉁이를 내렸다. 아직도 육포 조금과 말린 물고기 몇 마리가 남아 있었다. 그는 그중에서 물고기를 한 마리만 꺼내 불에 구웠다.

그러나 물고기가 알맞게 익어도 생각처럼 식욕은 일지 않았다. 간신히 몸통 부분을 몇 점 뜯은 그는 물이 든 가죽주머니를 찾았다. 그가 다 마셔버렸던 것인지 아니면 간밤내 새어버린 것인지 가죽주머니는 텅 비어 있었다. 그는 빈 가죽주머니를 들고 입구 쪽으로 나갔다. 어디 가까운 바위틈에서 샘물이라도 담아올 생각이었다.

동굴 입구에 나와서야 그는 지금이 새벽이 아니라 상당히 늦은 아침이라는 것, 그리고 밖에는 심한 비가 오고 있다는 것을 알았다. 그는 잎새의 골진 바위 틈서리에서 흘러내리는 물을 함부로 움켜 마셨다. 찬 빗물이 뱃속에 들어가자 약간 생기가 났다.

그는 원래 오늘 '신비의 주토(朱土)'와 숯보다 짙은 흑색을 내는 이탄(泥炭), 바이올렛 빛과 청색을 얻을 수 있는 수액(樹液)을 찾으러 나설 작정이었다. 오랜 세월 전에 그는 스승인 '영험한 손'과 함께 그런 것들을 찾아 부근을 쏘다닌 적이 있었다. 당장이라도 나서면 그런 것이 있는 곳들을 찾아낼 수 있을 것 같았다.

그러나 그는 줄기차게 쏟아지는 빗줄기를 바라보며 곧 출발을 단념했다. 현재 상태로는 무리였다. 그 동굴로 돌아오는 도중에 악령의 입김이 서린 계곡물을 함부로 마셨거나 날던 새도 떨어진다는 숲의 독기를 쐬었던 것 같았다. 그 후 그는 조금씩 몸이 무겁고 식욕이 떨어지더니 어제부터는 오한과 신열이 번갈아 그를 괴롭혔다. 우선은 건강을 회복하는 것이 중요했다.

그렇게 생각한 그는 다시 모닥불 곁으로 돌아가기 전에 잠시 빗속에 잠긴 숲과 봉우리들을 깊은 애정으로 바라보았다. 한 번 떠나간 후 오랫동안 그리워했던 것들이었다. 그러자 가까운 활엽수 잎에 떨어지는 빗방울 소리 탓이었을까. 그는 자신도 모르게 어느 우울한 날의 회상 속으로 떨어졌다.

……하늘 가득히 비가 나리고 있었다. 멀리 '사슴의 숲'도 '검은 전나무 산'도 빗속에 희부옇게 웅크리고 있었다.

그날 그들의 동굴은 때아니게 열기에 넘치고 왁자한 분위기였다. 남자들은 기분 좋게 타오르는 모닥불 곁에서 맛난 고기를 뜯으며 지난 사냥에서의 무용담이나 개인의 신기한 체험을 큰 소리로 주고받고 있었다. 여자들도 모두 그곳에 모여 오직 요리와 남자들의 시중에만 전념했다.

말하자면 우기(雨期)의 임시 축제였다. 그해 봄에는 유난히 사냥이 잘되고 산과 계곡의 열매들도 풍부해 충분한 식량을 비축한 그들은 그 우기의 첫날을 느슨한 기분으로 쉬며 포식과 담소를 즐기는 중이었다. 포를 떠 말린 고기 외에도 생포해서 묶어둔 몇 마리의 산양이 있었고 말리거나 저린 육과(肉果)도 상당했다. 간간 비가 갤 때 처치해 둔 함정과 덫이나 살피고, 풍부한 수분으로 더욱 충실해진 야생의 열매와 푸성귀나 보태면 우기를 넘기기에는 충분한 양이었다.

'손의 동굴' 사람들도 그날만은 일손을 멈추고 모두 큰 동굴로 모였다. 물론 그도 그곳에 있었다. 그러나 거기에 따라온 지 얼마 되지 않아 그는 곧 후회했다. 그들이 자랑스레 떠들고 감탄해서 듣고 있는 무용담은 그에겐 바로 고통과 수모였다. 더구나 이제는 어엿한 성년 용사로 틀이 잡힌 지난날의 친구들은 대면 그 자체가 굴욕이었다. 그들은 혈족의 가장 존경받는 용사들과 어깨를 나란히 하고 앉아 그들 몫으로 분배된 기름지고 맛난 고기를 마음껏 뜯고 있었다.

거기에 비하면 '손의 동굴' 사람들에게 분배된 고기는 초라하기 그지없었다. 충분하지도 않은 양인데다 태반이 노랑내 나는 산양의 꼬리 부분이거나 힘살투성이인 들소의 어깻살이었다. 다만 용사들은 자기의 무기에 멋진 무늬나 장식을 달아준 데 대한 개인적인 감사로 그들 몫의 질 좋은 고기를 '손의 동굴' 사람들에게 던져주었는데, 그것은 오히려 그를 처량한 기분에 젖게 했다. 그런 것을 감지덕지 받아먹는 동료들의 천박을 보며 그는 처음으로 자기가 일평생 기대해야 할 고기의 종류가 어떤 것인가를 뼈저리게 느꼈다.

거기다가 그를 한층 비참하게 만든 것은 이례적으로 내려온 '사제자의 물'이었다. 정규의 축제일이 아닌데도 '신비의 동굴'에서 내려온 것으로 그 양은 용사들에게도 겨우 돌아갈 정도밖에 안 되었다. 단 한 번 마셔본 경험뿐이지만 그날따라 그는 몹시 그것을 마시고 싶었다. 왠지 그 신비한 물은 자신을 못 견디게 울적한 기분에서 구해 줄 것만 같았다. 그러나 그는 용사가 아니었다. 천대받는 '손의 동굴'에 속한 하급 장인(匠人)일 뿐이었다.

그는 문득 그곳을 떠나 홀로 있고 싶어졌다. 마침 여기저기서 자리를 뜨는 용사들이 있어, 그도 눈에 띄지 않게 그곳을 빠져나올 수 있었다.

동굴 밖은 사납게 빗줄기가 몰아치고 있었다. 찬 빗방울이 머리를 적셔올 때에야 그는 그 비가 무작정 맞고 있을 수 있는 성질의 것이 아니라는 것을 깨달았다. 그는 참나무붙이가 밀생한 가까운 언덕 쪽으로 달려갔다. 그 어느 잎이 무성한 가지 아래 아직 비에 젖지 않은 마른 흙이 있을 것 같아서였다. 그러나 오랫동안 내린 비는 두터운 잎새를 뚫고 굵게 방울져 흘러내려 비를 피할 만한 곳은 거기에도 없었다. 그는 다시 그 곁 바위 비탈을 살펴보았다. 마침 한 군데 비를 피할 만한 바위 그늘이 있어 그는 우선 그리로 달려갔다.

평소 무심코 지나쳤지만 꽤 깊은 바위 그늘이었다. 그는 겨우 비를 피할 정도의 잎새에 앉아 망연히 그의 앞길에 남겨진 괴롭고 긴 세월을 생각했다.

그렇게 얼마나 지났을까. 음울한 사념 중에도 무심코 주위를 살피던 그는 문득 맞은편 바위벽에 기대 세워진 창 한 자루를 보았다. 몹시 눈에 익은 것이었다. 붉은색 띤 창날과 들말의 갈기로 만들어진 수술 — 바로 유명한 '뱀눈'의 창이었다.

그가 '손의 동굴'에서 괴롭고 쓸쓸한 세월을 보내고 있는 동안도 '뱀눈'은 눈부신 성공을 거듭했다. 성년식을 마치고 채 네 번의 봄이 나기도 전에 '뱀눈'은 자신의 목걸이를 벌써 맹수의 이빨과 발톱으로 가득 채우고 있었다. 공식적인 명칭도 '뿔을 누른 자'에서 '위대한 용사'로 승격되었다.

그러나 그는 '뱀눈'의 그런 성공에 대해 몇 가지 석연찮은 점을 듣고 있었다. 가장 힘세고 용감한데도 언제나 가장 큰 공을 '뱀눈'에게 빼앗기는 '붉은 노을'이 주로 털어놓은 것으로, 거기 따르면 '뱀눈'의 그런 성공은 간교한 꾀로 얻은 첫 번째의 성공과 별반 다를 바가 없었다. 어찌 된 셈인지 동배(同輩)는 물론 연상의 용사들까지도 몇 번에 한 번씩은 자기들의 공로를 '뱀눈'에게 양보한다는 것이었다. 즉 빈사의 사냥감을 '뱀눈' 쪽으로 몰아주어 그에게 결정적인 일격을 가하게 함으로써 그의 성공 횟수를 늘려준다는 식이었다.

"놈은 무언가 그들에게 더러운 속임수를 쓰고 있어. 그들은 자기들이 성공해서 받게 될 것보다 더 큰 대가를 놈이 줄 수 있다고 굳게 믿는 것 같았어……"

그것이 '붉은 노을'의 불만스러운 결론이었다.

거기다가 그가 몇 번이나 손보아준 '뱀눈'의 창도 여느 것들과는 달랐다. 그 붉은색의 창날은 손의 동굴에서 흔히 쓰는 현무암이나 수석 따위는 아니었다. 훨씬 무겁고 단단하면서도 질겼다. 날을 세우기는 힘들었지만 한 번 세우기만 하면 다른 것들보다 훨씬 날카로워 더 깊고 치명적인 일격을 사냥감들에게 가할 수 있었다.

그가 이런저런 생각으로 창을 살피고 있는 사이에 갑자기 바위 그늘 쪽에서 이상한 신음소리가 새어나왔다. 귀를 기울이던 그는 금세 얼굴이 달아올랐다. 그 소리가 무엇을 뜻하는가를 알아차렸기 때문이었다.

그는 처음 조용히 그곳을 피해 주려고 마음먹었다. 그러나 이내 그는 '뱀눈'의 상대가 궁금했다. 호기심을 억제하지 못한 그는 살며시 접근해 바위틈 사이로 엿보았다. 둘은 이미 맹렬하게 엉켜 있어 그런 그의 접근을 눈치 채지 못하고 있었다.

'뱀눈'의 넓은 등판에 가리워 당장은 밑에 있는 여자가 잘 확인되지 않았다. 그러나 유난히 새하얀 피부와 목께에 늘어진 조개껍데기를 본 순간 그는 그녀가 누구인지를 알아차렸다. 바로 '초원의 꽃'이었다. 방금 그녀의 목에 늘어져 있는 그 목걸이는 그가 여러 날을 공들여 만들어 바친 것이었다. 순간 그의 피는 역류하는 것 같았다. 분노와 슬픔이 뒤엉킨 묘한 격정으로 외마디 소리라도 지를 뻔하였다.

오, '초원의 꽃'. 단조롭고 몽롱한 유년에서 벗어난 이래 그의 모든 낮과 밤은 오직 그녀만을 위한 것이었다. 그가 얻은 모든 아름답고 귀한 것은 모두 그녀에게 바쳐졌고, 꽃 한 송이 새소리 한 가

닥도 그녀와 연관 짓지 않고는 받아들일 수 없었다. 때로 그의 그런 노력은 그녀의 보답을 받기도 했다. 실제로 그들은 몇 번인가 은밀한 관목숲이나 후미진 바위 그늘에서 어른들로부터 금지된 장난을 한 적도 있었다.

그러나 초조(初潮)의 부정(不淨)이 씻긴 후 한 성년 여자로 선포되고부터 '초원의 꽃'은 변하기 시작했다.

여자가 성년이 된다는 것은 원칙적으로 어머니가 같은 형제를 제외한 동배의 모든 남자들의 처가 된다는 뜻이었다. 그러나 실제 매일 밤의 잠자리의 상대를 결정하는 데는 별개의 원칙이 필요했다. 동일 시간에 성합(性合)할 수 있는 남녀는 각각 한 사람뿐이기 때문이었다.

거기서 매일 밤의 지정권이 발생했다. 궁극적으로 상대를 결정할 권리는 여자 쪽에 유보되어 있었다. 그러나 혈족 간의 싸움이나 큰 사냥이 있는 날은 공을 세운 순으로 용사들에게 지정권이 돌아갔다. 그리고 관례는 그런 날의 우선권에 복종하도록 여자들에게 요구하고 있었다.

'손의 동굴'에 있는 그의 서열은 당연히 모든 용사들의 끝이었다. 따라서 사냥이나 싸움이 있는 날은 그는 '초원의 꽃'을 단념했다. 그녀는 처들 중에 가장 아름답고 풍만했으므로 용사들이 다투어 그녀를 지정했기 때문이다. 그러나 지정권이 그녀에게 유보된 평범한 날도 그녀가 거부 없이 용사들의 지정을 따르는 것을 보면 그의 가슴은 터질 듯 괴로웠다. 모든 처들은 이튿날 아침의 분배에서 간밤에 잠자리를 함께한 남편과 동일한 대우를 받도록 되어 있었는데, 그것이 그녀를 항상 몫이 많은 용사들을 택하게 만드는 것 같았다. '손의 동굴'에 있는 그의 몫은 언제나 형편없는 하급이었다.

결국 성년식 이후 그가 '초원의 꽃'과 잠자리를 같이해 본 것은 단 한 번뿐이었다. 방금 그녀의 목에 걸려 있는 그 목걸이를 바친 밤이었는데, 그나마 그를 받아들이는 그녀의 몸은 굳고 식어 있었다. 그러나 그녀에 대한 그의 격정은 갈수록 치열해져갈 뿐이었다.

그가 번민에 잠겨 있는 동안도 그들 남녀의 신음과 숨소리는 높고 거칠어만 갔다. 그리고 그것은 거대한 뱀처럼 그의 정신을 옥죄고 물어뜯었다. 그런 자기의 감정이 어리석고 천한 것이라고 수 없이 들어왔음에도 불구하고 그는 더 이상 견딜 수 없었다. 그는 자신도 모르게 곁에 세워진 '뱀눈'의 창을 잡았다. 원인 모를 증오로 눈이 먼 그는 한달음에 달려가 두 남녀를 그 창에 꿰어 놓고 싶었다.

그때였다. 누군가 살며시 그런 그의 손을 잡아끄는 사람이 있었다. 거친 눈으로 돌아보니 언제 왔는지 비에 젖은 '산나리'가 서 있었다. 공허한 두 눈에 눈물이 흥건히 고여 있었다. 그걸 보자 왠지 그의 가슴도 찡해졌다. 결국 그는 들었던 창을 힘 없이 놓고 그녀가 끄는 데로 따라갔다.

"무슨 짓을 하려는 거예요?"

그들이 다른 얕고 호젓한 바위 그늘에 이르렀을 때 '산나리'가

울먹이며 말했다.

　참으로 이상한 여자였다. 어렸을 적부터 그녀는 까닭 없이 그를 좋아하고 그의 주위를 맴돌았다. 그가 마지못해 준 뼛조각이나 조개껍데기를 그녀는 소중하게 지녔으며, 무심히 한 말도 오래오래 기억했다. 성년이 된 그녀에게 최초의 지정권이 주어졌을 때 그녀가 동침의 상대로 지정한 것은 뜻밖에도 그였다. 그런데도 왠지 그는 그녀가 싫었다. 길고 음울한 코와 희고 부석부석한 피부가 싫었고 꿈꾸듯 몽롱한 두 눈이 싫었다.

　그 밖에 그가 그녀를 피하게 만드는 것은 어쩌다 둘이 있게 되면 끊임없이 물어대는 멍청한 질문과 지겹도록 반복하는 턱없는 공상이었다. 하늘 저 멀리에는 무엇이 있을까, 흰구름이 흘러가 닿는 곳은 어디일까, 우리들 최초의 어머니는 어디서 왔을까, 영혼은 정말로 영원히 사는 것일까…… 아니면 열매와 날알이 풍부한 숲, 습기 없고 아늑한 동굴, 둘만의 성합(性合), 그를 닮은 아이들…… 따위의 공상.

　사실 그것들은 그도 궁금히 여기거나 때로 꿈꾸는 것들이었다. 다만 그것들을 '산나리'가 하고 있다는 것이 싫을 뿐이었다. 아아, 그녀가 '초원의 꽃'이었다면, '초원의 꽃'이었다면…….

　그러나 밤의 동굴에서 언제나 그를 기다려주는 것은 '산나리'뿐이었고, 따라서 그의 몸이 이상한 욕화(慾火)로 스멀거리고 여인의 체취가 못 견디게 그리워질 때면 어쩔 수 없이 그녀와 어울렸다.

　"제가 '초원의 꽃'만큼 아름답지 못하다는 건 알고 있어요. 하지만 이렇게 당신을 좋아하는데, 당신의 얼굴만 보아도 숨 막힐 듯 기뻐오는데……."

눈물이 범벅이 된 얼굴로 '산나리'는 호소했다.

"'초원의 꽃'은 당신의 흰 얼굴과 부드러운 손을 비웃지만 저는 오히려 그것이 좋아요. 그녀는 당신의 밋밋한 가슴과 연약한 팔을 경멸하지만 제게는 그것이 아름다워 보여요. 그녀는 다른 사람들이 잡은 짐승들의 고기와 가죽을 가치 있게 여기지만 저는 열 마리의 들소보다도 당신이 그 뿔에 새긴 조그만 풀이파리 하나가 몇 배나 더 소중해요. 그런데도 저를 사랑해 주실 수 없나요? 영영 '초원의 꽃'을 대신할 수는 없어요?"

거기서 그는 갑자기 그녀를 껴안았다. 그리고 곧장 그녀의 비에 젖은 털가죽 옷을 벗겼다. 성급하고 난폭한 손길이었지만 그녀는 저항하지 않았다. 뒤이어 자신의 입성도 벗어붙인 그는 어지러이 널린 옷가지 위에 쓰러뜨리듯 그녀의 빈약한 육체를 뉘었다.

그러나 쉽게 불붙어 오르는 '산나리'의 몸에다 비뚤어지고 응어리진 욕정을 내리쏟는 동안에도 그의 두 눈 가득히 떠오르는 것은 엉켜 있는 '뱀눈'과 '초원의 꽃'이었다. 그는 마음속에서 울부짖듯 다짐하였다. 이제 나는 '용사의 동굴'로 돌아가리라. 보다 자신을 단련하고 강화하여 나도 떳떳하게 '초원의 꽃'을 차지하리라…….

갑자기 한줄기 바람이 굵은 빗줄기를 몰아쳐 회상에 잠긴 그의 얼굴을 적셨다. 오싹한 한기로 그는 쓸쓸한 추억에서 깨어났다. 쏟아지는 빗줄기는 점점 폭풍우의 징후를 띠고 있었다.

모닥불 가로 돌아온 그는 가물가물 사그라드는 불을 되살렸다. 모닥불은 금세 알맞은 열기와 빛으로 타올랐다. 그의 몸에서 가는 김이 피어오르며 한기로 굳었던 그의 몸이 다시 느슨하게 풀렸다. 그러자 그 한기로 인해 단절되었던 지난날의 기억이 다시 생생하게 눈앞에 펼쳐졌다.

그래, 나는 돌아갔었지…… 그는 회상했다. 그가 다시 창과 도끼를 잡겠다고 말했을 때, 당시 용사들의 지도자였던 늙은 '회색곰'은 기꺼이 받아주었다.

"용감한 삶과 용감한 죽음은 사나이의 자랑이다. 그런데 너는 어리석게도 그것을 포기했다. 네가 소에게 등을 보였을 때 사나이로서의 네 생명은 끝났다. 하지만 사람의 기억은 덧없는 것, 다시 한번 네게 기회를 주겠다. 부디 치욕스런 이름을 벗는 기회가 되기를 빌겠다."

그러나 연속되는 또 다른 기억은 다시 그를 쓰라린 감회 속에 빠뜨렸다. 그는 두 번째의 출전에서 또다시 실패하고 말았다.

그래도 나는 비겁하지는 않았어. 그는 자신을 변호하듯 중얼거렸다. 물론 덮쳐오는 소는 여전히 공포였지만 나는 한 발짝도 물러나지 않았어. 나는 그 거대한 공포의 실체와 정면으로 대결한 거야. 왜냐하면 내 내부에는 그보다 더 큰 공포가 나를 강제하고 있었거든. 바로 '손의 동굴'로 되돌아가게 되리라는 공포…….

그의 창은 실제로 소를 찔렀었다. 그러나 그것으로 끝이었다. 소는 쓰러지지 않고 오히려 태풍처럼 그를 휩쓸고 지나갔을 뿐이었다. 예리한 뿔에 어깨가 찢어지고 발굽에 두 다리가 짓뭉개진 그가 다시 정신을 차린 것은 이틀 후였다. 기껏 그가 얻은 것은 비겁자의 칭호를 약자의 칭호로 바꾼 것뿐이었다. '소에게 밟힌 자.'

그가 다시 몽롱한 회상에서 깨어난 것은 갑작스레 피어오르는 불꽃 때문이었다. 마른 장작 사이에 굵은 관솔가지라도 들어 있었던 것일까. 모닥불에 한 줄기 검붉은 화염이 치솟더니 동굴 안이 환히 빛났다. 그러자 천장의 바위면에 그려진 그림들이 뚜렷이 드러났다. 스승인 '영험의 손'이 새긴 희생의 사람을 제하면 모두 자신이 다시 돌아온 후에 그린 습작이었다. 두 마리의 산돼지, 약간의 말, 실물보다 훨씬 큰 암사슴…… 그리고 그 가운데에 자신이 가장 힘을 쏟은 들소가 아직 희미한 선으로만 어른거리고 있었다. 다른 것들도 그랬지만 특히 그 소는 동굴의 다른 벽면에 그려진 그림들과 전혀 다른 기법이었다. 흡사 털 한 올도 빠뜨리지 않으려는 듯, 세밀한 선으로 된 그림을 보며 그는 문득 늙은 스승의 목소리를 상기했다.

"아주 옛날에는 우리들도 사물을 실제와 일치하게 그리려고 애를 썼다. 그때는 이들 그림 자체가 무슨 특별한 힘을 가졌다고 믿었기 때문이었다. 그러나 점차 사람들은 그것이 불필요한 노력과 시간의 낭비라는 걸 깨달았다. 그림은 그저 우리가 자연과 위대한 정령에게 우리의 뜻을 전달하는 도구이며, 동료 인간들에게 나누어주는 믿음과 격려의 부적에 불과하기 때문이다. 곧 자연과의 교감을 통하여 그려진 이 짐승들이 실제로 우리의 힘에 굴복하게 되리라는. 따라서 중요한 것은 손바닥 자국을 벽에 찍듯 정확한 모사(模寫)가 아니라 대상을 상징하는 힘이다. 그리고 그 힘은 대상이 가지는 몇 개의 특징을 굵고 강한 선으로 강조함으로써 얻어진다. 예를 들면 사슴의 뿔을 나타내는 몇 개의 선만으로 우리는 그것들을 교감적(交感的)인 마술 속으로 잡아들일 수 있는 것이다.

앞으로 네가 고려하여 얻어야 할 것은 바로 그 대상의 특징을 파악하는 힘이며 그것을 가능하면 단순하고 원초적인 선으로 처리하는 대담함이다."

그가 처음으로 이 동굴에 왔던 날 늙은 스승은 그의 그림을 보고 그렇게 말하였고 그 후 그도 대체로 그 원리에 충실했다. 그러나 지금은 모든 것이 달라졌다. 그는 이미 교감적인 마술의 도구로 그리고 있는 것이 아니었다. 그가 추구하고 있는 것은 그림 너머에 있는 것이 아니라 그 자체였다. 가장 가치 있는 것의 생생한 화체(化體) ─ 그렇게도 열렬하게 쫓았으나 결국은 한 번도 잡지 못한 들소 그 자체를 이제 자신의 선과 색으로 잡아보고 싶을 뿐이었다.

그러자 이번에는 '큰 목소리'의 경멸에 찬 눈길과 비양거리는 어조가 떠올랐다.

"나의 목소리가 노래 부르기 위한 노래에만 바쳐질 수 없듯이 너의 선과 색도 그림 그리기 위한 그림에만 바쳐질 수는 없어. 이 땅 위에서 행해지는 것은 모두 무엇인가를 향해 있어. 우리는 그것을 위대한 정령(精靈)이라고 말하기도 하고, 신비한 자연이라고 부르기도 하지. 그러나 사실은 모두 동료인 인간들을 향한 거야. 우리가 무엇을 하든 그들의 이익과 관심에서 멀어져가면 이미 아무런 가치가 없어. 아니 그 이상 — 그것은 배반이야. 우리가 창 자루를 잡거나 숲을 달리며 땀 흘리지 않아도 그들이 우리에게 매일의 고기와 낟알을 보내오는 것은 분명 그런 의무와 책임을 전제로 하는 것이야. 너의 선과 색은 절대로 너만의 것일 수가 없어."

하지만 나는 그들을 떠났다 — 그는 중얼거렸다. 나는 혼자다. 나는 그들과의 그런 불투명한 연계(連繫)에서 탈출해 나왔다. 이제 이 선과 색은 나만의 것이다. 나를 충족시킴으로써 충분한 것이다…….

그러나 이렇게 강렬하게 항변하고 있는 동안 문득 한 가닥 불안이 그를 엄습하였다. 두텁게 그를 둘러싸고 말 못할 무게로 그를 죄어오는 외로움 때문이었다. 지금과 동기는 다르지만 지난날에도 한 번 그는 이와 비슷한 탈출을 시도해 본 적이 있었다. 그는 용감하게 낯익은 혈족들과 정든 땅을 버리고 떠났었다. 그러나 결국은 그 외로움 때문에 돌아오고 말았다.

그때 그가 도망치려 했던 것은 두 번째의 실패로 확정된 자신의 운명으로부터였다. 몇 번의 달이 차고 기울자 소뿔에 찢긴 어깨의 상처는 아물었지만 짓밟힌 왼무릎은 영영 그대로 굳어버려 그는 어쩔 수 없이 '손의 동굴'과 그 굴욕적인 삶으로 돌아가지 않을 수 없었다.

그는 무턱대고 낮은 곳을 향해서 출발했다. 멀리 평원지방과 그곳의 기름진 들에 낟알을 가꾸며 산다는 온순한 사람들을 향해. 일찍이 '큰 목소리'가 커다란 동경을 품고 떠나갔던 세계였다.

그러나 채 하루가 지나기도 전에 그는 새로운 종류의 고통을 경험했다. 홀로 있게 된다는 것 — 낯선 사람들과 낯선 세계에 홀로 떨어져 살게 된다는 것 — 바로 고독에 대한 공포였다. 거기다가 계절도 아주 나빴다. 마침 사슴이 뿔을 가는 달이어서 숲에서는 한 줄기 나무순 한 톨 밤알조차 얻을 수 없었다. 결국 굶주림과 추위 속에 부락 주위를 배회하던 그는 떠난 지 사흘 만에 사냥 나온 혈족에게 발견되어 되돌아오고 말았다.

그렇지만 그 출발이 전혀 무의미한 것은 아니었어…… 그는 스스로를 위로했다. 그러자, 의심스럽던 혈통의 비밀이 밝혀지고 자기에게 새로운 생이 열리던 순간이 그의 눈앞에 다시 선명하게 떠올랐다.

……'위대한 어머니'가 그를 찾아온 것은 그가 거의 빈사의 상태로 혈족들에게 발견된 지 나흘 만이었다. 그날 아직 회복이 덜 된 몸으로 후미진 동굴에 홀로 누워 있는 그를 찾아온 '위대한 어머니'는 그에게는 그대로 감격이었다. 한 번 탈출에 실패한 후로 고독은 또 하나의 새로운 운명이었다. '산나리'를 제외하고는 아무도 그가 누워 있는 곳을 찾아주지 않았고, 간간 밖에 나가 둘러보는 산과 숲도 문득 낯선 듯이 느껴졌다.

"사랑하는 아들아, 누가 너를 괴롭히더냐? 무엇이 너를 이 따뜻한 동굴과 다정한 형제자매의 품에서 빠져나가 눈 속을 헤매게 하였느냐?"

'위대한 어머니'는 전에 없이 자상한 목소리로 그의 어깨를 어루만지며 물었다. 남자에게는 가장 큰 금기임에도 불구하고 걷잡을 수 없이 쏟아지는 눈물을 두 손으로 훔치며 그는 더듬거렸다.

"위대한 어머니, 그것은 바로 저 자신이었습니다. 저의 희고 약한 피부와 가는 팔다리였습니다. 왜 저의 창날은 사냥감의 심장을 찌르지 못하고, 화살은 항상 빗나가 버리는 것입니까? 어째서제 담력은 풀숲을 뛰는 토끼보다 못하고 제 머리엔 망상만이 가득한 것입니까? 떨어진 작은 새의 주검이 유독 제게만 슬픔이 되고, 숨져가는 꽃사슴의 눈망울이 괴롭게 느껴지는 것은 또 무엇 때문입니까?

위대하신 어머니, 진심으로 묻습니다. 혹 자연은 저의 출생을 꺼린 것이나 아닌지요. 숲의 정령도 저를 못마땅히 여겨 여인의 몸과 마음을 그릇 점지한 것이나 아닌지요……."

그런 그를 보는 '위대한 어머니'의 눈은 점점 연민으로 흐려져갔다. 그녀는 그의 얇고 부드러운 손과 여윈 팔목을 어루만지며 말했다.

"아들아, 괴로워 마라. 그래도 네가 태어났을 때 태양은 미소하였고, 숲의 정령도 동굴 가득히 그 신선한 입김을 불어넣어 주었더니라. 네가 네 형제들과 다른 점은 너의 피가 그들과 다르기 때문이다. 그리고 ─ 그것을 지금까지 알아보지 못한 것은 나의 불찰이었다……."

그 말을 들은 그는 돌연한 호기심으로 성급하게 되물었다.

"그럼 나는 저 많은 아버지들의 자식이 아닙니까? 내 어머니는요? 그들은 모두 어디에 있습니까?"

"물론 너를 낳은 것은 나의 딸이다. 그러나 내 짐작이 맞다면 처음 네 피를 우리 혈족에 전한 자나 그것을 이어 내 딸의 몸에 너의 씨를 뿌린 자는 아무도 이곳에 없다."

"그럼 제 피의 근원이 되는 사람은 우리 혈족이 아니었단 말입니까?"

"그렇다. 그러나 부끄러워하거나 괴로워할 필요는 없다. 그는 비록 우리들의 혈족이 아니지만 우리들보다는 훨씬 더 저 먼 하늘과 그곳에 계신 조상들의 영혼에 가까운 사람이었다. 또한 그는 한 번도 싸움과 사냥에 나서본 적이 없지만 어떤 용사보다 더 큰 힘과 용기를 가진 사람이었다."

"잘 알아들을 수가 없습니다. 어째서 그런 일이 있을 수 있었습니까?"

"벌써 오래전의 일이다, 네가 태어나기 훨씬 전의. 그때 우리는 대단한 재앙을 만났다. 오랫동안 하늘이 비를 주시지 않아 골짜기며 샘은 모조리 마르고, 풀과 나무조차도 잎과 순을 제대로 피우지 못했다. 그 때문에 우리의 사냥감들은 모두 풀과 샘을 찾아 낮은 곳으로 내려가고 우리들도 그들 뒤를 따라 낮은 곳으로 내려가지 않을 수 없었다.

　그러나 평원지방에는 벌써 오래전부터 다른 혈족들이 자릴 잡고 있었다. 그중에서도 짐승을 길들여 기르며 사는 혈족들은 언제나 이동 중이어서 자기들의 근거지에 대한 집착이 없었지만, 기름진 평야에서 난알을 기르며 살던 족속들은 토지에 대한 강렬한 집착으로 우리에게 거센 저항을 했다.

　그들은 머릿수로도 우리보다 훨씬 많았고, 목책이나 흙벽으로 우리의 침입을 막을 줄도 알았다. 그러나 대체로 그들과의 싸움은 수월했다. 그들은 이미 오랫동안 숲 속을 달려보지 않았고, 맹수들을 쫓던 기억마저도 없어 거칠고 날랜 우리 전사들을 당해내지 못했다. 이듬해 충분한 비가 오고, 이 계곡에 다시 사냥감이 되돌아올 때까지 우리는 그들이 갈무리해 둔 난알과 길들인 짐승을 빼앗아 살았지.

　아마도 우리 혈족에 너의 피를 최초로 옮겨온 사람은 평원의 그들 중의 하나였을 것이다. 우리들에게 붙들렸으나 단 한 번의 예외로 살려준.”

　“그런데 어째서 그를 살렸습니까?”

　“그의 신비한 능력 때문이었다. 그는 우리가 알지 못하는 저 하늘의 목소리를 알아들었고 땅의 몸짓과 표정을 이해했다. 그의 목소리는 바람을 달래고 비를 부를 수 있었으며, 그의 눈길은 멀리 수십 개의 봉우리 너머에서 묻어오는 구름을 보았다. 가벼운 풀잎의 나부낌이나 작은 새의 노래마저도 그에게는 의미 있는 하늘의 속삭임이며, 땅의 숨결이었다……."

거기서 잠시 '위대한 어머니'는 까마득한 날의 기억을 더듬는 것 같았다. 그러나 그가 미처 무엇을 물을 틈도 없이 그녀는 다시 하던 얘기를 계속했다.

"평원지방을 휩쓸고 다니던 그해 여름에 우리는 한 커다란 부락을 약탈했다. 모든 것이 풍족한 곳이었지만 그들도 가뭄에 고통당하고 있었던 모양으로 우리가 습격한 날은 마침 부락 전체가 모여 비를 빌고 있었다. 우리는 그런 그들을 마음껏 유린하고 약탈했다. 그런데 그 부락 가운데의 공터에서 우리는 언뜻 이해 안 되는 광경을 보았다. 방금 제례가 행해지던 그곳에는 거대한 장작더미가 쌓여 있고, 그 위엔 한 남자가 서 있었다. 묶여 있는 것도 아니고, 실신한 것도 아니었다. 알고 보니 그들의 기우사(祈雨師)였다. 오래 빌어도 비가 오지 않자 그는 동족들을 위해 스스로 희생해 제단 위에 오른 것이었다.

우리는 그를 장작더미에서 끌어내렸지만 아무도 그에게 창을 겨누지 못했다.

우리는 흰 양털로 짠 예복과 새 깃으로 장식된 모자, 그리고 무엇보다도 그의 엄숙한 표정과 형형한 눈길에 압도당했다. 거기다가 우리의 전사들이 둘러싸고 있는 동안에 돌연히 하늘이 캄캄해지고 굵은 빗방울이 떨어지기 시작했다. 아마도 우리 혈족이 그를 우리의 사제자(司祭者)로 맞아들일 생각이 난 것은 바로 그 순간이었을 것이다. 원래 전문적인 사제자를 두는 것은 소출이 많고 보관이 용이한 낟알을 재배하는 평원지방의 관습이었다. 그들은 한 사람의 노력만으로도 몇 사람분의 식량을 얻을 수 있었으므로 직접 생산에 참여하지 않고 풍요와 다산만을 기원하는 사제자를 기를 수 있었다. 그리고 그런 관습은 자연상태보다 훨씬 잘 자라고 젖과 고기도 많이 내는 가축을 가지게 된 초원의 유목민에게도 번졌다.

물론 우리에게도 위대한 정령들과 우리를 중개하는 사람이 필요했다. 그러나 불확실한 사냥과 빈약한 채취만으로 살아가던 때에는 그럴 여유가 없었다. 우리가 가졌던 의식은 혈족의 용사들 중 약간의 솜씨를 가진 자가 즉흥적인 노래로 우리의 희망을 하늘에 전하고 서투른 그림에다 창이나 화살을 박아 넣어 목표하는 사냥감에 주술을 거는 것이 전부였다.

우리가 평원지방의 토기와 함께 그런 사제자를 받아들일 수 있었던 것은 순전히 약탈로 인해 생긴 여유 때문이었다. 그러나 그 후 이곳으로 돌아온 후에도 만들기 어렵고 보관하기 까다로운 토기는 곧 버렸지만, 그 제도만은 존속시켰다. 바로 '신비의 동굴'이 그것이다.

평원에서 끌려온 그 남자는 그 동굴의 첫 번째 주인이 되었다. 그러나 그는 본질적으로 우리의 혈족이 될 수는 없었다. 오랜 세월이 지나도록 그는 평원지방을 그리워했고, 그곳에서 축적되고 있는 사람들의 지혜에 대한 애착을 버리지 못했다. 그 때문에 평원지방에서 그 비법을 가져온 '사제자의 물'에 항상 취해 살던 그는 결국 어느 폭풍우 치던 밤 동굴 앞 벼랑에서 떨어져 죽었다.

그런데 그가 떨어져 죽은 날 몹시 슬피 운 나의 딸이 있었다. 가엾게도 그 애는 결국 그 슬픔을 이기지 못한 채 임신 중이던 사내아이를 낳자마자 죽었다. 그 사내아이가 바로 네 아버지다. 그러나 그는 왠지 한 번도 가보지 못한 아버지의 고향을 동경하다가 어느 날 훌쩍 떠나버렸다.

나는 그 애가 떠남으로써 우리 혈족에서 그 핏줄은 사라진 걸로 생각했다. 하지만 너희들이 있었다. 일찍이 평원으로 떠나버린 '큰 목소리'와 너, 어떤 경로인지는 모르지만 너희들의 핏줄을 도는 것은 분명 그들의 피다."

"그렇다면 위대한 어머니, 제가 초원으로 내려가려 한 것은 당연한 일이군요."

"그렇지 않다. 그곳은 네 큰아버지 혹은 네 아버지의 고향은 될지라도 너의 고향은 아니다. 사람은 항상 자기가 태어난 땅을 그리워하게 되어 있고, 네가 태어난 곳은 이곳이다. 만약 네가 평원으로 내려가게 된다면 너는 네 큰아버지나 아버지가 시달렸던 것과 똑같은 향수에 시달리게 될 것이다."

"아닙니다. 저를 평원지방에 내려가게 내버려 두십시오. 이곳에서 저를 기다리는 것은 '손의 동굴'과 치욕스런 고기뿐입니다."

"아들아, 나를 보아라. 너는 흰 머리칼과 골 깊은 주름을 단순히 세월이 할퀸 자국으로 보느냐? 거기다가 나는 지금 듣고 있다. '큰 목소리'가 돌아오는 발짝 소리를, 아니 그 이상 부근 어느 숲을 배회하는 그의 숨소리를. 나를 믿고 그를 기다려라. 그리하여 그가 돌아오면 너희들은 날을 받아 '신비의 동굴'로 가라. 그곳이야말로 진작부터 너희들이 있어야 할 곳이었다."

갑자기 동굴 입구가 환해진 것 같은 느낌에 그는 다시 현실로 돌아왔다. 요란스럽던 빗소리도 멎어 있었다. 그는 동굴 어귀로 나가보았다. 햇살이 눈부셨다. 동굴 아래로 빗물에 씻긴 신록이 싱싱하게 펼쳐져 있었다. 해는 중천에서 뜨겁게 이글거렸다.

동굴 안으로 돌아간 그는 간단하게 요기를 하고 밖으로 나갈 채비를 했다. 비가 개었으니 소를 채색할 안료(顔料)를 구하러 나갈 작정이었다. 그리고 마지막으로 들소를 한 번 더 세밀하게 관찰해 볼 필요가 있었다.

석회암 암벽을 타고 내리면서 그는 심한 현기증을 느꼈다. 전에는 제법 훌륭한 통로가 있었으나 '뱀눈'과 그의 패거리가 이곳을 버리면서 허물어버렸기 때문에 어려움은 더 컸다. 그가 간신히 계곡으로 내려섰을 때 온몸은 땀으로 젖어 있었다.

그는 기억을 더듬어 붉은색과 노란색을 얻을 수 있는 '신비의 주토'가 있는 골짜기를 향했다. 몇 번이나 길을 잃고 헤맨 끝에 그는 그 흙을 찾아냈다. 그리고 부근의 숲에서 바이올렛 빛을 얻을 수 있는 수액도 구했다. 윤기 있는 흑색을 내는 이탄을 얻으려면 봉우리를 하나 더 넘어야 했지만, 수지(樹脂)에 검댕을 개어 쓰기로 하고 그는 그곳을 떠났다.

동굴로 돌아오는 길에 그는 다시 '금지된 계곡'을 들렀다. 벼랑의 돌출한 화강암 위에 올라가면 가까운 거리에서도 안전하게 짐승들을 관찰할 수 있는 곳이었다. 늙은 스승이 예전에 곧잘 하던 것처럼 그도 그 바위에 배를 붙이고 그 아래 계곡을 내려다보았다.

혈족들의 근거지가 부근이었을 적에도 일종의 신성한 구역으로 접근이 금지되던 그 계곡에는 잘 마르지 않는 샘과 소금기 머금은 바위가 있어 항상 크고 작은 동물들이 드나들었다.

그가 보고 있는 동안에도 몇 마리의 영양이 물을 마신 후 바위의 소금기를 핥고 지나갔다. 다음의 새끼를 거느린 사슴 한 쌍, 들소는 상당히 기다린 후에야 나타났다. 암컷 세 마리를 거느린 거대한 수컷이었다.

그는 숨을 죽인 채 소들을 관찰했다. 그들은 물을 마시고 소금기를 핥은 후에도 유유히 주변을 배회하며 신선한 풀을 뜯었다. 그런 그들을 발굽에서 뿔끝까지 터럭 하나 놓치지 않겠다고 살피고 있는 그의 가슴은 들소와 대면했던 지난날의 그 어느 때보다도 세차게 뛰고 있었다.

그때는 기껏 고기와 가죽을 얻기 위해서였지만 이제는 네 존재 자체이다. 이제 나는 너를 나만의 선과 색으로 영원히 잡아두고자 한다. 누구에게 바쳐지는 것도 아니고 영력(靈力)을 얻기 위해서도 아니다. 가장 가치 있는 것의 화체(化體), 바로 그림 자체를 위해서이다……

그가 들소에게 몰두해 있는 사이에 햇살은 점점 기울고 있었다. 그와 함께 그의 몸을 오르내리던 신열이 조금씩 고통으로 변해 갔다. 그는 벌써 며칠 전부터 그런 증상을 경험하고 있었다. 이제 그 고통은 내일 날이 밝아야 없어질 것이었다.

갑자기 한 줄기 서늘한 바람에 그는 심한 재채기가 났다. 그러자 놀란 소들이 그가 있는 벼랑 쪽을 노려보았다. 하지만 공격할 만한 곳이 못 된다고 판단된 듯 몇 번 위협적인 콧김을 내뿜더니 어슬렁거리며 숲 속으로 사라져버렸다. 몹시 기분이 상했다는 듯한 걸음걸이였다.

동굴로 돌아온 그는 서둘러 준비해 둔 관솔가지에 불을 붙이고 동굴 벽에 돌출한 바위 위로 올라갔다. 손만 뻗으면 천장의 들소 그림에 닿는 곳이었다. 그는 근처의 바위 틈새에 불붙은 관솔가지를 꽂고 그 불빛에 의지해 방금 보고 온 들소의 모습을 천장 벽에 옮기기 시작했다. 채색을 하기 전의 마지막 마무리 작업이었다. 어렴풋한 윤곽으로만 떠올라 있던 소는 수지에 갠 검댕으로 점차 선명한 형태를 이루었다. 날카로운 눈으로 전방을 응시하며 앞다리에 힘을 모은 수소였다.

소묘가 완성되자 그는 잠시 그 소를 들여다보았다. 문득 자기에게 덮쳐오던 엄청난 생명력이 사라져버린 것 같은 느낌에 불만스러웠다. 아마도 정지된 자세 때문인 것 같았다. 그것을 보충하기 위해 그는 엉덩이 쪽을 더 살리고 뒷다리를 앞으로 약간 굽게 했다. 질주해 오다가 우뚝 멈추어 선 것 같은, 약간의 생동감이 살아났다.

그때 관솔가지가 다 타서 불이 꺼져버렸다. 바닥으로 내려와 새로운 관솔가지를 찾아든 그는 거기에 불을 붙이려다가 곧 단념했다. 그림을 그리는 동안 잊고 있었던 그 오한과 신열이 거대한 피로와 함께 갑작스레 그를 짓눌러 왔다.

그는 간신히 모닥불만 보살피고 그 곁에 쓰러지듯 누웠다. 오후 동안 너무 무리했던 것 같았다. 식량은 아직도 좀 남아 있었지만 식욕은 조금도 일지 않았다. 무엇인가를 먹어두어야겠다고 생각하면서도 그는 곧 혼절하듯 깊은 잠 속으로 떨어졌다.

그가 이 '신비의 동굴'로 옮겨와 보낸 처음 얼마간은 역시 음울하고 외로운 날들이었다. 위치도 그들 혈족의 주된 근거지로부터 상당히 떨어져 있었지만, 그곳의 일상은 더욱더 격리되어 있었다. 며칠 만에 한 번씩 공급되는 식량을 제외하면 혈족들과의 교류는 거의 없었다. 여자들과의 동침도 극히 제한돼 있었다. 한 해에 단 두 번, 그것도 지정된 정화의식(淨化儀式)을 마친 여인과의 동침이 허락될 뿐이었다.

그러나 조금씩 그 생활에 익숙해지면서 '신비의 동굴'은 다른 어떤 곳보다 만족스러운 곳이 되어갔다. '늙은 스승'들은 침울하고 엄격하였으며 수련도 상당히 까다로운 것이었지만, 그 방식은 전혀 달랐다. 몇 개의 큰 원칙만 가지면 각자의 성취는 거의 자유였다. 바쳐지는 고기도 맛나고 기름졌으며, 축제 때 그들에게 지정되는 좌석도 언제나 용사들보다 높았다. 여인들도 더 이상은 경멸의 눈길로 보지 않았다. '초원의 꽃'조차도.

거기다가 '위대한 어머니'의 예언대로 돌아온 '큰 목소리'는 곧 그의 중요한 동료로서 그 생활의 권태와 고독을 달래 주었다. 그가 전해 주는 평원지방은 그에게는 감탄과 경이였다. 그곳의 풍요한 생활과 발달한 지혜는 그의 좌절된 동경을 다시 불붙이기에 충분했다. 그러나 그런 것을 표현하기만 하면 '큰 목소리'는 싸늘한 경멸의 눈길로 그를 보았다. '큰 목소리'는 무언가 평원지방과 그곳의 생활에 대해 깊은 원한과 악의를 가진 것 같았다.

언젠가 그는 그 이유가 궁금해서 물어본 적이 있었다. 그때 '큰 목소리'는 이렇게 말했다.

"왜냐고? 네가 이해할진 모르지만 대답은 해주지. 나는 거기서 무섭게 타락하고 변질해 가는 인간들을 보았기 때문이야."

그 목소리는 매우 강렬하면서도 엄숙한 것이었다.

"나는 거기서 매우 불길한 조짐을 보고 왔어. 권력이…… 인간이 인간을 명령하고 강제하고 학대할 수 있는 힘이 발생하고 있었어. 몇몇 힘세고 영리한 소수가 조직과 폭력으로 어리석고 약한 다수의 동료 위에 군림하려고 획책하고 있었어. 아무런 반대급부 없이 동료의 생산을 빼앗고 대가 없는 노동을 강제하려고 했어. 아니 그 이상 생명조차도 그들을 위해 바쳐주기를 강요하고 있었어. 그리고 그렇게 해서 축적된 힘으로 동족인 인간들을 사냥하기 시작했어. 호랑이나 곰도 동족을 사냥하지는 않아. 혹 그들은 서로 싸워도 상대의 생명까지 끊는 법은 없어. 그러나 이들 영악한 인간들은 가혹하게 동족을 살해하고 살려두는 자도 죽는 것보다 못한 상태에 빠뜨렸어. 그런데 그런 싸움이 그 땅 어디선가 매일 벌어지고 있었어. 하늘의 진노보다 더 무서운 재앙이야.

또 나는 보았어. 우리의 목소리가 치명적으로 타락하고 악용되는 것을. 신화는 함부로 만들어지고 용자(勇者)나 영웅은 조작되었어. 자연이나 위대한 정령에게 바쳐지던 노래는 이제 그들 강하고 영악한 자들을 위해 불려졌어. 예언도 끝나버렸어. 저 하늘의 목소리는 더 이상 그들에게 닿지 못하고 땅 위를 떠도는 것은 언제나 그들이 꾸며낸 거짓말과 깨어지게 되어 있는 약속뿐이었어. 그들이 자기들의 압제와 폭력에 복종하는 대가로 약속하는 것은 항상 보다 풍부한 식량과 안락한 주거였지만 한 번도 이행되는 것은 보지 못했어. 혹 이행되어도 그것은 보다 큰 복종과 희생을 요구하기 위한 미끼에 지나지 않았어……

거기다가 더욱 나쁜 것은 그런 권력이 점점 더 소수의 사람에게 몰리는 경향이야. 나는 실제로 그곳에서 겪은 적이 있어. 단 한 사람을 위해 수천 수백의 사람들이 피를 쏟고 땀 흘리는 땅을. 생각해 봐, 그 땅이 얼마나 끔찍한 땅일까를."

그렇게 말하는 '큰 목소리'의 눈에는 늙은 스승들 못지않게 번쩍이는 예지가 있었다.

"그뿐만 아니라, 그곳에서는 벌써 네 것과 내 것이 엄격하게 구분되고 있었어. 우리가 한 끼의 몫을 배당받는 것으로는 언뜻 이해할 수 없는 소유야. 그들은 필요한 시기와 범위를 넘어서 자기의 낟알과 고기와 가축을 가졌고, 동굴이나 움막, 심지어는 땅 위에다 금을 그어 네 것과 내 것을 구분했어.

너는 그것이 왜 그렇게 심각한 것인가를 모를 테지만, 생각해봐. 한 사람의 동굴에선 고기와 낟알이 썩어가고 있는데 한편에서는 굶어 죽는 동료가 있다면 이 땅 또한 얼마나 끔찍한 것일까를. 물론 많이 가진 자는 가지지 못한 자를 게으름뱅이나 무능한 자로 비난해. 그리고 자기들의 근면과 인내를 과장함으로써 그 불평등을 합리화하려고 들지. 그러나 아니야. 몇몇을 제외하면 그들의 그 막대한 소유는 우연한 행운이나 비열한 수단, 또는 탈취에서 출발한 거야. 예컨대 우연히 열매가 풍부한 숲을 홀로 알게 되었거나 동료를 속였거나 힘으로 빼앗아 그걸 바탕으로 삼은 거야.

어쨌든 그들이 한 번 여분을 확보하자 그 뒤는 더욱 나빴어. 소유는 탐욕을 부르고, 거기서 결국 내가 말한 그런 끔찍한 결과로 발전해 간 거야.

나는 실제로 한 바구니의 과일을 꾸어 먹고 두 바구니를 갚아야 하는 경우를 보았어. 한 번 꾼 자는 부지런히 따 모아도 빚을 갚고 나면 여전히 아무것도 남지 않지만 빌려준 자는 여분을 한 바구니에서 두 바구니로 만들었어. 그리고 그 다음 날은 네 바구니로 불어날 거야. 또 나는 가지지 못한 자를 고용해서 한 바구니를 삯으로 주고 두 바구니를 따들이게 하는 경우도 보았어. 결과는 꾸어 먹은 경우와 비슷했어. 불행하게도 처음 뒤떨어진 자는 영원히 가진 자를 따라잡을 수 없게 돼."

거기서 '큰 목소리'는 문득 침울하게 가라앉았다.

"결국 — 나는 그런 것들을 견딜 수 없었어. 그들의 지식은 축적을 거듭하고 도구의 발전도 놀라운 것이었지만 그런 발전의 방향은 도무지 용서할 수 없었어. 그런데도 진실로 우려되는 것은 그런 그들의 제도와 습속이 광범위하고 급속하게 전파되는 경향이야. 내가 이 골짜기의 정령이 나를 부르는 소리를 들은 것은 바로 그 우려 속이었어. 돌아와 그것들이 우리들의 계곡과 혈족을 오염시키지 못하도록 지키라는 거였어⋯⋯."

그런 '큰 목소리'의 얘기는 그로서는 생소하고 이해할 수 없는 데가 많았다. 다만 막연히 느껴지는 것은 어쨌든 '큰 목소리'의 관찰이 옳으리라는 것, 그리고 '큰 목소리'는 자기보다 하늘에 접근해 있으며 그가 들었다는 그 명령도 진실하리란 것 정도였다.

그 밖에 그렇게도 치열했던 '초원의 꽃'에 대한 애집(愛執)을 어느 정도 진정시킬 수 있었던 것도 '큰 목소리'의 냉소에 찬 빈정거림이었다. 그가 그녀를 향한 견딜 수 없는 그리움을 호소했을 때 '큰 목소리'는 이렇게 말하였다.

"너는 그녀에게서 완전한 아름다움의 한 전형을 보았다고 생각하고 그 목소리에 천상의 가락이 섞여 있다고 말했다. 하지만 그것은 슬프게도 네가 여인의 몸을 빌려 태어났기 때문에 품게 된 환상에 불과하다. 네가 말한 그런 여인은 이 세상에는 없어. 네가 품고 있는 환상은 따뜻하고 평온한 어머니의 배 속이나 어쩌면 그 훨씬 전에 느꼈던 어떤 상태의 희미한 기억에 불과해. 그녀는 다만 한 마리 사람의 암컷일 뿐이야. 자기의 욕망과 이익에 충실한. 세상의 어떤 여인도 너의 환상을 채워줄 수는 없어……."

혼수상태에서도 나지막이 고막을 찢어오는 동물의 울음소리에 그는 본능적으로 눈을 떴다. 동굴 입구의 어둠 속에서 몇 쌍의 새파란 빛이 번득이고 있었다. 그는 오싹한 한기를 느끼며 모닥불을 살펴왔다. 불은 그새 약하게 사그라들고 있었다. 그는 곁에 던져져 있던 도끼를 단단히 잡고 왼손으로 조심스레 불꽃을 되살리기 시작했다. 불은 다시 밝고 뜨겁게 타올랐다. 그제서야 어슬렁거리며 물러가는 짐승들이 보였다. 서너 마리의 늑대였다.

그는 불붙은 나뭇가지를 들어 그런 그들에게 집어 던졌다. 기세에 놀란 짐승들은 낑 하는 얕은 울음소리와 함께 황급히 달아나버렸다. 늑대가 사라지자 다시 신열과 오한이 번갈아 왔다. 전날 밤보다 훨씬 강도 높은 것이었다. 간신히 입구 쪽에다 모닥불 하나를 더 만든 그는 다시 쓰러지듯 두 개의 모닥불 사이에 누웠다. 견딜 수 없는 고통 속에서 문득 '큰 목소리'의 모습이 떠올랐다. 그러자 '큰 목소리'가 몹시 그리워졌다. 그리고 누구를 위한 것인지 모를 눈물이 한 줄기 그의 볼을 타고 내렸다.

두 늙은 스승이 차례로 세상을 떠나고 그들이 이 동굴의 주인이 된 것은 성년식이 있고 열한 번째의 해, 그리고 그들이 사제자의 수업을 시작한 지 여덟 해째의 겨울이었다.

먼저 '장엄한 목소리'가 세상을 떠나고, 그로부터 채 두 달도 못 돼 '영험한 손'마저 자는 듯 숨을 거두었다. 그 겨울이 다 가기도 전의 어느 새벽이었다. 그들은 그 사실을 곧 산 너머 혈족들에게 알리고, 그들 자신이 한 완숙한 사제자로서 스승들의 유해를 양지바른 곳에 모셨다.

그런데 '뱀눈'과 '달무리'가 그들을 찾아온 것은 바로 그날 밤이었다. 그들은 훌륭한 고기와 과일들을 손수 메고 왔다. 그리고 '뱀눈'은 말했다.

"슬픔은 잠시지만, 앞으로 우리가 살아야 할 세월은 길다. 이제 그들이 떠났으니 남은 것은 우리들의 시대다. 우리는 그것을 준비하지 않으면 안 된다.

나는 알고 있다. 애초에 하늘의 목소리라는 것은 없고, 또 우리가 천 번 만 번 이 동굴 벽에 짐승들을 그린들 실제로는 그들의 터럭 하나 다치지 못한다는 것을. 그러나 또한 알고 있다. 너희들과 이 동굴은 조상들 중 가장 현명하고 사려 깊은 분이 생각해낸 유용한 제도와 장치라는 것을. 즉 하늘의 목소리에 자기들의 뜻을 가탁(假託)함으로써 그들은 쉽게 혈족들의 의사를 자기들이 원하는 방향으로 통일할 수 있었고 그림이 가진 어떤 힘을 신뢰하게 함으로써 혈족의 전사를 용감하고 자신 있게 만들 수 있었던 것이다.

이제 혈족들을 이끄는 것은 우리들의 세대다. 나와 몇몇 동지들은 모든 용사들에게서 신뢰와 존경을 얻기에 충분한 힘과 용기를 보였었고, 너희들은 이 동굴의 주인이 되었다. 남은 것은 너희들의 목소리나 그림과 우리들의 뜻을 일치시키는 일이다.

우리를 신뢰해 달라. 우리에게 협조해 달라. 대신 나와 내 충실한 동료들은 약속한다. 앞으로 너희들은 지금껏 받은 그 어떤 대우보다 나은 대우를 받게 될 것이다. 혈족들은 그 어느 때보다 너희들을 우러르게 될 것이고, 이 동굴은 언제나 최상의 고기와 과일로 가득 차게 될 것이다."

사실 그는 '뱀눈'의 제안이 무엇을 뜻하는지 금세 알아들을 수 없었다. 다만 하늘의 목소리를 부정하는 그의 불경(不敬)만이 섬뜩할 뿐이었다. 그러나 '큰 목소리'는 '뱀눈'의 뜻을 속속들이 이해한 것 같았다. 그는 잠깐 동안 생각에 잠기더니 평소처럼 침착하게 대답했다.

"하늘의 목소리와 인간의 목소리를 구분하는 것은 무익하다. 아무리 하늘의 목소리라 할지라도 그것이 우리 혈족의 희생을 요구하고 불리를 가져온다면 나는 그것을 전하지 않을 것이다. 또 비록 그것이 인간의 뜻일지라도 우리 혈족의 이익과 일치하고 자연의 원리에 합당한 것이라면 나는 그 어느 때보다 크고 아름다운 목소리로 노래해 줄 것이다. 너의 제안에 대한 우리들의 대답은 오직 그뿐이다."

그 말을 들은 '뱀눈'은 잠시 날카롭게 '큰 목소리'를 쏘아보았다. 그러나 이내 교활한 미소를 지으며 '큰 목소리'에게 다가와 두 손을 잡았다.

"나의 뜻 역시 그 이상도 그 이하도 아니다. 훌륭한 사제자를 맞게 돼 기쁘다."

'뱀눈'은 마치 그들이 자신의 제안을 전폭적으로 수락한 것처럼 말했다.

그 후 모든 것은 '뱀눈'의 약속대로 이행되었다. 전보다 훨씬 많고 질 좋은 고기와 과일들이 그들의 동굴로 보내졌고, 흰 수달이나 꽃사슴의 가죽으로 지은 화려한 제복(制服)이 올라왔다. '큰 목소리'가 기어이 물리치고 말았지만 아름다운 아내들이 보내지기도 하였다.

그는 처음에는 감사와 기쁨으로 모든 것을 받아들였다. 그리고 그런 감정의 반복은 곧 자신도 모르게 그것들을 보내준 '뱀눈'에 대한 희미한 복종감으로 변질돼 갔다. 그런 그를 '큰 목소리'는 노골적인 경멸로 대하면서도 자신은 왠지 불안에 쫓기는 표정이었다.

그때쯤 '뱀눈'은 다시 그들의 동굴을 찾아왔다. 그 겨울이 끝나고 잎 돋는 달이 돌아온 지 얼마 안 돼서였다. 그해에 있을 혈족의 중요한 행사가 결정되는 새봄의 축제가 사흘을 남기고 있었다. '뱀눈'은 그들의 복종을 거의 확신하고 있는 듯했다.

"약속의 날이 가까워 온다. 우리들은 이제 우리들의 혈족을 가장 강력하고 풍요한 집단으로 만들고 싶다. 모든 형제와 처들을 굶주림과 목마름의 공포에서 구하고자 한다.

나는 너희들을 통해서 하늘의 소리가 전해지기를 바란다. 너희들은 조직하고 축적하라. 최고의 결정은 최상의 인물에게, 각자에게는 각자의 분(分)을.

그리고 또한 너희들의 그림을 통해서 길들여진 소와 영양이 우리에게 풍부한 고기와 젖을 주고 가꾸어진 낟알이 우리 동굴에 가득한 것을 보여주고 싶다. 나는 불확실한 수렵과 소득 적은 채취에서 우리 혈족을 해방시키고자 한다……."

그는 그런 '뱀눈'의 제안을 별 경계 없이 받아들였다. 그러나 '큰 목소리'는 원인 모를 침묵으로 '뱀눈'을 대했다.

"결국 우리에게도 올 것이 왔어……."

'뱀눈'이 떠나자 '큰 목소리'는 침울하게 중얼거렸다.

"그래 결국 이것이 우리가 반드시 걸어야 할 길인가……."

'큰 목소리'는 무언가 큰 혼란과 초조에 빠져 있는 것처럼 보였다. 골똘한 생각으로 끼니조차 잊고 잠도 자지 않았다. 흔들리는 자신의 신념을 애써 붙들려는 노력인 것 같았다. '큰 목소리'가 다시 입을 연 것은 바로 새봄의 축제가 벌어지는 날 새벽이었다.

"나는 하늘의 목소리를 들었다. 인간의 의지로 자작된 것이 아닌 진정한 하늘의 목소리를……."

깊은 잠에서 억지로 깨난 그에게 '큰 목소리'는 빠르고 흥분된 어조로 말했다.

"그 목소리는 말하였다. 우리들은 어떠한 형태로든 인위적으로 조직되어선 안 된다고, 아무리 훌륭한 대의와 현명한 원리로 이루어지더라도 조직은 필경 그 조직을 꾸민 자 또는 원하는 자의 이익에 봉사하게 되어 있다고. 또한 그 목소리는 경고하였다. 조직은 반드시 의사의 위임을 요구하며, 결정권의 집중을 가져올 것이라고. 거기서 반드시 한 수장(首長)이 태어나며, 처음 그는 '동배 중의 으뜸'으로 출발할 것이지만 이윽고는 도전할 수 없는 절대자로 우리들 위에 군림하게 되리라고.

각자의 분과 그 축적에 대해서도 그 목소리는 엄격하게 선언하였다. 각자의 분은 필요한 때와 한도 내에서만 인정돼야 하며, 어떠한 명목으로든 그 여분을 각자의 배타적인 지배 아래 축적되게 해서는 안 된다고. 축적된 여분은 먼저 그 소유자를 지배하고, 이윽고는 우리들의 대다수를 지배하게 되리라고."

그렇게 말하는 '큰 목소리'의 두 눈은 불면과 기묘한 열정으로 충혈되어 있었다.

"그리고 나는 또 이 눈으로 그 생생한 계시를 보았다. 일찍이 내가 평원지방에서 겪었거나 예감했던 것보다 몇 배나 끔찍한 그 실례를.

그 하나는 거대한 인간의 산이었다. 맨 위에 한 사람이 서 있었고, 그를 세 사람이 받들고 있었는데, 또 그 세 사람은 아홉 명이 지탱하고 있었다. 그 아래에는 또 그 세 배의 사람이 떠받들고…… 그런데 아래로 내려갈수록 한 사람이 감당하는 무게는 늘어갔다. 왜냐하면 첫 번째 층에서는 세 사람이 하나를 지탱하면 되지만, 두 번째 층에서는 아홉 사람이 네 사람을, 그 다음은 스물

일곱이 열셋을, 그 다음은 여든 하나가 마흔 명을 지탱해야 하기 때문이었다. 그러다가 겨우 한 사람이 간신히 지탱할 수 있는 곳에서 그 사람의 산은 끝나 있었다. 아니 그 이상 벌써 그 산의 하부는 휘청거리고 흔들거리고 있었다. 다만 그 산이 형태를 유지하는 것은 바로 위의 계층에서 아래 계층에 끊임없이 휘두르는 채찍의 아픔 때문이었다.

그런데도 한 가지 이상한 것은 위로 올라갈수록 사람들은 자기가 위험한 구조물 위에 서 있다는 것을 모르고 있다는 점이었다. 아마도 중간 계층의 완충작용으로 최하부의 동요와 비틀거림을 모르는 것 같았다. 그러나 그 사람도 그 산이 무너질 경우 가장 치명적으로 상하는 것은 자기라는 자각만은 가지고 있어, 그 막연한 불안 때문에 끊임없이 채찍을 휘둘러댄다. 그 산이 그대로 지탱하든 무너져내리든 얼마나 끔찍한 일이냐······.

지천으로 쌓인 고기와 낟알 곁에서 굶어 죽어가고 있는 동료들과 산더미 같은 털가죽 더미 속에서 벌거벗은 채 떨고 있는 동료들, 한 줌의 낟알을 위해 자기의 마지막 한 방울의 힘까지 짜내 이미 가진 자를 더 많이 가지게 해주어야 하는 불행한 형제들과 한 토막의 고기를 위해 아무 곳에서나 웃으며 다리를 벌려주어야 하는 불행한 자매들 ─ 그 필요의 시기와 범위를 벗어난 '각자의 분(分)'이 가져온 결과도 나는 생시처럼 똑똑히 보았다.

설령 내일 밤 이 동굴에 날아드는 것이 날카로운 '뱀눈'의 창칼일지라도 나는 남의 불행과 손해 위에서 추구되는 그들의 행복과 이익을 승인할 수 없다. 다수의 고통과 결핍 위에서 구가되는 풍요와 안락을 용서할 수 없어…….

나는 내일 나의 혈족들에게 내가 들은 이 목소리와 내가 본 환영을 전할 것이다. '뱀눈'과 그의 패거리가 약속하는 미래의 진상을 폭로하겠다."

하지만, 솔직히 말해서 '큰 목소리'의 그런 걱정은 광기와 기우로밖에는 느껴지지 않았다. '뱀눈'의 그 간단한 요구와 그 끔찍한 결과는 머릿속에서 선뜻 연관 지어지지 않았기 때문이었다. 오히려 은근히 불안스럽던 것은 '큰 목소리'의 그런 엉뚱한 결정으로 인해 자기들이 누려온 지위와 혜택을 잃게 될지도 모른다는 것이었다.

거기서 다시 그는 현실로 돌아왔다. 문득 어두운 그 동굴 어느 모퉁이에서 금세 '큰 목소리'가 불쑥 솟아날 것 같았다. 그가 들었던 것은 정말로 하늘의 목소리였을까. 그에게 나타난 환영도 정말로 어떤 위대한 정령이 보여준 계시였을까.

그러자 갑자기 '큰 목소리'의 끔찍한 최후가 떠올랐다. 비통하게 절규하듯 들려오던 마지막 목소리. 그리고 끔찍하게 그을린 시체.

……그들이 처음으로 주재하게 된 제일(祭日)이 왔다. 규모와 준비가 그 어느 때보다 크고 풍성했다. 그런데 한 가지 눈에 띄는 변화는 '위대한 어머니'와 나이 든 큰아버지들의 역할이 대폭 줄어든 것이었다. 그들은 전처럼 앞에 나서서 축제를 주관하지도 않고,

분배를 지휘하지도 않았다.

그 대신 모든 것은 '뱀눈'과 그의 패거리를 중심으로 이루어지고 있었다. 혈족의 젊고 늙은 남녀 모두가 '뱀눈'의 눈치를 살피고 그 패거리의 비위를 맞추기 위해 애쓰는 빛이 역력했다. 특히 그 절정은 젊은 남녀들의 춤과 노래가 어우러진 자리였다. '뱀눈'의 비호 아래 사냥에 나서지 않고도 익살과 재담만으로 용사들 틈에 남아 있던 '얘기꾼'은 거기서 장황하게 '뱀눈'의 신화를 읊었고 그를 칭송하는 노래를 불렀다. 그것도 조상들의 영혼에 바쳐질 때와 같은 장중한 어조와 신성한 말[言語]들로. 그러나 춤추는 남녀는 모두 환호와 열광으로 '얘기꾼'의 노래에 화답할 뿐이었다.

그 새벽 '큰 목소리'의 영향으로 의혹과 혼란에 빠졌던 그도 차츰 그런 분위기에 동화돼 갔다. 거기다가 바로 그 '뱀눈'이 영광스럽게도 그들의 자리를 자기와 나란히 안배해 놓았을 때는 은근한 감격까지 맛보았다. 그래서 그는 자기 차례가 왔을 때 아무런 저항감 없이 '뱀눈'과 그 패거리가 원하는 것들을 그려주고 말았다. 길들인 가축과 재배된 낟알에 대한 동경을, 그것을 획득하는 것이 혈족을 강력하고 풍요하게 만들리라는 신념을 하늘의 뜻으로 표현해 준 것이었다.

그러나 그런 그를 시종 분노의 눈으로 노려보던 '큰 목소리'는 자신의 차례가 돌아오자 단번에 그런 분위기를 흩뜨려버렸다. '큰 목소리'는 하늘의 뜻을 빌어 혈족 안에서 나타나고 있는 불길한 조짐을 지적하고 그 끔찍한 결과를 경고했다. 그리고 맞대 놓고 '뱀눈'

의 음모를 공격하고 그 패거리를 비난했다.

'큰 목소리'가 말하고 있는 동안에 몇몇 성미 급한 '뱀눈'의 패거리가 들고 일어났다. 그들은 금세 '큰 목소리'를 덮칠 기세였다. 그러나 많은 혈족들의 눈에 은은히 타오르는 분노의 불길을 깨달은 '뱀눈'의 제지로 소동은 이내 가라앉았다. '뱀눈'의 강력한 힘에도 불구하고 아직도 혈족의 대다수는 사제자를 신뢰하고 그 권위를 소중히 여기고 있었다.

그걸 보고 그는 너무 쉽게 '뱀눈'에게 굴복한 것이 약간 후회스러웠다. 그러나 일단 밤이 오자 그런 기분이 깨끗이 사라지고 말았다. '뱀눈'은 실로 그를 위해 최선의 배려를 베풀고 있었다. 그에게 '초원의 꽃'을 보내줄 만큼 세심한 배려였다. '뱀눈'에게서 어떤 지시를 받고 왔던지 그녀도 그 밤은 그야말로 헌신적이었다. 그는 당연히 그들에게 바쳐질 그 밤의 모든 특혜를 물리치고 신비의 동굴로 돌아가버린 '큰 목소리'가 마음에 걸렸지만 이내 그녀의 향긋한 체취와 뜨거운 입김 속에 모든 걸 잊고 말았다.

그런데 이튿날 그가 '신비의 동굴'로 돌아갔을 때 '큰 목소리'는 피투성이가 되어 쓰러져 있었다. 놀란 그가 깨끗한 물로 상처를 씻고 '사제자의 물'을 입술에 흘려 넣자 '큰 목소리'가 간신히 깨어났다. 잠시 분노와 경멸의 눈초리로 그를 노려보던 '큰 목소리'는 씹어뱉듯 말했다.

"'뱀눈'의 개."

일 없이 사람들 주위를 배회하며 남긴 찌꺼기나 배설물에 눈

독을 들이는 그 비굴하고 천박한 짐승에 그를 비유하는 것은 대단히 모욕이었다. 그러나 '큰 목소리'의 상처는 너무도 엄중했다.

"너를 보고 이번엔 나를 찌르라고 하더냐?"

간신히 그렇게 말한 후에 '큰 목소리'는 다시 의식을 잃고 말았다. 갑작스런 죄의식에 빠져 그는 그 후 이틀 동안 극진하게 '큰 목소리'를 보살폈다. 다시 깨어난 '큰 목소리'의 분노와 경멸은 어느 정도 가라앉은 듯했다. 그걸 보고 그는 조심스레 말했다.

"오해하지 마라. 솔직히 말해서 나는 네 말을 잘 이해할 수 없었다. 거기다가 우리가 어른들로부터 권유받아 온 남자들의 품성 가운데 하나는 약속은 지켜야 한다는 것이었다. 비록 우리가 제안한 것도 아니고 명백히 답을 한 적도 없지만 우리가 '뱀눈'과 그의 패거리가 보낸 고기를 받아들임으로써 무언의 약속이 이루어졌다고 나는 생각했다."

궁색한 변명이었다. 그러나 뜻밖에도 '큰 목소리'는 그의 변명을 차분한 어조로 수긍했다.

"나는 너의 비굴이 미웠다. 그러나 이제 그것이 비굴이 아니라 무지(無知)였던 이상 너를 미워할 까닭은 없다.

너는 그들에게 협조한 이유를 약속 때문이라고 했지만 진실로 약속을 어긴 것은 바로 너였다.

너는 우리가 받은 고기를 '뱀눈'과 그의 패거리가 보낸 것이라고 생각했다. 하지만 아니었다. 그 고기는 비록 그들의 이름으로 보내졌지만 실은 우리 혈족 모두의 것이다. 우리가 이 동굴에서 몽상에나 잠기고 숯덩이나 매만지고 있는 동안 피땀 흘리고 산야를 달린 혈족 모두의.

그러므로 내가 노래를 부르는 것이나 네가 그림을 그리는 것이나 그것은 모두 우리 혈족 전체를 위한 것이어야 한다. 힘 있고 많이 가진 자를 위해 부르는 노래는 진정한 노래가 아니고 그들의 욕망을 표상하거나 주거를 장식해 주는 그림 또한 진정한 그림일 수 없어. 우리는 저 천상의 기억을 — 아니 우리의 예지가 닿는 한의 가장 완성된 세계의 이상을 혈족 모두를 위해 간직해야 하며, 우리의 영감에 와닿는 불길한 징후는 아무리 사소한 것일지라도 그것을 경고해 주어야 한다. 그것이야말로 우리가 거부할 수 없는 약속이며, 자기들의 시선은 항시 먹이를 찾아 지상에 박혀 있으면서도 우리로 하여금 저 먼 하늘나라와 그 희미한 기억에 시선을 줄 수 있게 보살펴준 혈족들에 대한 보답이다. 그런데 너의 무지는 어겨서는 안 될 그 약속을 어겨버렸다……."

숨이 가쁜 듯 거기서 말을 멈춘 '큰 목소리'는 잠시 그를 찬찬히 살폈다.

"거기다가 네가 나의 맘을 이해하지 못했다는 것은 더욱 유감이다. 하지만 어쨌든 너는 나의 동료다. 나의 예감을 믿어다오. 우리가 힘써 불길한 변혁을 막지 못한다면 우리들 대부분은 저 평원지방에 있는 노예보다 더욱 비참하게 되리라는 것, 노동은 정당한 대가를 받지 못하고 생산은 반대급부 없이 빼앗기게 되리라는 것, 썩은 고기 더미 옆에서 굶주리게 되고, 털가죽 더미 곁에서 추워 떨게 되리라는 것을……."

그리고 다시 '큰 목소리'는 결연한 어조로 덧붙였다.

"나는 내일부터 이 동굴에서 내려가겠다. 우리의 동굴은 혈족들로부터 너무 멀고 일상은 유리되어 있다. 여기서는 그들의 변화를 감지할 수 없고, '뱀눈'과 그 패거리가 꾸미는 음모의 진전도 파악할 길이 없다. 혈족들을 경고하고 설득할 길을 찾아 이제 나는 당분간 그들 속에서 행동하겠다. 가서 끊임없이 경고하고 설득하겠다. 음모는 폭로하고 기도는 분쇄하겠다……."

그로부터 '큰 목소리'는 정말로 하루의 대부분을 동굴 밖에서 보냈다. 어쩌다 대낮에 돌아올 때가 있어도 그것은 자기 패거리들과 은밀한 회합을 하기 위해서일 뿐이었다.

의외에도 '큰 목소리'에게 호응하는 혈족들은 많았다. 그러나 그 대부분은 나이가 든 용사들이었고, 젊고 팔팔한 용사는 몇 되지 않았다. 늙은 용사들은 대개 사제자에 대한 신뢰와 존경 때문에 '큰 목소리'를 따르는 것 같았다. 거기 비해 젊은이들은 한결같이 '뱀눈'에 대한 사적인 적개심과 원한으로 모여들었다.

그 핵심이 '붉은 노을'이었다. 그는 실질적으로는 혈족의 으뜸가는 용사였다. 그의 창 솜씨는 오십 보 밖에서도 정확하게 목표의 심장을 꿰뚫을 수 있었고, 뛰어난 힘은 수사슴의 목을 비틀 만했다. 그러나 어찌 된 셈인지 실제 사냥에서 세우는 공은 언제나 보잘것없었다.

들리는 말에 의하면 '붉은 노을'이 겪는 그런 불운은 자기의 패거리에 들기를 거부한 데 대한 '뱀눈'의 조직적인 보복이라는 것이었다. 타고난 사냥꾼인 '붉은 노을'은 '뱀눈'과 그 패거리들에 의해 조작되는 공로의 분배를 본능적으로 혐오했다. 그러자 '뱀눈'의 패거리는 교묘하게 '붉은 노을'을 방해하여 사냥에서 공을 세울 수 없게 했다. '큰 목소리' 주변에 모여든 젊은 용사들 대부분의 사정도 '붉은 노을'과 비슷했다.

어떻든 '큰 목소리'의 패거리는 날이 갈수록 늘어갔다. 어떤 때는 절반 가까운 혈족의 용사들이 그 동굴에 모여 웅성거릴 때도 있었다. 그러나 그들의 머릿수가 불어나는데도 그는 왠지 그들이 하고 있는 일이 불안하였다. 특히 그런 불안은 언젠가 그들이 회합하고 있는 동굴에서 차갑게 웃으며 지나가는 '뱀눈'을 발견한 후부터 더욱 심했다.

'뱀눈'과 그 패거리도 분명 움직이고 있었다. 그러나 그들은 소리도 없고 자취도 남기지 않았다.

과연 그런 불안은 맞아들어 갔다. 어느 날 또 밖에 나갔던 '큰 목소리'가 전에 없이 침통한 얼굴로 일찍 돌아왔다.

"'붉은 노을'이 죽었어······. 어이없이 곰의 앞발에 당했어······. 창 한 번 못 쓰고······. 그런데······ 이상한 것은 죽은 그의 몸이 시퍼렇게 부어오르는 거야. 독사에 물린 것처럼. 이상해······."

그러나 그는 문득 불길한 상상이라도 쫓듯 세차게 머리를 흔들었다.

"하지만 우리의 세력은 변함이 없어. 나의 경고와 설득은 점점 혈족의 가슴 깊이 스며들고 있어. 내일은 아마도 많은 사람들이 이리로 올 거야.

거기다가 나는 그들에게 약속했어. 이리로 오는 자에게는 '뱀눈'의 것과 똑같은 창날을 주겠다고. 나는 그 질기고 단단한 돌이 있는 곳을 찾아냈거든. 나는 또 약속했어. 날카로운 이빨과 발톱이 살갗을 찢을 수 있도록 그들을 축복해 줄 것을. '뱀눈'이 부당하게 빼돌린 고기를 돌소금이 깔린 굴 속에 처박아두었다가, 필요할 때 패거리에게 나누어주듯.

그리고 또 약속했어. '뱀눈'의 음모만 막아내면 하늘과 위대한 정령의 이름으로 공이 있는 자들에게 특별한 명예와 이익을 주기로. 이 역시도 '뱀눈'에게 배운 방법이지. 두고 봐. 나는 반드시 그들의 기도를 깨뜨릴 거야."

그러나 '큰 목소리'의 장담에도 불구하고 이튿날 그 동굴에 모인 사람은 오히려 줄어 있었다. '큰 목소리'의 열변으로 간신히 가라앉기는 했지만, 모인 그들에게도 뚜렷한 동요의 기색이 엿보였다. 그리고 그날을 시작으로 '큰 목소리'의 세력은 눈에 띄게 줄어 갔다. 갈수록 치열해지는 것은 오직 '큰 목소리'의 광기와 집념뿐이었다.

그런데 그때껏 모습을 드러내지 않던 '뱀눈'이 불쑥 그들의 동굴에 나타난 것은 '큰 목소리'가 거사일로 잡고 있는 '숲속 축제'를 하루 앞둔 날이었다. 이례적으로 혼자였다. 방금 몇 남지 않은 자신의 패거리와 맥 빠진 회합을 마치고 홀로 있던 '큰 목소리'는 '뱀눈'을 보자마자 성난 멧돼지처럼 덮쳐갔다. '뱀눈'은 그런 '큰 목소리'를 가볍게 동굴 밖에 내동댕이쳤다. 그리고 허리를 다쳤는지 쓰러져 신음하는 그를 차갑게 노려보고 말했다.

"네가 한 어리석고 천박한 짓은 모두 알고 있다. 어리석다는 것은 그동안 네가 한 번도 나의 눈과 귀를 벗어나지 못했다는 뜻이다. 천박하다는 것은 우리들보다 높이 있는 이 동굴에서 고고하게 하늘이나 쳐다보아야 할 사제자가 평지로 내려와서 평범한 우리보다 더 비열한 음모를 꾸몄기 때문이다.

그러나 이제 모든 것은 끝났다. 너는 실패했고 홀로 남았다. 방금 이 동굴을 나간 그 친구들도 사실은 모두 나의 눈과 귀에 지나지 않는다. 나는 손끝 하나로 너를 죽일 수도 있다. 그러나 아직은 네게 본능적인 신뢰와 존경을 품고 있는 혈족들을 위해 마지막으로 네게 기회를 주겠다.

어떻게 할 테냐? '붉은 노을'처럼 비참하게 그러나 아무도 알아주는 이 없이 죽겠느냐? 아니면 내가 주는 것으로 풍요와 안락을 누리며 협조하겠느냐?"

그런 '뱀눈'의 목소리는 섬뜩하리만큼 차갑게 가라앉은 것이었다. 잠시 '큰 목소리'의 얼굴에 고통과 굴욕의 표정이 떠올랐다. 그러나 뒤이어 나온 대답은 뜻밖의 것이었다.

"그래, 졌다. 내가 어리석었음을 시인한다. 네게 협조하마. 대신 약속은 꼭 지켜라."

역시 차갑고 가라앉은 목소리였다. 그런 그들을 지켜보고 있던 그는 안도와 함께 이상한 허전함을 느꼈다. 너무도 쉽게 꺾여버린 '큰 목소리' 때문이었다.

하지만 이튿날 의식의 차례가 '큰 목소리'에게 돌아갔을 때 그도 '뱀눈'도 속았음을 깨달아야 했다. '큰 목소리'는 여전히 자기의 주장을 하늘의 목소리에 가탁하여 되풀이했다. 그리고 그 마지막엔 더욱 격렬하게 덧붙였다.

"당신들의 양보와 포기는 저자들의 음모를 보다 용이하게 만들고 그 패거리의 힘을 더하고 있다. 하지만 언제나 기억하라. 내주기는 쉽지만 되찾기는 어렵다는 것을.

더구나 저자의 손에는 우리들의 진정한 용사 '붉은 노을'의 피가 묻어 있다. 그가 그렇게도 허망하게 죽어간 것은 저자가 은밀하게 찔러 넣은 뱀독 때문이었다. 나는 이제 하늘의 뜻으로 저자와 그 패거리에게 '붉은 노을'의 피값을 요구한다……."

그러나 '큰 목소리'의 그런 절규는 곧 '뱀눈'의 패거리들이 지르는 성난 고함소리와 욕설로 중단돼 버렸다. 그들은 뒤이어 저마다 무기를 뽑아들고 '큰 목소리'를 둘러쌌다. '큰 목소리'는 여전히 이미 전달되지 않는 자신의 절규를 계속하였다. 그러나 '뱀눈'의 말대로 '큰 목소리'를 위해 달려나가는 용사는 아무도 없었다. 오히려 불만스레 웅성거리는 것은 한쪽으로 밀려나 있던 노인들과 여자들 쪽이었다.

끝내 '큰 목소리'의 절규는 둘러싼 무리들의 가해 때문에 무거운 신음소리로 변했다. 하지만 여전히 아무도 움직이지 않았다. 다들 공포와 경악으로 망연히 보고만 있었다. 그때였다. 냉정한 눈으로 그 광경을 보고 있던 '뱀눈'이 천천히 자기의 창을 집으며 일어났다.

"멈추어라. 그리고 모두 물러나라."

우렁차고 당당한 목소리였다. 둘러쌌던 사람의 막이 열리자 드러난 '큰 목소리'의 몸에서는 이미 군데군데 피가 스며나오고 있었다. '뱀눈'은 천천히 그리로 다가갔다. 그리고 날카로운 창끝으로 '큰 목소리'를 찌를 듯이 겨누었다가 이내 거두었다.

"너는 하늘의 목소리를 멋대로 왜곡시켰고, 우리 혈족을 이간시켰으며 사냥에서 쓰러진 용사의 피를 내게 뿌려 모함했다. 내가 지금 너를 찌르지 않는 것은 형제의 피를 나의 창날에 묻히고 싶지 않기 때문이다.

이제 일어나 당장 떠나거라. 그리고 다시는 너의 사악하고 비열한 모습을 이 숲과 우리들 앞에 나타내지 말아라.

네가 다시 내 눈앞에 서게 되면 이 창이 먼저 너를 맞으리라. 네가 다시 이 땅에 나타나면 숲의 정령은 번갯불로 너를 태우리라."

그러나 '큰 목소리'는 상처가 심한지 숨만 거칠게 헐떡이고 있었다. '뱀눈'은 다시 무거운 침묵 속에 둘러서 있는 혈족들을 향해 엄숙하게 말했다.

"누구든지 나의 결정에 반대하는 자가 있으면 서슴없이 말해 주기 바란다. 저자의 거짓을 믿는 자, 내가 받은 모함을 의심하는 자도."

여전히 아무도 대답하지 않았다. 어느새 '뱀눈'의 주위를 저항할 수 없는 위엄이 무슨 찬란한 빛처럼 감돌고 있었다. '큰 목소리'를 위해 혼신의 힘으로 짜낸 그의 용기도 '뱀눈'의 그런 위엄 앞에서 어이없이 사라지고 말았다.

그런 혈족들의 동태를 하나하나 확인하듯 살피던 '뱀눈'은 다시 새로운 제의를 했다. 전보다 더 자신 있고 힘 실린 어조였다.

"다시는 이런 위험하고 거짓에 찬 사제자를 갖는 일이 없도록 나는 당신들에게 제의한다. 사제자를 결정하는 권한을 늙은 어머니('위대한 어머니')로부터 회수하도록 하자. 보다 사려 깊고 현명한 판단을 가진 사람에게 맡기려는 것이다. 하늘의 뜻을 자의로 조작하지 않고 우리에게 보다 살기 좋은 앞날을 제시하는 사제자를 얻기 위해서이다. 어떤가? 여러분의 뜻은 어떠한가?"

그러자 그의 패거리들은 약속이나 한 듯이 떠들었다.

"당신의 생각이 옳다. 그리고 그 적임자는 바로 당신이다. 당신을 빼놓고는 아무도 올바르게 판단하지 못한다."

그런 자기 패의 외침을 들은 '뱀눈'은 다시 그 차갑고 깜박이지 않는 눈으로 혈족들을 찬찬히 쏘아보았다. 그러자 그의 눈길을 받은 곳부터 차례대로 짜낸 듯한 찬성의 외침이 터져나오기 시작했다. 그제서야 '뱀눈'의 얼굴에 희미한 만족의 표정이 떠올랐다.

"좋다. 나는 여러분들의 신뢰를 진심으로 감사하며 받아들인다."

그리고 잠깐 말을 중단한 '뱀눈'은 혈족들의 환호가 끝나기를 기다려 다시 계속했다.

"나는 바로 이 자리에서 '얘기꾼'을 새로운 사제자로 추천한다. 나는 오래전부터 그의 귀가 하늘과 위대한 정령들의 소리를 들을 만하다는 걸 알고 있다. 그의 시선도 우리와 함께 땅 위에 머문 것처럼 보이지만 사실은 언제나 저 높은 곳을 응시하고 있었다. 얼핏 경박스러워 보이는 익살과 재치도 — 나는 사제자의 한 중요한 품성임을 확신한다. 오의(奧義)와 신성의 가식으로 하늘의 뜻을 애매와 추상 속에 방치하지 않을 것이기 때문이다.

누구 그보다 더 나은 사제자를 추천할 수 있는가? 보다 훌륭한 우리들의 목소리를 알고 있는 사람이 있는가?"

이번에는 보다 빠르고 광범위한 동의가 여기저기서 환성과 함께 터져나왔다. 그제서야 '뱀눈'은 다시 '큰 목소리' 쪽으로 고개를 돌렸다. 그사이 '큰 목소리'는 일어나 있었다. 그러나 몸을 지탱하는 것이 몹시 힘들어 보였다.

"마지막으로 할 말은 없는가? 이곳에 머물고 싶다는 뻔뻔스러운 희망 외에는 무엇이든 허락한다."

그러자 '큰 목소리'는 금방 불이라도 쏟아질 것 같은 눈길로 천천히 주위를 돌아보더니 격앙된 어조로 말했다.

"나는 죽음보다 더한 고통이 있다는 걸 알고 있다. 그것은 고독이다. 그러나 이제 나는 기꺼이 그것을 향해 떠난다. 왜냐하면 앞으로 당신들이 맞을 것은 그 고독보다도 훨씬 고통스러운 것이기 때문이다. 바로 당신들 자신의 나약한 비겁으로 사들인 압제이다.

물론 당장은 아니다. 그러나 반드시 그날은 온다. 이것이 내가 마지막으로 당신들에게 전하는 하늘의 목소리다.

하지만 한 가지 중요한 것을 당신들에게 깨우쳐준다. 그날이 오거든 반드시 기억하라. 그와 그의 패거리가 아무리 강하고 크게 보이더라도, 당신들의 동의 위에 서 있지 않은 한 그들이 잡고 있는 것은 반 토막의 칼에 불과하다. 나머지 반 토막은 언제나 당신들 손에 있다. 그러면 잘 있거라. 형제들이여. 그래도 나는 자유인으로 떠난다."

그리고 결연히 돌아선 '큰 목소리'는 비틀거리며 숲 속으로 사라졌다. 갑자기 숙연해진 분위기 속에서 몇몇 여인만이 소리 없이 흐느끼고 있었다. 그때 그런 그곳의 분위기를 깨뜨린 것은 새로운 사제자가 된 '얘기꾼'이었다.

"그의 거짓 예언을 두려워할 필요는 없다. 자유란 우리가 종종 속기 쉬운 환상에 불과하다. 우리가 안전한 나무에서 내려와 함께 모여 살기 시작한 이래 진정한 자유란 한 번도 없었다. 그것은 언제나 열망의 형태로만 존재했다. 왜냐하면 모여 산다는 것은 바로 우리가 어떤 질서와 규율 밑에 있음을 뜻하기 때문이다.

그럼에도 불구하고 지금껏 우리가 스스로를 자유롭다고 착각하게 된 것은 그 질서와 규율이 동물적인 혈연에 근거해 있었다는 점과 은밀하고 교묘한 통치 기술 때문이었다. 당신들은 그 환상에 집착하기보단 오히려 그것들을 혐오해야 한다……."

언제부터 준비해 온 것인지 '얘기꾼'의 목소리는 사제자로서 조금도 손색이 없었다. 혈족들은 어리둥절해서 그 새로운 사제자를 바라보았다.

"— 따라서 나는 당신들의 사제자로서 최초의 하늘의 목소리를 전한다. 방금 그 목소리는 내 심중에서 속삭였다. 이제 그 낡고 불합리한 제도와 기술은 타파되어야 한다고. 우리 혈족은 보다 정연하고 조리 있게 조직되어야 하며, 경험과 직관에만 맡겨졌던 그 기술도 객관적으로 제도화해야 한다고. 그 모든 것 위에는 가장 용기 있고 슬기로운 '동배 중의 으뜸'이 있어 우리를 대신해 판단하고 결정해야 한다고. 그것이 우리를 강대하게 만드는 지름길이며 풍요와 안락을 확보하게 되는 최선의 수단이라고.

그리고 그 목소리는 또한 나로 하여금 당신들에게 묻기를 요구한다. 그 '동배 중의 으뜸'으로 여기 선 이 '위대한 이(뱀눈)'가 어떨까고."

그러자 '뱀눈'의 패거리를 중심으로 한 동의의 함성이 무슨 큰 파문처럼 혈족 사이를 퍼져갔다. 몇몇은 '뱀눈' 앞으로 달려나와 위대한 정령에게나 합당한 숭배와 복종의 자세를 취했다.

"그러면 하늘의 뜻과 당신들의 희망이 일치하였음을 나는 한 사제자로서 확인한다. 이제부터는 아무도 그를 '동배 중의 으뜸' 이상 다른 이름으로 불러서는 안 된다. 누구도 그의 결정을 거부할 수 없고 그의 판단을 의심해서는 안 된다……."

결국 '뱀눈'과 그의 패거리들은 '큰 목소리'가 그들을 타도하려고 기다리던 그날의 축제에서 오히려 모든 것을 뜻대로 이루었다.

그리고 그들의 승리감은 묘하게도 점점 다른 혈족들에게도 전파되어 그날의 축제는 그 어느 때보다 열띠고 흥겨운 것이 돼 갔다.

그런데 반쯤 불에 그을린 '큰 목소리'의 시체가 그들 혈족 앞으로 운반돼 온 것은 그 이튿날 아침이었다. 아직 축제 기분에서 덜 깨난 사람들 앞에서 새로운 사제자는 전임자의 죽음을 이렇게 선포했다.

"하늘은 자기의 목소리를 왜곡한 자에게 징벌을 결정하셨다. 위대한 조상들의 영혼이 우리를 이간시키고 분열시키려는 그에게 번갯불을 날라주었다. 그는 성난 하늘이 내려친 벼락을 맞아 죽었다. 오오, 사제된 자 모름지기 경계할진저."

그러나 그는 보았다. 벼락 맞은 고목이나 짐승들과는 달리 '큰 목소리'의 시체에는 여기저기 재와 검댕이 묻어 있었다.

그는 그 끔찍한 추억으로 몸서리쳤다. 그러자 그 모든 사태를 망연히 방관해 버린 자신의 무력과 비굴이 새삼스런 회한으로 그를 짓눌렀다. 어쩐지 자기가 아직 살아 있다는 것이 무슨 커다란 죄처럼 느껴졌다.

그는 스스로를 학대하려는 것같이 무겁고 고통스런 몸을 일으켰다.

굵고 긴 관솔가지에 불을 붙이고 안료를 챙겨든 그는 그리다 만 들소 밑의 돌출한 바위로 올라갔다.

소는 검고 선명한 선으로 조용히 서 있었다. 그 정지의 자세가 다시 한번 마음에 걸렸으나 그는 고집스레 채색을 시작했다. 어쩌면 이 그림조차 완성하지 못할지도 모른다는 불안이 갑자기 그를 재촉했기 때문이다.

황색 기조(基調)의 초벌칠이 끝나고 다시 붉은색을 입힐 무렵 관솔가지는 다 타버렸다. 그는 바닥으로 내려가 관솔가지에 불을 붙였지만 마음만 조급할 뿐 후들거려 다시 올라갈 수가 없었다. 그는 맥없이 불가에 주저앉았다. 원기가 회복되기를 기다리며 그는 '큰 목소리'가 사라진 후의 쓸쓸한 세월을 더듬었다.

그 뒤 그들의 혈족은 많이 변했다. 자연적인 생활 집단이었던 그들은 점차 전투 조직으로 변해 갔다. 그 조직을 이루는 원리는 오직 전투에서의 능률과 효과였다. 혈연적인 배분(配分)이나 연장(年長)에 대한 존경 같은 이전의 위계는 철저하게 부인되었다. 그리고 그 정점에는 이제는 '존엄한 분'으로 승격된 '뱀눈'과 그 패거리가 무겁게 얹혀 있었다.

그렇게 조직을 개혁한 '뱀눈'이 제일 먼저 착수한 것은 그 산록에 흩어져 살고 있는 동계 혈족의 통합이었다. 그리하여 '큰 목소리'가 죽고 채 두 해도 지나지 않아 본시 전체가 백오십 명 남짓하던 그들 혈족은 전사만 수백 명을 거느린 씨족으로 성장했다.

각자의 소유는 엄격하게 보호되었다. 그리고 그 비호 아래서 원래 평등했던 혈족들은 개인의 소유를 늘려가기 시작했다.

그러나 궁극적으로 '큰 목소리'가 우려하던 사태는 발생하지 않왔다. '뱀눈'이나 그의 막료들은 아직도 근원적인 형제 감정을 혈족들에게 품고 있어 터무니없는 횡포나 압제를 가하는 일은 없었다. 식량이나 피복에 대해서도 마찬가지였다. 변혁 초기에는 분업화하고 조직된 노동이 가져온 생산의 확대가 불필요한 착취를 막아주었고, 후기에는 강대한 힘을 배경으로 한 약탈이 그들을 결핍에서 구해 주었다. 오히려 '뱀눈'의 약속대로 그들은 강대해지고 풍요해졌을 뿐이었다.

그러나 그는 본능적으로 그 모든 발전이 결국은 '큰 목소리'의 예언을 실현해 가는 과정에 지나지 않음을 감지하였다. 실제로도 그들 혈족은 많은 피해를 입고 있었다.

그 두 해의 정복과 약탈을 위한 전투에서 죽거나 상한 용사의 수는 사냥에서 생기는 손실의 몇 배가 넘었다. 그것들이 쉽게 그들 혈족들의 의식에 표면화되지 않은 것은 다만 죽은 자의 침묵과 살아 있는 자의 탐욕 때문이었다. 더 많은 전리품을 차지하게 됨으로써 산 자는 죽은 형제들의 고통을 잊어버렸다.

그러나 그 무엇보다도 '큰 목소리'의 예언을 생생히 기억하게 한 것은 그 몇 해 동안에 엄청나게 변해 버린 여자들의 운명이었다. 권력의 획득과 소유의 축적에 보다 유리한 신체적, 정신적 조건에 있던 남자들은 점차 여자들도 소유의 대상으로 보기 시작하였다. 그리고 그것을 더욱 촉진한 것은 부계(父系)의 확정에 대한 요구였다. 자기들이 애써 획득한 지위나 재산을 죽음과 함께 내놓아야 한다는 것은 견딜 수 없는 일이었다. 따라서 남자들은 한 여자를 자기의 배타적인 지배 아래 둠으로써 자기의 후계자를 확보하고 싶어 했다.

그의 일신에 닥친 변화는 음울한 것이었다. 그는 이미 '신비의 동굴'에 격리된 고고한 사제자는 아니었다. 그 동굴은 폐쇄되고 그는 '뱀눈'의 한 막료나 지배 장치처럼 이동하는 혈족 가운데서 봉사하게 되었다. '뱀눈'은 대체로 약속에 충실한 편이었다. 그가 협조를 하는 한 '뱀눈'은 그의 권위를 확보해 주었고 응분의 대가도 지불했다. 그러나 그런 외형적인 우대는 본질적으로 '손의 동굴'에서 받는 고기나 다를 바 없었다. 그는 무엇이든 '뱀눈'의 의사대로 그렸고, 때로는 개인적으로 그의 움막 벽이나 기둥에 장식을 그릴 만큼 전락해 버렸다.

거기다가 그에게도 여자가 생겼다. 그는 '초원의 꽃'을 열렬히 원했으나 그녀는 일찍부터 한 미녀와 함께 '뱀눈'의 소유로 확정되어, 다시는 기대할 수 없는 여자가 되어버렸다. 결국 그에게 돌아온 것은 '산나리'뿐이었다. 그리하여 그런 그녀와 함께하는 삭막하고 지루한 일상은 다른 평범한 씨족원과 조금도 다를 것이 없었다. 참으로 쓸쓸한 세월이었다…….

그런데 — '뱀눈'이 '존엄한 분'의 칭호를 받은 후 다섯 번째의 봄이 오면서부터 그를 둘러싼 상황은 급변하기 시작했다.

무리한 통합으로 급격하게 불어난 씨족을 불확실한 사냥과 일시적인 약탈로만 유지할 수 없게 된 '뱀눈'은 지금껏 의지해 오던 산을 버리고 초원으로 진출할 것을 결정했다. 그것은 '뱀눈'과 그 패거리가 품었던 애초의 구상이기도 했다.

그러나 그들의 초원 진출은 예상처럼 용이하지 못했다. 전과는 달리 그곳의 풀과 샘을 차지하고 있던 유목민들이 강렬하게 저항해 왔기 때문이었다. 거기서 연일 크고 작은 전투가 벌어지고 수많은 씨족의 전사들이 죽어갔다. 나중에는 전사들이 부족해 이미 무기를 놓은 늙은이들이 동원되거나 성년식을 앞당겨야 할 지경에 이르렀다.

거기다가 젊고 힘 있는 남자들이 모두 장기간의 전투에 매달리게 되자 씨족의 모든 생산은 여자들과 남아 있는 이들의 몫이 되었다. 그들은 일하고 또 일했다. 그러나 전사들을 충분히 먹일 식량조차 마련할 수 없었다. 굶주림과 피로는 비전투원의 보편적인 고통이었다.

그런데도 '뱀눈'과 그의 패거리는 기왕에 누려온 풍요와 안락을 포기하려 들지 않았다. 그것은 모든 씨족원들의 결핍을 더욱 가중시켰다. 그 모든 것을 보게 된 그의 가슴은 서서히 불타올랐다. 그제서야 그는 '큰 목소리'의 치열하던 정신을 확연히 이해했다. 그는 하루에도 몇 번씩 자기에게 무엇을 요구하는 '큰 목소리'의 절규를 자기 내부에서 들었다.

그러나 한 번 행동에 착수하자 그는 자신이 하려는 일이 얼마나 어려운 일인가를 깨달았다. 그는 틈나는 대로 전사들을 모아놓고 그들이 가졌던 자유의 기억을 일깨웠다. 아름답고 풍요하던, 그러나 버리고 만 산록과 그곳의 만족스럽던 삶을 상기시켰다. 그렇지만 그들은 이미 옛날의 그들이 아니었다. '뱀눈'의 약속과 선전에, 그리고 반복되는 '얘기꾼'의 교훈에 완전히 옛 기억을 상실한 후였다. 그들은 서슴없이 그가 일깨우는 옛날을 야만이라고 불렀고 '뱀눈'과 그 패거리가 조직한 지금의 제도를 적극적으로 옹호하고 나섰다. 그리고 돌아서서는 그가 한 이상한 행동을 낱낱이 고해 바쳤다.

"다시 말하지만 자유란 환상이다. 우리들 중 극소수에게 열망의 형태로만 존재하는. 오히려 저들 다수를 지배하는 것은 저열한 욕망이야. 어떤 강력한 힘에 복종하고 지배받으려는 욕망. 아마도 그렇게 함으로써 자기들의 무력과 우둔을 잊고, 그 강력한 대상과 일체감을 느끼려는 것일 게야."

그것은 언젠가 그가 또 젊은 용사들을 모아 놓고 자기의 주장을 펴고 있을 때 어디선가 듣고 달려온 '얘기꾼'이 그를 설득하면서 한 말이었다. 동료로서 함께 행동해 온 그 몇 년의 세월은 그들을 상당히 가깝게 맺어 놓고 있었다. '얘기꾼'은 그가 '뱀눈'으로부터 받을 보복이 두려워 그를 말리려고 달려온 길이었다.

"우리가 남보다 좀 큰 목소리를 가졌다고 해서, 혹은 남보다 더 잘 선과 색을 다룰 수 있다 해서 그게 바로 우리에게 무슨 특별한 의무를 부여하는 것은 아니야. 물론 우리는 남보다 더 밝은 눈과 예민한 귀를 가졌을지 모르지. 그러나 그것으로 그뿐이야. 우리가 무슨 노래를 부르고 무슨 그림을 그리든 세월(역사)은 제 갈 길을 갈 뿐이야. 우리는 그저 변혁을 느낄 수 있을 뿐이지. 그것을 일으키거나 막을 힘까지는 없어. 낡은 신념에 매달려서 이미 밀려오는 것을 막으려 들거나 아직도 멀리 있는 것을 앞당기려고 서두르는 것은 마찬가지로 어리석은 일이야. 그건 이미 진실의 문제가 아니라 능력의 문제야.

결국 우리도 씨족의 한 평범한 구성원에 지나지 않아. 우리가 다른 구성원과 다른 것은 그들이 자기의 창과 칼로 먹이를 얻는 데 비해 우리는 노래나 그림으로 우리의 먹이를 얻는다는 것뿐이야……."

어느 정도 원기를 회복하자 그는 다시 그리던 소에게 다가갔다. 나는 무슨 일이 있어도 나의 소를 잡으리라. 그것으로 나도 세상에 태어나서 살아 숨 쉬었다는 증거를 삼으리라. 그는 희미한 관솔불에 의지해 자기의 소에게 필생의 기력을 쏟았다. 소는 점점 실물과 흡사하게 변해 갔다. 그러나 그가 아직 완성의 희열을 맛보기 전에 기력이 먼저 소모되고 말았다. 갑작스럽게 꺼져버린 불빛과 함께 그는 동굴 바닥에 내동댕이쳐지듯 굴러떨어졌다.

다시 일어나야겠다는 강렬한 의지에도 불구하고 그의 몸과 마음은 무거운 돌덩이처럼 깊은 무의식의 수렁 속으로 빠져들었다.

……'뱀눈'의 호화로운 천막 안이었다. 그는 한 모퉁이에서 '초원의 꽃'을 분장시키고 있었다. 이미 서른이 넘었지만 그녀의 피부는 씨족의 그 어떤 여인들보다 더 고왔다. 얼굴의 은은한 잔주름도 오

히려 그녀의 아름다움에 어떤 원숙미를 더하고 있었다.

그는 먼저 선명하긴 하지만 약간 무질서한 그녀의 눈썹에 곱고 가지런한 선을 주었다. 그리고 눈두덩에도 잘게 바순 공작석(孔雀石) 가루를 발라 엷은 녹색의 아름다운 그늘을 만들었다. 그녀의 붉은 입술은 양기름에 갠 주토로 더욱 붉어졌다.

그는 시종 음울한 침묵 속에 그 일련의 동작을 이어가고 있었다. 그러나 그의 그런 음울은 분장사로 전락한 자신의 처지 때문이 아니라, 이제 그 밤이 지나면 영원히 씨족을 떠날 '초원의 꽃' 때문이었다.

'뱀눈'도 마침내 싸움에 지치고 말았다. 그래서 그는 유목민 중 가장 강력한 부족과 화평을 맺고 그 정표로 아름다운 '초원의 꽃' 을 그들 부족장에게 보내려는 참이었다. 그 부족장과 그의 전사들은 벌써 얼마 전부터 와 기다리고 있었다.

그러나 당자인 '초원의 꽃'은 아무런 동요가 없었다. 오히려 그녀는 그런 화장을 즐거워하는 것처럼 이것저것 지시를 했다. 어쩌면 그녀는 자기의 운명을 모르고 있는 것이 아닐까. 그는 문득 동작을 멈추고 음울하게 그녀를 바라보았다.

"'초원의 꽃', 당신은 이제 당신이 가게 될 곳을 알고 있소?"

그러나 그녀는 그에게 눈길도 주지 않은 채 대답했다.

"네, '뱀눈'에게 들었어요."

무감동한 목소리였다.

"그래, 그런데도 아무렇지 않단 말이요?"

그는 자신도 모르게 버럭 소리를 지르고 말았다. 마침 그 천막에는 그들 둘밖에 없었다. 그녀는 그제서야 뜻밖이라는 듯한 눈길로 그를 쳐다보았다.

"그래 무슨 가축이나 물건처럼 생판 낯선 사람에게 주어져도 아무렇지 않단 말이요? 발정 난 암캐처럼 당신은 아무하고 어울려도 즐겁소?"

그러자 그녀는 희미하게 웃었다.

"딱한 사람, 그럼 내가 꼭 '뱀눈' 하고만 잠자리를 같이해야 한단 말이에요?

"그렇지만 당신은 이미 십 년씩이나……."

"그래서 어쨌다는 건가요? 지난 십 년을 함께 살았으니 앞으로의 십 년도 그와 함께 보내야 한다는 거예요?"

그리고 그녀는 잠시 아연해 있는 그를 보며 침착하게 말했다.

"사람은 현란하게 꾸며진 말을 벗기면 모두 저마다의 소를 쫓고 있을 뿐이에요. '뱀눈'은 권력의 소를 쫓고, '달무리'는 그 '뱀눈'이 나누어주는 부귀의 소를 쫓는 식으로……. 그런데 제가 쫓는 소가 무엇인지 아세요? 그것은 풍요와 안락의 소예요. 그리고 '뱀눈'을 좋아한 것은 그가 바로 그것들을 줄 수 있기 때문이죠. 이제 '뱀눈' 아닌 사람이 나를 데려간다 하더라도 그가 그런 것들을 줄 수 있다면 또 좋아질 수 있을 거예요. 더구나 그의 부족은 강성하고, 그의 가축 떼는 들판을 덮고 있어요. 그런데 내가 무엇 때문에 슬퍼하고 괴로워해야 하죠?"

그 말을 듣자 그는 원인 모를 안도와 함께 전보다 몇 배나 더 깊은 음울에 빠졌다. 그녀는 그런 그를 한동안 그윽이 보더니 갑자기 다정스런 목소리로 말했다.

"물론 당신처럼 무엇을 좇는지 얼른 알 수 없는 사람도 있죠. 당신은 그림을 그려주고 '뱀눈'으로부터 고기와 가죽을 얻고 있지만 그게 바로 당신이 좇고 있는 소가 아닌 것은 분명해요. 당신은 무언가 다른 소를 좇고 있는데, 물론 잡을 수만 있다면 그 어떤 소보다 훌륭할 테지만 사실 그것은 잡을 수 없는 환상의 소예요.

당신은 당신이 내게 보내준 그 오랜 애정을 제가 모르고 있는 줄 아세요? 그러나 내게도 당신의 진심이 몇 번이나 가슴 저리게 와닿은 적이 있었어요. 하지만 철이 들면서 나는 알았어요. 당신은 나와 다른 소를 좇고 있고, 그 소는 아마 이 세상에선 잡히지 않으리라는걸. 그래서 당신의 인생은 쓸쓸하고 고통스러울 것이라는걸. 내가 피하고 싶었던 것은 바로 그런 당신의 운명이었어요.

만약 우리가 힘들여 먹이를 구하지 않아도 되고, 애써 이 땅 위의 더위와 추위를 피하지 않아도 된다면, 나는 누구보다도 당신을 나의 짝으로 선택하고 사랑했을 거예요. 그러면 나도 당신처럼 환상을 사랑하고 아름답고 진실한 것만 추구할 수도 있을 테니까. 그러나 지금 우리가 살고 있는 이 땅은, 환상은 반드시 깨어지게 되어 있고, 아름다움과 진실도 필경엔 한 토막의 고기보다 못하게 되어 있어요. 그런데 아, 가엾은 사람……."

그녀도 결국은 자신의 감정을 이기지 못한 듯 음울하게 수그린 그의 머리를 껴안고 몇 번이고 그의 이마에 입 맞추었다. 그리고 그의 두 눈 가득 흐르는 희열의 눈물을 조용히 훔쳐주었다. 그러나 그녀는 이내 그런 감상에서 깨어났다.

"자, 모두들 기다리겠어요. 이제 그만 나가보지 않겠어요?"

다시 침착하고 무감동한 목소리였다.

……축제의 모닥불이 타오르고 있었다.

'초원의 꽃'은 떠나갔지만, 씨족은 평화와 목초지와 가축을 얻었다. 그들은 그것을 기뻐하고 춤추고 노래하고 있었다.

그러나 그는 견딜 수 없이 음울한 마음으로 그런 그들을 바라보고 있었다.

만족하게 웃고 떠드는 '뱀눈'과 그의 충실한 부하들. 구릿빛 근육을 자랑하며 춤추는 전사들과 아름다운 여인들. 오, 너희들은 너무 즐겁고 행복해 보이는구나. 나도 일찍이 너희들과 같은 소를 좇아야 했다. 그것을 위해 모든 단련과 준비를 게을리 말았어야 했다. 저 먼 하늘에 그렇게도 자주 동경의 눈길을 보내지 말았어야 했고, 스러지고 말 아름다움에 그렇게도 무모하게 집착하지 않았어야 했다. 그러나 이제는 모든 것이 끝나버렸다. 무자비한 시간은 다시 지나간 날들을 되돌려주지 않는다…….

그런데 그때였다. 그의 쓰라린 상념 사이를 한 줄기 빠르고 예리한 빛처럼 스쳐가는 목소리가 있었다. 바로 '초원의 꽃'의 목소리였다.

"물론 잡을 수만 있다면 당신의 소는 그 어떤 소보다 훌륭할 테지만……."

그렇다면 나의 소는 어떤 것일까. 그녀가 말했듯 내가 '뱀눈'에게 봉사하고 얻는 고기는 나의 소가 아니다. 산과 수렵생활을 떠난 지금 그림이 가졌던 실용으로서의 주술도 의미를 잃었다. 그렇다고 '큰 목소리'처럼 낡은 이념의 희생으로 쓰러져야 할 것인가. 공허한 하늘의 목소리에 의지해서 강력한 인간의 조직과 그것이 가진 힘에 부딪쳐서 깨어져야 할 것인가. 언제 싹 틀지 모르는 사상의 씨앗을 뿌린 것만으로 자신을 저 끝 모를 죽음과 허무의 심연에 던져버려야 할 것인가.

그의 상념이 거기에 이르자 그는 다시 한번 암담한 절망에 빠졌다. 혹 나는 너무 일찍 태어나거나 너무 늦게 이 땅에 온 것이 아닐까, 나의 소는 이 땅에는 없는 것이 아닐까.

그리하여 그 축제의 광장을 빠져나온 그가 전혀 새로운 깨달음을 얻게 된 것은 그 새벽의 어스름 속이었다. 지금까지 그가 추구해 온 것은 '그림 너머의' 혹은 '그림으로써' 얻어지는 어떤 것이었다. 말하자면 그림은 하나의 종속적 가치로서 어떤 목적을 위한 수단이나 도구였던 것이다. 그런데 이제 그가 새로운 추구의 대상으로 찾아낸 것은 그림 그 자체, 표상된 선과 색의 완전성이 가지는 가치였다.

그러자 갑자기 떠나온 산록과 '신비의 동굴'이 미칠 듯이 그리워졌다. 내가 찾아낸 새로운 가치는 지금 이 땅에서는 시인될 수

없다. 나는 그곳으로 돌아가 나의 선과 색으로 나만의 소를 잡으
리라. 그는 이상한 열정으로 몸을 떨며 중얼거렸다. 그리고 자기
의 초라한 천막으로 돌아갔다. 그 긴 여행에 필요한 물건들을 챙
기기 위해서였다.

그의 초라한 천막 안에는 '산나리'와 그 사이에 태어난 두 아
이가 평화롭게 자고 있었다. 몇 가지 도구를 챙긴 그는 잠시 불현
듯한 애정과 연민으로 그런 그들을 내려다보았다. 잘 있거라. 가
엾은 것들. 그는 특히 잠든 두 아들을 오랫동안 바라보았다. 내가
떠남으로써 너희는 헐벗고 굶주리며 자라야 하겠지. 권력도 소유
도 물려받지 못한 너희들은 무엇이든 스스로 고통스럽게 이룩해
야 하겠지. 그러나 나는 떠나지 않을 수 없다. 아비에겐 잡아야 할
아비의 소가 있다. 이곳에서는 결코 잡을 수 없는……. 더구나 내
가 이곳에 남음으로써 너희들의 나쁜 본보기가 될 수는 없다. 이
역할과 지위를 물려주어 외롭고 고통스러웠던 생을 다시 반복시
킬 수는.

거기서 그는 결연히 일어섰다. 그런데 막 깊이 잠든 그들의 주
거지를 빠져나올 무렵, 그는 다급한 발짝 소리를 들었다. 새벽안개
를 헤치고 달려온 것은 뜻밖에도 '산나리'였다. 그녀의 손에는 조
그만 보퉁이 하나가 들려 있었다.

"이것 가지고 떠나세요. 말린 고기와 과일이에요."

그는 서늘한 감동을 느꼈다. 알고 있었구나…….

"나는…… 나의 소를…… 잡으러 떠나오……."

그는 감동으로 망연해져 더듬거렸다. 그 앞뒤 없는 말을, 그러나 '산나리'는 완벽하게 이해한 것 같았다.

"네, 떠나셔야죠. 하지만 — 꼭 돌아오셔야 해요."

그런 '산나리'는 울고 있었다. 새벽빛에 희게 번질거리는 그녀의 눈물 줄기를 보며 그는 심한 동요를 느꼈다. 갑자기 그녀의 품안이 세상 어느 곳보다도 따뜻하고 아늑할 것 같았다. 그러나 그는 모질게 자신을 채찍질했다.

"물론 돌아오고말고."

그는 천천히 산나리에게 다가가 힘차게 끌어안았다. 하지만 설령 그가 돌아오려 한들 그때까지 씨족이 이곳에 머물고 있으리란 보장은 없었다.

"미안하오."

그는 포옹을 풀면서 부드럽게 말했다.

"당신과 짝지어지면서부터 줄곧 불안해하던 일이었어요. 하지만 이만큼 준비도 되어 있어요. 기억나세요? 옛적 우리가 그곳에 머물 때의 관례 — 용사가 잡은 소는 곧 나의 소예요. 당신의 소를 잡고, 부디…… 돌아오기만 하세요."

그리고 먼저 돌아선 것은 '산나리'였다. 그녀는 보퉁이를 넘기자마자 뛰듯이 새벽안개 속으로 사라져갔다. 오, 그 뒤 이 동굴로 돌아오는 그 길은 어찌 그리도 멀고 험하던지…….

그래, 소를 잡아야지. 나의 선과 색은 아직도 완전한 소를 잡지 못하고 있어. 그 등허리에 내리쬐는 부드러운 햇빛도 잡지 못했고, 털끝을 불어가는 미풍도 잡지 못했어. 따뜻한 콧김과 더 깊은 곳에서 숨 쉬고 있는 싱싱한 생명력도. 그는 다시 관솔가지를 찾기 위해 손을 뻗었다. 그러나 마음뿐이었다. 그 시각 그의 병들고 지친 육신은 꺼져가는 생명의 불꽃을 지켜보며 가늘게 경련하고 있었다.

그 후 오랜 세월이 흘렀다. 금세기 초 스페인의 산탄델 주(州)에 사는 한 젊은 기사(技師)는 사냥꾼이 발견한 부근의 한 동굴에 깊은 흥미와 관심을 가졌다. 그러나 첫 번째 답사에서 그는 별다른 것을 발견하지 못했다. 소학생들의 서투른 솜씨 같은 그림 몇 개를 동굴 벽에서 보았을 뿐이었다. 그래서 두 번째는 좀 가벼운 기분으로 어린 딸을 데리고 갔다. 그런데 그들이 동굴 입구에서 얼마 들어가지 않았을 때였다. 그는 갑자기 촛불을 들고 뒤따라오던 어린 딸이 소리치는 것을 들었다.

"아버지, 여기 소가 있어요."

그녀가 가리키는 곳은 측면 동실(同室)의 넓은 천장이었다.*

---

* 알타미라 동굴의 그림에 대해 사학자(史學者)들은 그것이 후기 마그달레니언기(期) 이전의 구석기 문화라고 보고 있다. 여기서는 권력과 사유(私有)의 발생을 보기 위해 신석기 문화로 꾸몄다.

형식의 균열과 텍스트의 무의식

- 이문열의 초기 소설에 잠재된 어떤 가능성

손정수(문학평론가)

1. 기억의 현상학, 혹은 소설가의 초상

제임스 조이스의 『젊은 예술가의 초상』(1914) 같은 소설을 읽다 보면 작가의 페르소나에 해당되는 인물들로부터 진술되는 과거의 기억이 상상할 수 없을 만큼 상세해서 놀라지 않을 수 없다. 그 오래전에 지나쳤을 일이 마치 지금 겪고 있는 것처럼 세밀하고 생생하기 한이 없는 것이다. 그 기억의 순도는 작가가 그 일을 겪었던 상황에서 그만큼 섬세하게 반응했고, 또 그 사건들이 작가의 의식 속에 오랫동안 머물러 있었다는 증거일 터이다. '의식의 흐름'이 단지 기법의 문제일 수만은 없는 이유도 그 점과 관련이 있다.

사람들은 자신이 겪은 일들을, 비록 그것이 좋지 않은 것이라고 해도 아예 잊어버리거나 혹은 상상을 통해 가공하여 원래의 기억을 덮고 일상으로 돌아온다. 그런데 어떤 사람들은 그 예민해서 날카로워진 기억을 기꺼이 그대로 자신의 의식 속에 품은 채 그 고통을 감수하며 살아간다. 그 기억에 찔린 의식으로 바라보는 세상이 밝을 리가 없다. 그것은 생각만 해도 얼마나 답답한 일일 것인가. 도대체 그 일들은 얼마나 절실했기에 그에게서 떠나지 않고 오랫동안 그의 의식을 괴롭도록 사로잡고 있는 것일까.

제임스 조이스의 소설들은 그 불행한 의식의 주체가 바로 고전적 의미에서의 작가라는 생각을 하게 만든다. 그렇게 보면 작가라는 존재는 표현의 주체이기에 앞서 운명적으로 겪어야 했던 사건으로 인한 기억을 비참이자 영광으로 자기 존재 속에 받아들인 채 의식의 일부를 늘 그것에 내어주는 사람이라고 할 수 있다. 말하자면 과거의 어떤 시간을 늘 현재로서 겪는 사람인 것이다. 아니 오히려 그 기억이 시간 속에서 변질될까 봐 늘 조심스럽게 신경 쓰며 돌보는 사람일지도 모르겠다. 그러니까 그냥 지나쳤더라면 얻을 수 있었을 일상의 평온함 대신 기꺼이 그 마음의 지옥에 자신을 가둔 자가 바로 그들이다. 그들의 이야기를 채우고 있는 세밀하고 생생한 기억들이 그것을 증거하고 있다.

『젊은 날의 초상』(1981)을 비롯한 이문열의 소설을 읽으면서도 그런 느낌을 받게 된다.[1] 그가 등단하여 짧은 시간 동안 써낸 그 많은 분량의, 그러면서도 다양한 이야기들은 단지 필력의 문제가 아니라 그만큼 그 이야기들이 오랫동안 격렬하게 그의 내부에서 들끓고 있었고, 그가 힘겨운 방황을 거치면서도, 아니 어떤 의미에서는 그 방황을 통해 기억의 고통을 버텨왔다는 증거에 다름 아닐 것이기 때문이다. 그 압력이 한순간 주체로 하여금 의식 속의 기억들을 글로 밀어내도록 했을 것인데, 이문열의 초기 소설들을 담고 있는 이 책『필론과 돼지』에서 우리는 그가 자기 속에서 먼저 꺼내지 않을 수 없었던, 그렇기 때문에 덜 다듬어진 투박한 모습을 하고 있을 수도 있지만 그 때문에 가장 첨예하고도 문제적인 이야기를 만날 수 있다.

이문열 문학의 출발점을 이루는 「나자레를 아십니까」(1977), 「새하곡(塞下曲)」(1979) 등을 포함한 초기의 중단편 일곱 편이 묶여 있는 이 책은 그 이후 여러 방향으로 확장되고 좀 더 본격적으로 구축되어 나갈 이문열 소설 세계의 원형을 이루고 있다. 이 글에서는 그 원형에 얽혀 있는 문제들을 네 부분으로 나누어 차례로 살펴보고자 한다.

---

1) 『젊은 예술가의 초상』과 『젊은 날의 초상』 사이에 제목 및 결말 장면에서 유사성이 보인다는 사실에 대한 지적이 있었다. 김욱동, 『이문열 — 실존주의적 휴머니즘의 문학』(민음사, 1994), 176쪽 참조.

2. 개인적 기억과 집단의 문제 사이의 알레고리
　── 「나자레를 아십니까」, 「새하곡」, 「필론과 돼지」

우선 이문열의 초기 소설에서는 인물들을 폐쇄된 공간에 배치하는 경우를 자주 볼 수 있다. 「나자레를 아십니까」나 「필론과 돼지」(1980)가 기차 객실을 배경으로 설정하고 있는 것 또한 그런 맥락에서 생각해 볼 수 있다. 그 제한된 공간에 집중하여 우리는 인물들의 의식과 그 대립의 실상을 가까운 거리에서 들여다볼 수 있게 된다. 뒤에서 더 자세히 살펴보겠지만, 이와 같은 설정은 알레고리의 효과와 밀접하게 연관되어 있기도 하다.

「나자레를 아십니까」에서 '나'와 동행하는 김 선생은 기차 안에서 우연히 만난 사내에게 '나자레'라는 이름의 고아원에 대한 기억을 환기시킨다. 김 선생의 이야기는 점차 강도를 높여가며 안 그래도 어두울 수밖에 없는 '나자레'의 시간을 더욱 아픈 기억으로 채워 나간다. '우는 누나'와 '그', 그리고 '작은 아버지'에 관한 사연이 차례로 펼쳐진다. 그럼에도 사내는 거듭 알지 못한다고 부인한다. 하지만 그 사내의 강한 부인은 이야기의 마지막 순간 철교 아래로의 투신이라는 극적인 행동으로 귀결되고, 그 반전은 김 선생의 이야기 속 인물인 '그'가 바로 사내였다는 사실을 확인시켜 주고 있다.

유년시절에 대한 사내의 반응은 외면과 부정, 혹은 투신(죽음)의 극단적인 분열을 동반하고 있다. 과거의 기억에 왜 이들은 이토록 긴장하며 불안정한 반응을 보이는가? 그 구체적인 원인은 짧은 분량에 비해 복잡한 서사 구조, 그러니까 액자 내부와 외부가 맞물리면서도 어긋나 있는 구조로 인해 전모가 드러나 있지 않은데, 과거의 기억에 도달하기 위해 필요한 이런 이중적인 간접화의 구조는 더 넓은 범위에서 보면 그 사건에 대한 내포 작가의 태도를 드러낸다고도 볼 수 있을 것 같다. 그러니까 한편으로 그 기억은 집요하게 주체의 의식 위에 떠오르지만 다른 한편으로 주체는 그 기억을 부정하는 양가적인(ambivalent) 태도를 보이고 있는 것이다. 그만큼 이 이야기를 만들어내고 있는 주체에게 그 시간의 기억은 여전히 직접 대면하여 감당할 수 없는 어떤 심각한 것으로 의식되고 있는 듯하다. 다소 불투명하지만 우리는 그것이 권력 관계의 어둡고도 부조리한 이면으로 인한 공포와 상처로부터 왔을 것이라고 짐작해 볼 수 있다.

이렇게 본다면 '나자레'는 직접적으로 의식의 표면에 드러나지 않은 채 잠재되어 있는 더 넓은 범위의 기억, 그러니까 이제부터 바야흐로 이문열 소설에 차례로 드러나게 될 과거의 시간 전체에 대한 상징적인 메타포라고 할 수 있을 것이다. 그런 맥락에서 「나자레를 아십니까」의 고아원에 대응되는 세계가 「새하곡」과 「필론과 돼지」에서는 군대이다. 여기에서 고아원이라든가 군대 등은 작가의 경험과 연관된 개인적 기억의 공간이면서 동시에 억압적 현실 상황에 대한 알레고리로 확장될 수 있는 가능성을 가진 공간이기도 하다.[2] 「나자레를 아십니까」에서 고아원의 규율과 권력관계의 작동 방식을 두고 "적어도 10년은 후에 군대에 가서나 경험하게 될 그런 방식"(「나자레를 아십니까」, 23쪽. 앞으로 이 책에 실린 소설들에서 인용할 경우에는 소설 제목과 인용 쪽수를 괄호에 넣어 부기하도록 한다.)이라고 서술하고 있는 대목은 두 공간이 그와 같은 보편적 알레고리 차원에서 상통하는 맥락을 갖고 있다는 사실을 말해 준다.[3]

「새하곡」은 바로 그 군대가 직접적인 배경으로 등장하는 이야기여서 문제의 차원이 좀 더 객관적인 지평으로 확장되어 있는 데다 분량 또한 중편의 길이를 갖추고 있어 그와 같은 알레고리가 보다 본격적으로 추구될 수 있는 조건을 마련하고 있다. 그로 인해 「나자레를 아십니까」에서는 희미했던 한 가지 특징이 여기에서는

---

2) 이문열은 가정 사정 때문에 밀양의 고아원에 체류했던 사실에 대해 적은 바 있다. 그 시절에 대한 기억은 이문열, 「귀향을 위한 만가」, 『이문열론』(삼인행, 1991), 11쪽 참조. 그 회고에서 "고아원 생활은 무척 어려웠다"고 하는 식의 구체적인 기술을 피하고 있는 듯한 인상을 주는 대목이나 "고아원에 딸린 농원에서의 그 진절머리나는 작업" 등의 표현을 보면 「나자레를 아십니까」에서처럼 한편으로 기억하면서 동시에 그 기억을 외면하는 양가적인 태도를 엿볼 수 있다. 좀 더 이후에 「제쳐 논 노래」(1980)에서 작중 인물은 자신이 한때 머물렀던 '갈릴리 보육원'을 찾아가기도 한다. 한편 작가의 늦은 군대 생활과 그것이 「새하곡」의 창작으로 연결되었던 경위에 대해서는 이문열, 「그해, 1979년 1월 전후」, 『사색』(살림, 1991), 82~85쪽 참조.

3) 수직적 위계가 작동하는 현실을 반영하기에 효과적인 알레고리적인 공간이라는 점에서는 「우리들의 일그러진 영웅」(1987)의 '교실'도 그 맥락에 연결된다. 좀 더 넓은 의미에서는 「익명의 섬」(1982)의 오지의 '마을'이나, 혹은 「들소」(1979)의 선사시대의 '씨족 부락', 「칼레파 타 칼라」(1982)의 '아테르타'라는 가상의 도시국가 역시 같은 범주에 넣어 생각할 수 있다.

뚜렷하게 제시되고 있는데 그것은 바로 등장인물 사이에서 일어나고 있는 대화와 논쟁의 형식이다.

"군대가 아주 특수한 사회란 생각 — 박 상병도 그런가?"

"예, 약간은."

"그런데 나는 달라. 이건 오히려 평범하기 짝이 없는 집단이라고 생각해. 그걸 특수하게 만든 것은 어떤 사회의 왜곡된 의식 구조나 관찰자의 편견 같단 말이야."

(……)

"이 시대에는 이미 순수한 개인이란 존재할 수가 없어. 어디를 가든 우리는 집단에 소속하게 되어 있고, 그 집단은 또 나름대로의 위계와 규율을 우리에게 강요할 거야. 예를 들어 우리가 취직을 한다는 것은 대대장이나 사단장이 전무나 사장으로 바뀌는 정도야. 명칭은 감봉이나 징계 따위로 다르지만, 그곳에도 빳다와 기합 같은 게 있지. 그리고 때로 그것은 우리가 이곳에서 체험하는 것보다 몇 배나 더 가혹하고 철저해."(98~100쪽)

이 소설에서는 지식인적 성향의 인물인 이 중위와 강 병장, 박 상병 들을 중심으로 군대라는 조건 속에서 발생하는 부조리에 대한 관념적인 토론이 이루어지고 있다. 그리하여 군대라는 공간은 억압과 자유의지 사이에 놓인 실존적 상황과 그 속에서 이루어질 수 있는 인간의 선택이라는 형이상학적 문제를 고찰하는 무대가 되고 있다. 그럼에도 아직까지 그 관념성은 소설이라는 경계를 크게 벗어나지 않는 범위 내에서 비교적 온건하게 제시되고 있다.[4]

위의 인용에 나타난 이 중위의 의견대로 수직적 권력 관계의 문제가 비단 군대에만 국한되지 않는다는 사실을 「필론과 돼지」는 곧바로 입증해 보이고 있다. 「필론과 돼지」에서 사건의 본격적인 전개는 제대 군인들을 태운 기차 객실에 한 무리의 현역병들이 등장하면서 시작된다. '불합리와 폭력'에 근거한 갈취는 주인공인 '그'를 비롯한 제대 군인들로 하여금 무기력한 군중으로의 전락을 경험하게 만든다. 소설은 이 심리적인 경험의 과정을 예리하면서도 차분한 시선으로 그려내다가 마침내는 그 억눌린 분노가 분출하여 상황이 반전되는 과정까지 이끌어 간다. 그런데 불합리한 폭력에 항거하여 마침내 그 상황을 진압한 제대 군인들을 사로잡고

---

4) 그런 점에서 이 소설은 이후에 본격화될 이문열 소설의 한 특징을 예고하고 있다. 그 특징은 소설 속의 인물들이 특정 주제를 중심으로 의견의 대립을 형성하고 때로는 관념적이라고 느낄 만큼 진지한 대화와 논쟁을 수행하고 있다는 것이다. 그 주제는 종교, 이념, 권력 등 한국 사회가 저개발의 상태에서 벗어나면서 마주하게 된 1980년대의 시대적 문제에 해당되는데(이와 같은 측면에 관련하여 이문열의 문학적 성취를 중산층과 연관시켜 설명하고 있는 논의를 참조할 수 있다. 「이문열의 문학적 편력」, 《문학과사회》, 1998년 겨울호, 1238~1240쪽), 어느 순간 대학을 중심으로 한 지식인 사회의 일부에서는 특정 이념에 근거하여 그 주제들에 대한 답변의 방향이 정해진 듯 단정하는 분위기를 형성했다. 그런 가운데에서 이문열은 그 주제들을 직접 소설적 대상으로 삼아 정면에서 다뤘고 그 앎의 의지가 작가와 소설 속 인물들과 일상 속 대중들의 문제의식을 하나로 연결시켜 주었다고 할 수 있다. 문체의 문제와 별도로, 바로 그 점이 이문열 소설이 가질 수 있었던 대중성의 근거였다고 볼 수도 있다.

있는 것은 다름 아닌 '눈먼 증오와 격앙된 감정'이다. 그렇기 때문에 사건이 종료된 시점에서 '그'는 "동료들이 부상당하고 피해를 당하고 있을 때 그들을 분기시키지 못했던 것처럼, 이제 불필요하게 난폭하고 잔인해진 그들을 만류할 능력 또한 그에게 없었다"(「필론과 돼지」, 287~288쪽)는 또 다른 회의에 빠져들 수밖에 없다.

이 소설은 권력과 군중의 관계라는 관념적일 수 있는 문제를 직접적으로 다루고 있으되 그것을 상황의 묘사와 행동으로부터 소외된 주인공의 의식을 통해 간접적으로 형상화하고 있다는 점에서 특징적이다. 이념의 내용보다도 이념 형식 자체를 바라보면서 그 속성에 대한 비판을 수행하는 관점은 이후 이문열 소설의 기본적 태도를 이루게 되고 가면 갈수록 더욱 굳어지는 양상을 보이기도 한다.[5] 그런 맥락에서 생각해 보면 「필론과 돼지」에서는 그 이후에 더 발전된 단계에서는 오히려 찾아볼 수 없는, 어떤 사유가 발생하는 순간 특유의 긴장이 돋보인다. 이 점은 이후에 발표된 다른 소설에 등장하는 이념 비판의 대목과 비교해 볼 때 보

---

5) 이와 같은 이데올로기적 좌표 설정은 이념의 문제로 인한 콤플렉스로부터 자유로울 수 없었던 작가의 삶의 조건('연좌제'라는 단어가 그것을 상징한다.)에 기인한 것이기에 그 내용만으로 비판될 수 있는 사항은 아니라고 할 수 있다. 누군가에게는 이념이라는 것이 적극적으로 추구해야 할 대상이 아니라 처음부터 경계하지 않으면 안 될 폭발물과 같은 것일 수도 있기 때문이다. 그런데 이후에 살펴볼 테지만 이 이데올로기의 좌표는 처음부터 고정된 것은 아니었고 시간이 흐르면서 상황과 조건에 따라 변화해 나가게 되는데, 이문열의 소설 세계를 전체적으로 조망하는 이 시점에서 더 의미 있는 것은 바로 그 이동의 궤적일 것이다.

다 분명하게 드러난다.

> 법과 질서에 대한 죄의식이나 선천적인 나약함 탓도 있겠지만, 군
> 중이란 원래가 그러했다. 이상한 정열에 휘말리면 성난 파도처럼 휩
> 쓸어갈 수도 있으나, 일단 각자의 얄팍한 타산과 실리(實利)가 그 정
> 열을 제어하게만 되면 가을 벌판의 가랑잎처럼 흩어져가고 마는 것
> 이었다.[6]

결국 그 내용은 크게 다르지 않다고 할 수도 있지만, 이미 고정
된 생각의 재진술이라고 할 수 있는 「칼레파 타 칼라」에서 인용한
위의 대목과 「필론과 돼지」를 비교해 보면 그 메시지가 제시되는
방식에 따라 이념 비판의 문학적 성격은 달라진다는 사실을 새삼
확인할 수 있다. 이문열의 초기 소설이 독서 과정에서 발산했던
신선함은 메시지 자체보다 그 메시지가 통상적인 방식과 달리 알
레고리적 상황을 통해 제시되었던 형식으로부터 연유했던 것 아
닐까 싶다. 사유의 발생과 더불어 새롭게 발견된 그 형식은 사람
들이 현실 속에서 느끼는 권력 관계의 양상을 환기하면서도 자유,
예술과 같은 추상적이고 보편적인 문제를 추구할 수 있는 알레고
리로서의 현실 환기력을 그 내용과 형식의 새로운 만남 속에서 빚

---

6) 이문열, 「칼레파 타 칼라」, 『익명의 섬 ― 이문열 중단편전집 3』(RHK, 2021), 181쪽.

어내고 있기 때문이다. 이문열의 초기 소설에서 알레고리가 리얼리즘보다 효과적인 교육학적 공간을 제공하고 있다는 사실을 이 지점에서 새삼 확인할 수 있다.

소설은 마지막에서 일련의 소동을 무기력하게 지켜보며 이념의 속성에 대한 비판을 속으로 삼켜야 했던 '그'의 머리에 떠오른 일화, 즉 폭풍우를 만나 수라장이 된 배 속에서 무기력할 수밖에 없었던 현자 필론이 소동에 아랑곳없이 편안하게 잠을 자고 있는 돼지를 흉내 냈던 행동을 덧붙이고 있다. 「새하곡」에서는 서사와 병립하는 한시(漢詩)의 세계가 제목에만 흔적을 드리우고 있지만, 「필론과 돼지」에서는 일화가 이처럼 기본 서사와 별도로 텍스트의 끝부분에 부기되어 두 영역 사이의 알레고리 구조를 형성하고 있다. 이문열의 초기 소설에서는 이와 같이 이질적인 두 영역을 하나의 텍스트 내에 구조적으로 배치하는 독특한 양상이 점점 더 지배적이 되는 경향을 발견할 수 있다.

이문열의 소설 세계 속에는 이와 같은 두 개의 상이한 형식 충동(Formtrieb)이 공존하고 있다. 그러나 이문열에게는 이 둘 중 이야기의 충동이 훨씬 더 지배적이다. 그것은 「칼레파 타 칼라」나 「들소」에서와 같이 소설 전체를 압도하기도 하며, 「필론과 돼지」나 『영웅시대』(1984)와 같이 결구의 방식으로 등장하여 소설적 공간을 단성적인 결론으로 유도해 내기도 한다. 더러는 『젊은 날의 초상』에서의 「해따기」나 『그대 다시는 고향에 가지 못하리』에서의 「분호난장기」와 같이 삽화적인 형태로 삽입되기도 한다. 여기에서 이야기적 요소들은 인간의 삶에 대한 하나의 보편적인 비유로서, 그 안에서 특정한 개인의 진실이 왕왕 무시되거나 의도적으로 사상되는 단일한 의미의 체계로서 존재한다. 삶의 제 요소들은 현상학적으로 환원되어 그 안에 포함되어 있는 구체성과 특수성을 상실하고, 오직 하나의 의미 체계를 위해서만 봉사한다.[7]

위의 인용에서는 '두 가지 상이한 형식 충동의 공존'이라는 관점에서 이문열 초기 소설에 나타난 병렬 구조의 형식을 유형화하고 있다. 『사람의 아들』(1979)에서 현실과 신화가 교차하는 서사 구조나 『황제를 위하여』(1982)에서 현재의 서술 상황과 실록 속의 세계가 이루는 격자 구조 역시 넓게 보아 이 범주에 포함시킬 수 있을 것인데, 이문열 소설에 대한 논의가 활발하게 이루어지던 1990년대 초반까지 한국의 비평은 변증법적 통일성을 강조하는 리얼리즘의 강한 영향 아래 놓여 있었다는 것을 위의 인용을 비롯하여 알레고리 형식에 비판적인 글들을 통해 미루어 짐작해 볼 수 있다.

하지만 독자들은 그런 형식 실험을 신선하고 흥미로운 것으로 받아들였던 듯하고, 그 시점 이후의 소설적 흐름을 보아도 이야기

---

7) 서영채, 「소설의 열림, 이야기의 닫힘」, 류철균 편, 『이문열』(살림, 1993), 198~199쪽.

적 요소와 소설적 요소를 구분하여 대비시키는 방식과는 반대로 흘러 왔다고 할 수 있다. 오히려 전통적인 소설과 그 외부의 장르가 결합된 혼종적인 양식이 소설의 주된 흐름을 이루어 왔으며, 어떤 의미에서 이문열 소설은 그와 같은 흐름을 선취하고 있었던 것으로도 보인다. 그 당시에는 주로 이문열 소설의 문제점으로 지적되어 왔던 형식의 균열은 지금의 자리에서 돌아보면 오히려 더 확장될 수도 있었을 가능성으로 재인식될 여지가 있다. 21세기 세계소설의 관점에서 바라보면 그와 같은 해체와 탈구축의 경향이야말로 소설이 가고 있던 방향을 지시해 주고 있었기 때문이다.[8] 이처럼 이문열의 초기 소설의 형식적 특징에는 동시대 소설의 인식 지평에서 벗어나는 측면이 있었고, 그것은 다음에서 다룰 이데올로기적 양가성을 위한 중요한 근거로서 기능한다는 점에서도 이 글의 맥락에서는 특별한 의미를 갖는다.

---

8) 물론 유기적인 체계를 벗어나는 형식적 특징들이 모두 다 의미가 있는 것은 아니라서 일반론적으로 평가할 수 있는 문제는 아니다. 앞에서 살펴본 것처럼, 다른 시공간을 알레고리로 차용한다는 점에서 「들소」와 「칼레파 타 칼라」는 유사한 성격을 갖지만 그에 대한 문학적 평가는 그런 알레고리를 사용했다는 점에서만 이루어질 수는 없고 그 구체적인 방식과 효과에 대한 점검을 통해 이루어져야 하는 것이기 때문이다.

3. 피카레스크 구성과 이데올로기의 충돌
─「맹춘중하(孟春仲夏)」, 「사라진 것들을 위하여」

　알레고리의 공간을 배경으로 권력 관계에 의해 주도되는 현실과 그에 반응하는 군중 심리의 메커니즘에 대한 비판이 이문열 초기 소설의 한 경향을 이루고 있다는 사실을 앞에서 살펴봤다. 그리고 그 비판적 시선에는 당대의 현실에 대해 갖는 작가의 태도가 반영되어 있다고 볼 수 있었다. 이와 같은 현실 비판적 시선과 대비되어 이문열의 초기 소설에서는 가문에 기반한 전통적 생활세계에 대한 향수가 또 다른 특징을 이루고 있다. 이념에 대한 비판적 태도가 그런 것처럼, 전통적 세계에 대한 지향성 역시 이문열 소설 세계 전반에 걸쳐 일관되게 나타난다고 할 수 있는데, 그 지향성은 앞서 「새하곡」에서도 제목을 통해 징후적으로 암시된 바 있었고, 이 책에 실린 소설들 가운데에는 「맹춘중하」(1979)와 「사라진 것들을 위하여」(1979)에서 보다 직접적으로 드러나 있다.
　'어떤 족숙의 근황'이라는 부제를 달고 있는 「맹춘중하」는 그 형식에서부터 고전적인 면모를 드러낼 뿐만 아니라 사립 전문학교 강사인 주인공을 두고 '백보(白步) 선생'이라는 명칭을 부여하는 데서도 반근대적인 성향이 직접적으로 확인된다. 더 문제적인 것은 내용에 있다. 구두수선공이나 창녀처럼 도회지의 하층에서 생활하고 있는 인물들이 백보 선생과의 만남을 통해 전통적 가치에 공명하고 있는 장면들이 바로 그러하다. 여기에서 전통적 세계의 법도는 부박하고 설익은 근대의 부산물들에 대비되면서 그 대안적 가치로 제시되고 있다. 피카레스크식으로 연결된 이야기들 가운데 하나인 '그 세 번째(其三), 면방가전(面方假傳)'은 텔레비전을 의인화한 가전체 형식을 취하고 있는데 이 또한 내용과 형식 모두에서 근대 비판을 수행하기 위한 설정으로 볼 수 있다. 그런 가운데 백보 선생은 도회지에서의 삶으로부터 벗어나고자 하는 욕망에 휩싸이게 되는데, 그 욕망 역시 '욕기(浴沂)'라는 고전적 개념을 통해 표현되고 있다. 백보 선생의 그와 같은 욕망은 고향의 옛집에 돌아오는 꿈으로 현시되지만, 그 꿈속에서조차 이제 고향에서의 삶은 생각과는 달리 암울하기만 한데, 소설은 백보 선생이 그 꿈에서 깨어나 일상으로 되돌아오면서 마무리된다. 이 소설은 일방적으로 전통적 세계에 대한 애호의 취향만을 드러내고 있는 듯 보이지만, 마지막에는 그런 몽상 가운데에서도 언뜻 현실이 눈을 부릅뜨고 지켜보고 있다는 인상을 받게 만든다.

「맹춘중하」가 '백보 선생'의 이야기라면, 「사라진 것들을 위하여」는 '도평 노인'의 이야기이다. 앞에서 살펴본 「나자레를 아십니까」, 「새하곡」, 「필론과 돼지」 등이 객관적인 서술자의 진술로 전개되었던 것과는 달리, 「맹춘중하」와 「사라진 것들을 위하여」는 얼핏 보이기에는 각각 평범한 전지적 시점이나 1인칭 시점 형식으로 되어 있지만 좀 더 자세히 들여다보면 독특한 서술의 특징을 갖고 있다는 사실을 알 수 있다. 이 소설에서 서술자는 작가와 매우 가까운 거리에 있지만 그 위치를 특별히 지정하고 있지는 않고 있어서 에세이처럼 읽히는 측면이 있다. 서술자와 인물 및 독자 사이의 거리도 가까워서 사실 이런 서술 구도는 이데올로기적 형식이 되기 쉬운 조건을 마련하고 있다.

전지적 시점 혹은 1인칭 서술 형식 속에 '우리'라는 집단적 화자가 자주 등장하는 특징 역시 그런 맥락에서 이해할 수 있다. 그 지칭은 개별적인 근대적 주체들을 시간적으로 회귀시켜 전근대적 공동체의 일원으로 소환한다.[9] 그 부름은 현실 속에 견고한 근거를 갖지 못한 이방인의 의식을 향한 것이다. 그 현실에 적응하고 또 그와 대결하여 세속적인 성공을 거두었다 해도 이 의식의 어느 부분은 사라지지 않기에 그 낭만주의적인 과거 지향성의 세계는 근대 추구의 이면에서 짙은 그림자를 드리우고 있다.

이와 같은 서술 형식과 이데올로기적 태도에 의거하여 「사라진 것들을 위하여」에는 전통적 가치에 대한 예찬의 어조가 텍스트 전체를 뒤덮고 있다. 그럼에도 불구하고 갓 만들기에 평생을 바치면서 사라져가는 가치를 온몸으로 지켜내고 있는 인물인 도평 노인이 일방적으로 존숭의 대상이 되는 것만은 아닌데, 이는 「맹춘중하」의 백보 선생과 달리 「사라진 것들을 위하여」의 도평 노인이 가문(문중)의 바깥 경계에 있는 '장터거리'의 인물이라는 사실과

---

9) 이런 서술 장치는 『황제를 위하여』에서는 변형된 형태로, 『아가』(2000)에서는 거의 유사하게 다시 등장하여 효과적으로 활용되고 있다. 이렇게 보면 이문열 소설에서 이와 같은 서술 방식은 전통적 가치라는 내용과 밀접하게 연관되어 선택된 것으로 볼 수 있을 듯하다.

연관이 있다. 이문열의 소설 세계에서 고향은 이원적 구조로 구성된 세계이다. 언덕 위의 문중이 그 중심에 있고 그 바깥에 여러 겹의 동심원들이 있다. 그 경계의 시선에 의해 비로소 중심의 이면이 드러난다. 「익명의 섬」의 수철이나 『그대 다시는 고향에 가지 못하리』(1981)의 순실 누님과 춘삼 씨, 희 아주머니와 만덕 씨, 『아가』의 황장군과 당편이 등이 그 인물군의 계보를 잇고 있다. 공동체의 바깥을 지향하는 이 '하위 모방'의 세계가 주로 '상위 모방'에 치중된 이문열 소설에 이데올로기적 균형을 부여하고 있기도 하다.[10]

이와 같은 이데올로기의 균열 현상은 이 소설의 형식적 특징에도 영향을 미치고 있는 듯 보인다. 「사라진 것들을 위하여」에서 도평 노인의 이야기를 시작하기 전에 그와 내용과 형식상 단절된 긴 도입부가 필요했던 이유도 그런 맥락에서 생각해 볼 수 있다. 서술자는 이 이야기를 그동안 써왔던 '거리의 얘기', 그러니까 독자와 비평가의 요구를 만족시키기 위해 꾸며낸 이야기에 대비시키고 있는데, 일단 도평 노인이 등장하면 거침없이 그 시간의 이야기들이 쏟아져 나오지만 거기에 접근하기 위해서는 근대적인 소설과 치르는 모종의 의식적인 대결을 전제로 삼지 않을 수 없었던 듯하고, 그래서 이 소설 앞부분에서처럼 의식의 심층에 접근하기 위한

---

10) 하층 계급의 인물을 대상으로 삼고 있다고 하더라도 「구로 아리랑」(1987)처럼 내용과 형식 사이의 모순을 통과하지 않고 이데올로기적 의도가 직접적으로 서사의 표면에 드러나 있는 소설은 이 범주에 속하기 어렵다.

다소 복잡한 우회로가 필요했던 것 같다. 말하자면 소설이라는 근대적 이야기 양식에 그와 모순되는 전통적 가치에 대한 지향성이 자연스럽게 담길 리가 없기에 이 소설들에서도 그 과정에서 형식상의 뒤틀림이 불가피했다고 볼 수 있는 것이다.

요컨대 「맹춘중하」와 「사라진 것들을 위하여」에는 전통적 가치에 대한 이데올로기적 태도가 소설이라는 근대적 이야기 양식 속에 담기면서 발생하는 형식상의 뒤틀림과 이데올로기적 균열의 양상이 드러나 있는 것이다. 이 두 편의 소설은 '어떤 족형의 전언'이라는 부제가 달린 「과객」(1982)과 더불어 『그대 다시는 고향에 가지 못하리』 개정판(1986)에 '경외편(經外編)'으로 실리게 된다. 『그대 다시는 고향에 가지 못하리』의 배경이 '암포(岩圃)'라는 가상의 공간임을 염두에 두면, 「맹춘중하」에서 백보 선생이 '영해부(盈海府) 암포현(岩圃縣) 사람'으로 제시된 대목에서 이미 그 연관성은 드러나 있었다고 봐도 좋을 것이다.[11] 「맹춘중하」가 여섯 개의 이야기의 병렬적 구조로 되어 있고 그들 사이의 형식상의 불균등성

11) 이처럼 이문열의 소설에서는 단편으로 발표된 소설이 장편의 일부가 되고, 혹은 장편의 일부라고 해도 단편으로서의 완결성을 갖춘 경우를 자주 발견할 수 있는데, 그렇게 보면 이문열 소설의 경우만큼 단편과 장편의 경계가 불분명한 사례도 드물다고 할 수 있을 것 같다. 한편 「그 세월은 가도」(1982)는 그 내용의 측면에서 『영웅시대』의 밑그림이라고 할 수 있어서 단편과 장편의 장르적 성격을 활용하고 있는 이문열 소설 창작 방법의 한 경향이 여기에서도 확인되는데, 이 경우에는 단편이 장편으로 확장되면서 과거를 서술하는 시선이 이념의 문제를 주제화하는 시선에 의해 환골탈태의 과정을 통과한 사례라고 할 수 있을 것 같다.

이 존재했던 것처럼, 그 이야기의 확장이라고 할 수 있는 『그대 다시는 고향에 가지 못하리』 또한 균질적이지 않은 이야기들이 병렬적으로 연결된 피카레스크식 구성으로 이루어져 있다. 이 형식상의 불균등성도 문제적이지만, 더 중요한 문제는 이 형식상의 불균등성이 이 소설 속에 드러나 있는 이데올로기의 모순과 충돌에 대응되고 있다는 점에서 찾을 수 있다. 『그대 다시는 고향에 가지 못하리』는 사라져가는 전통적 공동체에 바치는 만가(挽歌)의 성격을 지니고 있는 것이지만 그럼에도 「상처」나 「기상곡(奇想曲)」, 「분호난장기(糞胡亂場記)」 등에는 전통적 세계의 부정적 이면이 제시되어 있다. 그리하여 '피의 윤리'를 무엇보다 우선하는 절대적 가치로 내세우는 가운데에서도 "사랑하는 고향의 또 다른 모습"[12] 혹은 "옛 고향의 어두운 단면"[13]이 드러나 있다. 이런 이데올로기적인 충돌은 때로 부정적으로 비판되기도 했고, 반대로 긍정적인 평가를 받기도 했다.

고향과 문중에 대하여 애틋한 사랑과 사라져버린 것에 대한 아쉬움을 느끼고 있으면서도 화자는 결코 고향과 문중을 무조건적으로 찬양하거나 예찬을 늘어놓지 않는다. '사라져간 옛 영광'에 못지않게 '옛 고향의 치유될 수 없는 상처'에 대하여서도 큰 관심을 가지고 있

---

12) 이문열, 「분호난장기」, 『그대 다시는 고향에 가지 못하리』(나남출판, 1986), 143쪽.
13) 이문열, 「기상곡」, 『그대 다시는 고향에 가지 못하리』(민음사, 1981), 164쪽.

다. 고향과 문중에서 지켜오던 여러 가지 관습과 전통이 반드시 긍정
적으로만 그려져 있는 것은 아니다. (……) 「상처」나 「인생은 짧아 백
년, 한은 길어 천 년일세」와 같은 작품은 바로 이러한 경우를 보여주
는 좋은 예이다. 이동하는 이러한 작품들을 예외적인 것으로 간주하
여 작품의 전체적인 일관성을 유지하고 통일된 메시지를 전달하기 위
하여서는 이 두 작품을 차라리 빼어버리는 편이 나았을지도 모른다
고 주장한다. 그러나 그것들은 이 소설에서 결코 예외적인 작품이라
고 볼 수 없다. 예외적이기는커녕 오히려 나머지 다른 작품과 균형과
조화를 이루고 있다는 점에서 아주 중요한 작품들이다.[14]

위의 대목에서는 「상처」나 초판에서는 「기상곡」이라는 제목에
담겼던 「인생은 짧아 백 년, 한은 길어 천 년일세」 등에 나타난 전
통적 세계의 부정적 이면의 제시가 『그대 다시는 고향에 가지 못
하리』의 이데올로기적 체계의 일부이며 그렇기 때문에 균형과 조
화의 요소라고 설명하고 있다. 하지만 이 글의 맥락에서는 그것이
의도의 차원에서 이루어진 구성의 결과라기보다 이야기의 생산 과
정에서 발생한 이데올로기의 충돌로 해석해 볼 수 있다. 특히 「기
상곡」의 경우에는 이데올로기적인 충돌이 형식의 뒤틀림을 동반
하고 있다는 점에서 주목되는데, 그것은 단지 이 소설뿐만 아니라

---

14) 김욱동, 앞의 책, 130~131쪽.

이문열 초기 소설 전체에서 이러한 문제가 나타나고 있기 때문이다. 그러니까 「사라진 것들을 위하여」에서 발아한 균열이 『그대 다시는 고향에 가지 못하리』에서의 이데올로기적 충돌로 확장되며 그것으로부터 『황제를 위하여』(1982)가 태어나 다시 『영웅시대』로 발전하게 된다고 볼 수 있는 것이다.[15] 『황제를 위하여』는 바로 그 전통적 세계에 대한 양가적인 의식에 근거하여 만들어진 이야기이며, 『영웅시대』에서의 가문에의 지향성과 현실 이념의 충돌 역시 시간과 공간이 뒤얽혀 빚어내는 복합적인 의식의 산물이라고 할 수 있기 때문이다.

황제의 부친 정 처사(處士)는 (물론 후에 신무(神武) 황제로 추존된다.) 원래 남해의 호족이었다. 젊어 그는 그 지방의 손꼽는 재사(才士)로서 아래로는 주문(朱門) 기방(妓房)으로부터 위로는 유림, 불가에 이르기까지 그의 자취가 이르지 않은 곳이 없었다. 거문고를 들을 때는 종자기(鍾子期)요, 화필을 잡으면 소(小)사백(思白=董其昌)이었

---

15) 이런 맥락에서 생각하면 「사라진 것들을 위하여」와 『황제를 위하여』의 제목에 나타나는 언어 형식의 상동성 역시 그와 같은 발생론적 과정과 무관하지 않다고 할 수 있다. 한편 『황제를 위하여』와 『영웅시대』는 성격이 매우 다른 이야기이지만 한국전쟁이라는 사건을 경계로 다른 차원의 두 세계가 연결되어 있다고 볼 수 있는 측면이 있다. 『황제를 위하여』와 유사한 언어 형식의 제목으로 되어 있을 뿐만 아니라 내용적으로도 상관성이 있는 「홍길동을 찾아서」에 『영웅시대』에 등장했던 한 가지 모티브(세 명의 인재가 태어난다는 폐방)가 다시 등장하는 상호 텍스트적 관련 양상 역시 이런 관점에서 보면 우연만은 아니라고도 할 수 있다.

으며, 한말 술로 두이(杜李=두보와 이백)와 시흥을 다툴 수 있었고, 천하경륜을 논할 때는 그의 눈도 삼국정립을 예언하던 공명(公明)의 혜안처럼 빛났다고 한다.

그러나 한편으로 그는 이름 없는 잔반(殘班)의 후예로서 얼마 안 남은 가산마저 주색잡기로 탕진한 건달에 불과했다는 풍설도 있다. 두 가지 다 애꾸눈의 옆면 초상화 같은 얘기리라. 성한 쪽을 그리면 성한 사람이 되고 감긴 쪽을 그리면 장님이 되고 마는 식의.[16]

『황제를 위하여』에서 스스로를 『정감록』의 정도령이라 믿고 나라('남조선')를 세운 '황제'와 그 일행을 바라보는 이 소설의 시선은 다면적이고 다층적이어서 이채롭다. 그 시선에는 존경과 비웃음의 양가적 태도가 얽혀 있고 이문열의 소설 가운데에서는 특이하게 비극적 요소와 희극적 요소가 공존하고 있는데 그러면서도 그 두 축의 어느 한쪽으로 기울어지지 않는 균형과 대립의 긴장을 시종일관 잃지 않고 있다. 작가는 이 소설을 구상하는 과정에서 "나는 그 모든 것들 — 과학과 합리주의, 갖가지 종교적 이념, 그리고 금세기를 피로 얼룩지게 한 몇몇 정치사상 등등 — 이제는 거의 아무도 그 유용성이나 정당함을 의심하려 들지 않는 것까지도 순전히 동양적인 논리로 지워보려 애썼다"[17]고 밝힌 바 있지만, 실제

---

16) 이문열, 『황제를 위하여 1』(RHK, 2020), 55~56쪽.
17) 이문열, 「초판 서문」, 『황제를 위하여 1』, 10~11쪽.

그 결과는 의도와 다른 것으로 나타났다.

하지만 이 작품이 연재된 지난 2년간은 내게는 그대로 소모와 피로의 세월이었다. 처음의 의도는 그런 대로 뜻있는 것이었으나, 완결짓고 보니 아무래도 만족스럽지만은 못한 작품이 되고 말았다. 지우는 작업도 제대로 된 것 같지가 않고 동양정신의 정수(精粹)를 끌어내 보이려던 것도 터무니없는 야심이 되고 만 것 같다.[18]

위의 인용은 『황제를 위하여』에 수록된 「초판 서문」의 일부이다. 작가는 여기에서 이 소설의 창작 동기를 이루는 의도를 서양의 근대적 이념에 대한 비판과 동양 정신의 대안적 제시라고 밝히고 있는데, 작가 스스로 그 의도가 충분히 실현되지 못했음을 고백하고 있다. 소설의 결과를 두고 봐도 거기에서 위에서와 같은 의도를 읽어내기는 어려울 듯하다. 소설이라는 것은 작가의 의도가 그대로 투영되는 투명한 이야기 양식이 아니다. 상류는 그럴 수 있을지 몰라도 하류는 흐름 자체가 만들어낸 방향으로 흘러가는 법이다. 그 과정에서 작가의 의도와 배치되는 텍스트의 무의식이 생성되기도 하는 것이다.[19] 그렇기 때문에 의도의 실패가 곧 작품의

---

18) 같은 글, 12쪽.
19) 이 글의 기본적 관점을 이루고 있는 이런 시각은 전반적으로 소설 텍스트가 작가의 의도나 현실의 반영이 아니라 새로운 이데올로기의 생산과 그 객관화라 보

실패를 의미하는 것은 아니다. 만일 『황제를 위하여』가 작가의 말에서 제시된 의도대로 써졌다면 이 소설의 성과는 오히려 지금에 미치지 못했을 것 같다.

이처럼 이문열의 초기 소설들은 어떤 의미에서는 그것이 초기의 소설이기 때문에 정연하게 다듬어지지 않은 균열을 보여주고 있는데, 아마도 그 문제들은 작가의 의도라기보다는 오히려 그에 반해서 빚어진 결과로 볼 수 있을 것 같다. 하지만 어떤 관점에서 바라보면 바로 그 이유로 인해 문제성을 보유하기도 한다. 김현은 『황제를 위하여』에 대해 "이문열의 무의식에서 일어나고 있는 전통적 문화에 대한 회귀욕망과 거부의지 사이의 섬세하지만 치열한 싸움의 무의식적 결과"이며 "그는 전통적 문화에 회귀하는 것을 긍정적으로 묘사하려 하지만, 그의 소설은 그것을 부정적으로 비판"하고 있기 때문에 "일종의 모순의 소산"[20]이라고 이야기한 바 있는데, 그 분석 역시 이 소설이 이데올로기적 의도를 담는 그릇으로 작용하지 않았음을 드러내고 있다. 그리고 분열된 형식의 틈은 이와 같은 이데올로기적인 충돌이 일어날 수 있는 무대를 제공한 것으로 보인다.[21]

는 피에르 마슈레, 테리 이글턴, 프레드릭 제임슨 등의 논의에 대한 공명으로부터 영향을 받고 있다고 할 수 있을 것 같다. 한편 소설의 이데올로기와 형식 사이의 관계에 대해서는 페터 지마의 논의에, 그리고 알레고리의 성격과 기능에 대해서는 폴 드 만의 논의에 영향을 받고 있다.
20) 김현, 「베끼기의 문학적 의미」, 『이문열론』, 256쪽.

이러한 초기 소설의 특징은 전통적 세계의 가치에 대한 지향성을 이어받고 있는 후기의 작품들과 대비되고 있다.『그대 다시는 고향에 가지 못하리』에 나왔던 일가의 장씨 할머니를 본격적으로 소설화한『선택』(1997)의 이데올로기적 일방향성을 그 대비되는 사례로 들 수 있다. 조선시대 양반 문중의 여인이 후대의 여성들을 대상으로 자신의 생각을 전하는 형식 자체가 단성적인 목소리가 발생할 수 있는 조건을 취하고 있는『선택』과 달리『아가』는 공동체의 외부 경계에 놓인 인물을 대상으로 삼았기도 했지만 형식적 측면에서 보면 서술 과정에서 의식적인 제어를 통해 어느 정도 균형 감각을 확보한 경우에 해당된다.

---

21) 전통에 대한 양가적인 태도의 모순적 결합과 함께 한 가지 이 맥락에서 더 생각해 볼 수 있는 문제가 곧 이문열 소설에서 동양적인 것과 서양적인 것이 만나 이루는 관계이다. 그의 소설은 기본적으로 전통적인 가문의식을 지향하고 있음에도 다른 한편으로 그 이야기의 외피는 서양 근대 소설의 영향을 받고 있는 것이다. 내용은 전통적인 세계에 대한 향수를 담고 있지만 제목은 토마스 울프의 소설로부터 차용한『그대 다시는 고향에 가지 못하리』는 그와 같은 부딪침을 상징적으로 보여주는 사례이다.『그대 다시는 고향에 가지 못하리』의 첫 장이 '롤랑의 노래'라는 제목을 달고 있고,『황제를 위하여』의 첫 장이 '카프리치오 서주'인 것 역시 그런 맥락을 보여준다. 이런 모순은 작가의 의식의 차원에서 존재하는 양상과는 달리, 실제로는 서양적인 것과 동양적인 것의 대립이 관념적인 것이라는 실상을 오히려 효과적으로 드러내고 있다. 작가가 쓴 산문의 일부인 다음에서도 그와 같은 혼종성이 확인된다. "동양의 전통대로 역사와 연관된 서사 구조이고 한문으로 기술되어 있기는 하지만 거기에는 우리의 올림푸스와 영웅들이 있고 베올프와 롤랑이, 원탁의 기사들과 신비의 여왕들이 있다."(이문열,「리얼리즘에서 미메시스로」,『한국문학이란 무엇인가』, 민음사, 1995, 323쪽).

녹동어른이 그렇게 당편이를 고향에 받아들인 일을 소상히 얘기하는 것은 자칫 그 어른이 번성을 누렸던 옛 체제와 질서의 관대함을 과장해 드러내는 것처럼 들릴지도 모르겠다. 그리하여 심하게는 이미 몰락해 버린 시대에 대한 어쭙잖은 향수와 동경으로 의심받거나, 있지도 않은 과거의 이상화로 몰릴 수도 있다.[22]

『아가』에서는 위에서 보는 바와 같이 예외적으로 의식적인 조절을 통해 이데올로기적 지향성이 어느 정도 제어된 편이지만, 이문열의 후기 소설에서는 전체적으로 초기와 달리 정치적 이데올로기를 내장한 담론이 본성상 이데올로기 비판 담론이라고 할 수 있는 소설의 경계를 넘어가 버리거나 「이강에서」나 「홍길동을 찾아서」(1994)에서처럼 자기도취적인 나르시시즘으로 치닫는 경우를 종종 목격할 수 있는데, 초기 소설의 형식적 특징과 그것이 내포한 이데올로기 비판의 가능성을 확인하는 이 마당에서 그와 같은 변모는 더욱 안타깝게 느껴진다.

4. 이념과 예술의 대립 구도와 양가적 의식 —「들소」

지금까지 이문열의 초기 소설 세계에서 알레고리의 형식을 매

---

22) 이문열, 『아가』(민음사, 2000), 29쪽.

개로 한 현실 이념 비판의 양상과 그 대안적 가치로 선택된 전통적 세계에 대한 태도를 살펴봤다. 그런데 그 과정에서 애초의 작가의 의도가 소설이라는 형식 속에 담기면서 그와 길항하는 이데올로기를 발생시키고 그리하여 그들이 텍스트 내에 모순적으로 공존하는 양상을 아울러 목격할 수 있었다. 소설 형식에 나타난 균열은 그와 같은 텍스트 무의식의 발생 과정을 확인할 수 있게 해주는 단서였다. 「맹춘중하」와 「사라진 것들을 위하여」에서 전통적 가치에의 지향성이 놓여 있던 자리에 「들소」와 「그해 겨울」은 이념에 맞서는 새로운 근거로 '예술'을 제시하고 있다.

우선 「들소」에서 선사시대라는 특이한 시간을 배경으로 권력과 군중의 문제를 알레고리의 방식으로 탐구한 측면에 대해서는 다른 소설들과 함께 앞서 이야기를 했다.[23] 그것이 집단적 차원에서 발생하는 문제에 대한 탐구라고 할 수 있다면, 이 소설에서 주인공의 예술의식의 측면은 작가의 개인적 차원의 문제와 보다 밀접하게 결부되어 있는 또 다른 알레고리라고 할 수 있을 듯하다. 부족의 다른 구성원들과는 달리 농경민의 혈통을 지닌 주인공의 이방인 의식에서도 그 점이 확인되며, 또 다른 차원에서는 주인공이 도달한 낭만적 예술의식 역시 (물론 「그해 겨울」보다는

---

23) 「충적세, 그후」(1980)는 「들소」의 세계가 현실을 비추는 알레고리라는 것을 직접적으로 입증하는 증거에 해당된다. 두 작품을 비교해 보면, 알레고리적 관계를 텍스트 자체가 직접 드러내 버리는 경우 독서 과정에서 그 효과가 반감된다는 사실을 확인할 수 있다.

간접적이지만) 또 하나의 교양 혹은 성장의 드라마라고 할 수 있기 때문이다.[24]

실리적 안목과 술수를 무기로 군중을 장악한 '뱀눈'이 집권하면서 혈족 중심의 질서와 규율이 해체되기에 이른 상황 역시 선사시대라는 시간적 알레고리를 걷어내면 그대로 봉건과 근대가 교차하는 이문열 소설 특유의 현실 구도에 상응한다. 그와 같은 상황의 변화는 이제 연약한 신체와 심성으로 인해 용사의 길로부터 배제된 주인공에게도 선택을 강요하고 있다. 주인공은 선택의 상황을 앞두고 두 가지 모델을 간접적으로 경험한 바 있는데, 부당한 현실 속 권력 구조를 비판했지만 결국 그로 인해 스스로의 죽음을 초래한 '큰 목소리'가 걸었던 길과 풍요와 안락을 대가로 받고 신성한 언어로 '뱀눈'의 신화를 읊었던 '얘기꾼'이 선택한 길이 그것이다. 그렇다면 주인공의 길은 어떤 것일까.

그렇다면 나의 소는 어떤 것일까. 그녀가 말했듯 내가 '뱀눈'에게

---

24) 이문열의 초기 소설 세계에는 앞에서 이야기한 것처럼 전통적 세계에 대한 지향성과 서구 소설의 영향이 모순적으로 공존하는데, 「들소」와 「그해 겨울」에서는 다른 소설들에 비해 상대적으로 후자의 측면이 더 뚜렷한 편이다. 「그해 겨울」에서 헤르만 헤세의 『크눌프』(1915)나 『페터카멘친트』(1904)의 영향을 느낄 수 있다면, 「들소」에서는 또 다른 경향의 성장소설을 대표하는 토마스 만의 『토니오 크뢰거』(1903)의 인물 관계와 유사한 구도가 감지된다. 즉 주인공 ― '초원의 꽃' ― '뱀눈'의 관계는 토니오 크뢰거 ― 잉게보르크 홀름 ― 한스 한젠의 구도에 대응되고 있다.

봉사하고 얻는 고기는 나의 소가 아니다. 산과 수렵 생활을 떠난 지금 그림이 가졌던 실용으로서의 주술도 의미를 잃었다. 그렇다고 '큰목소리'처럼 낡은 이념의 희생으로 쓰러져야 할 것인가. 공허한 하늘의 목소리에 의지해서 강력한 인간의 조직과 그것이 가진 힘에 부딪쳐서 깨어져야 할 것인가. 언제 싹틀지 모르는 사상의 씨앗을 뿌린 것만으로 자신을 저 끝 모를 죽음과 허무의 심연에 던져 버려야 할 것인가. (……) 지금까지 그가 추구해 온 것은 '그림 너머'의 혹은 '그림으로써' 얻어지는 어떤 것이었다. 말하자면 그림은 하나의 종속적 가치로서 어떤 목적을 위한 수단이나 도구일 뿐이다. 그런데 이제 그가 새로운 추구의 대상으로 찾아낸 것은 그림 그 자체, 표상된 선과 색의 완전성이 가지는 가치였다.(「들소」, 371쪽)

주인공이 선택한 '예술'의 길은 소멸해 가는 이전 시대의 가치와 아직 미처 자리를 잡지 못한 새로운 질서의 틈 속에서, 그리고 기성의 권력과 그에 대한 저항의 이념이 충돌하는 이데올로기적 전장의 그늘진 구석에서 혼돈과 번뇌의 과정을 거쳐 힘겹게 도달한 지점이다. 그러하기에 주인공의 그림에 대한 욕망은 "자연과 위대한 정령에게 우리의 뜻을 전달하는 도구이며, 동료 인간들에게 나누어주는 믿음과 격려의 부적"(「들소」, 320~321쪽)으로서의 그림이라는 늙은 스승의 예술관으로부터 벗어난 것이며, 또한 부당한 권력에 대한 저항과 비판의 이념을 추구했던 '큰 목소리'의 예술관과도 대비를 이루는 것이다. 전통적 예술관의 표상인 스승과의 사이에서 발생하는 대립은 이후 「금시조」(1981)에서 본격적인 주제로 다시 등장하게 되고, 「들소」에서 더 큰 비중으로 다루어지는 대립 은 '큰 목소리'의 이념형 예술관을 상대로 한 것이다.

그런데 여기에서 문제는 주인공과 '큰 목소리'의 예술관이 대립 되고 있기는 하지만, 작가의 관점이 그 가운데 하나에만 대응된 다고 볼 수는 없다는 점에 있다. '큰 목소리'의 예술관에 대한 주 인공의 태도 또한 결코 대립으로만 시종하는 일면적인 것이 아니 다. 주인공의 선택은 한편으로 '큰 목소리'의 저항과 그로 인한 죽 음을 바라보면서 감내해야 했던 무력과 비굴에 대한 회한을 바탕 에 두고 있는 것이기 때문에 주인공의 예술의 자율성에 대한 신념 은 외부로 표출되지 못한 이념이 굴절된 형태로 내면화된 것이라 고 볼 수 있는 측면이 있다. 실제로 주인공은 '큰 목소리'가 '뱀눈' 에 의해 죽음을 맞은 이후 '큰 목소리'의 정신을 떠올리고 전사들 을 상대로 자유의 기억을 일깨우는 행동적 실천의 모습을 보이기 도 하는 것이다.[25]

「들소」에서 신석기 시대를 배경으로 펼쳐졌던 예술관의 탐구 는 시간적인 이동을 통해 봉건과 근대가 교차하는 구한말, 혹은

---

25) '이념'과 '예술'의 대립구도에 대응되는 '큰 목소리'와 주인공의 관계는 이후 『그대 다시는 고향에 가지 못하리』에서의 형과 '나', 『시인』(1991)에서의 '병하'와 '병연' 형제, 『변경』(1989~1998)에서의 '명훈'과 '인철' 형제 등 대체로 형제 관계의 인 물들에서 여러 차례 변주된 형태로 다시 등장하게 되는데, 이들 형제의 대비되는 삶의 행로는 서로의 존재를 전제로 한 것이기에 사실은 하나의 운명을 둘이서 나 누어 살아가는 면이 있다.

더 거슬러 올라가 조선시대 후기를 배경으로 하여 새로운 방식으로 이어지는데, 「금시조」와 『시인』이 그것이다. 이 소설들에서 역시 예술은 이념과 '맞진리'(Gegenwahrheit)의 관계를 구축하고 있다. 그렇기 때문에 한 인물에만 초점을 맞추면 예술 이외의 이념을 부정하고 예술에 절대적 가치를 부여하는 예술지상주의적 태도라고 할 수 있을지도 모르겠지만, 그 예술관이 반대편에 놓인 이념지향성을 전제로 한 것이라는 사실을 고려하면 그렇게 단순하게 이야기하기는 어렵다.

「금시조」를 관통하는 '석담'과 '고죽'의 두 가지 예술관 중에서, 작가 이문열이 은영 중에 '고죽'의 유미주의적인 예술관에 경사되고 있음은 명백하다고 생각된다. 무엇보다도 이 소설의 진행이 '고죽'이 주인공이 되어 그가 자신의 파란만장했던 과거를 회고하는 시점으로 전개된다는 점, 바로 그렇기 때문에 '석담'의 모습과 예술관이 '고죽'의 시점에 의해서 다소 주관적으로 굴절된 면모로 나타난다는 점 때문에 그렇다. 그러므로, 「들소」의 주인공의 모습에 작가 이문열의 음영이 겹쳐져 있다는 사실과 마찬가지로, 우리는 「금시조」의 '고죽'의 예술관에 역시 작가 이문열의 예술관이 포개져 있다는 사실을 인지할 수 있는 것이다."[26]

---

26) 권성우, 「이문열 중단편소설의 문학사적 의미」, 『아우와의 만남 ― 이문열 중단편전집 5』 (둥지, 1994), 261쪽.

물론 서술 구조상으로는 「금시조」의 '고죽'이나 「들소」의 주인공이 '석담'이나 '큰 목소리'보다 작가와 더 가까운 자리에 놓여 있다. 그렇지만 「들소」에서 주인공과 '큰 목소리'를, 그리고 「금시조」에서 '고죽'과 '석담'을 서술하는 내포 작가의 태도가 선택과 배제의 일관된 이분법에 따르고 있는 것은 아니다. 오히려 스승(선임)과 제자(후임)라는 수직적 관계 구도 위에 놓여 있기 때문에, 성장의 과정에서 후자의 인물군이 겪는 시행착오에 대비되어 전자의 인물군의 신념이 긍정적으로 조명되는 대목도 적지 않다. 작가가 정말 순수하게 예술지상주의적 관점을 가졌다면 이렇듯 이념과의 대비 구도를 여러 소설 속에서 반복적으로 설정할 필요도 없었을 것이다. 「금시조」에서 '고죽'이 보여주고 있는 다음과 같은 태도 역시 그런 맥락에서 이해할 수 있다.

열병과도 같은 몰입에서 서서히 깨어나면서부터 고죽은 스스로에게 자조적으로 묻곤 했다. 내가 무슨 짓을 해왔으며, 하고 있냐고. 그리고 스승과 다툴 때의 의미와는 다르게 되물었다. 장부로서 이 땅에 태어나 한평생을 먹이나 갈고 붓이나 어르면서 보내도 괜찮은 것인가고. 어떤 이는 조국의 광복을 위해 해외로 떠나고, 혹은 싸우다가 죽거나 투옥되었으며, 어떤 이는 이재(理財)에 뜻을 두어 물산(物産)을 일으키고 헐벗은 이웃을 돌보았다. 어떤 이는 문화 사업을 통해 몽매한 동족을 일깨웠고, 어떤 이는 새로운 학문에 전념하여 지식으로 사회에 봉사하였다. 그런데도 자신의 반생은 어떠하였던가. 시선은 언제나 그 자신에게만 쏠려 있었고, 진지하고 소중하게 여겼던 지난날의 그 힘든 수련도 실은 쓸쓸한 삶에서의 도피거나 주관적인 몰입에 불과하였다. 자신만을 향해 있는 삶, 오오, 자신만을 향해 있는 삶……"27)

석담과의 대립 구도를 통해 고죽이 추구해 왔던 예술적 태도는 이렇듯 한순간에 그 반대편의 자리에서 회의의 대상이 되고 있다. 『시인』에서 김삿갓의 일탈 가운데에서도 문득 솟아오른 '가문에 대한 집착'28) 역시 그렇다. 「맹춘중하」나 「사라진 것들을 위하여」에서 확인할 수 있었던 전통적 가치에 대한 작가의 태도가 여기에서 갑자기 사라진 것은 아니다. 인물들 각자는 그 대립 구도의 한 축을 선택하고 있지만 소설 전체로 보면 그와 같은 대립을 통해 문제에 대한 양가적인 태도를 드러내고 있다고 할 수 있

---

27) 이문열, 「금시조」, 『금시조 ― 이문열 중단편전집 2』(RHK, 2021), 335쪽. 예술에 한정된 의식에 대한 회의는 이미 앞서 「제쳐 논 노래」의 "아아, 예술적이란 이름의 이 공허한 삶, 아무리 아름다운 말로 꾸며보아도 본질적으로는 자기 자신만을 향해 있는 삶, 그 어떤 신성한 의미를 부여해 보아도 결국은 이미 배고픔을 면한 자의 여가를 가꾸는 데 불과한 삶"(이문열, 「제쳐 논 노래」, 『금시조 ― 이문열 중단편전집 2』, RHK, 2021, 190쪽)이라는 대목에서 유사한 방식으로 제시된 바 있다. 소설 속에서 소설가인 주인공은 자신을 알아보고 다가온 독자 앞에서 스스로를 부인하고 있다. 소설의 마지막에 나오는 발레리의 시 「제쳐 논 노래」의 한 구절 ― "Qui es tu? Mais rien!"(너는 뭐냐? 아무것도, 아무것도 아니지!) ― 은 그와 같은 회의적 의식의 발생에 작용한 한 요소를 보여주고 있다.
28) 이문열, 『시인』(민음사, 2008), 126쪽.

을 것이다.[29]

요컨대 이문열의 초기 소설에서 이념과 예술은 서로 충돌하고 있으며, 그에 따라 예술에 대한 관점도 분열되고 진동하고 있는 것이다. 『그대 다시는 고향에 가지 못하리』의 한 부분인 다음 대목에서는 그와 같은 갈등이 좀 더 직접적인 형태로 제시되어 있다.

사실 그 무렵 나는 갑작스레 내 눈앞에 펼쳐진 삶의 새로운 국면에 심한 당황과 혼란을 느끼고 있었다. 앞서의 얘기들에서 짐작할 수 있는 것처럼 그때껏 나는 비교적 고향 사람들의 가치관에 충실하게 살아온 셈이었다. 그런데 그해 봄의 등단(登壇)은 그와는 상반된 가치에 대한 내 오랜 동경과 유혹을 현실적인 가능성으로 바꾸고 말았다. 처음 얼마간 나는 원고지와 법학서적 사이를 시계추처럼 왔다 갔다 했다. 그러나 이윽고는 견딜 수 없을 정도로 강렬한 택일(擇一)의 감정에 시달리게 되었다. 다양하게 분화된 가치 체계 속에 살고 있는

---

29) 이문열의 소설에서 아버지와 형의 자리에 놓여 기본적으로 이념형으로 분류되는 인물들의 경우에도 그 의식의 일부는 예술을 향해 열려 있다. 『영웅시대』에서 이동영은 젊은 시절 "설익은 지사의식과 영웅심에 억눌려 있던 예술적 성향"이 더 강력하게 자극되었다면 "엉뚱하게도 탐미적인 문사(文士)의 길을 걸을 뻔하기까지 했다"(『영웅시대』, 400쪽)고 생각하며 「암포 신문인협회」의 형 역시 뒷골목 세계에 뛰어들기 전 어느 권위 있는 잡지의 시(時) 추천을 받은 일이 있는데 얼핏 보면 전혀 맥락이 이어지지 않은 두 화제가 동생인 화자에게는 "형의 시와 주먹, 그들은 동일한 뿌리를 갖고 있다"고 인식되고 있는데, 그 둘 모두 "울분과 한의 표현"(『그대 다시는 고향에 가지 못하리』, 나남출판, 1986, 35쪽)이라는 점에서는 같기 때문이다.

도시 사람들에게는 얼른 이해되지 않을 테지만 재산과 명성을 포함한 구식의 권력개념(벼슬)에만 가치를 주고 있는 고향과 같은 전통적 사회에서 자라난 나에게는 자못 심각한 문제였다. 거기다가 내 선택을 더욱 어렵게 한 것은 몇 편의 짧은 이야기로 간신히 문단의 인정을 받았기는 해도 그것이 기껏 시작에 불과하다는 점과 마찬가지로 비록 겉으로는 법학 공부를 집어치웠어도 그 방면에 대한 가능성은 여전히 남았다는 데에 있었다. 나는 수많은 밤을 독한 소주나 불면으로 지새웠지만 결론은 쉽게 얻어지지 않았다.[30]

작가의 페르소나로 등장하는 일인칭 화자는 '고향 사람들의 가치관'에 충실한 삶을 살아오는 동안에도 '그와는 상반된 가치'에 대한 '오랜 동경과 유혹'을 키워오고 있었다. 이렇게 보면 어떤 의미에서 예술이라는 이름의 낭만주의적 유혹은 그가 속해 있던 고향의 실용주의적 가치관에 대한 반발의 심리로부터 연유한 것일지도 모르겠다는 생각을 해보게 된다. 그렇기 때문에 발생의 시점에서 이미 그 예술은 그 반대편에 놓인 고향의 가치와 같은 기원을 가지고 있는 것이다. 현실 이념 비판의 근거로 때로는 고향의 전통적 가치가(「맹춘중하」, 「사라진 것들을 위하여」), 또 때로는 예술이(「들소」) 선택될 수 있는 이유 또한 그와 같은 구조에서 찾을 수 있다.

---

30) 이문열, 「종손」, 『그대 다시는 고향에 가지 못하리』(민음사, 1980), 127쪽.

그런 가운데서 발생한 등단이라는 사건은 '나'로 하여금 '강렬한 택일의 감정'에 시달리도록 만든다. '법학서적'과 '원고지' 사이를 '시계추'처럼 진동하는 일이 그래서 일어난다. 이문열 소설에서 예술과 이념이 대립 구도를 구축하고 양자택일의 문제로 제시되는 발생적 맥락을 이 진동하는 의식으로부터 찾아볼 수 있을 것이다.[31] 초기 소설의 국면에서는 주로 그 가운데 '예술'에 초점이 맞춰져 있고 어느 대목에서는 그것이 절대적인 것처럼 제시되고 있기도 하지만, 이런 상황에서는 이념과 예술 가운데 한쪽을 선택한다고 해도 그것은 다만 잠정적인 것에 지나지 않는다.

문학이 아직도 내 종교가 되지 못하는 게 늘 안타깝다. 고향의 전통적 사고에서 자유로와지지 못한 탓이다. 그러나 여기(餘技)로만 여기던 시대보단 한결 진보해서 이젠 내 생의 중요한 일부란 느낌은 갖게 되었다. 좀 더 많은 것을 문학과 주고받음으로써 이것이

---

31) 작가는 한 산문에서 자신이 문학이라는 이데올로기의 주체가 된 내적 연혁을 더듬는 가운데 아버지로 표상되는 이념에 대한 자신의 양가적 태도를 다음처럼 술회한 바 있다. "어쩌면 나는 그때 한편으로는 짓밟고 부수면서, 그리고 다른 한편으로는 그래서 그림자나 파편으로만 남은 아버지의 이데올로기를 다시 다듬어 껴안으면서, 긍정과 부정 사이를 시계추처럼 왔다 갔다 한 것이나 아닌지 모르겠다."(이문열, 「이데올로기로서의 문학 — 내 문학과 이데올로기」, 르 클레지오·가오싱젠·김우창 외, 『세계화 속의 삶과 글쓰기 — '2011년 제3회 서울국제문학포럼' 논문집』, 민음사, 2011, 260쪽). 이렇게 보면 보다 근원적으로는 아버지를 상대로 한 이 양가적 의식이야말로 이문열의 소설에서 이념의 문제를 중심으로 형성된 모든 대립 구도의 원형이라고 할 수도 있을 듯하다.

나의 전부라는 경지에 이르게 될 날을 기대한다.[32]

이렇게 보면 이문열의 소설에서 인물들은 이념과 예술의 대립에 의거하여 그 가운데 한 축 위에 서 있으면서도 사실은 그 반대편에 대한 미련을 버리지 못하고 있는 것이다. 그 이분법적 대립의 구도로부터 벗어나서 바라보면 현실 속에서 그 둘은 그처럼 선명하게 구분되지 않은 채 상황에 따라 서로 다른 비중의 혼합 상태로 존재한다. 순수한 이념도, 순수한 예술도 관념 속에만 존재하는 것이기 때문이다. 그렇지만 이분법적 대립의 구도는 그 양편의 개념을 더욱 본질적인 극단으로 이끌어간다. 그리하여 이념과 현실 사이에 놓인 다양한 편차는 고려되지 않고 이념다운 이념, 가장 예술다운 예술의 자리만이 추구된다.

작가는 그로부터 한참의 시간이 흐른 후 한 문학상의 수상소감에서 '사인성(私人性)'으로서의 문학에 대한 회의를 밝힌 바 있다.[33] 그 시기 그의 문학은 정치성을 노골적으로 드러내고 있는데, 갑작스러운 변화처럼 보이지만 사실 그것은 이런 맥락에서 보자면 새삼스러운 것만은 아니라고도 할 수 있다. 예술의 방향으로 한참을 걸어왔지만, 그래서 표면상으로는 이념으로부터 멀어진 듯

---

32) 이문열, 「작가 노트·나의 문학수업」, 『그해 겨울』(민음사, 1980), 281쪽.
33) 「제2회 21세기문학상 수상 소감」, 『1998년 제2회 21세기문학상 수상작품집』(도서출판 이수, 1998), 20쪽.

보이지만, 작가로서 그의 높아진 지위는 그에게 다시 '이념'을 향해 건너갈 수 있는 디딤돌을 마련해 주고 있었던 것이다.

그 뒤 그는 한동안 적막 같은 양비(兩非)와 양시(兩是)의 세월을 보냈다. 때로는 우주와 인생을 다 이해한 것처럼 그 두 상반된 세계와 인식을 한꺼번에 꾸짖었고, 때로는 그 둘을 아울러 껴안고 아파하며 뒹굴었다. 하지만 그가 가진 것은 답이 아니었으므로 스스로도 막막했으며, 두 세계와 인식은 너무도 완강하게 등을 돌려 그는 외로웠다. 극단으로 대립되어 있는 두 세계와 인식 사이에서 중용이나 조화를 추구함은 시비의 끝이 아니라 시작이었다. 양비일 때는 어김없이 양쪽 모두가 적이 되면서도 양시일 때는 모두가 벗이 되어주지 않았다.[34]

위의 인용은 『시인』 이후에 발표된 「시인과 도둑」(1992)의 한 대목으로 이후 출간된 개정판에서는 그 일부로 삽입된다. 그러나 나중에 덧붙여진 부분은 처음의 이야기 속에 녹아들지 못한 채 덩어리 상태의 관념을 남겨 놓고 있다. 그처럼 관념의 층위에서 이념과 예술 모두가 긍정되거나 혹은 부정될 때, 오히려 그 둘 사이의 분리와 대립에서 오는 긴장은 사라지고 만다.

---

34) 이문열, 「시인과 도둑」, 『아우와의 만남 ― 이문열 중단편전집 5』(RHK, 2021), 56쪽.

5. 기억의 환상을 걷어낸 자리에 놓인 '수첩' — 「그해 겨울」

전통적 가치에 대한, 그리고 이념과 예술 사이의 길항에 대한 이문열 소설의 양가적 시선과 그 의미를 살펴보기 위해 그 계보의 소설들을 따라 꽤 오랫동안의 시간적 과정을 지나왔다. 이제 마지막으로 다시 시간을 거슬러 그 기원에서 발생한 또 다른 소설적 문제를 「그해 겨울」을 통해 탐색해 볼 차례이다.

「그해 겨울」은 잘 알려져 있는 것처럼 그 자체로 독립된 단편으로 볼 수 있으면서도 3부작으로 구성된 장편 『젊은 날의 초상』의 마지막 장에 해당되는 이야기로 「하구」, 「기쁜 우리 젊은 날」의 세계를 이루고 있던 짧은 대학 시절 전후의 방황에 이어진 성찰과 정화의 시간을 담고 있다.

혼란의 대학생활을 중단하고 무작정 길을 떠난 주인공이 광산과 바다에 정착하지 못하고 잠정적으로 이른 곳은 어느 산촌의 여관 겸 술집이었다. 주인공이 그곳에서 했던 '방우' 생활 가운데 주된 일은 남포등을 닦고 온돌을 데우는 일이었는데, 그것은 무척이나 소박한 일에 지나지 않지만 그럼에도 주인공이 통과하고 있던 방랑의 삶의 내적 맥락에서는 강한 인상으로 남게 된다. 그 시간은 몸의 노동을 통해 정신적인 시달림을 잠정적으로 소거시켜줌으로써 주인공은 그로 인해 혼란스러운 현실과 정신을 정돈할 수 있는 기회를 처음으로 맞이했기 때문이다. 소설 곳곳에서 보이는 '배화(拜火)의 의식', '엄숙한 정화와 희생의 제전', '성지(聖地) 순례'

등의 표현들은 그와 같은 인상의 강렬함을 드러내 주고 있으며, 그렇기 때문에 그 모티프는 이 소설뿐만 아니라 『변경』을 비롯한 이문열 소설의 몇 대목에서 변주되어 다시 등장하고 있다.

이 장면뿐만 아니라 이 소설 전체가 그렇다고 할 수 있다. 가령 길에서 만난 '칼갈이 사내'가 그토록 치열하게 별렀던 복수를 무의미한 것으로 자각하는 대목 역시 『그대 다시는 고향에 가지 못하리』 속의 한 편인 「상처」의 만덕 씨에게서 다시 목격하게 되며[35], 유부남과 불행한 연애를 한 '집안 누나'의 사연은 「폐원」의 '그녀'에게서 재연되고 있다. 이렇듯 이후의 소설에서 다시 변주되어 등장할 만큼 젊은 시절의 그 인상들은 원형의 체험이라고 할 만한 강력한 것이었고, 시간이 지난 이후 쉽게 복원되지 않는 이 스쳐 지나간 젊음의 인상을 재현하는 것이 바로 「그해 겨울」을 비롯한 『젊은 날의 초상』의 소설적 핵심이라고 할 수 있다.

이 대목에서 새삼 눈여겨볼 대상이 바로 "지금도 보관돼 있는 그때의 수첩"(「그해 겨울」, 176쪽)이라는 구절이다. 이 소설은 '10년 전 그해 겨울'을 회상하는 시선에 의해 서술되고 있기 때문에 기본적으로는 과거의 시간을 되돌아보는 낭만적 향수의 관점에 입각해 있다. 주인공이 그 시절 만난 산촌 술집의 색시들, 길에서 마

---

35) 이 경우 작품의 발표 순서로는 「상처」(《한국문학》 1979년 10월호)가 「그해 겨울」(《문학사상》 1979년 12월호. 이때 제목은 '그 겨울')보다 앞서지만, 내적 시간 체험의 측면에서는 「그해 겨울」의 시간이 앞선다.

주친 순박한 사람들, 폐병쟁이 청년, 칼갈이 사내, 집안 누님 등의 인물들은 그의 신산스러운 방랑의 시간에 빛나는 낭만적 색채를 부여하고 있다. 그 회상의 시선 반대 방향에 성장의 과정을 추구하는 '발전의 시간'[36]이 맞물려 있다고 해도 원리적으로는 그 역시 기억 행위에 의해 재구축되는 것이다.

그런데 이 소설에는 이야기의 중간에 그런 낭만적 침윤의 흐름을 중단시키는 장치가 등장하고 있는데, 그것이 바로 '수첩'이다. 물론 그 '수첩'의 기록이 이 소설에서 갖는 일차적인 기능은 젊은 날의 경험의 순간을 보다 정밀하게 증언해 내는 데 있다. 그렇지만 이 글의 맥락에서 '수첩'이 갖는 더 중요한 기능은 과거를 회상하는 기억의 시선이 가질 법한 낭만적 성향을 제어하면서 그 경험이 발생하던 순간의 의식의 상황을 훼손하지 않고 이야기 속에 그대로 담아내는 역할을 수행하고 있다는 점에서 찾을 수 있다.

우리에게 깊은 인상을 남긴 사물은 오래오래 기억 속에 보존된다. 물론 그때의 창수령은 지금도 내 기억에 생생히 남아 있다. 그러나 왜곡되고 과장되기 쉬운 것 또한 우리의 기억이다. 나는 차라리 그 위험한 기억에 의지하기보다 서투른 대로 그날의 기록에 의지하련다. 문장은 산만하고 결론은 성급하다. 거기다가 그 글은 전체적으

---

36) '환멸의 시간'(회상)과 '발전의 시간'(성장)이 양방향에서 결합된 구조로 「그해 겨울」을 바라보는 논의로 서영채, 앞의 글, 187~191쪽 참조.

로 흥분해 있지만, 그래도 그쪽이 진실에 가까울 것이므로.(「그해 겨울」, 195~196쪽)

기억의 자의적 속성과 대비되는 기록의 진실을 언급하고 있는 위의 대목에 이어 창수령을 넘는 순간의 감상을 기록한 수첩의 내용이 길게 제시되고 있는데, 그 감상은 예술에 대한 형이상학적 인식에 도달하면서 이 소설의 절정을 이루게 된다.

나르는 산새도 그곳을 꺼리고, 불어오는 바람조차 피해 가는 것 같았다. 오직 저 영원한 우주음(宇宙音)과 완전한 정지 속을 나는 숨소리조차 제대로 내지 못하며 걸었다. 헐고 부르튼 발 때문에 그 재의 태반을 맨발로 넘었지만 나는 거의 고통을 느끼지 못했다. 그만큼 나는 나를 둘러싼 장관에 압도되어 있었다.

고개를 다 내려왔을 때 나는 하마터면 울 뻔하였다. 환희, 이 환희는 아무도 이해할 수 없으리라. 나는 아름다움의 실체를 보았다. 미학자들이 무어라고 말하든 나는 그것을 감지하는 것이 아니라 인식하였다.(「그해 겨울」, 197쪽)

물론 이렇게 낭만적으로 관념화된 예술관은 그 반대의 현실적 관점으로부터 생각하면 실현 불가능한 절망적인 것으로 다시 인식될 수밖에 없다. 그럼에도 수첩 속에 기록된 위의 대목은 흥분과 감상의 어조로 젊음 특유의 불안정한 유동의 상태를 증언하면서 그 순간을 객관화하는 기능을 수행하고 있다. 그것을 현재의 성숙한 시선으로 다시 가다듬지 않고 그 상태를 그대로 드러내 보이고 있는 것이다. 외부의 시선에는 유치하게 보인다 하더라도 자신의 내부에서 처음 발생하는 경험이기에 무엇보다 소중하게 간직하고자 하는 욕망을 일러 젊음이라고 부를 수 있다면, '수첩'이라는 메타포 속에 표현된 이 '쓰기'의 행위야말로 아직은 비어 있는 삶의 여백을 처음 맞이하는 경험으로 채워나가는 젊음의 시간을 체현하고 있다고 할 수 있을 것이다. 다음의 대목은 이 소설에서 마지막으로 등장하는 수첩의 기록이다.

'돌아가자. 이제 이 심각한 유희는 끝나도 좋을 때다. 바다 역시도 지금껏 우리를 현혹해 온 다른 모든 것들처럼 한 사기사(詐欺師)에 지나지 않는다. 신도 구원하기를 단념하고 떠나버린 우리를 그 어떤 것이 구원할 수 있단 말인가.

그러나 갈매기는 날아야 하고 삶은 유지돼야 한다. 갈매기가 날기를 포기했을 때 그것은 이미 갈매기가 아니고, 존재가 그 지속의 의지를 버렸을 때 그것은 이미 존재가 아니다. 받은 잔은 마땅히 참고 비워야 한다. 절망은 존재의 끝이 아니라 그 진정한 출발이다……'

역시 눈비로 얼룩진 그날의 수첩은 그렇게 결론짓고 있다.

(「그해 겨울」, 216~217쪽)

미적 환희의 순간과 그에 뒤이은 절망의 경험을 지나 눈길을 뚫고 도착한 바닷가에서 주인공은 죽음과 재생의 제의를 통해 정화된 의식의 상태에 도달한다. 그러면서 타나토스의 충동과 리비도의 욕망이 위태로운 줄다리기를 펼치던 청춘의 방랑은 이제 결말에 이른다. '수첩'은 그 방랑의 시간을 지나온 주체의 의식에 과거의 생생한 순간을 환기시키면서 성장의 한고비를 경계로 단절된 전후의 시간을 하나의 이야기 속에 담아낼 수 있도록 만들어 주고 있다.

「그해 겨울」에서는 이처럼 아마도 실제 작가가 기록한 단상이었을 그 시절의 '수첩'에 의거하여 그 젊은 날의 시간을 서술하는 대목을 여러 곳에서 발견할 수 있는데, 앞에서 살펴본 바와 같이, 매끈한 텍스트의 조직만을 아름답게 여기던 당시의 기대 지평에서는 이처럼 그 이면의 바느질 자국을 그대로 드러내는 듯한 이 같은 장치가 이야기의 전체적인 유기성을 저해하는 단점으로 지적되기 쉬웠다. 가령 잦은 수첩의 동원을 형상화가 덜 이루어진 흔적으로 지적하는 경우 같은 것이 그런 사례에 해당된다.[37] 그러나 이문열의 초기 소설 세계처럼 표면상으로는 이데올로기적인 방식을 비판하고 있음에도 실상은 그 내부에 이데올로기적인 문제에 대한 양가적인 태도를 담고 있는 이야기에서 이데올로기적 속성과 어긋나는 그와 같은 장치들은 결코 사소하지 않은 기능을 수

---

37) 김욱동, 앞의 책, 203쪽 참조.

행하고 있다고 생각된다.[38]

요컨대 「그해 겨울」에서의 '수첩'은 원체험과 소설 사이에 놓여 있는 밑그림이다. 그것은 떠오르는 대로 마구 휘갈겨 쓴 메모처럼 미처 이데올로기에 의해 구성되지 않은 의식의 실제 상태에 더 가깝다. 그때 소설은 한 개인의 성숙한 의식을 표현하는 장르라기보다 그처럼 모순적으로 충돌하는 의식의 실상을 드러내는 이데올로기 비판의 양식일 것이다. 그런 의미에서 「그해 겨울」은, 혹은 그것을 포함하고 있는 이 책 『필론과 돼지』는 이문열 소설 전체의 밑그림으로 놓인 한 권의 '수첩'이라고 할 수 있을 것이다.

---

38) 이문열의 초기 장편 가운데 하나인 『영웅시대』는 양반 가문 출신의 지식인 이동영과 그의 아내 조정인에 각각 서술의 초점을 둔 두 갈래의 이야기가 교차하여 서술되는 방식으로 이루어져 있다. 여기에서도 이야기 중간 중간에 동영의 수첩이 서술의 흐름 도중에 삽입되고 있는데, '수첩'의 기록을 삽입하는 형식을 동일하게 취한다고 해도 「그해 겨울」의 방식과 『영웅시대』의 방식은 다르며, 『영웅시대』 내에서도 맥락에 따라 그 기능은 다르게 평가될 수도 있다. 『영웅시대』에서 수첩은 기본적으로 관념적 기술을 담는 공간이지만 자기반성이나 서술자와 인물(동영) 사이의 거리를 확보하는 장치로서도 효과적으로 사용되고 있다. 다만 단행본으로 출간되면서 덧붙여진 마지막 부분의 동영의 노트와 편지는 중간에 사용되었던 수첩과 성격이 다르다. 상당히 긴 분량의 그 노트와 편지는 오히려 이 소설이 내내 대결을 벌이던 이데올로기의 문제를 '휴머니즘'과 '민족주의'로 단순화시켜 정리하면서 소설의 맥락 외부에서 이데올로기적 층위를 덧붙이는 사족이 되고 말았다. 요컨대 이데올로기를 부정하는 내용의 그 노트와 편지는 그 자체가 이데올로기의 형식이 되어버린 것이다. 결과적으로 "세월이란 오히려 첫 발상(發想)의 신선함을 망쳐버리는 수가 있으며, 주관적인 절실함도 종종 객관적인 감동을 떨어뜨린다"(「작가의 말」, 670쪽)는 작가 자신의 말에 위배되는 사태가 초래된 것이다. 만일 노트와 편지에 표현된 동영의 이데올로기가 작가의 의도였다면 그것은 소설이 이데올로기를 투명하게 반영하는 양식이 아니라는 사실을 역설적으로 입증하고 있는 셈이다.

6. 소설의 행로, 혹은 오디세우스의 귀향

지금까지 살펴온 것처럼, 이문열 초기 소설에는 그 특유의 낭만적 세계 인식과 그로부터 파생된 특징들이 놓여 있는 한편, 그에 대응되는 유기적 형식과 배치되는 균열과 병렬의 양상도 볼 수 있었다. 그러한 특징은 의도와 배치되는 방향에서 작동하던 무의식적인 지향성으로부터 연유한 것으로, 그처럼 반대 방향에서 작용하는 두 힘의 모순적인 충돌이 이문열 초기 소설 세계를 풍성하게 만드는 근거였다는 사실을 확인할 수 있었다.

흥미롭게도 작가는 「그해 겨울」이 발표된 시기로부터 한참 지난 후에 한 신문에 연재한 소설에서 주인공으로 하여금 자신이 썼던 소설 속 무대를 다시 찾아가게 만들고 있다.

> 그때 그가 도원평으로 갈 결심을 굳힌 것은 오히려 그 눈 때문이었을 것이다. 이미 문청의 길을 디뎌 본 그는 자연스레 크눌프를 떠올렸고, 눈 속에서 죽어가는 달콤한 상상에 이끌렸다. 죽음조차도 어떤 경우에는 달콤하게 상상할 수 있었던 그 나이……. (……) 그로부터 서너 시간의 감동은 그가 뒷날 쓴 글에서 과장되게 펼쳐 보인 바 있다.[39]

그런데 여기에서는 「그해 겨울」 안에서 두 겹으로 나뉘어져 있던 시간의 간격이 메워져 있다. '수첩'의 시간이 기억의 시선에 수렴되어 버린 것이다. 이처럼 어느 시점 이후 이문열 소설에서는 초기 소설의 특징을 이루고 있던 균열과 모순이 사라지고 일가적(monovalent)인 질서의 세계가 이야기의 중심에 놓이는 양상을 발견할 수 있다. 신화와 더블린의 하루가 다가적(multivalent)인 형식 속에 교차하는 제임스 조이스의 『율리시즈』(1922)와 달리 그의 『오디세이아 서울』(1993)은 볼펜이라는 사물을 화자로 설정하여 한국의 현실에 대한 직설적인 조롱과 야유를 거침없이 쏟아 내고 있다.

이 지점에 이르면, 만일 작가가 그처럼 일찍 세상의 반응을 얻지 못했다면 어땠을까 하는 가정을 해보게 된다. 그리하여 그의 초기 소설 속 인물이 추구했던 방향대로 글쓰기에만 전념할 수 있었다면 어떠했을까. 그랬다면 그의 묵시록(『호모 엑세쿠탄스』, 2006)이나 디아스포라에 대한 탐구(『리투아니아 여인』, 2011)는 다른 모습이 될 수도 있지 않았을까. 그의 초기 소설들에 그런 가능성이 전혀 잠재되어 있지 않았다고 할 수는 없지 않을까. 개인적으로는 불우했던 그의 유년의 환경은 소설가의 자리에서 생각하면 세계사적인 사건과 맞물려 있는 운명적인 자산이 아니었을까. 기원의 목소리를 담고 있는 『필론과 돼지』의 골짜기를 더듬다 보면 그런 메아리가 환청처럼 들려오는 듯하다.

---

39) 이문열, 「성년의 오후」, 《동아일보》, 1994년 6월 23일자. 이 에필로그 부분은 나중에 독립되어 「나무 그늘 아래로」라는 단편으로 중단편전집에 수록되었다. 그 판본에서는 「나무 그늘 아래로」, 『아우와의 만남 ― 이문열 중단편전집 5』(둥지, 1994), 229쪽.

작가 연보

1948년(1세)	5월 18일 서울 청운동에서 영남 남인(南人) 재령(載寧) 이씨(李氏) 집안에서 아버지 이원철(李元喆)과 어머니 조남현(趙南鉉)의 셋째 아들로 태어나다. 본명은 이열(李烈).
1950년(3세)	한국전쟁이 일어나자 부친 이원철이 월북하다. 어머니를 따라 고향인 경상북도 영양군 석보면 원리동으로 이사하다.
1953년(6세)	경상북도 안동읍으로 이사하고, 중앙국민학교에 입학하다.
1957년(10세)	서울로 이사하여 종암국민학교로 전학하다.
1958년(11세)	경상남도 밀양읍으로 이사하여 밀양국민학교로 전학하다.
1961년(14세)	밀양국민학교를 졸업하고, 밀양중학교에 입학하다. 6개월 만에 그만두고 고향으로 돌아가다.

1962년(15세)	이후 3년 동안 큰형님이 황무지 2만여 평을 일구는 것을 지켜보다.
1964년(17세)	고입 검정고시에 합격하고, 안동고등학교에 입학하다.
1965년(18세)	별 다른 이유 없이 안동고등학교를 중퇴하다. 부산으로 이사하여 이후 3년 동안 일없이 지내다.
1968년(21세)	대입 검정고시에 합격하고, 서울대학교 사범대학 국어교육과에 입학하다.
1969년(22세)	사대문학회에 가입하여 활동하다. 이 시기에 작가가 되기로 마음을 굳히는 한편, 사법고시를 준비하다.
1970년(23세)	사법고시를 준비하려고 학교를 중퇴하였으나 이후 세 번 연속 실패하다.
1973년(26세)	박필순(朴畢順)과 결혼한 후 군에 입대하여 통신병으로 근무하다.
1976년(29세)	군에서 제대한 후 고향으로 돌아가다. 곧바로 대구로 이사하여 여러 학원을 전전하면서 학원 강사를 하다.
1977년(30세)	《대구매일신문》 신춘문예에 단편 「나자레를 아십니까」가 입선하다. 이때부터 이문열이라는 필명을 사용하다.
1978년(31세)	대구매일신문사에 입사하다.
1979년(32세)	《동아일보》 신춘문예에 중편 「새하곡(塞下曲)」이 당선되다. 『사람의 아들』로 민음사에서 주관하는 제2회 〈오늘의 작가상〉에 당선되다. 단행본 출간 후 공전의 히트를 기록하다. 「들소」, 「그해 겨울」 등을 잇달아 발표하면서 작품의 배경에 깔려 있는 풍부한 교양과 참신하고 세련된 문장, 새로운 감수성으로 한국 문학에 돌풍을 일으키다.
1980년(33세)	대구매일신문사를 퇴직하고 전업 작가로 나서다. 김원우,

김채원, 유익서, 윤후명 등과 〈작가〉 동인으로 활동하다. 『그대 다시는 고향에 가지 못하리』, 『그해 겨울』 출간. 「필론의 돼지」, 「이 황량한 역에서」 발표하다.

1981년(34세) 「그해 겨울」, 「하구(河口)」, 「우리 기쁜 젊은 날」 연작으로 이루어진 자전적 장편 『젊은 날의 초상』을 출간하다. 소설집 『어둠의 그늘』을 출간하다.

1982년(35세) 「금시조(金翅鳥)」로 〈동인문학상〉을 받다. 장편소설 『황제를 위하여』, 『그 찬란한 여명』을 출간하다. 「칼레파 타 칼라」, 「익명의 섬」 등을 발표하다.

1983년(36세) 『황제를 위하여』로 〈대한민국문학상〉을 받다. 장편 『레테의 연가』를 출간하다. 《경향신문》에 연재할 『평역 삼국지』의 자료 수집을 위하여 대만에 다녀오다.

1984년(37세) 장편 『영웅시대』를 출간하고, 이 작품으로 〈중앙문화대상〉을 받다. 장편 『미로일지』를 출간하다. 11월 서울로 이사하다.

1985년(38세) 소설집 『칼레파 타 칼라』를 출간하다.

1986년(39세) 대하 장편 『변경』을 《한국일보》에 연재하기 시작하다. 장편 역사소설 『요서지(遼西志)』를 출간하다. 경기도 이천군 마장면에 작업실을 마련하고, 그곳에서 집필 활동을 시작하다.

1987년(40세) 「우리들의 일그러진 영웅」으로 〈이상문학상〉을 받다. 소설집 『금시조』를 출간하다.

1988년(41세) 나관중의 『삼국지연의』에 작가 자신의 비평을 달아 현대어로 옮긴 『이문열 평역 삼국지』를 출간하다. 소설집 『구로 아리랑』, 장편소설 『추락하는 것은 날개가 있다』를 출간하다.

1989년(42세)	대하장편소설『변경』제1부 세 권을 출간하다.
1990년(43세)	「금시조」, 「그해 겨울」이 프랑스에서 출간되다.
1991년(44세)	첫 산문집『사색』을 출간하다. 장편『시인』을 출간하고, 번역으로『수호지』를 출간하다. 「새하곡」이 프랑스에서, 「금시조」와 「그해 겨울」이 이탈리아에서 출간되다.
1992년(45세)	산문집『시대와의 불화』를 출간하다. 단편 「시인과 도둑」으로 〈현대문학상〉을 수상하다. 〈대한민국문화예술상〉(문학 부문)을 수상하다. 「금시조」가 일본에서,『우리들의 일그러진 영웅』과『시인』이 프랑스에서 출간되다.
1993년(46세)	장편소설『오디세이아 서울』을 출간하다. 이탈리아와 네덜란드에서『시인』이 출간되다.
1994년(47세)	그동안 발표했던 모든 중단편을 모아서『이문열 중단편전집』을 출간하다. 세종대학교 국어국문학과 정교수로 부임하다. 일본에서『우리들의 일그러진 영웅』이 출간되다.
1995년(48세)	뮤지컬 「명성황후」의 원작인 장막 희곡『여우 사냥』을 출간하다. 콜롬비아에서 「금시조」, 「우리들의 일그러진 영웅」,『시인』이, 러시아에서 「금시조」가, 중국에서 「우리들의 일그러진 영웅」이 출간되다.
1996년(49세)	프랑스에서『사람의 아들』이, 영국에서『시인』이 출간되다.
1997년(50세)	장편소설『선택』을 출간하다. 이 작품을 놓고 여성주의 진영과 격렬한 논쟁을 벌이다. 세종대학교 교수를 사임하다. 일본과 중국에서『사람의 아들』이 출간되다.
1998년(51세)	대하장편소설『변경』이 전 12권으로 완간되다. 「전야, 혹은 시대의 마지막 밤」으로 〈21세기문학상〉을 받다. 사숙(私塾)인 부악문원을 열어서 후진 양성에 힘쓰기 시작하

다. 미국 뉴욕의 와일리 에이전시에 해외 출판권을 위임하다. 이는 이후 한국 작가들이 해외에 진출하는 하나의 모델이 되다. 프랑스에서 『황제를 위하여』가 출간되다.

1999년(52세)	『변경』으로 〈호암예술상〉을 받다. 일본에서 『황제를 위하여』가 출간되다.
2000년(53세)	장편소설 『아가(雅歌)』를 출간하다.
2001년(54세)	소설집 『술 단지와 잔을 끌어당기며』를 출간하다. 한 칼럼을 통하여 시민단체를 '정권의 홍위병'에 비유했다가 격렬한 논쟁에 휘말렸으며, 결국 일부 세력에 의하여 작품이 불태워지는 이른바 '책 장례식'을 당하다. 이 사건 이후 잇따른 보수 성향의 발언을 통하여 정치적 견해를 달리하는 세력과 정면으로 충돌하다. 그리스와 스페인에서 『시인』이, 미국에서 『우리들의 일그러진 영웅』이 출간되다.
2003년(56세)	노무현 대통령 탄핵 사태로 위기에 빠진 보수 세력의 정치적 재기를 돕기 위하여 한나라당 공천 심사 위원으로 활동하다.
2004년(57세)	산문집 『신들메를 고쳐 매며』를 출간하다.
2005년(58세)	스웨덴에서 『젊은 날의 초상』에 이어 『시인』이 출간되다. 이탈리아에서 『사람의 아들』이 출간되다.
2006년(59세)	장편소설 『호모 엑세쿠탄스』를 출간하다. 이 해부터 5년 동안 이탈리아에서 『우리들의 일그러진 영웅』, 『시인』, 「금시조」, 「그해 겨울」이 재출간되다.
2007년(60세)	독일에서 「새하곡」에 이어 『시인』이 출간되다.
2008년(61세)	대하 역사 장편 『초한지(楚漢志)』를 출간하다. 독일에서 『황제를 위하여』가 출간되다.

2009년(62세)	〈대한민국예술원상〉을 받다. 러시아와 우크라이나에서 『사람의 아들』이 출간되다.
2010년(63세)	장편소설 『불멸』을 출간하다.
2011년(64세)	장편소설 『리투아니아 여인』을 출간하다. 중국에서 『황제를 위하여』가, 터키에서 『시인』이 출간되다.
2012년(65세)	『리투아니아 여인』으로 〈동리문학상〉을 받다. 페루에서 「새하곡」과 「금시조」, 태국에서 『황제를 위하여』가 출간되다.
2014년(67세)	『변경』 개정판을 내다. 러시아에서 『우리들의 일그러진 영웅』이 출간되다. 리투아니아에서 『리투아니아 여인』이, 체코에서 『시인』이 출간되다.
2015년(68세)	폴란드에서 『우리들의 일그러진 영웅』이, 미국에서 『사람의 아들』이 출간되다. 은관문화훈장을 받다.
2016년(69세)	『이문열 중단편전집』(전 6권) 출간, 『이문열 중단편전집 출간 기념 수상작 모음집』이 출간되다.
2020년(73세)	『삼국지』, 『수호지』가 개정 신판으로 출간되다. 『사람의 아들』, 『젊은 날의 초상』, 『우리들의 일그러진 영웅』이 새롭게 출간되다.

필론과 돼지

신판 1쇄 인쇄 2021년 4월 25일
신판 1쇄 발행 2021년 5월 7일

지은이 이문열

발행인 양원석
편집장 최두은 **디자인** 이은혜 **영업마케팅** 양정길 강효경

펴낸 곳 ㈜알에이치코리아
주소 서울시 금천구 가산디지털2로 53, 20층(가산동, 한라시그마밸리)
편집문의 02-6443-8844   **도서문의** 02-6443-8800
홈페이지 http://rhk.co.kr
등록 2004년 1월 15일 제2-3726호

ISBN 978-89-255-8888-9   04810
        978-89-255-8889-6   (세트)